Inés María López Hernández

CUBAMÍA

Novela

ISBN 9781520699639
Independently published

Diseño y maquetación:
Mirko Visentin – www. treseditoria. it

Cubamía

A mi familia,
a mis amigos,
a Zeno.

A las estrellas no se sube por caminos llanos

JOSÈ MARTÌ

LA CALLE DONDE NACÍ

La calle donde nací era de tierra, fango y mucha hierba. Algunas pocetas de agua servían para refrescar a las vacas y mitigar la sed de los caballos que pasaban dos veces al día. En las noches calurosas, los vecinos sacaban los "taburetes" para afuera y se sentaban abanicándose a recontarse cosas, cosas de grandes. Nosotros correteábamos por las calles sin autos, sin aceras, sin asfalto…

Muy cerca de mi casa, a menos de cien metros, había una valla de gallos y los gritos del público se mezclaban con el canto de las ranas.

Me gustaba sentarme arriba de unos grandes tubos de cemento que desde hacía años habían dejado en la esquina de nuestra calle, decían que servían para llevar el agua a cada casa. A mí me servían de trono. Sentada allí, veía todas las casas que llegaban hasta la línea donde pasaba el tren, o simplemente me acostaba y con los brazos cruzados detrás de mi cabeza miraba las nubes para disfrutar cada uno de los diseños que me regalaban; Un caballo, un tractor, un oso, unos perros que tiraban un carro en la nieve. La nieve la había visto en el cine, en las películas de Chaplin…

Aquellos grandes tubos de cemento también fueron el escenario de grandes batallas del Zorro, Sandokan, mambises y españoles. Yo siempre era la primera en morir, los demás niños decían que parecía que fuera de verdad. Sabía morirme poco a poco con la espada enterrada en el pecho. Caía primero de rodillas y después simulaba, un fuerte dolor en el pecho y el aire que me faltaba. Moría con los ojos abiertos. Podían pasarme la mano delante de los ojos que yo no pestañeaba por largo tiempo, siempre con la mirada fija.

Mi padre Jesús, más conocido en Sagua por Chucho, tocaba la

guitarra en una de las orquestas del pueblo, que se llamaba "Los Titanes". Los músicos se encontraban en mi casa tres veces por semana para ensayar. Aquellas tardes eran como una pequeña fiesta para nuestra calle. Algunos vecinos miraban a través de los ventanales abiertos de nuestra casa, otros tiraban su pasillito en la entrada.

Mi madre se llama Caridad, como la Patrona de Cuba. Pero todo el mundo siempre la llamó Caruca. Aún la recuerdo en el patio de mi casa, delante de una gran batea de madera llena de ropas que sacaba de una lata grande. Era una de aquellas donde venían las galletas de manteca, mi padre le había preparado una hoguera rodeada de tres ladrillos donde mi madre apoyaba la lata. Con un palo largo, lo enfilaba dentro, recogía cada pieza echando humo y la dejaba caer en la gran batea. Recuerdo sus brazos al restregar nuestras ropas al compás del son que sonaba allá en la sala, su rostro envuelto en el humo de la leña que ardía debajo de la lata, su canto, su sonrisa, su fuerza natural para hacer crecer ocho hijos que en menos de diez años habían llenado su vida ocupando cada segundo de su existencia. No recuerdo en su rostro una lágrima, un lamento. Mi padre cantaba y mi madre, envuelta en su canto, cocinaba, lavaba, planchaba...

Todas las mañanas pasaban los monteros a caballo con sus perros. Llevaban las vacas a alguna parte para que se pasaran el día. Cuando sentíamos el galope de los caballos, los perros ladrando y las campanillas, los niños salíamos corriendo todos a casa:

— ¡Vienen las vacas! ¡Vienen las vacas!

Cerrábamos la puerta de la calle y todos corríamos a las ventanas, abríamos solo los postigos. Las veíamos pasar empujándose unas con otras. Por las tardes, antes de caer el sol, regresaban y de nuevo el corre, corre...

En la calle donde nací, todas las casas eran de madera, con el techo de tejas. Todas uniditas como una boca llena de dientes...

MI ABUELA MARÍA

Mi abuela María era espiritista. Su cuarto era el del medio de los tres que tenía mi casa. En una esquina, pegada a la pared, estaba su cama, al frente un gran escaparate de madera con dos puertas y en la otra esquina, en forma de triángulo, tenía su gran altar.

El primer plano era alto como una mesa. Allí tenía dos tinajeras, una con caracoles y otra llena de monedas de cinco centavos y de kilos. En el centro, un pozuelo con una cosa blanca parecida a las tizas que se usan para escribir en las pizarras, ella la llamaba cascarilla, seguido de una campanita de hierro. En el otro extremo, una libretica con un lápiz amarrado con una soguita y al lado un gran pomo de colonia.

Después, como en una escalera, se pasaba al primer peldaño del altar donde estaban dos imágenes, de un lado san Lázaro con sus muletas y perros y del otro Las Mercedes, toda de blanco, como una novia. La escalera seguía subiendo y en el otro peldaño, estaba santa Lucia con una bandejita que tenía dos ojos abiertos. Esta es la santa que vela por los ojos, la que hizo el milagro de resolverle para siempre un problema de la vista con el que Elsy, mi hermana mayor, nació. Al lado de santa Lucia, estaba una negrita que se llamaba virgen de Regla y arriba, en la parte más importante del conjunto, con su enorme corona dorada, la virgen de la Caridad, la Patrona de Cuba.

Entre santo y santo, ponía velas, una lamparita de esas que se encienden con aceite y varios platicos con caramelos, panetelas borrachas y merengues.

Cuando mi abuela consultaba, cerraba todas las puertas de su cuarto. Tanto aquella que daba al de mis padres como la que comunicaba con el nuestro. También cerraba la gran ventana que daba al pasillo. Todo oscuro como la noche.

La gente del pueblo venía a ver a mi abuela María en busca de ayuda. En la sala de mi casa era normal, como en el cuerpo de guardia de un hospital, que varias personas estuvieran esperando su turno para la consulta.

Mi abuela no sabía que nosotros le habíamos hecho un huequito a una de las tablas de su cuarto, que comunicaba con el mío y el de mis otros siete hermanos. Desde allí la teníamos a ojo en los momentos del robo. Sí, porque cuando ella no estaba consultando se iba al postigo de la ventana de la sala y desde allí controlaba todo lo que se movía en el vecindario. ¡Aquel era el momento justo!

Uno de mis hermanos hacía guardia en la puerta del cuarto de Mami y Papi, que era el primero de los tres cuartos. Dos de mis hermanos iban al altar con un plato en mano. Uno aguantaba la silla, el otro arriba, iba llenando el platico de cada una de las cosas que los clientes de mi abuela ofrecían a los santos; Dos panetelas, dos merenguitos, raspadura, caramelos. Solo dos de cada cosa, si no, ella podía darse cuenta.

Los otros que no estaban de guardia jugaban en el pasillo haciendo bastante bulla para que pareciera que estábamos todos allí y no se notara la ausencia de los que participaban en la "Operación rescate". Una vez terminada esta, compartíamos nuestro gran botín.

El huequito que habíamos hecho en la pared también me servía para mirarla cuando consultaba.

Cerradas las puertas y ventanas, su cuarto quedaba en penumbras, iluminado solo por las débiles luces de las velas y las lamparitas de aceite del altar. Mi abuela se sentaba en una de las sillas, la que tenía un cojincito rojo que se había hecho ella misma para sentirse más cómoda. Enfrente, en otra silla se sentaba el visitante.

Siempre comenzaba igual. Cerraba sus ojos y con la voz baja, susurraba algo, creo que era una oración, sus labios se movían mientras la recitaba pero desde nuestro huequito no se entendía nada.

Las personas sentadas al frente tenían todas las mismas expresiones de esperanza. No importaba si era hombre o mujer, viejo o joven, atentos a cada uno de sus susurros, esperaban que mi abuela terminara aquella poesía silenciosa y comenzara a hablarles.

Ellos escribían en la libretica todas las cosas que mi abuela les decía. Al final, se ponían de pie delante de ella. Mi abuela, siempre con los ojos cerrados, se mojaba las manos en el pomito de perfume y se las pasaba por la cabeza, por los hombros y por los brazos. Después se sacudía las manos varias veces, como si quisiera quitarse cualquier cosa que se le hubiera pegado en ellas y volvía a pasarlas de nuevo, comenzando por la cabeza.

Una vez terminada la consulta, "los pacientes", abrían sus carteras y le daban el dinero. Mi abuela no quería tocarlo con la mano, les señalaba que lo metieran en la tinajera del altar. Después que salían yo la veía coger el dinero y meterlo en un pañuelito de tela que guardaba en el pecho, debajo de la blusa.

En las noches, cuando los vecinos sacaban los taburetes fuera de las puertas de sus casas, me llamaban desde alguna de ellas, para que yo les hiciera como mi abuela María. Me preparaban un banquito para que me sentara. Yo repetía todo lo que le había visto hacer en sus consultas, ellos reían hasta saltárseles las lágrimas Al final, sacaba mi pañuelito que ya tenía preparado debajo de la blusa y me daban siempre de cinco a diez kilos.

Mi abuela María nos llevaba a pasear al pueblo. En una de las tiendas en el mismo centro de Sagua trabajaba una de sus clientas. Esta le guardaba las pelotas de gomas que no se vendìan porque estaban rotas. Eran esas que se inflaban soplando y se usaban para jugar en la playa con franjas de distintos colores.

En las tardes nos reuníamos toda la tropa de muchachos en la mesa del comedor. Abuela María, cogía la pelota estropeada y con una tijera terminaba de abrirlas por la parte de adentro, donde el color era más opaco, y diseñaba la forma de un lazo, que después recortaba. Mis hermanos y yo con hilo y aguja cosíamos la parte central del lazo dejando un espacio para poder pasarle un ganchito de pelo De este modo hacíamos unas maravillosas hebillitas para ponerse en el cabello.

En una caja de cartón abierta poníamos los lacitos. Los pequeños en parejas, los grandes solos. Metíamos todos en orden por colores. Mirando la caja parecía un ejército de mariposas.

Terminada la obra nos íbamos para la parte de afuera de la

Fundición "9 de Abril". Era una fábrica de hierro muy grande que estaba muy cerquita de mi casa. Cuando sonaba el pito, que significaba el final de la jornada de trabajo, los obreros salían como avispas espantadas, en busca de las bicicletas que colgaban de unos largos tubos debajo de un techo de zinc.

Mis hermanos y yo delante de sus bicicletas le cerrábamos el camino con nuestras cajas de lacitos:

"¡Compren lazos para sus hijas!"

"¡Lazos, lacitos para el pelo!"

Algunos nos empujaban e iban directo a sus bicis pero otros sí los compraban. No nos movíamos de allí hasta que de la caja habían volado todas las mariposas.

Cuando llegábamos a la casa, mi abuela nos esperaba en la ventana. Reíamos todos mientras ella contaba las monedas ganadas con los lacitos. Sacaba el pañuelito del pecho y guardaba el dinerito, este después nos servía para ir con ella a la matiné del Cine Encanto.

Mi abuela María, tenía los ojos azules como el mar. Sus cabellos eran grises y ondeados. En su boca siempre había una sonrisa fresca, aquella que regalaba a todos los que venían a su altar buscando una respuesta.

Hoy, todavía no sé si los sanaba o no pero pienso que aquellas monedas que guardaba en su pecho, era el precio sincero del valor de la esperanza.

LAS CHINITAS LAM

Frente por frente a mi casa vivía una familia donde todas eran mujeres. Jacinta, era una mulata gorda y diminuta. Se había quedado ciega con los años, dicen que tenía azúcar en la sangre y eso la había hecho perder la vista. Su hija más pequeña, Ofelia, estudiaba bachillerato en el Instituto de Segunda Enseñanza, al lado del puente de hierro. La del medio Rosario trabajaba en la tiendecita del pueblo y la mayor, Alicia, era maestra. Esta familia marcó mi vida desde las primeras horas en que llegué a este mundo.

Una mañana de noviembre del 1958, Ofelita estaba yendo para la escuela cuando vio al grupo de vecinos que rodeaban a mi abuela. Se acercó y quedó encantada con aquella niña que María, mostraba orgullosa al mundo.

—¡La cuarta nieta! ¡Nació a las seis de la mañana!

Repetía la misma frase a todos los que se acercaban a conocerme. Con menos de dos horas de vida ya estaba en muestra en la puerta de la calle.

— ¡Nació sanita, sanita!

— ¡Que cosa tan bella! –Ofelita se olvidó que estaba yendo para la escuela. Le pidió que la dejara cargarme.

— Ay, María, ¿usted me deja llevarla un momentico a mi casa para que la vean Mamá y mis hermanas?

Toda su familia estaba de luto. Hacía solo un mes que habían perdido al padre, el Chino Lam, como lo llamaban todos, uno de los tantos chinos que emigraron a Cuba a finales del siglo xix. Tenía un tren de pesca en Isabela de Sagua y un negocio en la plaza del pueblo donde vendía sus pescados.

Mi abuela dudó por unos momentos, después dejó que la joven Ofelita me llevara a su casa. Quién sabe si su nietecita podría dar un poco de consuelo a aquella familia.

Esto de llevarme a la casa de las chinitas Lam se inició aquel 17 de noviembre y comenzó a hacerse más frecuente, cada año que pasaba. Me iban a buscar por la mañana y me traían antes del anochecer.

— Nosotros te la cuidamos Caruca, así tú puedes hacer tus trajines.

Mi madre que ya estaba embarazada del quinto hijo, más lavar, planchar, limpiar y cocinar para el resto de la familia, encontró un apoyo en la familia Lam.

Unos meses más tarde, Alicia, la mayor de las Lam, me bautizó junto con Alberto, un negro alto que era estibador en un central de azúcar de Ramona, un pueblecito cercano a Sagua. Era uno de los clientes de mi abuela que después se convirtió en uno más de la familia. Unos días antes de cumplir yo los tres años, murió en un accidente en el central.

Dicen que a mi hermana Elsy cuando nació la sacaron con fórceps. Eran unas pinzas que agarraba a los niños por la cabeza y lo ayudaban a salir. Esos fórceps le hicieron daño y Elsy tenía dos pelotas de carne alrededor de los ojos que si no la operaban podían dejarla ciega, como a la vieja Yaya. Todavía no había cumplido un año cuando mis padres se fueron a La Habana a operarla. A mis hermanos lo mandaron a Corralillo, a casa de Lala, mi abuela materna. A mí me dejaron en la casa de mi madrina.

Mis primeros pasos comencé a darlos escapando de los brazos de Ofelita para alcanzar los de Alicia. De los de mi madrina a Rosario. Las tres en círculos me esperaban con los brazos abiertos. Todavía me parece sentir a Yaya como reía, aquella viejita ciega se le llenaban de luz sus pupilas cada vez que yo salía del círculo de sus hijas buscando también sus brazos.

— Mamá –le decía–. No hablaba todavía pero a ella la llamaba Mamá.

— ¡Yaya, yo soy Yaya! –me aclaraba siempre haciendo repetirlo varias veces. Dicen que no era que no le gustaba sino que lo hacía por si acaso mi madre me oyera y se pusiera celosa.

En la casa de las Lam había un refrigerador grande americano. Ventiladores en cada uno de los tres cuartos. El chino Lam, con su tren de pesca había garantizado a su familia, aun después de su muerte, una vida cómoda y llena de todas aquellas cosas que hoy nos parecen normales pero que en aquellos años, en mi viejo barrio de Sagua, eran un gran lujo.

Pero el tesoro más grande que había en aquella casa era el televisor. En mis primeros años lo vi siempre tapado por un mantelito, no lo encendían nunca por eso de que había que guardar luto. El día que aquella cajita se encendió y adentro había gentes que hablaban fue uno de los momentos que quedaron grabados en mi alma, como aquellos dibujos pegados a la piel de los marineros rusos que se paseaban por el parque de Sagua.

En mi casa no había televisor, solo un radio de pila, marca VEF. Las pilitas chiquitas que llevaba el radio no se encontraban nunca, por lo que mi Papá le hizo una cajita de madera que contenía seis pilas grandes. Con dos ligas negras mantenía pegado el radio a la cajita de pilas. Allí mi Mamá oía las novelas que trasmitía una emisora de radio de Miami que todos escuchábamos a escondidas pues era contrarrevolucionaria, como todo lo que venía del Norte.

Me gustaba oír la radio. A la hora de comida oíamos siempre Alegrías de Sobremesa. Era un programa humorístico, que escribía un hombre que se llamaba Alberto Luberta. Mi papá decía que era amigo suyo. Pero yo no veía la hora de que llegara, la posibilidad de ver la televisión en casa.

En aquellos tiempos era en blanco y negro. Este enigma me tenía encantada.

— ¿Los muñequitos están ahí dentro? –le pregunté un día a mi madrina.

Las Lam se miraron entre ellas, sonriendo.

— No, Anita. Vienen volando por el aire y se meten dentro.

— ¿Y por dónde entran si no tiene puerta?

— Esa es la magia de la televisión.

Desde entonces, aquella "Maravillosa magia" me envolvió, convirtiéndome en televidente adicta. Mucho tiempo de mi niñez lo pasé allí en la sala de las chinas, sentadita, mirando embelesada cualquier programa aunque mis preferidos eran los dibujos animados y La Comedia Silente, sobre todo cuando salían Soplete, Cara de globo y El amigo Mantequilla.

Cuando llegaba la hora de las aventuras, mi madrina les permitía la entrada a los muchachos del barrio para que vieran lo que le pasaba al Corsario Negro y a Honorata de Wan Guld. Yo, por ser de la casa, tenía el privilegio de ocupar una butaca junto a las Lam. Mis hermanos y los demás niños se sentaban en el suelo, absortos, viviendo aquellas historias y en mi caso, imaginándome protagonista de ellas.

— Ofelita, ¿cómo se llaman esas personas que salen por el televisor?

— Bueno, depende, Anita. Los hombres se llaman actores y las mujeres actrices.

— ¡Cuando yo sea grande voy a ser una actrices!

Cada vez que alguien me preguntaba qué cosa haría de grande, aquella era mi respuesta:

— ¡Yo voy a ser una actrices!

Esta idea nunca le gustó a mi madre.

— ¿Artista, como tu padre? Para que te mueras de hambre.

— Papi no es artista, es cantante. ¡Yo voy a ser artista, como Gina Cabrera!

— ¡Mira muchacha, quítate eso de la cabeza! Eso no es una carrera y mucho menos para mujeres.

Eso lo pensaba de verdad y en cuanto encontró la primera ocasión de desviarme de este camino la aprovechó sin pensarlo dos veces.

En aquella época tenía nueve años. Vinieron a mi escuela buscando alumnos para la escuela de deporte de nuestra ciudad. Mi madre me inscribió en tenis de campo.

— ¿Qué es tenis de campo?–le pregunté la tarde que fue a buscarme a la escuela. Caminaba rápido. Me llevaba de la mano halándome detrás de ella, no lograba seguir su paso.

— Un deporte de niñas.

— ¡Yo no quiero estudiar ningún deporte de niña. Ya te dije que quiero ir a la escuela para ser una actrices!

— Ana, ¡deja la cantaleta esa porque me estás cansando! ¡Camina! –me dio otro tirón fuerte poniéndome de un salto a su lado.

Bastaron unas simples pruebas de educación física que superé sin dificultad y mi ingreso en la EIDE regional de Sagua quedó decidido para el inicio del nuevo curso.

Nunca en mi vida había visto un terreno de tenis. No tenía la más mínima idea de cómo se jugaba. No sabía si aquel deporte podría gustarme o no. Una cosa tenía clara; No quería vivir en una beca y volver a casa solo el fin de semana. No quería separarme de mi familia, ni de mis chinitas Lam. ¡Y no quería ser deportista!

Hoy pienso que para mi pobre Madre tener en una cría de ocho hijos, una boca menos que alimentar era un gran alivio. Cada día era una odisea poder hacernos comer. Se inventaba mezclar los espaguetis picados chiquiticos para aumentar el arroz. Casi todos lo dejábamos en el plato. Billo, el carnicero del barrio le regalaba a veces unos huesos blancos para que nos hiciera sopas. La carne que daban en la carnicería nos la comíamos en un solo día del mes.

— Hasta que no se coman todo no se levantan de esa mesa. ¡Aquí no hay gusto, aquí hay "disgusto"!

Cuando sentenciaba aquellas palabras, si lo único que había en el plato era harina de maíz, había que comérsela, no importaba si después nos salía por los ojos.

Aparte de ser una boca menos en casa, pensaba que con el tiempo me adaptaría, que terminaría por gustarme aquel deporte y finalmente olvidaría aquella obsesión de ser artista.

Al frente, en casa de las de las chinas, el tema también estaba de actualidad.

— ¡Esa idea de Caruca es una locura! ¿De dónde le salió eso de que Ana sea deportista? Esta pobre niña está sufriendo, ella no quiere ir a esa escuela. –Yo no dejaba de llorar en los brazos de mi madrina.

— Rosario, ella es su madre y es la que decide qué hacer con sus hijos –razonaba Yaya con su casi inexistente mirada fija en un borroso punto de la pared. Sus manos manejaban con habilidad las dos grandes agujas conque tejía una manta.

— ¿Y nosotras? ¿No contamos en nada? Porque Ani es parte de esta casa desde el día en que nació.

— Desgraciadamente no pintamos nada. Porque viene aquí todos los días y la queremos muchísimo, eso no nos da derechos. No somos su familia verdadera. Si quieres, ve y habla con Caruca y dile lo que piensas a ver qué te dice. ¡Sueña con que va a cambiar de idea!, ¡Con lo cabezona que es!

— Sí, ¡yo sé cómo es ella! hace solo lo que le da la gana –intervino Ofelita–. Cuando invitamos a Ani a nuestra casa de El Salto, se puso de lo más "revencúa" y me soltó aquel discursito de "¡Aquí todos los hermanos son iguales. Si ellos no van a la playa, ella tampoco"!

— Te podrá gustar o no pero tienes que admitir que la madre y el padre son los que toman las decisiones en una casa y si ellos han decidido becarla, no hay más que hablar.

— Coño, Mamá, ¡me da una rabia!...

Y era así. Mi madre permitía que yo estuviera con las Lam. Sabía cuánto había aprendido a amarlas, casi igual que a mi propia familia pero no les permitía tomar decisiones sobre mí en nada; Ni en qué escuela estudiar, ni tanto menos a donde iría en el tiempo de vacaciones. Todos los hermanos éramos iguales. No teníamos nada nuestro, nuestros vestidos, nuestros juguetes eran comunes, la palabra "Propiedad" en mi familia, no tenía ningún significado. Aparte de ellas otros vecinos se habían aficionado a algunos de nosotros pero a la noche, todos teníamos que volver a casa, a nuestra humilde casa.

Una mañana de septiembre mi padre me acompañó a la escuela de deporte "Turcios Lima" de Sagua la Grande. Fuimos en su bicicleta. Yo iba sentada atrás en la parrilla, entre el manubrio llevaba la pequeña maleta de madera que me había hecho unos días antes.

— Ya verás cómo te vas a divertir Ana, no vas ni a querer venir a casa el fin de semana.

Mi padre ya no sabía qué decir para consolarme, durante todo el trayecto en bicicleta sentía mis sollozos.

Llegamos a la escuela que se encontraba en las afueras del pueblo. Era un edificio de dos plantas pintado de verde claro, con persianas blancas de madera. Dos columnas de cemento sostenían por ambos lados una reja de hierro. Nos bajamos de la bicicleta. Atravesamos caminando el terraplén que conducía a la entrada de la escuela. Un busto de yeso de José Martí descansaba sobre una columna alta de un metro. Al lado, el asta con la bandera cubana.

Amarró con una cadena gruesa la bicicleta al tronco de un pequeño árbol. La cerró con un candado. Cogió la maleta dirigiéndose a la entrada principal. Giró la cabeza para decirme algo, al no verme se volvió en dirección a la bicicleta. Yo seguía clavada allí sin moverme igual a aquel busto del apóstol. Puso la maleta por tierra camino hasta donde yo estaba. Se inclinó a secarme las lágrimas y probó poner en orden los cabellos, tan rebeldes como mi carácter.

— Mira Anita, ya te dije que el director es amigo mío. Le voy a pedir permiso para que me deje venir a verte mañana por la tarde, pero si ve que estás llorando lo más seguro es que me diga que no.

Apreté fuerte los labios buscando la fuerza para tranquilizar el llanto. Ya aquello me daba un poco de consuelo.

— ¿Y Mami también puede venir?

Alzó los brazos con un poco de desesperación.

— Bueno, le voy a pedir que nos deje venir a los dos.

— ¿Y a mí madrina? Y a Tata y a...

— ¡Ana! ¡Esto es una beca, no un hospital donde se pueden hacer visitas todos los días. Tienes que estudiar y practicar el deporte para que puedas ser una campeona.

— ¡Yo no quiero ser ninguna campeona! –alcé la voz dando una patada en el piso de tierra.

Mi padre no respondió, creo que llegó al límite de su paciencia. Me tiró de la mano sacándome de la base de pelota donde me había plantado. Entramos juntos al edificio sin decir ni una palabra más.

Parece que el director no era tan amigo de él. No le permitieron venir a verme entre semanas. El sábado, después de almuerzo nos mandaban a casa, se entraba de nuevo a la escuela el domingo a la seis de la tarde.

Fue durísima aquella separación. Las primeras noches lloraba bajito apoyada en la almohada para que las demás alumnas no me oyeran. No me gustaba nada de aquella escuela, ni el deporte, ni la comida y la cosa peor de todas, ¡No había televisión!

Virgencita de Regla, virgen de la Caridad, san Lázaro, Diosito lindo, mándame para mi casa, yo no quiero estar aquí. Que mi mamá lo entienda, murmuraba en el silencio de la noche.

— ¿Ana María, tú estás rezando? –me interrumpió la compañerita de cuarto que dormía en la litera abajo de la mía–. Aquí no se pueden tener creencias religiosas. Si te oyen te buscas un lío...

— No estoy rezando Mercedita. Me estoy aprendiendo una poesía.

— ¿Tú sabes recitar?–se sentó en la cama. Nuestro pequeño cubículo para seis niñas estaba en penumbra. Hacía solo unos minutos habían pasado a apagar las luces.

— ¡Ay Anita, recítanos algo! –saltó Reglita de la litera de al lado.

Me tomaron por sorpresa pero una poesía sí que me sabía. Me la había enseñado Yaya:

Hay sol bueno y mar de espuma,
Y arena fina, y Pilar
Quiere salir a estrenar
Su sombrerito de pluma.
¡Vaya la niña divina!
Dice el padre y le da un beso:
¡Vaya mi pájaro preso
A buscarme arena fina!

Un aplauso silencioso siguió cuando terminé la poesía.

— Si quieren, la semana que viene me puedo aprender otra.

Cada fin de semana cuando iba a casa me aprendía algunos versos para después decírselos a mis amigas. La fama de declamadora se regó por la escuela y una vez tuve que hacerlo durante el matutino delante de toda la escuela.

Mi padre tenía razón. Poco a poco, sin darme cuenta la escuela me fue gustando, como también aquel tenis de campo que cuando entré en ella no sabía que cosa era. Lo practicábamos todas las mañanas. El profe me decía que tenía muchas condiciones, que si me esforzaba me llevaría a las competencias provinciales.

Un año después participé en ellas. Fui primero Campeona Regional del municipio de Sagua y medalla de bronce en los Juegos Provinciales de Las Villas.

Estos premios me otorgaron el derecho de entrar al siguiente curso en la EIDE Provincial de Santa Clara.

La alegría de estos triunfos me hicieron pensar que aquello que le había dicho un día llorando a mi padre no era la verdad; Sí. ¡Yo quería ser una campeona!

SANTA CLARA

De mi pequeña Sagua pasé a una escuela más importante, a un pueblo más grande, Santa Clara, ciudad central de Cuba y capital de la localidad. Junto a las actuales provincias de Cienfuegos y Sancti Spíritus formaban la antigua provincia de Las Villas.

La escuela me parecía enorme, tenía cuatro pisos. Delante un enorme jardín con un parque con bancos de maderas. A su alrededor un campo de futbol y una pista de atletismo. Me faltaban solo dos meses para cumplir once años pero ya me sentía grande e importante.

Mi padre me acompañó a la beca un día antes de que iniciara el curso escolar. Esta vez sí que no lloraba, por el contrario, yo me sentía emocionada y contenta por conocer mis nuevas compañeritas de equipo. Lo esperé fuera de la dirección, estaba dentro reunido con el director haciendo todo el papeleo de inscripción.

La maleta de madera me servía de asiento. Esta era todavía más grande que la que tenía antes. También era hecha por él, con sus propias manos. ¡Mi viejo guitarrista y carpintero! Mi hermano Rey la había pintado de carmelita porque decía que se ensuciaba menos. Le quitó el candado a su gaveta en el escaparte y me lo regaló para que pudiera cerrarla. Así podía proteger mis pertenencias y las cositas de comer que mi madre me había preparado; Leche condensada cocinada que llamábamos "Fanguito" pues se parecía de verdad al fango de las calles de tierra pero dulce y rico de chuparse los dedos, pero sobre todo, ¡como mataba el hambre!, una bolsa de nylon con chicharritas de plátano y pan frito con la manteca, esto último me lo preparaba mi abuela María.

Rey tenía que quererme de verdad para regalarme su candado. Él era el único de todos los hermanos que no le gustaba compartir sus cosas como nos obligaba Mami. Él mismo se cosía sus pantalones y camisas, tenía solo dos de cada pieza pero las mantenía impecablemente limpias y planchadas. Aquella pequeña gaveta era su única pequeña propiedad privada en nuestro mundo donde todo era de todos.

Después de algunos minutos se abrió la puerta de la dirección. Mi padre se acercó.

— Ya hablé con el director. Ahora viene una auxiliar que te va acompañar a tu cubículo. ¿Quieres que vaya yo también?

— No, no hace falta. Si tú quieres vete ya, no sea cosa que se te pase el turno de la guagua –aquella mañana cuando habíamos llegado a la terminal provincial de Santa Clara, mi padre recogió uno de los tiques con el número de espera para tomar la guagua de regreso a Sagua.

— ¡Qué va hija! ¡Si tengo más de 300 personas por delante! Tú sabes qué hago, aprovecho y paso por la casa de mi pariente a ver si me consiguió las cuerdas para la guitarra.

— Está bien, dale. No te preocupes por mí, ve a buscar tus cuerdas para que puedas darle las serenatas a Mami.

Por lo menos una vez al mes mi padre, desde la acera de la casa, cantaba los boleros tradicionales con otros dos amigos que formaban el trío. Nosotros nos uníamos a mi madre en la ventana para oírlos cantar.

Dos gardenias para ti
Con ellas quiero decir
Te quiero, te adoro, mi vida.
Ponles toda tu atención
Porque son tu corazón y el mío...

Llegó la auxiliar que esperábamos. Era una mulata con los pelos pintados de amarillo, ¡amarillo! Me pareció tan rara una mulata rubia, ¡qué extraño!, vestía unos pantalones muy apretados que le marcaban todas las curvas del cuerpo. A mi padre se le iluminó el rostro cuando la vio. Pensé que la conocía. Cambió de idea e insistió en acompañarnos. Ya no se acordaba que debía buscar las cuerdas de la guitarra.

— ¿Puedo acompañar a la niña hasta el cubículo?

— ¿Quieres que él venga contigo? Así ve el albergue donde vas a vivir–. Me preguntó.

— Claro que quiere que la acompañe, ¿verdad Anita?

Mi padre no me dio tiempo a responder. No dejaba de sonreírle a la mulata amarilla. Su expresión era muy entusiasta, como de fiesta. Se veía que estaba muy contento con mi nueva escuela. Tomó la maleta y salieron caminando delante de mí. Yo los seguí sin poder quitar la vista de aquellas dos nalgas que se balanceaban al caminar. ¡No había visto un trasero tan grande en toda mi vida!

Los entrenamientos de tenis eran en las mañanas. Nos llevaban en unas guaguas escolares hasta los terrenos de tenis de la universidad de Santa Clara. Regresábamos a la escuela al mediodía. Después de almuerzo se iniciaban las clases de escolaridad. En las noches teníamos algunas horas de recreación que aprovechábamos para jugar o ir a ver la televisión al salón de reuniones de la escuela. Otras dos horas de estudio hasta las diez, que sonaba el timbre como aviso para retirarnos a nuestros cubículos.

Volvíamos a nuestros dormitorios pero no nos dormíamos tan temprano. Aquel tiempo lo teníamos para hablar y para compartir nuestras historias.

Cada quince días nos daban el pase para ir a casa. El fin de semana que me quedaba en la escuela, mi hermana Elsy venía a visitarme. Me traía algunas cositas de comer que mandaba mi madre. Las Chinitas Lam la ayudaban en esto. Cada domingo me preparaban una cajita con dulces caseros y otras golosinas que me servían de merienda. La comida en la escuela era tan mala como aquella de la EIDE de Sagua. Arroz con pollo sin pollo, solo de color amarillo, los frijoles no tenían el gusto sabroso como los que se hacían en casa, por no hablar de los chícharos duros como una piedra dentro del caldo aguado.

Elsy aprovechaba aquellos viajes para hacerse acompañar de su novio Glean, un muchacho que tenía quince años, como ella, alto y flaco como una vara de aguantar tendederas. Mi hermana era de baja estatura y envueltica en carne. Hacían una pareja muy dispareja pero estaban muy enamorados.

Algunas veces mis padres, aparte del dinero del pasaje, le daban a mi hermana dos pesos para que me llevara al cine de Santa Clara. Fue así como se inició mi etapa de narradora.

En las noches, cuando nos reuníamos en el cubículo antes de dormir, después que apagaban las luces, nos sentábamos en las literas, entonces yo les contaba la película que había visto. Les describía todo, los personajes, los paisajes, las casas... Todo, todo, todo. ¡Hasta el más mínimo detalle! Reproducía los diálogos de las escenas, algunos los inventaba pero con el mismo hilo de la historia de modo que ellos pudieran ver la película a través de mis palabras. A mis amigas les encantaba oírme. Yo me sentía vivir en cada una de aquellas tramas.

Algunos fines de semana que no me podían mandar dinero porque "la cosa estaba mala", como decía mi Mamá, mis amigas de cuarto recolectaban monedas entre todas para completar el dinero de la papeleta para que yo pudiera ir a ver la película de la semana y después pudiera contárselas.

Aquellas monedas no alcanzaba para la entrada de los tres, entonces Elsy me esperaba con su novio Glean en uno de los bancos de parque Central que estaba frente al cine. Ellos no se ponían bravos por eso.

— No te preocupes mijita. Cuando vengas a casa nos cuentas también a nosotros la película.

Desde mi butaca del cine devoraba el filme. Le arrancaba cada momento, pegándolo pedazo a pedazo en una parte de mi alma para después liberarlo en una estancia oscura, iluminada tan solo por la luz de la fantasía.

Una mañana mientras me entrenaba en el campo de tenis descubrí dos ojos del mismo color del cielo de Cuba que me miraban. Algunas pecas se destacaban en su rostro bronceado, sus labios eran rojos como una rosa. Me quedé electrizada, perdida en su infinito azul. Un pelotazo en las piernas me devolvió a la realidad.

— ¡Te toca sacar a ti Ana!

Era Lucrecia, mi compañera de equipo con la que me ejercitaba esa mañana. Retomé el ritmo del juego sin dejar de echar alguna que otra miradita a aquel muchacho que estaba fuera del campo con las manos agarradas a uno de los huecos de la cerca.

Se llamaba Jesús Cherta, tenía once años como yo. Era parte del equipo de Polo acuático que entrenaba en una piscina a unos pocos metros de los campos de tenis.

No nos hablábamos sino a través de los ojos. No me hizo nunca aquella pregunta pero los dos sabíamos que éramos novios. Cuando era yo quien terminaba antes me acercaba a la profunda piscina donde se ejercitaban. Dentro de sus aguas había más de veinte cabezas cubiertas con los gorros enumerados. Nadaban de un extremo a otro siguiendo la pelota, aunque parecían todos iguales, yo siempre encontraba aquella mirada que me hacía latir el corazón más fuerte que cuando terminaba de darle las diez vueltas al campo de tenis.

Fue la primera vez que hice una poesía. La escribí pensando en él, en aquel nuevo sentimiento que me dejaba un gusto dulce en el alma. Se la regalé el último día que estuvo en nuestra escuela. A su familia de Cienfuegos los habían reclamado del Norte, se iban definitivamente a vivir en Miami. Decían que eran gusanos. ¿Cómo se podía decir eso de alguien que se parecía más a un artista de cine?

Aquel segundo año en Santa Clara pasó sin darme cuentas. En el verano se hicieron las competencias, primero regionales y después provinciales. Pude en ambas subir al podio, a su parte más alta y con esto gané también el derecho de participar en los Juegos Escolares Nacionales en La Habana.

El tenis comenzaba a ser parte de mí. Había aprendido su técnica, me estaba enseñando como la victoria solo podía venir después de un gran sacrificio. Empecé a disfrutar del aroma del triunfo. Pero cuando probaba a imaginarme de grande, no me veía con una raqueta en la mano. Mi corazón me llevaba siempre a un teatro, imaginando poder brillar cada noche después de un fuerte aplauso.

NO HAY QUIEN ME TOQUE UN HERMANO

Sitiecito era el último caserío antes de llegar a Sagua. Cuando la guagua que me traía de pase desde Santa Clara circulaba por allí, yo no podía evitar emocionarme. Me entraba un cosquilleo por todo el cuerpo saber que dentro de unos minutos me iba encontrar con la entrada de mi pueblo, con la EIDE regional donde hacía poco más de un año había iniciado mi aventura como tenista. A través de la ventanilla veía el campo de fútbol y el de básquet donde los niños entrenaban.

Más adelante, pasamos por la Electroquímica, la fábrica de cloro, una de las más grandes industrias del país, donde había trabajado mi padre antes de dedicarse profesionalmente a la música.

El ómnibus dobló a la izquierda del policlínico municipal, buscando Calixto García, rumbo a su terminal, donde me bajé. Con mi maleta de madera a cuestas, eché a andar los diez minutos que me faltaban para llegar a mi casa. Pasé por delante de la fundición, la misma a la que cuando era chiquita iba con mis hermanos a vender lacitos plásticos para el cabello. Excepto el letrero desfasado que invitaba a asistir a un Primero de Mayo que ya se había celebrado, allí todo se mantenía igual. Allí seguía estando el largo tubo donde los obreros colgaban sus bicicletas. El penetrante olor a hierro y el ronroneo de las grandes máquinas me envolvían de recuerdos que me daban la bienvenida a casa. Todo seguía igual, era como si el tiempo pasara por un costado de mi pueblo, sin tocarlo.

La imagen de mi abuela María, sentada en la ventana, abanicándose con su penca de guano mientras esperaba la semana de mi llegada de la beca, era un recuerdo que siguió acompañándome, aún muchos años después de su muerte.

— ¡Caruca, llegó la niña! –alzó la voz para que Mami la oyera desde el patio, donde estaba fajada con la batea llena de ropa.

— ¡Abuela! –me lancé hacia ella, feliz de abrazar a mi viejita.

Mis hermanitos Marcelo, Mario, Alberto y Julito llegaron hasta la sala para saludarme. Cuando les vi, vestidos apenas con sus calzoncillos, supe que estaban de penitencia. Mi madre les castigaba dejándoles semidesnudos para que no pudieran salir a la calle.

— ¿Y ahora qué pasó? ¿Qué maldad hicieron?

— Julito se fajó a los piñazos con Wilfredito para defender a Marcelo.

— Y la mamá vino a darle las quejas a Caruca –intervino mi abuela.

— ¿Y por qué están los tres de penitencia?

— Porque no agarramos a Julito para los cintazos –dijo Mario llevándose las manos a la cintura.

En mi casa, el castigo habitual cuando alguien se portaba mal consistía en una buena mano de cuero, propinada con un viejo y ancho cinturón que mi madre tenía colgado atrás de la puerta de su cuarto. El culpable de la pena, corría por toda la casa huyendo de mi madre. Como para ella era difícil alcanzarnos obligaba a los demás a aguantar a quien tenía que ser castigado. Si te negabas a hacerlo el castigo era igual para todos, como sucedió aquella vez.

— Ana, qué bueno que llegaste temprano, hija. Y ustedes ¿ya le dieron un beso a su hermana?

— Sí –contestaron a coro.

— Pues, arranquen para allá adentro si no quieren que les encienda el lomo.

Los tres se fueron hacia la habitación donde cumplían sus horas de condena.

— ¡Ay, Mami, estos muchachos se pasan la vida castigados!

— Es que no salen de una y ya están entrando en otra. Me están volviendo loca y yo sola tengo que quitarles la malcriadez porque tu padre ni los toca, por eso están como están.

Los castigos de mi padre, a lo máximo que podían llegar, era lanzarnos unas de las chancletas de palo con las que andaba en casa. Chancletazo que nunca nos alcanzaba. O bien, porque no tenía suficiente puntería o porque era solo una justificación para demostrarle a mi madre que él también nos ponía carácter.

— ¿Y hasta cuándo es la penitencia?

— Hasta el lunes por la mañana, cuando se levanten para ir a la escuela.

— Pero, Mami, entonces se van a perder la matiné del domingo con abuela y conmigo.

— ¡Que se la pierdan! Ya estoy requetecansada de aguantar broncas de los vecinos por culpa de éstos muchachos

Por la noche, a la hora de la comida nos reunimos alrededor de la larga mesa de madera que estaba en el pasillo fuera de la cocina, era el único lugar donde podíamos comer todos juntos.

— ¿Qué fue lo que hizo Wilfredito? –le pregunté en voz baja a Marcelo que estaba comiendo a mi lado.

— Estábamos jugando a las bolas. Yo les gané todas, se encabronó, me empujó para el piso y me quitó todas las que tenía en el bolsillo.

— ¿Por qué no te defendiste?

— Porque él es más grande y más fuerte que yo.

— ¿Y se tuvo que fajar Julito que es el más chiquito de todos nosotros?

— Es el más chiquito ¡pero el más fuerte! –Julito que nos estaba oyendo, rió orgulloso mostrando los músculos del brazo–. Yo no quería que se fajara, pero la verdad es que la mitad de esas bolas son suyas que me las había prestado.

Wilfredito era un mulatico que vivía en la esquina de mi casa. Ellos también eran una familia grande, sola que su Mamá había tenido hijos con varios maridos y aquellos hermanos iban desde unos rubios, otros menos claritos hasta casi negritos, como Wilfredito. Eran famosos porque siempre estaban buscando pleitos. Los hermanos más grande cuando tenían broncas sacaban hasta machete lo que les hizo ganarse en el barrio el sobrenombre de "Los macheteros".

No era la primera vez que entre ellos y mis hermanos habían surgido problemas. En más de una ocasión las fajasones de los dos bandos llegaron a implicar a nuestras madres. Un día, la de ellos vino a darle las quejas a mi mamá en la puerta de nuestra casa. Toda acalorada le gritó a mi madre.

— Oye, Caruca, mira a ver si recoges a tus hijos que son malcriadísimos y los tienes siempre regados por la calle, haciendo lo que les da la gana.

— ¡Miren quien habla! La que tiene un hijo de cada color porque son de maridos distintos, viene a la puerta de mi casa a darme lecciones de moral.

Si los vecinos no se meten en aquella discusión para desapartarlas, una de las dos hubiera terminado en el hospital de Sagua.

Un año antes de irme a la escuela de deporte hice un pacto con Puchi, una de ellos que estaba en el aula conmigo. Le prometí que le escribiría las respuestas de las pruebas con tal que sus hermanos dejaran tranquilo a los míos. Ella había repetido dos veces el cuarto grado y por el rumbo que iba parecía que aquel curso terminaría igual. Si nos pillaban haciendo fraude, las dos podíamos ser expulsadas pero aquel acuerdo de paz merecía el sacrificio. Al final Puchi pasó de grado y hubo una tregua entre las dos familias.

— ¿Dónde es que ustedes van a jugar a las bolas? –les pregunté mientras ayudaba a mi madre a recoger los platos de la mesa.

— ¿Para qué tú quieres saberlo? No te busques problemas.

— No Marce, es para saludarlos. Hace muchísimo que no los veo.

Marcelo y yo nos quedamos mirando. Le guiñé un ojo tranquilizándolo.

En la parte de atrás de la vieja valla de gallos había una parte de terreno donde una vez se hicieron las peleas. En los primeros años de la revolución se eliminó la propiedad privada y la valla se quedó sin dueños, o mejor dicho, con un solo y único dueño: el estado. Ahora aquella plazoleta abandonada se había convertido en el lugar preferido de los chamas del barrio para jugar. Wilfredito estaba allí con otros dos niños de su edad jugando a las bolas. Me quedé un poco distante de ellos. El destino estaba de mi parte cuando la madre de sus amiguitos llegó a interrumpir el juego.

— Hace dos horas que los estoy llamando. ¿Ustedes son sordos?! –agarró a cada uno por las manos. Salieron por la parte de atrás de la valla.

Wilfredito comenzó a recoger las bolas regadas por la tierra guardándolas en el bolsillo del pantalón.

— ¿Quieres jugar conmigo? –estaba de espaldas. Se volteó al oír mi voz. Me miró de arriba abajo como si estuviera midiéndome. Se volvió para seguir recogiendo las bolas.

— ¡Yo no juego con las hembras!

— ¿Qué? Tienes miedo que te ganen?

Una gran carcajada dejó ver una encía de dientes disparejos.

— ¿Tus hermanos te mandaron para que los defendieras?

— No. Mis hermanos me dijeron que aquí había un mariconcito que se fajaba con los niños más chiquitos que él porque no tenía huevos para fajarse con uno de su edad.

— Mándame a Martín que es de mi tamaño para que tú veas como no le tengo miedo a nadie.

— Martín como es macho, esta con su novia. Tú no, tú eres una pajarita. Entonces fájate conmigo.

— ¿Con una hembra? Te volviste loca.

— ¿No te gusta jugar con las hembras? –me puse las manos en la cintura dando un paso adelante–. ¿Tampoco te gusta fajarte con las hembras? ¿No me digas que nos tienes miedo?–Terminé la frase con una galleta en pleno rostro que lo dejó con la boca abierta del asombro.

En menos de un segundo estábamos enredados a los piñazos en medio de la tierra. La rabia que sentía al saber las tantas veces que le había pegado a mis hermanos más chiquitos, unido a la desilusión porque por su culpa no podríamos ir aquel domingo al cine, me hicieron sacar todas las energías para mover los brazos como una furia.

— ¡Suéltame! ¡Suéltame o llamo a mi mamá!

Estaba encaramaba a caballos sobre su espalda aguantándole los dos brazos para no dejarlo mover. Sin tener tiempo a razonar le agarré la oreja entre mis dientes mordiéndolo con todas mis fuerzas.

— ¡Mami! Mamiiiiiiiiiii...!

— No grites mariquita! –de un salto bajé de sus espaldas empujándolo hasta que cayó de espaldas a la tierra. Me acaballé sobre él teniéndole las dos manos inmovilizadas sobre su cabeza. La próxima vez que me entere que le diste a alguno de ellos y que tu mamá o tu papá fueron a mi casa a dar las quejas, te dejo sin orejas. ¡Te lo juro por mi madre!

Me levanté sin dejar de mirarlo. Él no se atrevía a levantarse, me sostenía la mirada con miedo a que le fuera de nuevo encima. Todas aquellas mañanas corriendo por las escaleras de las gradas del estadio antes de las prácticas de tenis, habían hecho de mí una niña fuerte.

— ¿Me entendiste o te lo tengo que repetir?

Asintió con la cabeza. Le extendí la mano para ayudarlo a alzar. Con un poco de dudas me dio la de él. Se levantó sacudiéndose el polvo de las ropas.

— Y ahora, vamos a jugar a las bolas. Vamos a ver si en esto eres un poquito más macho.

Se tomó unos segundos para responder.

— ¿Dónde tú tienes las tuyas? – me preguntó titubeando.

— ¡En tu bolsillo! –respondí–. La mitad de esas fueron las que le quitaste a mi hermano Marcelo. Las otras te las quiero quitar jugando.

Recogí un pedazo de palo que estaba en el piso e hice un círculo en la tierra. Conté cinco pasos largos e hice una raya en el terreno. Saqué una moneda de un medio que lleva en el bolsillo.

— ¿Escudo o estrella?

UNA FUTURA ACTRIZ

Mi carrera de tenista siguió durante los tres primeros años que duró la secundaria básica. En el verano del 72 me preparé por tercera vez para representar a mi provincia, Las Villas en los Juegos Escolares Nacionales. El fin de semana antes de partir a La Habana nos dieron permiso para pasar unos días en nuestras casas. No me acostumbraba a volver y no ver a mi abuela María esperándome asomada a la ventana con sus palabras de siempre: "Sabía que ya estabas llegando. Le dije a tu madre que antes de la hora de almuerzo ya tú estabas aquí". Presentía mi llegada, lo mismo si era en la mañana o la tarde. No sé qué espíritu venía a avisarle, pero de seguro, era uno que conocía bien aquel tramo de Santa Clara a Sagua, junto con las tremendas colas que se tenían que hacer para coger una guagua.

Un año y pico antes, una tuberculosis que le llamaban galopante se la había llevado. El suyo fue el primer fallecimiento que me tocó de cerca, fue la primera vez que la Señora muerte se presentaba en mi vida... ¡y como dolía! Con ella se fue una parte de mi niñez con la magia y el encanto de su materna presencia. Mi vieja casa sin ella era como una caja de música sin la llave que alimentaba sus cuerdas.

Aquel fin de semana coincidió con la llegada de mi hermano Rey. Le habían dado unos días libres del servicio militar obligatorio que hacía en La Coloma, puerto de mar, en la provincia de Pinar del Río. Mi madre aprovechó la ocasión para matar uno de los puercos de su cría y festejar que estaban sus ocho hijos "Los muchos" reunidos por completo.

Mi padre había confeccionado una nueva obra maestra en madera. Una gran mesa con dos bancos laterales donde nos sentábamos a la hora de comer. Éramos diez en total y cada uno de nosotros siguió conservando el sitio fijo que ocupábamos en la que nos sentábamos antes. En la cabecera, presidiendo, Mami. A su lado, por la izquierda, Papi, al que seguían Rey, Martín y Marcelo. A la derecha Mario, Albert, Julito y yo. Tras la muerte de la abuela, Elsy había heredado el lugar de ella en el otro extremo de la mesa.

Empezamos a meterle el diente a las masas de cerdo fritas, a la yuca con mojo y a la gran cazuela de arroz congrí. No existía nadie en todo el universo que cocinara mejor que mi madre. Todo lo que salía de sus manos, hasta un sencillo huevo frito, sabía a gloria bendita.

— Ani, ¿Tu sabes con quien me encontré en la terminal de La Habana? Con Tito, el que cantaba en el combo que teníamos en la secundaria. ¿Te acuerdas? Está estudiando en La Escuela Nacional de Arte –me dijo Rey.

— ¿De verdad? –pregunté muy emocionada–. Finalmente alguien que conocía aquella escuela–. Sí, sí, Ariel Zurbano. ¿Y cómo pudo entrar ahí?

— Ah, eso no lo sé. Me dijo que estudiaba para ser actor.

Se me atragantó la comida en la garganta. Miré hacia la esquina donde estaba mi madre. Estaban hablando de algo que le mantenía alejada la atención de lo que Rey me estaba diciendo. Bajé la voz.

— Rey, tú tienes que ayudarme a hablar con él para que me explique cómo hizo. ¿Tú sabes dónde vive?

— ¡Claro!

— Pues esta misma noche tienes que traérmelo por aquí. ¡No! ¡Por aquí no! Mejor invítalo al parque mañana por la noche, yo voy a salir con Elsy.

Seguimos nuestro almuerzo familiar pero mi cabeza estaba por otro lugar. Ya me veía en La Habana en esa escuela de actores.

Durante todos los años mientras practicaba el tenis, no había dejado de pensar ni un solo día en mi deseo de ser actriz. No tenía la más mínima idea de cómo lograrlo pero algo muy adentro me decía que lo alcanzaría. No existía otra opción. No había otros caminos.

El sábado por la noche salí con mi hermana Elsy a darle las mil vueltas al parque de Sagua. Esa era la costumbre de los jóvenes de mi pueblo. Nos reuníamos con otras amigas y agarradas del brazo caminábamos alrededor del parque. Primero en un sentido, después de dos o tres vueltas se cambiaba para la dirección contraria. Entre vueltas y vueltas, encontrábamos otras amigas, intercambiábamos algunas palabras, nos saludábamos y se proseguía con las vueltas. Aquello podía durar hasta tres horas.

Aquella noche me la pasé vigilando de un extremo al otro del parque a que llegara mi hermano Rey con su amigo de infancia. Después de dos largas horas cuando los pies me estaban echando chispas de tanto caminar, lo vi llegar con un grupo de amigo, menos con el bendito Ariel Zumbado, nuestro Tito.

— No está en su casa. Dice la madre que salió desde por la tarde para la playa de Isabela. No sabe a qué hora regresa.

¡Que desilusión! Por la única razón que había salido aquella noche era para encontrarlo. No tenía en el pueblo muchos amigos, aparte de aquellos del barrio. Aquella bobería de darle la vuelta a la glorieta no la soportaba.

— Elsy, vámonos que es tardísimo.

— Pero si no son ni siquiera las diez de la noche. Tenemos permiso hasta las once. Protestó. Ella estaba muy a gusto con su novio Glean sin ningunas ganas de volver a casa.

— Es que ya estoy cansada.

Mi hermana alzó los hombros en gesto de desesperación.

— Aguanta otra media hora y después nos vamos. ¡Pareces una vieja!

Rey siguió con su grupo de amigos. Acompañé a mi hermana hasta uno de los bancos. Se sentó sin soltarle la mano a Glean. Me acomodé de la parte opuesta a ellos. Miré a la pista dónde seguían los grupos caminando de una parte a otra como hormigas locas ¡Que aburrimiento!

Aquella noche no lograba conciliar el sueño. Mi hermana y yo dormíamos en el cuarto que fue de mi abuela. El altar de los santos lo habían quitado. En una esquina, sobre una repisita de madera teníamos a la virgen de la Caridad. Esta y santa Lucia fueron los únicos santos que quedaron con vida después de la muerte de mi abuela. Recuerdo a mi madre, al otro día del entierro cuando empezaron a recoger las cosas del cuarto.

— Mira Jesús, Yo no creo ni en la madre que me parió. Todo eso es basura. Vamos a quitarlo todo.

— Santa Lucía fue la que le curó los ojos a tu hija.

— Ah, no me acordaba que aquel médico blanco en canas se llamaba santa Lucía.

— Caruca no juegues con los santos. ¡Tú no sabes lo que es eso!

— Bueno, deja a santa Lucia. Los demás los botas.

— ¡No!¡La virgen de la Caridad no se mueve de esta casa!

Mi padre no quería deshacerse tampoco de virgen de la Caridad. Cada 8 de septiembre aquella virgen había recorrido en procesión toda nuestra casa, bendiciéndola y protegiéndonos a todos. Fue así como se quedó en aquel rincón desde donde me miraba con su dulce cara de madre de todos.

¡Cachita de mi corazón. Mi virgencita linda! Tú me tienes que ayudar a convencer a mi mamá a que me deje hacer lo que me gusta de verdad. ¡Yo quiero ser una artista! ¡Yo quiero vivir en La Habana! Yo no puedo seguir en este pueblo siempre dándole vueltas al parque. Quiero vivir muchas vidas. ¡Quiero ser una actriz!

Yo debía regresar a mi beca el domingo por la tarde. Después de almorzar, Papi me acompañó hasta la terminal de Sagua. Aquello estaba que no cabía un alma más. Como todos los días, como siempre. Tal parecía que todo el mundo le había dado por viajar al mismo tiempo.

Él había ido temprano, a las siete de la mañana, para sacar un número de la lista de espera que me sirviera varias horas después. A las tres estaba marcada la salida de una guagua para Santa Clara. Allí estaba parqueada calentándose bajo el terrible sol, con su motor apagado, impasible ante el grupo de pasajeros que la miraban una y otra vez con la ilusión con que se mira a un santo, esperando el momento soñado de que llegara junto a ella el empleado encargado de llamar a los afortunados que teníamos números.

En la pizarrita habían pintado con tiza el 289. El que lo tuviera sería el primero que se iría en el próximo ómnibus. Yo tenía el 312. Teóricamente iba a montarme. Pero no era algo tan seguro. Podía ser que apareciera alguna persona sin números, empleados de transporte, sus familiares, amigos o recomendados que entraran antes que yo y tuviera que quedarme en la terminal hasta que saliera la guagua de las cinco, o la de por la noche o hasta que a la rana le salieran pelos.

No había una silla libre, así que me senté sobre mi maleta de madera, en una esquina de la acera. Apoyé la cabeza sobre mis manos y cerré los ojos para ver si me aislaba un poco de la situación. No veía la hora de llegar a la escuela. Todo aquel ambiente de gente desesperada que ansiaba embarcarse, toda aquella incertidumbre se repetía cada vez que yo iba a viajar, ya fuese en la terminal de Santa Clara o en la de mi pueblo.

— ¡Ani! Menos mal que estás todavía aquí –la voz de mi hermano Rey me hizo salir del cascarón donde me había envuelto–. ¡Mira quién viene conmigo! A su lado Ariel Zumbado, el futuro actor de nuestro pueblo.

— ¡Tito! –lo llamé por el apodo con el que lo llamábamos de niños–. Mijito pero qué difícil es hablar contigo. ¡Ya eres toda una estrella!

— Todavía, todavía –sonrió con cierto orgullo.

En menos de cinco minutos lo llené de preguntas. Me daba miedo que llamaran para la guagua y no me diera tiempo a preguntarle todo lo que necesitaba saber.

Para ingresar en la escuela de Artes Dramático había que terminar el décimo grado, que era el último año de la secundaria básica. Unos meses antes que terminara el curso se hacían las pruebas de ingreso. Un tribunal compuesto por actores y directores de teatro escogían a las personas que consideraban tenían talento para ser actores.

— ¿Y hay que actuar delante de todos ellos?

— ¡Claro! ¿Cómo van a saber si tienes condiciones?

Mis amiguitas de la EIDE me decían siempre que yo tenía condiciones. Me contó cómo fue su examen. Tenía que aprenderme, al menos, una poesía.

— ¿De cualquier tema? ¿Políticas, de amor…?

— De cualquier tema. Lo importante es que la digas bien.

— Ani se la come recitando. Dile una poesía ahí Ani.

— Ay, Rey, chico, no bromees. ¡No ves que esto es una cosa seria!

Me contó de cuantas cosas ya estaba haciendo en los teatros

más importantes de La Habana. Que querían ponerlo de protagonista en una novela pero lo estaba pensando pues le interesaba más el teatro. Años después descubrí que de todo lo que contaba, solo la mitad era verdad. Pero en aquel momento su fantástica historia de éxitos me llenaba de esperanzas. Su voz era más ronca de lo que la recordaba, impostada como si estuviera leyendo un discurso. Pronunciaba bien todas las palabras sin comerse los finales como hacemos normalmente los cubanos.

— ¡De verdad que pareces un actor! –dije admirada. Él suspiró alzando el pecho mientras me regalaba la mejor de sus sonrisas.

Nos despedimos con la promesa de avisarme con su mamá unas semanas antes que iniciaran las pruebas de ingreso del próximo año. La buena suerte estaba de mi parte, cantaron mi número para la guagua y pude hasta tomar asiento. Un verdadero milagro.

Mi corazón bailaba la danza del canguro. Después del encuentro con Tito, comencé a sentir que el tumulto de gente que me rodeaba no me molestaba tanto. ¡Aquel era mi público y en aquella guagua iba su futura actriz!

JUEGOS ESCOLARES

La guagua recorría la amplia avenida del Malecón de La Habana rumbo a 12 y Calzada. Allí, en el antiguo Vedado Tenis Club, nacionalizado hace unos años y rebautizado como Círculo Social "José Antonio Echeverría", se celebraban los X Juegos Deportivos Escolares Nacionales.

Yo iba sentada en la punta del asiento, asomada a la ventanilla. El mar me llenaba los pulmones de su aroma especial y ver La Habana pasar ante mí me inundaba de gozo. Todo llamaba mi atención. Los edificios me parecían enormes comparados con los de mi pueblo. Allá el más alto era el Hotel Sagua con cuatro pisos. Pero aquellos de la capital sí que eran imponentes, majestuosos.

¡Qué lindo era todo!, con tantos carros moviéndose de un lado a otro, tanta gente en las aceras, los parques con sus fuentes... La Habana era un cascabel colorido que se pasaba el día y la noche sonando. ¡Qué diferente su vida comparada con la sagüera, tan marchita y monótona!

No cesaba de pensar que un día caminaría por estas calles y la gente me reconocería y me pedirían autógrafos y fotografiarse conmigo.

Lo mío con La Habana fue amor a primera vista surgido dos años atrás cuando vine con la EIDE de Santa Clara a participar en mis primeros juegos escolares. Desde entonces, uno de los motivos por los que quería ganar en las competencias de mi provincia era porque las nacionales se celebraban siempre en la capital.

Durante las tres semanas que duraban las competencias, a los atletas de las provincias nos llevaban a visitar lugares históricos y culturales como la gran urna de cristal donde reposa el yate

Granma que trajo desde México a los ochenta y dos hombres que desembarcaron con Fidel en Oriente para hacer la revolución. Con ellos llegó también el Che Guevara. Frente al Granma, estaba el antiguo Palacio Presidencial, hoy Museo de la Revolución.

En los silenciosos salones del Museo Nacional de Bellas Artes, por primera vez vi las pinturas y esculturas de grandes artistas. También obras muy antiguas de Egipto, Grecia y Roma.

Casi todas las muchachitas que iban conmigo se aburrían en el recorrido pero a mí me encantaba caminar entre aquellas paredes, respirando el arte que salía por todos sus salones.

Y me prometí a mí misma que esta sería la última vez que vendría a La Habana como deportista. El próximo año entraré en esa escuela de arte. ¡Mi virgencita de la Caridad me va a ayudar!

La primera semana tuve dos partidos y no fue gran problema ganarlos porque me enfrenté a tenistas inexpertas. Ya estaba a las puertas del bronce, solo tenía que vencer en el tercer encuentro para entrar en el medallero.

La cosa se pondría más difícil en el tercer encuentro que me tocaba con una tenista pinareña que tenía un saque que no había quien lo parara. Si superaba esta, entraba en medalla de bronce. Era una medalla lo que necesitaba para llevarle a mi madre a cambio de su permiso para estudiar en la escuela de arte y hacerme actriz.

La mañana del encuentro hacía un calor insoportable. El mes de agosto en Cuba es uno de los más calientes. Llegamos a los terrenos de tenis de 12 y Calzada. Eran las diez de la mañana. A pesar de la alta temperatura las gradas alrededor del campo estaban llenas de espectadores. Tanto la pinareña como yo vestíamos dos sayas cortas blancas con anchos tachones, debajo un short del mismo color. Lo único diverso era el color de la camiseta. La mía amarilla con las letras en negro que decía "Las Villas". La de ella verde decía "Pinar del Río".

Comenzamos a calentar, cada una en una parte del terreno opuesto, dividido por una malla alta de aproximadamente un metro. Nos pasábamos la bola de una parte a la otra sin esforzarnos mucho, solo para preparar los músculos. Después pasamos a practicar el saque. No habían exagerado con el saque de la pinareña, era un tubo recto que me tembló el brazo cuando paré el primero. Este era su lado fuerte, tenía que descubrir cuál era el débil para poderle ganar.

Discutimos a suerte de quien sería la salida, para mi desventaja le tocó a ella. Estaba perdiendo antes de descubrir que su Talón de Aquiles era el lado izquierdo. Perdió varios puntos enviando la pelota a la malla. Ella se defendía tratando de responder lo más posible por su lado derecho que era tan potente como su saque.

Los aplausos del público se sentían a continuación tanto cuando yo anotaba un punto como cuando lo anotaba ella. El primer set terminó 6 a 4 a su favor. Hicimos una pausa de quince minutos antes de iniciar el segundo.

— Tienes que seguir maltratándola por la izquierda. El saque tienes que esperarlo más atrás para que la pelota pierda fuerzas.

Mi entrenador Carlos, era un negro de baja estatura con fuertes músculos. Tenía más tipo de boxeador que de tenista. Giraba la toalla delante de mí para crear un poco de fresco. Estaba empapada en sudor y la cara la tenía roja como un tomate.

— ¡Esta pinareña es dura de pelar! –dije mientras me frotaba la cara con una esponja húmeda.

— ¡Tú eres más dura que ella y tienes más experiencia. No te me amarilles, coño, y gana este set. Acuérdate que estás a un paso de una medalla!

Iniciamos el segundo tiempo. Concentré todas mis fuerzas en poner en práctica las instrucciones que me había dado Carlos. Utilicé una nueva táctica, que consistía en jugar más cerca de la net desde donde podía rematar haciendo que la pelota llegara a ella con gran velocidad poniéndola en dificultad de responder.

Todos estos aspectos técnicos me dieron la victoria del segundo set. El juego se había empatado. Teníamos que discutir el tercero. Había empezado a conocer a mi adversaria pero se abría un nuevo problema ante mí: mi resistencia física. Estaba agotadísima y no creía que en un tercer encuentro podría llevar el mismo ritmo que me había permitido empatar el juego.

Los entrenadores de los dos equipos se acercaron al centro de terreno donde estaba sentado el árbitro en su silla alta de dos metros. Se inclinó hacia adelante para poderles hablar. Después de algunos minutos, se alzó y bajó las escalerillas. Carlos se dirigió al fondo del terreno donde lo esperaban nuevas instrucciones.

— Se suspende el encuentro hasta la tarde. El sol está demasiado fuerte. Tienes tres horas para recuperarte. ¿Qué me dices?

— ¡Qué se jodió la pinareña! Si tengo tres horas para cargar las pilas, la medalla de bronce no me la quitan del cuello.

¡Así fue! Tres horas después con nuevas fuerzas, con una estrategia de juego estudiada con Carlos hasta el más mínimo detalle gané el tercer tiempo 6 a 4. La Sagüera había asegurado un puesto en el podio.

Después de aquella victoria todo fue más fácil. Las otras dos adversarias no eran tan fuertes como ella, ganarles fue menos difícil. Yo misma estaba sorprendida de ese resultado, me bastaba la medalla de bronce, pero la verdad que la de oro tenía un mejor sabor.

El entrenador del equipo nacional habló conmigo.

— Están interesados en ti. Quieren proponerte que vengas a estudiar a la ESPA nacional –me dijo Carlos mientras se sentaba a mi lado en el ómnibus que nos traía de vueltas para Santa Clara.

— No, Carlos. Te dije que este era mi último año en el tenis.

— Sí, pero eso lo dijiste antes de haber ganado una medalla de oro.

— Y te lo repito también ahora. ¡Voy a colgar la raqueta a un clavo de la pared!

De nada sirvieron todas sus palabras para convencerme, ni las del Comisionado Nacional, ni las del Director de la EIDE. Tenía catorce años y una idea clara de lo que quería hacer con mi vida. Me esperaba una batalla más grande que la que me costó aquella medalla; El permiso de mi madre para estudiar en la Escuela Nacional de Arte.

— ¿Es oro de verdad?

— ¡Ojalá!

Estábamos mis padres con todos mis hermanos sentados a la mesa del comedor de nuestra casa en Sagua. Mi hermana se había colgado la medalla de oro al cuello y la acariciaba como si la hubiera ganado ella. "Los muchos" estaban orgullosos de su hermana Campeona Nacional. Mi Mamá había mandado a matar uno de los puerquitos de su cría. ¡A celebrar con las masitas de puerco fritas y su arroz congrí que era el mejor del mundo!

Terminamos de comer. Elsy y yo comenzamos a ayudar a mi mamá a recoger la mesa. Mi padre buscó la guitarra, se sentó en el sillón de la sala a cantar acompañado de mis hermanos.

La lluvia parecía inminente. El aire tenía ese olor peculiar que la anuncia. Por allá lejos se oían algunos truenos.

— Pues si ganaste el primer lugar y te han ofrecido estudiar en esa escuela nacional de La Habana, debe ser porque tienes condiciones para el deporte ¿no?

Mi madre lavaba los platos sucios en una cazuela con detergente y me los iba pasando para que yo los enjuagara en otra con agua limpia.

— Mami, tú sabes bien lo que quiero estudiar –repliqué mientras pensaba– ¿quién me habrá mandado a contarle que me han ofrecido una beca en la ESPA?

— Mi hijita, esa idea del artistaje a mí nunca me ha gustado y a ti que ¡no se te acaba de quitar de la cabeza! ¿Tú crees que esa es una carrera seria?

— Es tan seria como el deporte, que por lo visto sí te cuadra.

— Ay, Mami –intervino Elsy, que con un paño secaba los platos que yo le pasaba–. Déjala que estudie lo que le guste. Mírame a mí, no quise seguir estudiando, me puse a trabajar y me siento encantada de la vida.

Me hizo una seña de complicidad, para que yo notara su apoyo.

— Pues si no te interesa seguir en el tenis, entonces quédate aquí en Sagua, terminas el pre y después coges una carrera en la Universidad de Santa Clara.

— Pero, ¿tú no entiendes lo que te estoy diciendo? –pregunté en plan berrinche–. Si no me dejas ir a la escuela de arte, no voy a ninguna otra ni tampoco me voy a poner a trabajar como Elsy. Me quedaré aquí en la casa, perdiendo el tiempo entre estas cuatro paredes, sin hacer nada.

Le solté el plato a mi hermana con tanta rabia que faltó poco para que se cayera. Me sequé apenas las manos y salí como una bala de la cocina mientras todo se puso blanquísimo por un gran relámpago al que siguió un fuerte trueno.

— ¡Mamita, por Dios! ¿No ves que hasta los santos en el cielo están a favor de Ani? –dijo Elsy en medio de una carcajada– ¡Dale el permiso o aquí nos va a partir un rayo!

En la sala mi padre y mis hermanos seguían en otro mundo, cantando un corrido mexicano. Pasé delante de ellos casi corriendo hasta alcanzar la puerta de la calle. Salí tirándola fuerte. Afuera una ventolera de polvo sucio arrastraba papeles, pedazos de sacos de nylon, plásticos y cuanta cosa ligera encontraba en su camino.

Atravesé de un salto la acera, que aún era de tierra, y a paso doble me dirigí a refugiarme en la casa de enfrente, a contarles mis penas a mis chinas Lam. Fue entonces que vi algo que me congeló; Un par de hombres cargaban el cuerpo gordo e inerte de la vieja Yaya y junto a ellos, caminaban apuradas sus tres hijas.

— ¿Qué le pasó a Yaya, qué le pasó? –me agité.

— Ay, Dios mío, Ani, a mamá le ha dado una cosa –me respondió Rosario abrazándome.

La metieron en una máquina que las esperaba a la entrada. La acomodaron como pudieron en el asiento trasero. Mi madrina, Alicia y otros dos señores se montaron en el carro directo para el hospital.

En la entrada del portal Rosario, Ofelita y yo seguíamos con la vista la máquina que se alejaba. Las tres desesperadas llorando e, implorando:

— ¡Ay, Dios mío! Te suplico, te suplico... No te lleves a mamá, no te la lleves, mi Dios.

— Ay, Caridad del Cobre, por lo que más tú quieras. Que no le pase nada a mi viejita Yaya. Tú sabes como yo la quiero–. Con mis dos manos apretadas miraba al cielo para ver si detrás de todas aquellas nubes negras mi buena virgen podría verme.

— Por favor, virgencita, ¡qué no se muera, qué no se muera!

Pero el cielo no pareció enterarse de muestras peticiones. De momento, lo único que hizo fue empezar a descargar tremendo aguacero que nos obligó a entrar en casa.

LA VIEJA YAYA

La vieja Yaya vivió otras tres semanas después que le dio el ataque al corazón. No me querían llevar a verla, decían que estaba muy débil y debían evitarle grandes emociones. Ella continuaba preguntando por mí hasta que finalmente una mañana mi mamá me llevó al hospital de Sagua, "Mártires del 9 de abril", donde estaba ingresada.

Lo había inaugurado Fidel Castro en 1968. Era una estructura de prefabricado alta de cuatro pisos, con una forma rectangular que le hizo ganar el nombre de "caja de fosforo", por su parecido a las cajas de fosforo familiares que vendían en la bodega.

Yaya estaba en una sala con otras siete personas. Mi madrina Alicia sentada en una silla de hierro al lado de la cabecera de la cama. Le leía un libro. Cuando la vi solté la mano de mi mamá corriendo hacia ella. La abracé fuerte apoyando mi cabeza a su pecho.

— Suave, Ana, no vayas a a lastimarla.

— Déjala Caruca, no me hace mal, al contrario, tenía tantas ganas de verla...

Aunque, Yaya era ciega, hablaba siempre como si de verdad pudiera verme.

— ¡Como te he extrañado Yaya! ¿Cuándo te mandan para la casa? –le dije alzando la cabeza para contemplar su rostro. Sus ojos perdidos en un punto del cuarto. Su pelo blanco, perfectamente peinado hacia atrás, como le gustaba a ella.

— ¡No lo sé, mi muchachita! –sus manos encontraron mi cabeza. Pasó sus dedos por todo mi rostro, esculpiéndome con sus manos–. ¡Estás tan linda Ana! Ya eres casi una mujer. Yo no creo que te veré, ¡pero sé que serás una de las artistas más linda de la televisión cubana! –le sonreí abrazándola nuevamente con cuidado de no lastimarla–. Alicia, ve con Ani a buscarme un poco de agua.

— No Yaya, yo me quedo contigo aquí –me volví a mi madre–. Mami acompáñala tú.

— No Anita, déjame hablar un poquito con tu madre –alzó débil la mano buscando la de mi madre para saludarla–. Cuéntame algo Caruca. ¿Cómo está Chucho?

Alicia me tomó del brazo acompañándome fuera de la sala. Antes de cerrar la puerta me volví para mirarla. Mi madre se había sentado en la silla donde antes estaba Alicia. Sacó de la bolsa un pozuelo con un pedazo de panetela que había hecho especialmente para ella. La saludé con la mano esperando que pudiera verme. Siempre tuve la sensación de que Yaya podía hacerlo a través de la niebla blanca que cubría sus ojos. Me miraba con todo el amor que había dentro de aquel viejo corazón, que como una máquina estaba recorriendo sus últimos kilómetros. Aquel fue el recuerdo final de mi viejita Yaya, que sin ser sangre de mi sangre ha sido una de las personas que más he amado en toda mi existencia.

Por mucho que insistieron mi madre, Carlos, el profesor de tenis, el director de la escuela de deportes, y hasta el comisionado nacional, nadie pudo convencerme a seguir practicando tenis. Me matricularon en la secundaria básica "Máximo Gómez" y en ella pasé el décimo grado.

Faltando dos meses para terminar el curso llegué a casa, después de la escuela. Encontré a mis padres en la cocina. Mi madre había acabado de colar el café.

— ¿Quieres un buchito mija?

— No. Tengo tremenda hambre. ¿No me dejaron un pedacito de pan? –dije mientras miraba dentro de la jaba de saco donde mi madre los guardaba en la mañana.

— ¡Qué va hija! Tu hermano Julito acabó con el pan de todo el mundo. Ese muchacho tiene una solitaria, no se llena con nada.

— ¡Siempre es igual! Nos dan un pan por persona, no sé por qué él tiene que comerse el de los demás.

Dije refunfuñando. No había en casa más nada a que meterle el diente. Saqué la latica de azúcar prieta para prepárame una limonada.

— No te estés llenando con boberías que ya falta poco para la comida.

¿Cómo podría llenarme con un vaso de limonada? Con quince años tenía un apetito voraz. Después de la fracasada zafra del 70 donde no se pudo cumplir con los famosos diez millones de toneladas de azúcar, nuestros campos quedaron más pelados que la calva de un viejo. No se conseguía una vianda ni aunque la pagaras en oro. Nuestra salvación era siempre la cría de puercos que teníamos en el patio de la casa, que nos aseguraba la carne y la manteca.

— ¿No me digas que tampoco hay limón?

— Mija, tengo dos escondidos para adobar un pedacito de carne.

— ¿Quieres que te haga un vaso de agua con azúcar? –intervino mi padre. Aquella era su especialidad, se tomaba más de cuatro vasos al día para apaciguar el hambre.

— No, deja. Voy a cambiarme.

— Espérate un momento Ana –me detuvo mi padre aguantándome por un brazo–. Tenemos una noticia que darte.

Separó la silla de la mesita de la cocina para que pudiera sentarme.

— ¡No veías la hora de decírselo! –mi mamá alzó los brazos acercándose al fogón. Destapó el arroz que estaba cocinando dándole vueltas con la espumadera.

— ¿Cuál es el misterio, caballero?¿Qué pasó?

Mi padre se sentó en la otra silla, frente a mí.

— Este domingo saqué pasaje para La Habana. Te voy a llevar a esa escuela de arte para que te hagan las pruebas. ¡Mi amigo Alberto Luberta ya me lo averiguó todo!

Menos mal que estaba sentada sino hubieran tenido que recogerme del suelo. ¿Qué quería decir esto? En todo el año no se había hablado más de ese tema en casa, pensé que era un caso cerrado para mi madre. Alberto Luberta era el famoso escritor del programa de radio que oíamos todos los días desde chiquitos Alegrías de sobremesa. Mi padre decía siempre muy orgulloso que era su amigo. Yo pensaba que era uno de los tantos inventos suyos ya que a veces recontaba demasiadas fantasías, ¡pero esta parecía que era de verdad!

— Nos vamos a quedar en casa de Dora, una pariente de tu

mamá. Déjame decirte que si te aprueban podrás venir aquí a Sagua solo una vez al año –asentí sin abrir la boca.

— Dice Luberta que esas pruebas no son fáciles. Ahí se presentan muchachos de todas las provincias, así que tienes que estar preparada para ir con dos jabitas, la de ganar y la de perder.

— ¡Pues mira que deje la de perder aquí en la casa! Porque si nos vamos a sacrificar y coger la mitad de tu sueldo para que puedan ir a La Habana, no le queda más remedio que aprobar esa prueba!

Siguieron hablando pero yo no los oía. ¿Estaría soñando? Había imaginado este momento de dos maneras: o el permiso de mi madre llegaba después de una gran discusión o, algo peor, yo me tendría que escapar de la casa para aparecerme en esa ENA. Creía más probable, la segunda.

— Ana, ¿te has quedado muda? – preguntó mi madre con las dos manos a los lados de la cintura.

Quería decirles algo pero no me salían las palabras, era como si tuviera la lengua encolada. Apreté fuerte los labios pero de nada sirvió. Dos grandes lágrimas corrieron por mis mejillas.

— ¿Pero quién entiende a esta muchachita? Yo pensaba que le estábamos dando una buena noticia y lo que se pone es a llorar.

— ¿Te tragaste la lengua? –insistió mi madre. Sin decir nada, me acerqué a ellos y les abracé muy fuerte.

— Caballero, ¿qué es lo que pasa aquí? –preguntó Elsy que llegaba del trabajo.

— Nada, que Ana se va con tu padre a La Habana. Va a hacer las pruebas para la escuela de artistas –respondió mi madre tranquilamente, como si ella siempre hubiera querido lo mismo que yo.

— No me jodan, ¿eso es verdad?

Asentí con un gesto y se lanzó hacia mí con los brazos abiertos.

— Ay, mi hermanita. ¡Qué buena noticia!

— ¡Es un milagro de la Caridad del Cobre! –dije, sonriendo.

Ella se dirigió a mami:

— ¿Y se puede saber la razón de este milagro?

— Ay, Elsy, ni se lo preguntes. ¡No vaya a ser que se arrepienta!–papi, maestro en suavizar situaciones, intervino pasándole un brazo por los hombros a mi madre:

Pasó mucho tiempo antes de que Mami respondiera a la pregunta de Elsy y aclarara el misterio de su cambio de actitud. Aquella mañana en el hospital, faltando dos horas para su muerte, la vieja Yaya le hizo prometer que accedería a dejarme estudiar lo que yo quería ser en la vida.

— ¡Yo no pude faltar a mi palabra dada a una moribunda! –le confesó a mi hermana una tarde en que se sintió con ganas de hablar–. Por eso la dejé estudiar eso del artistaje.

AGUACERO DE MAYO

Cuando mi padre y yo nos bajamos en la terminal de La Habana caía un aguacero que no se veía a un metro de distancia. La cola para alquilar un taxi parecía no tener fin. Para no hablar de la otra fila paralela donde tenían prioridad los empleados de transporte, mujeres embazadas o con niños pequeños. Hacía más de una hora que estábamos allí y la cola no se movía ni un centímetro.

— Papi, ¿por qué no probamos buscar una guagua? De aquí no vamos a salir ni mañana por la mañana.

— Pero mi hija, ¿no ves el aguacero que está cayendo? Aparte que esa parada a esta hora estará llena de gente…

— Dejemos marcado aquí y al menos hacemos una prueba –insistí.

Mi padre dudó por unos momentos. Miró a las personas que estaban a nuestro alrededor. Justamente detrás de nosotros estaba un guajiro lleno de cajas de cartón amaradas con sogas.

— Compañero, ¿usted me puede hacer el favor de cuidarme un momentico el puesto para acompañar a mi hija al baño?

El guajiro muy amable le dijo que sí, se ofreció de cuidar nuestro equipaje para no estar cargando con todo.

— No. No hace falta si no pesa tanto, gracias –contestó mi padre, agradeciéndole el gesto.

"¡¿Que no pesa tanto?!" Me dije a mí misma. Yo llevaba solo tres vestidito. Pesaba por las cosas de comer que nos había dado mami.

— "A La Habana no se puede ir a la casa de nadie sin llevar comida. Allá no se encuentra nada. ¡Eso está más pelao que aquí!"

Nos había dicho mientras metía en la maleta de madera una lata con manteca de puerco. Una bolsita con chicharrones, frijoles negros, dos latas de leche condensada, un cartucho con chícharos y otro con dos libras de arroz.

— El café lo toman en la calle porque yo si no me voy a quitar el único paquetico que me queda de la cuota. Me puede faltar la comida pero mi buchito de café sí que no.

Lo de mi madre con el café era una tragedia. Nos mandaba por todo el barrio a ver quién vendía o lo cambiaba por ropas. Mis tíos de Corralillo le mandaban las camisas de caqui y los pantalones que les daban cuando iban a cortar caña. De este modo ayudaban a mi madre para que los cambiara por comida, la mitad de estos pantalones se iban atrás de los paqueticos de café.

Nos alejamos cargando la maleta entre los dos. Me sentía agotada por las dos horas de espera en la terminal sagüera, por las otras seis de viaje en un "Colmillo Blanco", congelándome por su aire acondicionado puesto a tope, y por el aburrimiento de aquella fila que no avanzaba. Me enredé con un periódico Granma abandonado y pisoteado en el suelo. La imagen de nuestro comandante me miraba con la cara sucia por el fango. Dejé aquella parte y recogí la de adentro, era más limpia.

— Espérate un momento Anita. Voy a aprovechar que estamos a aquí y voy hasta allá arriba a tirarle un ojo a la lista de espera de Sagua. De paso saco dos numeritos, uno nunca sabe si nos pueden servir mañana.

Me dejó plantada en medio a todo aquel gentío. No me quedó más remedio que sentarme sobre la maleta. Si no fuera que había venido a La Habana para hacer la prueba de actuación en la Escuela Nacional de Arte, me hubiera echado a dar gritos por la desesperación.

Un vendedor de turrones pasó por mi lado mostrando discretamente dos paqueticos en la mano, casi escondidos.

— Turroncito de maní, mi niña. ¡La barrita un peso! –negué con la cabeza. ¡Tres por dos pesos!– insistió el hombre.

— No, no, gracias.

Metió la mano en uno de los bolsillos del pantalón, sacó algunos pulsos colorados hechos de cepillos de dientes derretidos.

— Mira a ver si te sirve algún pulsito de estos. Son la última moda aquí en La Habana.

¿Se me notará tanto la cara de guajira? Me quedé pensando antes de contestarle:

— No, no. No quiero nada. Gracias.

Aparte de que eran horribles, yo no tenía ni un centavo. Por suerte llegó mi padre.

— Vamos Ana. ¡Esa lista de espera está encendía! Nos va a tocar dormir mañana aquí en la terminal.

Llegamos a la entrada principal de la estación. Allí también se podía tomar un taxi pero a diferencia de donde estábamos antes, no era por la cola, había que cazarlos. Cuando llegaban a dejar algún pasajero le caían arriba como moscas al dulce.

— Chofer, ¿Marianao?

— Vete por arriba pa' Guanabacoa.

— ¿Chófe pa' dónde va?

En las películas de "afuera", yo veía como uno paraba un taxi, se montaba y después le decía al conductor la dirección a la que debía dirigirse. En mi país de "Patas Arriba", la cosa era al revés. Tenías que preguntar el rumbo que llevaba la máquina y si daba la casualidad de que era el mismo al que te dirigías y al chofer le daba la gana de aceptarte, entonces te ganaste la lotería.

— ¡Aquí no hay quien se empate con una máquina!

— Papi. Vamos a probar en la parada

— Mira como está llena de gente hija. No cabe ni un alma más debajo ese techito

— ¿Qué hacemos entonces?

El aguacero estaba en todo su esplendor. Allí no había la más mínima esperanza de salir en ningún medio. Mi padre miraba para arriba como si buscara algo. Parecía que estuviera esperando que una máquina le cayera del cielo.

— Vámonos a pie, papi. ¿Tú no dices que 12 y 23 está cerquita de la terminal?

— Bueno, cerquita lo que se llama cerquita, no. Serán unos tres o cuatro km.

Me tomé unos segundos para calcular la distancia.

— ¿Sería como ir del Hospital de Sagua al central Resulta?

— Más o menos.

— ¡No es tan lejos!

— Anita ¿Cómo hacemos para irnos abajo de esta agua?, no tenemos ni una sombrilla.

Le mostré el periódico que tenía bajo el brazo.

— Mira, con esto podemos hacer dos gorros y dos capas.

— ¿Y la maleta? ¿Con qué la tapamos?

— La maleta es de madera y cierra bien. Lo que está adentro no se va a mojar.

Lo meditó durante unos segundos:

— Pues, vámonos a pie. ¡De los cobardes no se ha escrito nada!

Con el papel del periódico preparamos unos gorros como los que él usaba para protegerse la cabeza cada vez que le daba lechada a nuestra casa.

— Tápate bien tú que yo llevo la maleta.

— Pesa mucho para ti solo.

— ¡No te preocupes que tu padre todavía tiene la fuerza de un león!

Salimos rumbo a la esquina de G y Zapata. Con una mano, yo aguantaba por debajo de mi cuello las dos puntas de las páginas del diario que me tocaron. Con la otra, trataba de evitar que el gorro se me cayera. No habíamos caminado casi nada y ya comprendimos que nuestra solución de papel-sombrilla antiaguacero no funcionaba. El agua, inclemente, desintegraba las hojas del Granma ensopándonos a los dos. Ver a mi padre fajado con sus entripados pedazos del diario, me produjo un fuerte ataque de risa.

— ¡Este periódico no sirve ni para limpiarse el culo! –dijo papi en un grito que le salió del alma.

Yo no podía hablar de la carcajada que solté.

Con los zapatos calados, corríamos entre los charcos lo más rápido que nos permitían nuestras fuerzas y la pesada maleta. De vez en cuando, al llegar a un techito nos deteníamos un momento.

— Mi hija, puedes estar segura que te van a aprobar mañana pues dicen que el primer aguacero de mayo trae buena suerte.

— Pero, Papi, este no es el primer aguacero de mayo, estamos casi a fin de mes.

— Bueno, es el primero que nos cae arriba a nosotros. ¡Corre, Ani, corre!

Al llegar a la calle Zapata enfilamos por ella buscando la entrada del cementerio de Colón, de allí doblamos por 12 bajando hasta 21. Nos detuvimos delante a un edifico de cinco pisos pintado de gris. Un primer apartamento daba al frente de la calle. Un pasillo lateral conducía a los apartamentos interiores.

— Es aquí. Dijo él muy seguro.

Tomamos por el pasillo pasando delante a seis apartamentos. El de nuestra parienta era el último. Abrió la puerta cinco segundos después del primer toque.

— ¡Ave María purísima, Chucho, que empapada tan grande! ¡Entren, entren!

Dora, prima segunda de mi mamá, era una mulata clara con evidente trascendencia china. Aparentaba unos cuarenta años. La mayor de sus dos hijas, Niurka, era fruto de su primer matrimonio. Iraidita había nacido de Sergio, su actual compañero.

El apartamento tenía una sala comedor seguida de una pequeña cocina. El cuarto interior daba a una terracita que habían cerrado con cristales para convertirla también en habitación. De esta manera, para llegar allí había que atravesar el único cuarto.

— Cojan, para que se sequen –dijo la parienta acercándonos dos toallas–. Tienen que darse un baño tibio y cambiarse de ropa. Si no, se van a resfriar. Voy a calentarles un cubo de agua.

— Ay, Dora, qué pena me da molestarte tanto.

— No digas eso, Chucho, la familia está para servirse. Hoy por ti, mañana por mí.

La maleta de madera no resultó tan hermética como yo había pensado. Cuando la abrimos, lo que contenía se había mojado. Dorita tuvo que prestarme una de sus batas de casa y a mi papá un pijama de su marido. Y poner nuestra ropa detrás del refrigerador para que se fuera secando.

— Pero, ¿por qué Caruca se molestó en mandar toda esta comida? Ay, esa prima mía, tan exagerada como siempre.

Lo decía por educación pues cuando abrió el mueblecito del comedor para guardar las cosas que había enviado mi madre, vi que solo tenía allí dos tristes pomos con azúcar, uno con blanca y otro con prieta.

Tras el baño caliente, me sentí mejor.

La comida fue un plato de arroz blanco con tortilla de papas. Comíamos los cinco alrededor de una pequeña mesa mientras mirábamos en la televisión un nuevo capítulo de una novela que salía al aire en el espacio de Horizontes.

— ¿Lo que tú vas a estudiar es actuación para salir por la televisión?¿no? –preguntó Niurka señalando la pantalla.

Asentí con la cabeza sin dejar de masticar.

— Yo quiero estudiar enfermería.

— Y yo bailarina de ballet –intervino la menor– ¿Quieres ver cómo me paro en la punta del pie?– Se alzó de la silla, aguantándose del espaldar se paró en puntas imitando a una bailarina clásica.

— ¡Iraidita termina de comer! Llevas dos horas con el plato como te lo serví.

— No me gusta el huevo –apartó el plato que tenía delante con cara de disgusto.

— Eso no es huevo, es tortilla –Dora le volvió a poner el plato delante.

— Hoy por la mañana también comimos huevo.

— Hoy almorzamos revoltillo.

— ¿Y qué son la tortilla o el revoltillo? ¡Huevo disfraza'o!

La respuesta de Niurka me hizo gracia pero traté de no reírme.

— Disfrazado o no, hoy en día hay que comer lo que se pone en la mesa.

No pude evitar reírme de este pequeño encuentro entre madre e hija. ¡Cuán difícil era en aquel tiempo comer lo que nos gustaba! La mayoría de las veces, comer, más que un placer, era solo un modo de alimentarnos.

Por más que Dora insistió Iraidita no tocó la comida. Con la leche condensada que habíamos traído le preparó un jarro de leche que bebió todo con gusto.

— Bueno, con permiso, yo me voy a ir a acostar. La verdad es que estoy mata'o del trajín que llevamos desde ayer –dijo papi.

— ¿A qué hora tienen que estar en la escuela de arte?

— A las ocho y media –respondí.

— Pues tendrán que levantarse temprano. Yo les voy a poner el despertador a las seis para que puedan llegar a la parada antes de las siete. ¡Después, no hay quien se empate con una guagua!

Para pasar la noche nos acotejamos papi y yo en la cama de la terracita, donde habitualmente dormían las dos hermanas. Sergio estaría toda la noche de guardia en su trabajo así que Iraidita ocupó su lugar en la cama matrimonial de la habitación contigua. Niurka plantó en el pequeño sofá de la sala.

A pesar del cansancio no alcanzaba el sueño. Eran muchas las cosas que pasaban por mi cabeza. ¿Cómo sería esa prueba? ¿Qué cosa me mandarían a hacer? Nunca en mi vida había visto una obra de teatro. Mi única referencia era la televisión, las aventuras, las novelas. Dentro de tan solo unas horas, tendría que enfrentarme a un mundo tan fascinante como desconocido.

Amaba actuar, adoraba la idea de meterme en la piel de otras personas, de vivir diferentes vidas que no era la mía. Pero lograr mi sueño se me antojaba tan difícil como escalar una montaña altísima sin haber subido antes una triste colina. ¿Cómo iba a dormirme si no dejaba de pensar y pensar…?

¿POR QUÉ QUIERES SER ACTRIZ?

El día de la prueba para la escuela de arte nos levantamos a las seis de la mañana, como nos aconsejó Dora. En menos de media hora estábamos en la parada de 23 y 10, en el Vedado.

A pesar del cansancio había logrado dormir pocas horas. Mi padre roncaba altísimo. No imaginaba como mi mamá podía dormir a su lado. Acurrucada en una esquinita de la cama podía ver la luna a través de los cristales de la ventana, que aparecía a cada rato en los claros que dejaban las densas nubes. No llovía más pero de vez en cuando los relámpagos iluminaban la noche convirtiéndola en pleno día solo por breves segundos.

¡Virgencita, haz que mañana no llueva. Que yo no esté nerviosa en esa prueba. Que les guste mi actuación. Que no me hagan preguntas difíciles! Las peticiones no tenían fin, era como aquella lista que preparábamos en Navidad para Los Reyes Magos. Estos casi nunca me habían traído ni la mitad de lo que les pedía, pero con la virgencita de la Caridad era distinto. Ella sí entendía de milagros.

¿Qué cosa me mandarán a hacer? Si me mandan a recitar, como me dijo Tito, les digo la poesía de José Ángel Buesa. La ensayé delante de mis chinitas y me aplaudieron muchísimo.

Probé repasarla muy bajito…

Pasarás por mi vida sin saber que pasaste.
Pasarás en silencio por mi amor y al pasar
Y al pasar…

Ay, no me acuerdo que viene después… ¡Ay Dios mío ayúdame, esto no me puede pasar mañana!

— ¡Ana, deja de hablar y acaba de dormirte! La voz de mi

padre me hizo saltar en la cama. Se volvió de la otra parte y comenzó de nuevo con el ronquido.

¡Cuán alto estaría hablando para haberlo despertado! Bueno, ese ahora no era el problema, sino que había olvidado la poesía que me aprendí. La había repetido mil veces. ¡Me la sabía de memoria!

Me levanté con mucho cuidado. Las luces estaban apagadas pero por los cristales entraba suficiente claridad. En puntillas pasé por delante de la cama donde dormían Dora e Iraidita. Llegué a la mesa del comedor. Mi padre había puesto el nylon con los papeles que teníamos que llevar al otro día a la escuela. Los tomé y me fui directico al baño.

Cerré la puerta cuando entré. Tanteando encontré el interruptor de la luz. Un bombillo sin lámpara colgaba de un cable en medio del baño. Me senté sobre la taza apoyando en mi regazo el sobre donde tenía el libro de poesías. Lo abrí en la página con la punta doblada.

POEMA DEL RENUNCIAMIENTO

Pasarás por mi vida sin saber que pasaste.
Pasarás en silencio por mi amor y, al pasar,
Fingiré una sonrisa como un dulce contraste
Del dolor de quererte… y jamás lo sabrás.

Soñaré con el nácar virginal de tu frente,
Soñaré con tus ojos de esmeraldas de mar,
Soñaré con tus labios desesperadamente,
Soñaré con tus besos… y jamás lo sabrás.
Quizás pases con otro que te diga al oído
Esas frases que nadie…

… No sé por cuanto tiempo estuve dentro de aquel baño, pero no salí de allí hasta que la poesía estuvo grabada en cada rincón de mi memoria.

Tuvimos la suerte de que la ruta 30 viniera enseguida, nos montamos y fuimos los primeritos en llegar a la escuela. Pero no fue fácil. Desde que nos bajamos de la guagua, tuvimos que caminar cantidad y preguntar a la gente varias veces por dónde teníamos que coger para ir a la ENA, que quedaba lejísimo y en medio del campo.

Antes de las ocho de la mañana ya estábamos sentados en el lobby del gran salón del edificio central de la escuela. El lugar era precioso, ¡de película! Me llamaron la atención sus pisos, que brillaban tanto que parecían mojados. Yo no había pisado un lugar tan distinguido en toda mi vida.

Al rato una mujer pasó con una lista, llamando a los que veníamos para la prueba de actuación.

— Ana María Pérez Gómez

— Soy yo –respondí alzando la mano, ella hizo una cruz junto a mi nombre.

Verme allí hacía crecer mi excitación. Me levanté varias veces de la silla me sentía inquieta. Comencé a dar paseítos cortos por el pasillo.

— Papi, estoy nerviosa. No acabo de creerme que estoy aquí.

— Tranquilízate. Mi'ja –dijo él, sacando de una bolsa una botellita.

— Toma un poquito de este tilo que Dorita te preparó esta mañana. Ya verás cómo te calma un poco.

Las decenas de sillas de un gran salón, que más tarde supe que era el Salón de Actos de la escuela, se fueron llenando de jóvenes con sus familiares. Me pareció que todos vestían mejor que mi padre y yo y se comportaban con una soltura que nosotros no teníamos. Me sentía un poco fuera de lugar.

— ¿Cómo te sientes? –me preguntó papi, averiguando si me seguía el nerviosismo.

— Guajira. Delante de todas estas personas tan finas me siento guajira.

— ¿Cómo guajira?

— ¡Del campo papi, del campo!

Un señor mayor con unos espejuelos de cristales gruesos, de los que les decían "fondo de botella" se dirigió a los asistentes presentándose como el director de la Escuela de Artes Dramático, nos dio la bienvenida y se puso a explicarnos, muy serio, de qué iba la cosa:

— Ahora los dividiremos en tres grupos de a veinte. Durante

la mañana irán pasando por distintas aulas donde se realizarán cuatro pruebas. La primera será la de música y ritmo, y tras ella harán la de cultura física y la política. Después de almuerzo, habrá un receso y pasaremos a hacer la prueba de actuación.

Hubo un pequeño murmullo en la sala.

— Les vamos a entregar una tarjeta para que puedan almorzar aquí. También a los familiares.

El murmullo se hizo más fuerte. La gente aprobaba con entusiasmo la invitación de la escuela

Cuando el hombre terminó de hablar, salimos todos al pasillo. Se formaron varios grupos. La mayoría de los muchachos conversaban, reían con una despreocupación y una tranquilidad que contrastaba con mi ansiedad y mi miedo que aumentaban por minutos. Para calmarme, abrí mi carterita, saqué el libro de poesías. Me puse a repasar los versos.

— ¡Ana María Pérez! –llamó con fuerza una señora desde la puerta de un aula. Fui hasta ella y entré.

— Buenos días –saludé, siguiendo indicaciones de mi padre.

— Buenos días –me contestaron–. Ana María vamos a proceder al examen de música.

Un joven que no parecía tener más de dieciocho años, supuse que era un estudiante, estaba sentado en la banqueta de un gran piano de cola. La primera parte de la prueba consistía en repetir exactamente las notas que iba tocando y entonando el pianista, a veces con toda la escala por orden y otras saltando de unas notas a otras.

— Do, re, mi, fa, sol, la, si.

— Do, re, mi, fa, sol, la, si.

— Re, fa, mi.

— Re, fa, mi.

— Si, la, sol, fa, mi, re, do…

No tuve problemas. Cantar no era mi vocación pero tenía buen oído. Después me pidieron que igualara el ritmo de unas palmadas. Pan comido para mí que crecí oyendo la clave cubana en una casa llena de la música de mi familia.

— ¿Qué tal? –se interesó mi padre cuando salí.

— Yo creo que bien.

— Vaya, ya ganamos el primer asalto de la pelea –dijo, alegre.

Abrió su bolsa, sacó la botella y me la entregó. Parecía un entrenador cuidando a su boxeador entre un asalto y otro.

— Date unos traguitos de tilo.

Poco faltó para que me echara fresco con una toalla.

Al rato me tocó la prueba cultural. Un profesor, sentado en un buró repleto de papeles, jugaba con un lapicero que hacía girar entre sus dedos. Me señaló la silla delante de él, invitándome a acomodarme.

— Ana María, dime el título de alguna puesta en escena que hayas visto hace poco.

— ¿Una qué?

— Una puesta en escena, una obra de teatro.

Me puse más blanca que la pared de aquella habitación. Comencé a rascarme la cabeza sin abrir la boca.

— ¿Ana María?

— Pues... no... No he visto ninguna últimamente.

— Bueno, entonces, dime alguna que presenciaste el año pasado.

— Yo... Yo tampoco vi nada el año pasado.

— ¿Y eso? ¿No te interesa el teatro?

— Sí, sí, pero es que yo vivo en Sagua la Grande y allá no...

De pronto me acordé de algo y se lo solté.

— Pero, óigame, yo no me pierdo el Teatro ICR que ponen los lunes por el canal 6. En ese programa pusieron una muy dramática que se llama Yerma. ¿Quiere que le diga otras obras que yo he visto allí?

— Deja, no es necesario –dijo el profe y se puso a anotar en un papel.

— ¿Sabes quién escribió Casa de muñecas?

— Bueno, la verdad es que no me gusta mucho el teatro de los niños, ¿sabe? A mí me gusta el teatro más dramático.

Silencio total.

— ¿Y Sueño de una noche de verano?

— Ahora mismo no me acuerdo.

— ¿Edipo Rey es de Virgilio Piñera o de Federico García Lorca?

Siguió haciéndome unas cuantas preguntas más que no pude responder, ni siquiera sabía de qué me estaba hablando, mientras él seguía escribe que te escribe. Hasta que decidió darme la estocada final:

— Santiago de Pita y Borroto fue el autor de un auto sacramental que se considera la primera obra teatral escrita en Cuba. ¿Sabes cómo se titulaba?

Las manos se me enfriaron aún más de lo que ya las tenía y mis rodillas se movían sin control. El sudor me corría por la espalda, mientras pensaba: ¿De qué me está hablando este hombre, virgencita? ¡Más que un profesor de arte, me recuerda a un esbirro de Batista!

— Vamos a ver, compañerita Ana María, explícame ¿cómo es que tú quieres ingresar en esta escuela y no sabes nada de lo que te estoy preguntando?

— Es que yo veo Teatro ICR pero...

El hombre, molesto, me interrumpió:

— A ver si te enteras: ese programa se llama así pero no es teatro, es televisión. Son dos cosas distintas.

— Ah, pues yo no lo sabía...

Continuó anotando cosas, me despidió sin alzar la vista ni interrumpir lo que estaba haciendo.

— Bien, gracias. Hemos terminado

Divisé a mi padre sentado en un largo banco de cemento, bajo la arboleda, junto a la piscina.

— ¿Cómo salió la cosa?

— Creo que esta la ponché. No adiviné ni una.

— ¿Te hicieron adivinanzas?

— No, eran preguntas sobre obras de teatro, títulos, autores... Ay, papi, seguro que con este papelazo que acabo de hacer no me aprueban.

Mi padre me pasó la mano por los hombros. Buscaba qué palabras decirme que me dieran ánimo.

— No te me vayas a desplomar ahora. Que salgas un poco floja en una pruebita no quiere decir que te vayan a planchar.

— Estoy como si acabara de salir de una sala de torturas.

Volvió a abrir la bolsa.

— Toma otro poquito de tilo, mi hija.

— No, no quiero seguir tomando más líquido. Ese tilo no me ha tranquilizado y lo único que ha hecho es mandarme para el servicio tres veces. ¡Me he pasado toda la mañana orinando!

Entré en un pequeño gimnasio. Una pareja de profesores me

pidieron que realizara diversos ejercicios: saltar, correr, tocar el piso con las manos sin doblar las rodillas y por último, para medir mi resistencia física, hacer cuclillas. Cuando iba por cincuenta, me detuvieron. Para una campeona de tenis aquello resultó un paseo. En esta prueba, salí muy bien y eso me animó. Pensé que allí me había ganado algunos puntos para la evaluación final.

Eran casi las doce. En la puerta del Aula no. 4 habían puesto un papel que anunciaba "Prueba Política". Cuando llegamos, dos jóvenes esperaban afuera su turno para entrar. Papi se acercó a mi oído para decirme bajito:

— ¿Tú te fijaste en ese muchacho? Ese trabajó en la novela Corazón Salvaje.

— Ah sí, él mismo es. Por lo visto aquí todo el mundo está en su ambiente. Yo creo que soy la única que está como un pesca'o fuera del agua.

Un hombre salió al pasillo y preguntó:

— ¿El compañero Tulio Rafael?

— Yo mismo –respondió el muchacho.

— Adelante.

Lo había visto unas cuántas veces en la televisión actuando junto a sus padres, que formaban un dúo de cantantes famosos. Seguro que, al igual que aquel joven, había otra gente allí con experiencia y quien quita que hasta con palanca, con más probabilidades que yo de aprobar. No estuvo dentro ni cinco minutos.

— Ana María Pérez –alce la mano–. ¡Puede pasar!

Miré a mi padre antes de entrar. Me apretó la mano.

— Buena suerte mi hijita…

— Compañerita Ana María tome asiento.

— Gracias, compañero.

— Ana María, le voy a hacer una serie de preguntas para comprobar su nivel ideológico. ¿Usted tiene creencias religiosas?

Aunque creo firmemente en Dios y en todos los santos, le respondí:

— No, compañero. En mi familia no tenemos nada que ver con la religión–. Y no pude dejar de sonreír al pensar sobre todo en mi difunta abuela.

A partir de ese momento, cada vez que yo respondía, el entrevistador iba anotando algo en un cuaderno.

— ¿Cuál es su nivel de integración?
— ¿Qué?
— ¿A cuáles organizaciones pertenece?
— A la Unión de Jóvenes Comunistas, a la Federación de Estudiantes de la Enseñanza Media, a los Comités de Defensa de la Revolución y a la Federación de Mujeres Cubanas–. Contesté con la firmeza de quien sabe que no puedo dejar de pertenecer a ellas si quiero entrar en esta escuela.
— ¿Sus padres residen en el territorio nacional?
— Sí, en Sagua la Grande, provincia de Las Villas.
— ¿Nunca han pensado en irse de Cuba?
— No, compañero, jamás–. Sin que mi cara le demostrase que mi padre siempre ha tenido miedo de cargar con "Los Muchos" en una lancha.
— ¿Sabe usted cómo se llama el primer secretario del Partido Comunista de Cuba?
— Claro, compañero, nuestro querido Comandante en Jefe Fidel Castro Ruz –. No supe quién escribió Casa de Muñecas pero tendría que ser boba para no saberme esta.
A las tres de la tarde, la misma hora en que según una vieja guaracha mataron a Lola, me llamaron para hacer la última prueba, la más temida por mí, la más importante: la de actuación.
La sala tenía una tarima que servía de pequeño escenario y frente a ella, una platea con unas treinta sillas, de las cuales solo cinco estaban ocupadas, las de los profesores que integraban el tribunal que me iba a hacer el examen. Tiempo después me fui enterando de que eran destacados actores de teatro que yo aquel día no conocía porque ninguno salía por la televisión. Me indicaron que subiera al tablado y me colocara en el centro, de frente a ellos.
— Ana María –se dirigió a mí el más joven del tribunal, sin levantar su voz, con un tono fuerte y bien modulado–, ¿conoces alguna poesía que nos puedas decir?
— Sí. El "Poema del Renunciamiento" de José Ángel Buesa.
Se miraron entre ellos y comentaron algo que no logré escuchar.
— ¿La recito?
— Sí, por favor.

Respiré profundo alzando los hombros y me aclaré la voz y empecé con ímpetu, de carretilla, por miedo a que se me olvidara, la dije toda de un tirón. Se hizo una pequeña pausa, yo pasaba el apoyo del cuerpo de una pierna a la otra, no lograba estar quieta.

— Ana, ¿estás bien? –asentí.

— ¿Por qué la has dicho tan rápido?

— Es que… Es que me daba miedo que se me olvidara.

— No pasa nada. No te pongas nerviosa.

— Es que esa poesía es un poquito…

— Si lo deseas, puedes comenzar otra vez desde el principio. Olvídate de nosotros y piensa solo en ese amor del que habla la poesía.

Cerré los ojos buscando concentración. Mientras me repetía una y otra vez: "Ana María Pérez, tienes que aprovechar la oportunidad. No puedes dejar escapar tu sueño. Ana María Pérez, espabílate y ponte pa' las cosas. Concéntrate".

Pasarás por mi vida sin saber que pasaste.
Pasarás en silencio por mi amor y, al pasar,
Fingiré una sonrisa como un dulce contraste
Del dolor de quererte…
Y jamás lo sabrás…

Fui diciéndola lentamente, palabra por palabra, estrofa por estrofa. Con una emoción que nunca había sentido, por el dolor que emanaba de aquel texto cuya tristeza se me revelaba por primera vez. Sentí muy dentro de mí una profunda aflicción, como si yo, Ana María, fuera la protagonista de aquel amor silencioso e imposible que encerraban los versos.

… te diré sonriente: No es nada… ha sido el viento
Me enjugaré la lágrima…
¡Y jamás lo sabrás!

Cuando terminé, se me acabó el trance y volví a la realidad. Me vi de pronto frente a los evaluadores, tenía los ojos aguados por las lágrimas y la certeza de haber vivido por vez primera la maravillosa experiencia de actuar de verdad.

— Bien –dijo un profesor–. Ahora recítala otra vez pero hazlo con miedo, como si estuvieras escapando de alguien que te persigue para hacerte daño.

Me dirigí a una de las esquinas del escenario y lo atravesé mirando a los lados, buscando por todas partes a aquel que me perseguía para matarme, todo esto diciendo los versos de Buesa.

Parece que les gustó lo que hice porque me hicieron repetir el poema varias veces con diferentes estados de ánimo y situaciones.

— Hazla como si fueras feliz.

— Sintiendo mucho calor.

— Y ahora helándote de frío.

— Mientras recitas, imagínate que estás desesperada porque vas por una calle llena de transeúntes, no aguantas más los deseos de ir al baño y todas las casas están cerradas.

Me figuré caminando por La Habana, a punto de orinarme, aunque a decir la verdad, me estaba orinando.

... Quizás pases con otro que te diga al oído
Esas frases que nadie
Como yo te dirá...

Daba toques imaginarios en puertas imaginarias que nadie me abría mientras avanzaba apretando mis piernas para evitar que se me escapara el líquido de mi vejiga a punto de explotar.

... y ahogando para siempre mi amor inadvertido,
Te amare más que nunca...
Y jamás lo sabrás...

Se echaron a reír y no me dejaron terminar.

— Basta, basta, es suficiente –exclamó una profesora rubia de cabello pelado en forma de casco.

¿Me estarían cogiendo para el trajín? –pensé. Bueno, si así fuera no me importaba. Al contrario, me divertía actuar, fantasear, sentirme viva y plena sobre aquel escenario. La rubia se quitó los espejuelos y se puso a limpiar los cristales con un pañuelo.

— Vamos a ver, Ana María. ¿Por qué tú quieres ser actriz?

Unas cuantas veces, allá en mi pueblo, me habían hecho esa

pregunta. Mi respuesta había sido siempre la misma "porque quiero ser como esas estrellas que veo en la televisión". Pero las sensaciones vividas unos momentos antes en el pequeño tablado me hicieron cambiar mi percepción de lo que la actuación era o podía llegar a ser.

¿Cómo hallar las palabras exactas para contestarle a la profe? ¿Cómo explicarle lo que sentí imaginando y recreando todas las situaciones que el tribunal me propuso? Aquel juego de realidad a través de la fantasía, al que me entregué en cuerpo y alma, me había dejado agotada pero satisfecha, exhausta pero al mismo tiempo inmensamente feliz.

— Quiero ser actriz porque me gusta.

— ¿Qué es lo que más te gusta?

— Sentir emociones, dejar de ser yo para ser otra persona...

— Esa otra persona se llama "personaje".

— ¿Personaje? Y en esta escuela me van a enseñar cómo interpretar un...

— Bueno, aquí lo vas a aprender, cómo no... –la rubia hizo una pausa en la que creí notar algo de complicidad conmigo. Pero otro del tribunal la interrumpió y me cortó la ilusión con una frase seca, tajante y distante:

— Pero para eso, primero tendríamos que aprobar tu ingreso.

Me despedí. Al salir del aula, sorprendí a mi padre con la oreja pegada a la puerta.

— Pero, papi, ¿tú estabas oyendo lo que pasaba allá adentro?

— Bueno, oyendo no, tratando de oír que no es lo mismo.

Aquella fue la última prueba. Nos fuimos caminando lentamente. Atravesamos toda la escuela rumbo al paradero de la Playa de Marianao mientras él me bombardeaba con preguntas:

— ¿Cómo fue la cosa?

— Bien.

— ¿Cómo te sentiste?

— Como si estuviera volando por todos los cielos.

— ¿Por qué la repetiste tantas veces la misma poesía. ¿Tú no te sabías otras?

— Porque me pidieron que repitiera la misma en diferentes situaciones.

— ¡Ah! ¿Y qué te dijeron?, porque no se oía bien.

— Eso, que la repitiera muchas veces.
— No, te pregunto qué te dijeron cuando acabaste la prueba.
— Nada.
— ¿Tú crees que te van a dar la beca?
— No sé. Pero bueno, nosotros la jabita de perder la dejamos en la casa. ¿O es que tú la trajiste escondida?
— ¡Que va mi'ja. Yo no cargo con esa jaba!
Reímos. Le pasé un brazo por la cintura para sentirlo más cerca.
Allá, detrás de nosotros, dentro del hermoso edificio quedaba la fantasía que viví durante un maravilloso rato. Ahora, mi viejo y yo volvíamos a la cruda realidad que nos esperaba.
Al llegar a la Terminal de Ómnibus Interprovinciales, cientos de personas rodeadas de equipajes esperaban con resignación dejar de ser números en un papel para convertirse en viajeros.
— ¿Cómo está la lista de espera? –le pregunté a papi.
— Tenemos casi cien por delante. Vamos a tener que dormir aquí hoy y posiblemente mañana.
Lo dijo con tranquilidad, como para que yo no me asustara. Le miré con todo el cariño que le tenía, agradecida por apoyarme y estar allí al pie del cañón conmigo. Y decidí que sería bueno que nos riéramos un poco. Así que le propuse:
— ¿Por qué no nos vamos caminando hasta Sagua? Hoy no está lloviendo...

MI MILAGRO

La Secundaria Básica "Máximo Gómez" en Sagua la Grande era un edificio de dos pisos que ocupaba toda una manzana.

De una parte un terreno de futbol y de la otra la plazoleta donde se celebraba el matutino que comenzaba quince minutos antes de las ocho de la mañana. Se iniciaba cantando las notas de nuestro Himno Nacional. Se leía algún fragmento de un discurso de nuestro Comandante en Jefe Fidel Castro, se recordaban las efemérides de los acontecimientos históricos más importantes y por último se daban las informaciones de las distintas actividades escolares.

Una de aquellas mañanas me seleccionaron para leer en el matutino una composición que había escrito para la asignatura de Español y Literatura. El tema consistía en describir un momento importante en nuestras vidas. Yo, sin duda alguna, escribí sobre la emoción que sentí la primera vez que visité La Habana; Las calles llena de gente, sus viejos autos, los grandes edificios a lo largo del malecón habanero y de aquel mar enamorado que la besaba.

Toda la escuela aplaudió mi composición. Sentí un salto en el estómago igual al que se siente cuando ves al muchacho de quien estás enamorada.

— Ana María, tienes mucho talento para la prosa y la poesía –me dijo Ina, nuestra directora, una vez terminado el matutino–. Estoy segura que un día serás escritora.

— ¡Y una actriz!

— Sí, ya sé que hiciste las pruebas en la escuela de arte. Cuando seas famosa no te olvides de la gente de tu pueblo. ¿Comienzas el curso que viene?

— Bueno, todavía no me ha llegado el telegrama. Nos hemos

presentado casi quinientos alumnos de todas las provincias y escogen solo veinticuatro. Es como ganarse la lotería.

— Tú te vas de este pueblo muchachita, algo aquí dentro me lo dice.

De inmediato pensé, seré una artista, si hasta la directora lo cree.

Continué repitiéndomelo día a día, dándome ánimo. Después de tres semanas todavía no tenìa respuesta de mi prueba de actuación y por ratos me entraba un apretón en el pecho que parecía que se me hubiera muerto alguien.

Mi hermana Elsy trabajaba en el correo del pueblo. Después que sonaba el timbre de las doce del día, corría a buscar mi bicicleta que dejaba amarrada con candado en uno de los tubos de hierro de la cerca de la escuela y salía disparada por la calle Calixto García directica a la antigua plaza de Sagua.

— Elsy, aquí está de nuevo tu hermana! ¡Puntual como el gallo!

María Victoria era la mejor amiga de mi hermana desde que estaban en la primaria. Fue ella quien la ayudó a conseguir el trabajo en el correo. Elsy era teletipista, mientras que María Victoria trabajaba en uno de las ventanillas donde se atendía al público.

A través del cristal alcanzaba a ver a mi hermana sentada delante de la enorme máquina de escribir que utilizaban para enviar los telegramas. Escribía tan rápido que parecía que tocaba el piano. Alzó la voz para que pudiera oírla sin detener la sinfonía del tiquitac, tiquitac...

— ¡Nada todavía Ani!

Mi expresión de desolación era igual a la de cada día cuando no llegaban noticias de La Habana.

Una de aquellos días sin novedades, salí del correo pedaleando hasta el río Sagua que dividía nuestro pueblo por la mitad. Al inicio del puente de hierro que servía para comunicar las dos partes, había un pequeño parque con bancos de mármol cubiertos por las sombras de una gran ceiba y árboles de higuillo.

Me senté sobre el muro desde donde veía correr las aguas verdes apuradas para alcanzar el mar. Abrí la cartera de lona que me había hecho mi madrina Alicia para meter las libretas y saqué un libro muy especial. Aquél que su título me confundió pensando que era una obra infantil; Casa de muñecas de Henrik Ibsen. Nada más lejos que un cuento para pequeños. Leía en voz alta;

Helmer: ¿Puedo escribirte, Nora?
Nora:¡No, jamás!, te lo prohíbo.
Helmer: O por lo menos enviarte…
Nora: Nada, nada.
Helmer: … Ayudarte, en caso de que lo necesites.
Nora: He dicho que no, pues no aceptaría nada de un extraño.
Helmer: Nora… ¿No seré más que un extraño para ti?
Nora: (recogiendo su maletín) ¡Ah Teobaldo! Tendría que realizarse el mayor de los milagros.
Helmer: Dime cuál.
Nora: Tendríamos que transformarnos los dos hasta el extremo de… ¡Ay Teobaldo! ¡No creo ya en los milagros!
Helmer: Pero yo quiero creer en ellos. Di: ¿transformarnos hasta el extremo de… ?
Nora: … Hasta el extremo de que nuestra unión llegara a convertirse en un verdadero
matrimonio. ¡Adiós!
Helmer: (desplomándose en una silla, cerca de la puerta, oculta el rostro entre las manos)
¡Nora, Nora! (mira en torno suyo y se levanta) Nada. Ha desaparecido para siempre (con un rayo de esperanza) ¡El mayor de los milagros!…
Se oye abajo la puerta al cerrarse.

Me imaginé interpretando a Nora en aquella escena final. Sentí el fuerte portazo, sus pasos alejándose del hogar que la asfixiaba. Veía a Helmer solo y lleno de tristeza desplomado en una silla y Nora que volaba hacia la libertad.

Me la había leído tres veces esa semana. Quise hacerlo una última vez antes de devolverlo a la biblioteca del antiguo casino español. Ya casi me sabía de memoria algunas partes.

Si pudiera hacer como ella. Tirar la puerta de entrada de mi pueblo y…

—¡… Ana!

Salté del susto cuando sentí la voz a mis espaldas de Francis.

Un mulato flaco y alto que caminaba como si pisara cáscara de huevos y moviendo exageradamente sus delgadas caderas para parecerse lo más posible a la mujer que siempre soñó ser. Famoso en toda Sagua, algunos lo llamaban Flamboyán, nunca supe si era su apellido o uno de los tantos apodos con los que se nombraban a tanta gente en nuestros pueblos de campo.

— ¡Niña! Te vi desde allá arriba del puente. ¿Qué haces hablando sola?

Nos saludamos con un beso en la mejilla.

— Me estoy aprendiendo esta obra de teatro.

— ¡Ay que perra! ¿Te aprobaron en la escuela de arte?

— Bueno, todavía no ha llegado el telegrama –dije algo desconsolada.

— Te van a aprobar tú verás. ¡Tú llevas el artista en la sangre como tu padre, niña! Bueno, te diré... –se sentó a mi lado cruzando las piernas y apoyando sus dos manos sobre las rodillas– que te tengo algo que puede ser un adelanto para entrar en el mundo del espectáculo.

— ¿Qué cosa?

— Quiero que tú seas mi candidata para estrella de este carnaval.

— ¿Te volviste loco? ¡Ni muerta!

Francis cada año participaba activamente en los preparativos de los carnavales del pueblo. Preparaba la coreografía de una de las comparsas y escogía una muchacha como candidata para la tradicional selección de estrellas y luceros.

— No, no, no. Quítate eso de la cabeza.

— Pero ¿por qué no mi vida?

— ¡Porque me muero de vergüenza!

— ¿Pero tú no quieres ser actriz? ¿Cómo te va a dar pena estar delante de la gente?

— No es lo mismo. No, no. Búscate otra, este pueblo está lleno de muchachas bonitas y con más cuerpo que yo. Tú no me estás mirando lo flaca que estoy, parezco un güin.

— Ay, Ana, no digas eso, tú tienes un tipo muy fino...

Me levanté guardando el libro dentro de la bolsa.

— Tengo que irme Francis, mi mamá debe estar esperándome para almorzar. ¿Estás a pie? ¿Quieres que te dé un aventòn en mi bici?

— No, venía en un coche cuando te vi, pero no te preocupes, ahora cojo otro. ¡Piénsalo al menos, mi niñita!

Le sonreí saludándolo con un beso. Cambié el tema

— Pasa a ver a mami, siempre está preguntando por ti.

— Cuando pueda voy a verla. Dale un beso de mi parte.

Me monté en la bicicleta. Se acercó apoyando una mano sobre la mía que sostenía el manubrio.

— ¡Ani, si me dejas, hago de ti una estrella!

Le sonreí.

— Chao, Francis.

Salí pedaleando loma arriba en dirección del puente. Cuando llegué a mi casa ya estaban terminando de almorzar.

— ¡Vas a comer harina fría porque no la vuelvo a calentar!

Terminó el mes de junio y del telegrama de la escuela de artes, nada. Mi madre había organizado, como cada verano, mandarnos para casa de mi abuela Lala en Corralillo. Ya nadie me preguntaba cuándo me iría a La Habana. Todo parecía indicar que yo no estaba entre aquellos veinticuatro vencedores.

— No quiero ir a Corralillo este año Mami.

— ¡O vas a ayudar a tu abuela con todos estos vejigos o te postulas para estrella de carnaval!

De nuevo con la misma cantaleta. Francis les había hablado de aquella idea y tanto ella como Elsy se volvieron locas con eso.

— Si sales estrella o lucero te regalan cantidad de cosas. Te dan derecho a comprarte tres cortes de tela, dos pares de zapatos para no decirte todo lo que te dan en cada puesto de trabajo que visitan.

Aquel argumento de Elsy fue el que motivó a mi madre para que me presentara. A la estrella seleccionada con sus cincos luceros, las llevaban a visitar los distintos centros de trabajo de la provincia de Las Villas. Decían que si ibas a la fábrica de quesos regalaban una caja con queso, leche, yogur y mantequilla. En el central azucarero, azúcar blanca, azúcar prieta y raspaduras. En las granjas agrícolas viandas, huevos y frutas. Mi familia esperaba cubrir la cuota del mes si salía entre las cinco más bellas del pueblo.

— Ya les dije que no. Yo no tengo cara para parame en una plataforma y desfilar como una mongólica delante de tanta gente.

Ante mi negativa la otra opción era irme a Corralillo por dos meses para cuidar de mis hermanos más pequeños. Mi mamá esperaba nuestras vacaciones como cosa buena para mandar a toda la tropa los meses de julio y agosto donde mis tíos y mi abuela. Solo se liberaba Elsy porque tenía que trabajar.

El irme por dos meses de Sagua me llenaba de terror. Y si me llegaba el telegrama y mi madre arrepentida no me lo daba. No, no. Preferí aceptar presentarme al certamen de reina del carnaval y poder seguir yendo todas las mañanas al correo en espera del telegrama que todos dejaron de esperar, menos yo.

El pueblo entero estaba reunido alrededor de la esquina de las calles Martí y Carmen Rivalta, al inicio del parque Libertad. Me dieron el número 23 para desfilar. Mi madrina Alicia se había encargado de darle a coser el vestido con el que me presenté a Ada, la mejor costurera de Sagua. El vestido era beige de una tela que imitaba la seda, entallado al busto. Un ancho cinturón alrededor del talle desde donde salía la saya con un corte de plato que caía como suaves ondas más arriba de la mitad de mis delgadísimos muslos.

Estaba convencida de que no me elegirían. Yo no tenía nada que ver con el tipo de mujer cubana, menos tetas que todas las de mi edad, sin una gota de cadera y delgadísimas piernas. Solo unas nalguitas algo pronunciadas, herencias de mi negra abuela materna. Pero aquello no me preocupaba. A ese concurso no me había presentado para ganar sino para seguir de cerca lo que de verdad me interesaba. Solo una cosa le había pedido a la virgencita de la Caridad, que no me eliminaran en la primera vuelta por aquello del orgullo femenino que no era que me faltara del todo.

— Con el número 23 del barrio de Villa Alegre ¡Ana María Pérez Gómez!

Pronunció el locutor a través de los altos parlantes, salí caminando como había ensayado tantas veces en la sala de casa con Francis. En la mano derecha llevaba el cartón donde estaba escrito el número. La mano izquierda descansaba apoyada sobre la cadera. Entrecruzaba las piernas como si caminara a través de una sola línea. Después de ocho pasos me detenía, una media vuelta para la derecha, otra media vuelta para la izquierda, una vuelta entera virando la mano para que se siguiera viendo el número al lado de mis nalguitas pronunciadas por los tachones y otros ocho pasitos más.

Cuando leyeron detrás de la tribuna los números de las eliminadas, no cantaron el mío. Me libré de la primera eliminación... Y de la segunda, y de la tercera... Al final, estaba parada delante a la multitud reunida, junto a otras nueve muchachas como finalistas del concurso. Mis hermanos habían preparado una claque enorme. Con pitos y toques de latas con palo hacían una gran algarabía cada vez que pronunciaban mi número.

No fui la Estrella del Carnaval de Sagua la Grande del 1975, último evento de su tipo que celebró esta tradicional ceremonia que venía de decenios, aun antes del triunfo de la Revolución. Fui una de sus cinco luceros y en la casa de los Pérez no hubo uno que no saltó de alegría como si nos hubiéramos ganado el premio gordo. No era el que yo esperaba pero también disfruté esta victoria.

Comenzaron los carnavales con sus tradicionales festejos, orquestas y comparsas. Desfilaba cada noche sentada sobre una de sus carrozas que representaba el mar de Cuba, con un gran pulpo que llevaba una concha en cada uno de sus tentáculos. Dentro de una de aquellas conchas saludaba a mi pueblo lanzándoles confetis y serpentinas.

Todos habían perdido la esperanza que la escuela de artes dramática llamara a su futura actriz, pero yo, como Helmer en Casa de muñecas seguí esperando por "El mayor de los milagros..."

ESCUELA NACIONAL DE ARTE

En el municipio de Marianao, limítrofe con la capital, se fundó en los inicios del siglo xx una institución recreativa de la alta sociedad habanera: el Country Club. En los años 30 pasó a llamarse Havana Biltmore Yacht and Country. Cuenta la historia, que en el año 1961, después del triunfo de la revolución, Fidel Castro y el Che Guevara jugaban golf en ese lugar y conversaban sobre cómo podría la revolución cubana invertir en la cultura. De aquí partió la idea de construir las distintas escuelas de arte en el terreno de aquellos campos en los que una vez jugaban los ricos capitalistas.

Fue un proyecto de los arquitectos Ricardo Porra, Vittorio Garatti y Roberto Gotardi, quienes crearon el conjunto de escuelas; Danza contemporánea, Artes Plásticas, Artes Dramático, Música y Ballet. Fue considerada una de las obras arquitectónicas más singulares del siglo xx. Y yo, Ana María Pérez, natural de Villa Alegre, el barrio más pobre de Sagua la Grande disfrutaba de esta gran maravilla.

— ¡Adoro este lugar! –dije mientras admiraba una vez más aquellas paredes marrones de ladrillo.

— ¡Voy a extrañar esta escuela! –le dije a mis amigas mientras reposábamos el almuerzo en los bancos del pequeño anfiteatro al aire libre que se encontraba en el centro de la escuela de Arte Dramático. Esperábamos que fueran las dos y media de la tarde, hora que empezaba el examen final de Filosofía.

— Esta semana en la Cinemateca está el ciclo de cine soviético –dijo Doris, una de mis amigas de curso.

— ¿A quién le toca este fin de semana recoger el dinero?

— Creo que a Norma y a Emma, tengo que revisar la libreta de los turnos.

La idea de recoger dinero se nos había ocurrido el primer año de vivir en la beca entre las muchachitas que veníamos de las distintas provincias. Casi todas nos pasábamos dos y tres meses sin ir a nuestras casas.

Entre semana el tiempo se nos pasaba volando con el ritmo de los estudios. Los domingos eran los días más tristes, la escuela quedaba semidesierta. Fue entonces que nos inventamos la idea de los "Desayunos familiares".

Organizamos grupos de a dos que por una semana tenían la tarea de reunir dinero. Nos íbamos para el paradero de la playa, donde aparte de las paradas de las guaguas estaban las cafeterías y restaurantes. Esto hacia que sus calles estuvieran casi siempre muy transitadas.

– ¿Por favor, usted tiene un medio que me preste para poder coger la guagua?

Aquella pregunta comenzábamos a hacerla desde que llegábamos al paradero hasta que recorríamos todas las paradas. Lo pedíamos prestado pues de esa manera parecería que nos habíamos quedado sin menudo para pagar el pasaje.

Entre un medio por aquí y una peseta por allá reuníamos el dinero para pagar el desayuno del domingo, lo hacíamos en el lobby del albergue, sin tener que levantarnos temprano para ir al comedor de la escuela. El dinero que restaba lo utilizábamos para pagar las papeletas del teatro y el cine. Este desayuno en grupo nos hacía sentir más que amigas, una familia.

El fresco de la tarde movía las ramas de la arboleda frente al anfiteatro. Habían pasado casi cuatro años desde la primera vez que caminé bajo sus sombras acompañadas por mi padre.

¡¿Qué cosa quedaba de aquella sagüera que se sentía entonces la última de la fila?!

En mi grupo, gran parte venían de familia de artistas, otros traían experiencias como aficionados del teatro. El sentirse guajira e inculta era como esas enfermedades que te tumban el cuerpo con más de cuarenta de fiebre. La única medicina, era estudiar hasta quemarse las pestañas para llenar aquella laguna en la que viví por años.

— Ana, muévete que faltan diez minutos.

Dorita me trajo a la realidad. Me levanté arreglando la camisa blanca dentro de la saya de uniforme color mostaza de nuestra escuela.

— Ya terminé los dos libros que me prestaste ¿Cuándo vamos a casa de tu abuelo para cambiarlos?

Dorita era una muchacha de Sancti Spíritus, la conocí el primer día que llegué a la escuela. Arribamos una semana antes que el resto de los alumnos. En aquellos siete días nos contamos lo más importante que nos había pasado en nuestros quince años. Era una de las tantas guajiras que tenían un tío o un abuelo en La Habana.

Don Andrés era un viejo gallego que vivía en Centro Habana en una barbacoa llena de libros. Aquella fue nuestra biblioteca privada. De allí salieron a darme la mano Miguel de Cervantes, Quevedo, Calderón de la Barca, Lope de Vega, Shakespeare, Molière, Ibsen y todo el ejército de autores españoles y universales que vivían como huéspedes ilustres en su castillo de cuatro metros cuadrados.

Devoraba cada libro que caía en mis manos. Asistía a cuanta obra se estrenaba en los teatros de La Habana y tenía una butaca fija en la Cinemateca de Cuba. Aquél afán por aprender y cultivarme, se había convertido en mi mayor vicio, en mi más grande propósito.

Nuestra escuela de Arte Dramático contaba en su plantilla con grandes maestros soviéticos.

Tener uno de ellos como maestro de actuación fue la mayor de mis suertes. Se llamaba Anatoli Diadura. Cierro los ojos y veo aún sus manitos pequeñas que hablaban más que su lengua. Bueno, su lengua rusa. Conocía muy poco de español, las clases las impartía ayudado por una traductora que no lograba trasladar la pasión que él trasmitía cuando quería sacar de nosotros la esencia más profunda de los personajes que interpretábamos. Una mañana cuando llegamos al aula nos detuvo antes de sentarnos.

— Hoy la clase la haremos en el Coney Island. ¡Nos vamos a divertir!

El Coney Island era un parque de diversiones que estaba en el municipio playa, a unos dos kilómetros de nuestra escuela. Anatoli pagó todos los tiques para los distintos aparatos. Montamos los caballitos, las maquinitas, la rueda giratoria y por último, la montaña rusa.

Yo no estaba acostumbrada a aquello. En mi pueblo había parques infantiles con algunos aparatos; Barquitos, sillitas voladoras, cachumbambé y las canales desde donde nos deslizábamos hasta la tierra. He tenido siempre miedo a las alturas y más si estas van unidas al movimiento pero el entusiasmo de Anatoli junto al de mis compañeros de clase me hicieron olvidarlo.

La mañana terminó de la mejor manera, Anatoli abrió una bolsa llena de caramelos y chocolates que repartió a todos. Eso nos llevó a todos a la enajenación total. Fuimos de nuevo niños por unas horas inolvidables. Al día siguiente cuando llegamos a la clase Anatoli dijo algo que su traductora sonriente nos tradujo:

— Hoy la clase también la haremos en el Coney Island. Vamos a divertirnos–. Gritamos del entusiasmo–.

— Solo que el Coney Island va a ser aquí. Probemos recordar todo lo que hicimos ayer y todas las emociones que sentimos: alegría, miedo, euforia. ¡Todo! Pero dentro de estas cuatro paredes.

Al inicio no entendíamos. Nos llevó a recordar y a recrear dentro de nuestra aula todas las vivencias experimentadas en el parque. Recrear las emociones. Era este uno de los tantos ejercicios que provenían del Método de Stanislavki, el creador de la técnica de actuación con la que nos estaban formando. Las clases de actuación, voz y dicción eran nuestras preferidas. Después seguían todas las prácticas; natación, esgrima, acrobacia, música y maquillaje.

Las teóricas eran las más aburridas y desgraciadamente eran todas en las tardes, después de las bandejas de chícharos o sopas de lentejas de nuestro comedor estudiantil, justo en las horas del día donde los párpados pesan toneladas.

Para el examen final de actuación preparamos la puesta en escena de La Casa de Bernarda Alba, de Federico García Lorca. Una mañana mientras ensayábamos en el escenario del cine Miramar recibimos la visita del director de la escuela que quería reunirse con nosotros.

— Como saben, nuestra escuela desde el curso pasado comparte su sede con una nueva hermana: El Instituto Superior de Arte.

Estamos dando esta información para que sepan que una vez terminado sus estudios aquí, tienen dos posibilidades; Hacer el servicio social como actores o presentarse a las pruebas de ingreso al ISA. Serian otros cinco años de estudios. Una vez graduados saldrán con el título de "Licenciados en Artes Escénicas".

Aquel año en la ENA nos graduábamos dos grupos de actuación para un total de cuarenta y nueve alumnos. Aquel servicio social del cual hablaba nuestro director quería decir que una vez terminado teníamos que ir, por dos años, a trabajar a cualquiera de los diferentes grupos teatrales del interior del país, lo mismo podías ir a parar a la Isla de la juventud como a las montañas del Escambray. Esto era obligatorio.

Estudiar por otros cinco años y tener que hacer una nueva prueba de ingreso no era lo que más deseábamos la mayor parte de los estudiantes. Pero el ISA se había convertido en una posibilidad de librarse a que te mandaran a las provincias, lejos de La Habana, la cuna del movimiento cultural del país.

La historia se repetía, solo había cambiado el personaje. Esta vez no estaba mi padre para acompañarme pero no me sentía perdida como la primera vez. Aquella escuela por cuatro años había sido mi casa. Cada aula, cada camino, cada rincón formaban parte de mí.

A la prueba de actuación llevamos unas escenas de La Casa de Bernarda Alba, obra con la que nos estábamos graduando. Yo interpretaba el personaje de la Criada de la casa de Bernarda que aparecía en la primera escena de la obra dialogando con La Poncia, otra sirvienta. Era un pequeño personaje el mío, con pocas apariciones en escenas pero cada una de ellas estaba cargada de una gran fuerza dramática. La escena terminaba con un pequeño monólogo que hablaba de sus sentimientos por el marido de Bernarda, recién fallecido.

criada: Sí, sí, ¡Vengan clamores! ¡Vengan caja con filos dorados y toallas de seda para llevarla!; ¡Que lo mismo estarás tú que estaré yo! Fastídiate, Antonio María Benavides, tieso con tu traje de paño y tus botas enterizas. ¡Fastídiate! ¡Ya no volverás a levantarme las enaguas detrás de la puerta de tu corral!... ¡Ay, Antonio María Benavides, que ya no verás estas paredes, ni co-

merás el pan de esta casa! Yo fui la que más te quiso de las que te sirvieron. ¿Y he de vivir yo después de verte marchar? ¿Y he de vivir?... ¿Y he de vivir?

Después de decir el monólogo, saludé al tribunal dirigiéndome a la puerta del aula. Recordé a mi padre con su botella de tilo en la mano, tan nervioso como yo por conocer el resultado. ¡Qué lejos estaba de "los muchos"! En casa todos esperaban la respuesta de esta otra prueba. Llegó a la siguiente semana.

A los exámenes de ingreso al ISA nos presentamos más de treinta alumnos provenientes de la ENA solo seis fueron aprobados. Entre ellos estaba la Sagüera.

El teatro Miramar estaba repleto. Todas las sillas ocupadas por estudiantes de la escuela, familiares y amigos. Se presentaba el estreno de la obra, como actividad final de nuestro programa de estudio. Tanto el vestuario como la escenografía eran producto del trabajo de todo el grupo de estudiantes.

El escenario era una gran tela de arañas, dentro de esta, la casa de Bernarda y sus hijas. La existencia de estas mujeres transcurría enredados entre los hilos imaginarios de las tradiciones, la falta de libertad y la vida sumisa a la que estaba sometida las mujer de la España lorquiana.

Después de casi dos horas de espectáculo llegó el fuerte aplauso de la platea. Todos los actores estudiantes tomados de las manos avanzamos hasta el proscenio para el saludo final.

Mi familia no pudo venir a verme, pero yo sentía que sus corazones estaban allí junto a dos ángeles. La imagen clara y potente de mi abuela María y mi viejita Yaya habían dejado el más allá por unos segundos para venir a abrazar a su joven actriz.

HABANA DEL ALMA MÍA

Después de mi graduación en la ENA volví a Sagua para las vacaciones. Era el verano de 1978. ¡Qué felicidad significaba para mí poder estar por dos meses junto a mi familia y a mis chinas Lam! Ofelita, la más joven de las tres se había casado y tenía dos hijos. Esto me hacía sentir más tranquila, esas dos criaturas correteando por la casa hacían sus vidas menos monótonas.

En los últimos cuatro años iba a Sagua solo dos o tres veces al año. Estaba a solo 360 kilómetros de La Habana pero se necesitaba un día entero para hacer el viaje, por no hablar del dinero. Aquella década del 70 había iniciado dura y estaba terminando peor.

La gran sorpresa de las vacaciones de aquel año fue el proyecto de permuta para La Habana que estaba organizando mi familia.

— Elsy, esta sería la única solución para salir de este pueblo.

— Y para poder estar todos juntos de nuevo. Tenemos que rezar para que a ese guajiro le guste la casa–. Dijo mi hermana mientras hacía la señal de la cruz.

Mi hermana y yo alquilamos un coche tirado por un caballo. Este seguía siendo uno de los medios de transportes tradicionales que caracterizaban Sagua junto con sus bicicletas. Atravesamos la calle Maceo donde estaban concentradas las tiendas más importantes, electrodomésticos, perfumería, ropas y calzado. Sus vidrieras escuálidas eran el triste reflejo de la profunda crisis por la que atravesaba nuestro país. Mi madrina se lamentaba siempre que pasaba delante de ellas.

— Ay, mi niña. En el tiempo de antes, Sagua era uno de los pueblos más lindos y elegantes de Cuba. ¡Qué triste verla como se va cayendo pedazo a pedazo!

Yo nací solo dos meses antes del triunfo de la revolución, no podía acordarme de la Sagua que me contaba mi madrina pero aquella que estaba viviendo era la imagen justa de sus palabras.

El coche atravesó el puente de hierro en dirección a Resulta, barrio en las afueras del pueblo. Íbamos a visitar a una familia que había visto nuestra casa con la intención de comprarla.

En 1960, después de la Ley de Reforma Urbana los trámites de compra y ventas fueron prohibidos sustituyéndose por permutas. Pero el cubano continuó comprando y vendiendo casas en operaciones clandestinas para realizar esa complicada operación penada por la ley y por lo tanto necesariamente encubierta. Mi hermana se había acercado a varios "permuteros", intermediarios que se embolsaban una comisión por cumplir por debajo de la mesa la función que en cualquier país se desarrollaba legalmente y a plena luz, las agencias inmobiliarias poniendo en contacto a compradores y vendedores. Nuestra versión cubana se conocía con el nombre de "Corredores de permutas".

Aparte del contacto con ellos, Elsy preguntaba a cuanta alma viviente encontraba en su camino, si les interesaba comprar nuestra casa. Le faltó poco para irlo pregonando por las calles. De seguro, la mayor de los Pérez, era una de aquellas mujeres que no esperaban a que le llevaran el pan a la boca.

Nos bajamos del coche que quedó en esperarnos a la orilla del terraplén.

— A ellos les gustó la nuestra pero no sé por qué no se acababan de decidir.

Caminamos por un camino de tierra estrecho que conducía a la entrada de la casa. La puerta estaba aguantada con un ganchito. Tocamos en la madera para hacernos sentir, después de algunos segundos nos abrió una mujer.

— Buenos días –dijimos a coro.

— Buenos días –respondió mientras se secaba las manos en un delantal de flores.

— Mi marido no está ahora aquí. Él quería hablar con tus padres.

— ¿Pero le gustó nuestra casa o no?

— Sí, sí, a él también le gustó.

Mi hermana y yo nos miramos emocionadas por esta respuesta.

— El problema es que tenemos que ver a una persona que

nos tiene que comprar esta. Yo se lo aclaré al corredor –siguió la mujer.

— Sí, sí, no hay problemas. Lo que nosotros necesitábamos saber era eso, ¡que les gustó! Porque es que tenemos otras personas interesadas en nuestra casa…

Miré a Elsy al mismo tiempo que me apretó la mano para que no metiera la pata. Aparte de aquellos guajiros no había más títeres en el ambiente, pero aquella mentirita podía ayudar a motivarlos

— Y además –siguió Elsy– también tenemos que buscar un apartamento en La Habana y todo eso hay que organizarlo bien.

Dora, la prima de mi mamá estaba averiguando qué cosa se podría comprar en La Habana con los doce mil pesos que resultaran de la venta de nuestra casa. En la capital todo era más caro. Según los corredores con los que había hablado, lo máximo que se podía aspirar con esa cifra era a un apartamento con un solo cuarto. "Los muchos", que éramos muchísimos, diez en total, estábamos dispuestos a meternos hasta en una caja de fósforos con tal de estar todos juntos en La Habana.

— A nosotros si nos interesa –aclaró la mujer–. Mire, mejor hacemos así. El domingo por la tarde, que es cuando único tiene tiempo mi marido, vamos por su casa y amarramos bien las cosas. Así también a nosotros nos da tiempo a hablar con el que se quiere quedar con esta.

— Perfecto. Los esperamos el domingo. Muchas gracias y salude a su esposo.

La señora nos dio la mano saludándonos. Nos había recibido en la puerta sin invitarnos a entrar. Era una pequeña casita de madera con el techo de tejas, la mayor parte de ellas, rotas. Las rosadas paredes perdían los pedazos de pintura seca que junto al polvo rojo de la tierra se acumulaba por los rincones de la salita con el piso de cemento. De muebles solo había dos sillones viejos, de frente una mesita con un ramo de flores plásticas.

Volvimos por el estrecho terraplén que separaba la casa hasta al lugar donde nos esperaba el coche.

— Elsy, ¿de dónde van a sacar esos guajiros doce mil pesos? ¿Cuánto tú crees que le puedan dar por esa chocita?

— A lo mejor tienen un poco de dinero guarda'o y con la venta de la casa completan lo que les falta.

— No se puede firmar ninguna permuta hasta que uno no vea el dinero, no vaya a ser cosa que perdamos la casa.

— Tú estás loca Ana "el muerto alante y la gritería atrás". De todos modos de eso se encarga el corredor que para eso le pagamos.

Al domingo siguiente, como dijo la señora, el matrimonio vino a visitarnos. Los acompañaba Sacarías, el corredor que nos había presentado el negocio. Fue él quien tomó la palabra.

— Bueno. Ellos ya tienen la persona que se va a quedar con su casa, el problema es que el hombre está apurao.

— ¿Qué quiere decir "apurao"? –intervino Elsy.

— Que la operación tiene que hacerse al máximo en un mes.

— ¿¡En un mes!? ¡Te volviste loco, mi negro!

— Qué va hijo no, eso no puede ser así de correr, corre.

Esta vez fue mi madre quien tomó la palabra. Me miró primero a mí, después a mi hermana. En su rostro una expresión de miedo como si le estuvieran robando la casa. De nuevo Elsy tomó la batuta.

— No no no... ¡Eso no puede ser así. Nosotros todavía tenemos que encontrar la casa en La Habana, como le dije a la compañera el otro día. Estamos en julio, por lo menos... hasta finales de septiembre, principio de octubre... necesitamos tener tiempo.

— Qué va, ¡ese hombre no espera tanto! –dijo la mujer cruzando una pierna sobre la otra apoyándose en la punta de la butaca.

— Ellos están, como aquel que dice, en la calle. Viven agregado con unos parientes y ya tienen el dinero en la mano para comprar la de nosotros. No podemos perder esa oportunidad, sino tendremos que buscar otra cosa –dijo esto último dirigiéndose a Sacarías.

— ¡Un momento! ¡Espérese un momento!

Mi madre miró a mi hermana que había tomado de nuevo la palabra. Se alzó del sillón y se colocó en el medio de todos como una directora de orquesta

— A lo mejor se puede hacer en agosto, pero tienen que darnos por lo menos un mes para nosotros ver a dónde nos metemos.

Ahora, aparte de mi madre era yo quien miraba a Elsy llena de terror. Como podía pensar que en un mes encontraríamos algo en La Habana adonde ir a vivir. Marido y mujer se miraron entre ellos asintiendo. Este gesto fue suficiente para que Sacarías lo tomara por un "Sí".

— Bueno, trato hecho. En tanto se pueden empezar a preparar las propiedades de las dos casas. Yo voy a ver a mi contacto en la Reforma Urbana para que prepare todo, como si fuera una permuta. Paso mañana por aquí a buscar todos los papeles. ¿Estamos de acuerdo?

Asentimos sin demasiado entusiasmo. Los guajiros estaban más animados.

Una vez que cerramos la puerta de la calle, regresamos al comedor de la casa sentándonos en los mismos asientos que ocupábamos antes. A Elsy le cayó una risa nerviosa que no podía calmar, las mejillas se les pusieron rojas y los ojos se les llenaron de lágrimas de tanto reír.

— ¡Nosotras estamos locas! –dijo entre carcajadas.

— Síguete riendo bobita –apuntó mami–. Yo voy a ver adónde nos vamos a meter si no encontramos una casa en un mes. Podíamos esperar hasta que tuviéramos algo seguro en la mano.

— ¿Tú estás loca, mami? Hace más de un año que estamos buscando comprador y no encontramos quien quiera esta casa. A estos guajiros no los dejo escapar ni muerta.

Nuestra casa era "una vieja con coloretes". Una de las más antiguas del barrio, solo que mi padre se la pasaba con la brocha en la mano. Le dábamos lechada dos veces al año.

— ¡Elsy tú tendrás que irte mañana mismo para La Habana a ver si Dora te ayuda a buscar algo. No se puede perder tiempo– le insistí.

Al igual que mi madre comenzaba a preocuparme por el tiempo tan breve con el que contábamos.

— Necesito conseguir un certificado médico para poder faltar una semana al correo. Mañana por la mañana voy al policlínico a ver a la prima Fefita. Ella es amiga de todos esos médicos. En cuanto me lo consiga parto pa' la lista de espera de La Habana.

Se puso en pie, terminó su discurso con el dedo índice dirigido a mí.

— ¡Ana estas vacaciones las terminas en nuestra casa en La Habana como que me llamo Elsa Pérez!

Elsy regresó de La Habana una semana después de dejar, casi amarrado, un apartamento de un cuarto en Buenavista.

Estábamos en la cocina. Mi madre, Elsy y yo en la pequeña mesa, los demás con los platos en la mano sentados en los diversos banquitos de madera. Estaba cayendo un torrencial aguacero que no nos permitía comer en la única mesa donde cabíamos todos. Faltaba mi papá que estaba tocando con su orquesta en la matiné del Liceo del pueblo.

Elsy nos contó con lujo de detalles las peripecias por las que tuvo que pasar buscando casas en la capital.

Al día siguiente de estar allá, Dora la llevó al Paseo del Prado a la "Bolsa de permutas". Entre los bancos de la calle Prado, a pocos metros del Malecón de La Habana se reunían aquellas personas interesadas en permutas, ventas y compras de casa.

Provistas de libretas y lápices, apuntaban direcciones, teléfonos y condiciones de las casas que se proponían. De este modo podían evaluar las distintas opciones. Casi siempre se establecían las llamadas "cadenas de permutas". Un verdadero rompecabezas. Una familia de Luyanó que quería mudarse para Plaza, pero el de Plaza no quería Luyanó sino Marianao, entonces el de Luyanó debía encontrar unos residentes en Marianao que quisieran La Víbora. Al final, los de Luyanó se iban para Plaza, los de Plaza a Marianao y los de Marianao a La Víbora. Si se lograba cerrar esta maravillosa cadena, ¡contentos todos!

Había cadenas que podían tener hasta diez casas para cambiar una con otras, una verdadera locura que solo Elsy en nuestra familia era capaz de entender y soportar.

— ¿Y esa famosa "Bolsa de permuta" está allí, en el mismo medio del Prado? –preguntó Marcelo.

— ¡En el mismo medio de la calle! –continuó Elsy.

— ¿No es una oficina?

— ¡¿Qué oficina?! ¡Todo eso se habla ahí mismo en el medio del Prado!

Yo no veía la hora que llegara al nudo de la cosa sin que siguiera con tantos rodeos.

— Bueno, ¿cómo fue que encontraste el apartamento de Buena Vista?

— Con Julita, una negra flaca que se ha cogido la bolsa de

permuta para ella. Tiene tres libretas llenas de direcciones. Yo me hice enseguida su amiguita, le regalé el pan con bisté que me había preparado mami para la merienda y ¡me la eché en un bolsillo!

— ¡Tú como siempre, comprando a la gente por la boca!

— ¡Muchacha! ¡Aquella negra se veía que estaba pasando una clase de hambre!… Cuando vio el pedazo de carne se le salieron los ojos. Claro, que si se da lo del apartamento hay que tocarla con mil pesos.

— ¿Mil pesos? –dijo mi madre mientras se levantaba para sacar de la manteca caliente los pedazos de masas de puerco que estaba friendo. Los fue poniendo en un plato con un papel de cartucho para escurrir la grasa. Después lo apoyó sobre la pequeña mesita a dónde íbamos plato en mano sirviéndonos más.

— Julita le propuso a Olga, la mujer del apartamento, once mil pesos para quedarse ella con mil –continuó mi hermana hablando con la boca llena para no perder el hilo de la historia.

— Le dejé el número de teléfono de mi trabajo y el de la casa de Nereida pa' que me llame en cuanto esta Olga le dé una respuesta.

Seguimos nuestra cena hablando de cómo sería nuestra nueva vida en la capital. Aquello era más que un sueño para todos, sobre todo para mis hermanos adolescentes que se morían de aburrimiento en aquel pueblo con dos cines y un parque para dar vueltas.

Con La Habana sonando en la cabeza de todos terminamos de comer. Mi madre puso el jarro de agua a hervir para hacer el café. Después de algunos minutos un colador de tela dejaba pasar el negro y aromático café mezclado con chícharos en una jarrita blanca.

Después del café mis hermanos se fueron para la sala de la casa y las tres mujeres nos quedamos lavando los platos y organizando la cocina.

Llegó el primero de agosto y todavía no había noticias del apartamento en La Habana. Hasta a Elsy que siempre estuvo tan optimista empezaron a aflojárseles las "patas". Comenzó a dudar del éxito de aquel negocio y calculaba la posibilidad de volver a La Habana para seguir buscando otras soluciones. Sacarías pasaba casi todos los días por nuestra casa para saber si podía iniciar los trámites de la permuta. Una de las veces sacó a mi madre de sus casillas con tanta presión.

— Deja la agitadera, Sacarías. Y si no se da lo del apartamento en La Habana, ¿dónde nos metemos nosotros? ¡Si esos guajiros están tan apurados pues que se busquen otra casa!

Todas las noches antes de acostarme me arrodillaba delante a la virgencita de la Caridad y le repetía la misma cartilla: "Virgencita, si tú nos buscas esa casa en La Habana yo te prometo que vamos toda la familia a echarte flores al malecón y te tendremos una velita encendida por un mes completo".

— ¡Elsyyyyyyyyyy!!! ¡Llamada de La Habana!

La voz de nuestra vecina Nereida gritando a través de la cerca del patio era una sinfonía que esperábamos sentir hacía más de tres semanas. Elsy corrió al telefono de la vecina. Yo me quedé con mi madre esperando el resultado de aquella conversación sentadas en el comedor de nuestra casa. Nos balanceábamos nerviosas en el sillón, sin hablar, sin mirarnos pero con un pensamiento común; ¡La permuta!

Después de un cuarto de hora que nos parecieron una eternidad, se abrió de un tirón la puerta de la casa. Elsy entró con una expresión tal que no hacían faltas las palabras.

— ¡"Los muchos" se van para La Habana!

LA ODISEA DE "LOS MUCHOS"

Olga, la propietaria del apartamento de Buenavista había aceptado la permuta pero no bajaba de doce mil pesos. La corredora no pudo convencerla con los once mil que proponíamos nosotros. Para que la cosa pudiera cerrarse había que inventarse otros mil pesos para pagar a Juanita, la intermediaria, más los quinientos de Sacarías. Como decía mi abuela Lala, la de Corralillo. "No era nada lo del ojo, y lo llevaba en la mano". Aquello hizo más clamor que una bomba.

— Vendemos el juego de comedor de abuela –propuso Elsy–. Ella siempre dijo que esos muebles tenían mucho valor, son de madera buena.

— Tú crees que en este barrio alguien tenga dinero para comprarlo. Aquí todo el mundo está con una mano alante y la otra atrás.

Agregó mi madre sin dejar de mover sus manos dentro de la gran batea de madera llena de ropa enjabonada. Mi hermana de una parte y yo de la otra la ayudábamos a restregar.

— Cecilio, el bodeguero, está podrido en dinero y la hija se va a casar. Voy a hablar con él.

Dijo Elsy secándose las manos en una toalla colgada en la tendedera. Salió por el pasillo que parecía que iba a apagar un fuego.

— Pierde su tiempo si piensa que Cecilio va a comprar esos muebles. Se roba la mitad de la cuota de todo el mundo pero se la pasa llorando miseria.

— Vamos a ver, Mima, tú verás que algo aparece.

— ¡Yo veo esta permuta muy jodí'a!

— Bueno vieja, ya tengo que irme, mi madrina me está esperando para probarme unos vestidos que me está haciendo –me acerqué y le dì un beso en la mejilla–. Me quedo a almorzar con ellas.

— Diles que les mando saludos. Vamos a ver cuándo puedo ir por allá.

— Antes de mudarnos, ¡tú verás!

Dejé a mi madre delante de la batea llena de ropa. Recogí la cartera que colgaba en el espaldar de una de las sillas del comedor y me dirigí a la puerta de la calle. La voz de mi madre cantando para olvidar las penas me hizo sonreír. Aquella era la medicina del cubano.

Mis chinitas se habían mudado hacia algunos años para una casa en el centro del pueblo, a solo una cuadra del parque Libertad.

Fui caminando por la calzada llena de polvo, pasando delante de la fundición. El rumor de las pesadas máquinas y las voces de los obreros se mezclaban con el sonido de los cascos de los caballos en el asfalto. El timbre de una bicicleta a mis espaldas me obligó a apartarme a un lado. ¡Mi barrio! Después de diecinueve años había llegado la hora de la partida definitiva. Aunque esto era algo que deseaba desde hacía tiempo no pude evitar sentir nostalgia.

Mi pueblo quedó grabado en mi alma como la horma de mis zapatos en sus viejas calles. Aquellas marcas de vida, las llevaría por siempre.

Mi hermana habló con Cecilio y con toda la barriada de Villa Alegre en Sagua. Mi madre tenía razón, nadie estaba dispuesto a comprar los muebles.

— ¡Pero papi no conoce una sola persona en este pueblo que nos pueda prestar dinero!

— Esas son cosas muy delicadas Elsy. ¿Tú piensas que la gente es boba y no saben que tu papá gana una miseria como músico?

— Pero yo también trabajo.

— ¡Y te pagan una buena mierda también!

— Ay, Mami, no hables así. A mí me gusta mi trabajo en el correo.

— Que te guste es una cosa pero que te pagan tres kilos es otra.

Estábamos sentadas las tres alrededor de la mesa de madera en el pasillo de la casa. Mi madre vació sobre un pedazo de nylon tres laticas de arroz, nos pusimos a escogerlo.

— ¡Este es un pueblo de muertos de hambre! –dijo Elsy mientras se alzaba de su silla dirigiéndose a la cocina–. Voy a colar café.

— Ese paquetico es el último. Déjalo para después de almuerzo –replicó mi madre alzando la voz para que pudiera oírla desde la cocina.

— Yo después salgo a buscar otro, no te preocupes.

— Tendrás que ir a buscarlo al pueblo, por aquí todo el mundo ya se tomó el de la cuota.

Esta vez mi madre se dirigió a mí, sin detener el movimiento de sus dedos que apartaban con habilidad los granos.

— ¡Este arroz de la bodega es tremenda mierda!

No había nada que se pareciera más a lo que estábamos viviendo, que aquella lomita de arroz. Estaba lleno de piedrecitas negras, pequeñas e incómodas, como nuestro camino para llegar a La Habana. Todos los granos partidos como cada una de las soluciones que intentábamos buscar y para rematar aquellas pajillas secas que no querían soltar el grano del mismo modo que mi Sagua no quería despegarse de "Los muchos".

Llegó la noche y junto con ella Sacarías.

— Tienen que decidirse. O mando alante la permuta o tengo que buscarle otra casa a los guajiros de Resulta.

— Manda alante la cosa Sacarías.

— ¡Elsy! –mi madre le alzó la voz.

— Mami, ese papeleo se llevará dos o tres semanas. Nuestro problemita se resuelve antes.

— ¿Qué problemita? –preguntó Sacarías mirando a mi madre.

— Nada que nosotros no podamos resolver –interrumpió Elsy callando a mi madre con la mirada–. Otra cosa que te quería pedir Sacarías –se sentó a su lado para concentrar la atención en ella–. Como la casa que tenemos en La Habana ya está amueblada, no sabemos dónde meter lo que tenemos aquí. Tú puedes proponerle a esa gente que si le dejamos todo como está, cama, juego de sala, los juegos de cuarto, cortinas, ¡en fin todo!, ¿Ellos pudieran darnos dos mil pesos por arriba?

Nos miramos entre las tres. La idea tenía su lado positivo, resolvería el dinero que nos faltaba. El lado negativo, que no era verdad que Olga nos dejaría sus muebles. Esto quería decir que llegaríamos a La Habana solo con nuestras ropas, sin dinero y durmiendo en el piso.

— Está bien. Mañana hablo con ellos y se los propongo.

Aquellos guajiros resultaron ser más inteligentes de lo que pensábamos. Aceptaron quedarse con los muebles pero nos daban por todo solo mil quinientos pesos. Después de todo lo que nos había costado convencer a mi padre.

— Ese juego de comedor es un recuerdo de mi Madre! ¡Yo no lo vendo ni muerto!

Mi padre caminaba como un loco por toda la casa. Podíamos deshacernos de todo menos de eso que era un recuerdo de familia. El problema es que habíamos propuesto un paquete completo donde estaba incluido todo.

— Abuela hubiera estado contentísima de poder ayudar en un momento tan difícil como este.

Elsy parecía más actriz que yo. Mi madre le aseguró que nos llevaríamos las vajillas de mi abuela como recuerdo, todas sus fotos y hasta la imagen de la virgen de la Caridad. Tres mujeres detrás de él era demasiado para mi pobre padre. Antes de terminar el día, el asunto de la venta de los muebles estaba resuelto. Ahora se pasaba al problema siguiente; ¿Cómo nos íbamos para La Habana?

Con el dinero recaudado de los muebles se podían pagar solo a los dos corredores. El dinero para los pasajes teníamos que sacarlo de abajo de la tierra, solo que la nuestra estaba más seca que la del desierto del Sahara.

Rey y mi padre se pasaron dos días enteros en el patio de la casa haciendo una cama de madera para venderla. Mi madre habló con Billo, el carnicero, para que le dejara ponerla fuera del negocio. La carnicería estaba justamente en la esquina de la calzada por donde pasaban muchas personas.

— ¡Caruca, me vas a buscar un problema! ¿Si pasa la policía y ve ese mueble allá afuera qué les digo?

— Dile que tus vecinos se están mudando para La Habana y están sacando las cosas que se van a llevar.

Aunque no estaba convencido del todo, al final dejó que mi madre pusiera la cama fuera de la carnicería. Todos los hermanos, menos Martín que le daba pena, nos quedamos allí por turnos proponiéndosela a todo el que pasaba.

— Mario, mira ver si a Carmita le quedan otros periódicos viejos que te dé para terminar de envolver estos platos.

La familia completa estaba en la sala de la casa envolviendo con papeles la vajilla de cristal de mi abuela. Copas finas, platos de porcelana, juegos de té. Todas las cosas que aquella vieja vitrina guardó por largos años como una reliquia y que salía de allí solo cuando había que desempolvarlas. No recuerdo una sola vez que la hubiéramos usado, eran como las piezas de un museo.

La mitad de la sala estaba llena de cajas. Habíamos dejado fuera solo las cosas que se usaban para el diario. Faltaba una semana para que entregáramos nuestra casa y del dinero nada.

La cama de madera la sacábamos por el día y la entrábamos por la noche. La gente la encontraba muy linda, muy bien hecha pero nadie la compraba. Mi papá logró vender una de sus guitarras y la bicicleta. A Elsy una de sus amigas le prestó ciento treinta pesos que era justamente su salario. Le dejó una autorización para que después lo cobrara ella.

— Bueno, por lo menos el dinero de los pasajes ya están completos.

Mi madre había terminado de contar todo el dinero reunido y lo envolvió en un sobre de papel.

— Y cuando lleguemos a La Habana qué hacemos. Nos hace falta tener algo más. ¿Quién sabe cuándo Elsy o papi encuentren otro trabajo? –dije mientras me acomodaba en el banco al lado de mi madre.

— Ana. Cuando lleguemos a La Habana se verá –dijo mi hermana segura, como siempre, de que todas las cosas se resolverían.

— Llamé a Julita para que le avisara a Olga que nosotros llegamos el domingo para que desocupe la casa. Ese día le damos la mitad del dinero y cuando firmemos la permuta, le damos lo que falta.

Se sentó a mi lado pasándome un brazo por los hombros.

— Esas chinas tuyas, que te quieren tanto no te pueden ayudar en algo, al menos para tu pasaje.

— No Elsy, a mí no me gusta pedirles dinero.

— A nadie le gusta pedir pero estamos con la soga al cuello, tenemos que tocar todas las puertas.

— Vieja ¡buenas noticias!

Mi padre entró cerrando la puerta de un tirón.

— ¡Mi madrecita María nunca me abandona, ni después de

muerta! Ella sabía que su hijo…

— ¡… Habla Jesús, deja que María descanse en paz! ¿No me digas que te sacaste la lotería? –mi madre rió con ironía.

— Casi, casi es como si me hubiera sacado la lotería. Cuco mi primo se va el sábado para La Habana con el camión de la fundición a buscar unas piezas. Dice que nos puede llevar a todos con èl porque…¡el camión se va vacío!

— ¡Ay, virgencita de la Caridad tú sí que eres grande…!

Mi madre de la emoción fue a abrazar a mi padre.

— Eso quiere decir que nos ahorramos el dinero de los pasajes y no tenemos que llegar a La Habana con una mano alante y la otra atrás. ¡Tú ves, Ana! Este viaje está bendecido por Dios y todos los Santos –Elsy terminó de decir esto último alzando las manos al cielo.

Y yo también lo creí así. Esta era mi familia, una banda de locos soñadores que se metían en problemas más grandes que ellos pero siempre había una fuerza superior a nosotros para ayudarnos a alcanzarlos; ¿Positividad? ¿Destino? ¿Dios altísimo? Yo prefería que fuera este último, sentía que era el más fuerte.

“LOS MUCHOS” EN LA HABANA

Una mañana de agosto, con un sol que rajaba las piedras, uno de los camiones de la fundición “9 de Abril” de Sagua la Grande llegó a La Habana con una carga muy diferente a los hierros que producía, pero igualmente fuerte y pesada. ¡La familia Pérez completa y sus cuatro trapos!

El enorme camión entró por Guanabacoa en dirección a Alta Habana. En el fondo habíamos acomodado las cajas de cartones con nuestras ropas, la vajilla de mi abuela, la virgencita de la Caridad y una selección de lo mejor en cazuelas, platos y cubiertos de cocina. Creo que mi madre escogió aquello a lo que estaba más acostumbrada, pues todas eran iguales de viejas. A la que no le faltaba la tapa, tenía flojas las agarraderas. Eso sí, ¡viejas pero relucientes! De donde iba a sacar las cenizas en el nuevo apartamento para sacarles brillo, para tenerlas, como decía ella “como las nalgas de un niño chiquito”.

Traíamos las piernas entumecidas después de más de siete horas sentados en los bancos de maderas del interior del camión. Me parecía que había pasado una eternidad de cuando salimos de Sagua a las cinco de la mañana. Con dos manos me agarraba a los palos de la baranda del camión mientras miraba las calles de La Habana.

Hacía solo cuatro años que estudiaba en la capital pero la sentía mía, como si perteneciera a ella de toda una vida. La amé desde la primera vez que llegué a ella para participar en los juegos escolares, tenía apenas doce años. Desde entonces comencé a anhelarla, hasta que se convirtió en realidad, cuando años después, fui a estudiar a la Escuela Nacional de Arte.

El camión atravesó la larga avenida 31 hasta la calle 60 en Playa.

— ¡Ya estamos llegando! –dijo Rey alzándose del banco de madera.

— ¿Cómo tú lo sabes? –le dije mientras le daba una mano para ayudarlo a no perder el equilibrio, con la otra libre se aguantó a uno de los palos de madera.

— Porque Elsy me explicó que la casa estaba por 60 y 31. A este barrio le llaman Buenavista.

— Sí. Lo he oído nombrar, sobre todo por su fama, dicen que esto aquí es candela.

— ¡Pues llegaron Los Pérez para meterle más leña al fuego!

En medio de la calle 27 cruzando los brazos sobre la cabeza para hacerse notar, Elsy llamaba nuestra atención indicándonos donde parquear. Había llegado unas horas antes en la guagua de Sagua para avisar a Olga de nuestra mudada. Cuco detuvo el camión delante de un edificio verde. Finalmente podíamos tocar tierra firme después de siete horas donde nos parecía asistir a un terremoto de baja escala.

— ¡Tengo que darles una mala noticia! –se apresuró a decir Elsy una vez que estábamos junto a ella–. Olga no ha podido mudarse y tiene la casa llena de bultos.

— ¡Ay m'ija, tú no me digas eso! Y ahora ¿qué hacemos con todos estos trastes?

— No te preocupes, Mami. Yo le dije que ahora cuando llegaran los muchachos acomodamos bien sus cosas en la mitad de la sala y en la otra mitad la nuestra.

— Y cómo hacemos para dormir. El apartamento tiene un solo cuarto.

— Bueno pues ella dormirá en el cuarto contigo y con papi. Nosotros nos arreglamos de cualquier manera.

La "cualquier manera" fue que después que acotejamos nuestras cosas, el único espacio que quedó libre era la terraza. El apartamento se componía por un pequeño corredor que de la puerta principal conducía a la pequeña cocina y a la sala comedor. Un cuarto grande, un baño, un patiecito detrás de la cocina y una terracita delante de la sala que daba a la calle 27.

Olga estuvo compartiendo nuestro apartamento otras dos largas semanas. No encontraba ningún camión que se llevara sus cosas para Santa Cruz del Norte a donde iba a vivir con una hermana. Estábamos apretaditos como sardinas en lata, sin siquiera un pequeño espacio donde meter una mesa, comíamos con los platos en la mano. Era una especie de picnic, solo que en la ciudad.

Por las noches abríamos el canapé enfilándolos por el corredor, desde la puerta hasta la terraza. Esas camitas de tela y aluminio se utilizan normalmente para tomar el sol en la playa, pero a "los muchos", personas para nada normales, nos servían de cama. Por las mañanas las recogíamos colocándolas organizadas en el patiecito posterior. Aun después que Olga se fue de casa, seguimos durmiendo así, solo que con un poco más de sosiego. Mi madre no quería llenar el pequeño apartamento de catres.

— ¡Nada de camitas en la sala, sino esto parece un albergue cañero!

Así dijo y así fue.

En el cuarto una cama camera para mis padres y otra pequeña pegada a la pared para Elsy. Si alguien llegaba a nuestra casa de día podía pensar que allí vivían, como máximo dos o tres personas. "Los muchos" éramos diez en menos de treinta metros cuadrados. Apretaditos como sardinas en lata. ¡Pero... en La Habana!

La fama de nuestro nuevo barrio no era por gusto. En Buenavista las personas vivían, más en la calle que en sus viviendas. Se sentaban en grupos delante de las casas a jugar dominó, a beber ron o a discutir de pelota. Se hablaba altísimo de cualquier tema, cuando lo hacían bajito entonces era que estaban hablando mal del gobierno o de negocios ilícitos.

En menos de un mes de vivir allí ya nos conocían en todo el barrio. No nos llamaban ¡"Los muchos"!, como nos identificaban en Sagua. Nos bautizaron como "La Casa de los artistas".

Este nombre nos vino porque mi padre y mis hermanos se la pasaban ensayando en la terracita de la casa. La otra razón era, que en el Instituto Superior de Arte, algunos de mis compañeros de estudio gozaban de fama por su trabajo en la televisión. Algunas veces nos reuníamos en mi casa a estudiar. Así los vecinos supieron que yo también estudiaba para ser actriz y que algún día sería una artista famosa como mis amigos.

El 31 de diciembre el CDR organizó una fiesta para celebrar el último día del año esperando el 1ro. de enero, aniversario del triunfo de la Revolución. Mi madre se ofreció para hacer lo que más le gustaba en la vida, cocinar. Desde la mañana comenzó a preparar la famosa caldosa cubana. En una esquina de la calle se improvisó una fogata. Sobre una parrilla de hierro apoyaron la gran cazuela donde mi vieja preparaba el caldo.

Después de las nueve de la noche comenzó el fiestón. La fiesta se animó más cuando mi padre y mis hermanos le pusieron el ritmo. La gente bailaba en la calle.

Me había procurado una caja vacía de cerveza para sentarme. Mi madre dejó al grupo de vecinos alrededor del cazuelón de caldosa viniendo hacia mí. Me dio un manotazo en la cadera para invitarme a hacerle espacio. Me levanté y dejé la caja solo para ella, era demasiado pequeña para las dos.

— Amanda me estaba diciendo ahora, que en la próxima reunión de la zona, me van a proponer como presidenta del comité.

— ¿Presidenta del CDR tú, con lo gusana que eres?

— ¡Habla bajito Anita, niña!

Miró a ambos lados para asegurarse que nadie estuviera oyendo. Me tiró de la blusa obligándome a agacharme a su lado

— Si me dan ese cargo ninguno de ustedes tendrán problemas para trabajar ni para coger carrera. ¿Dónde es que van a verificar a la gente? ¡A la casa del presidente de comité!

— Ay Mami, no te metas en esa candela. Eso significa, ir a reuniones, cosa que tú odias, tener que estar recibiendo constantemente gente para las verificaciones, caerle atrás a los vecinos para los trabajos voluntarios, para las guardias…

— … Bueno hija, tu padre me ayuda.

— ¿Ya tú se lo preguntaste?

— Yo no tengo que preguntarle nada. Él hace lo que yo diga.

— Ana, ¿quieres hacer pareja conmigo en una rueda de casino?

Mingo, un mulato sobre los cincuenta años, que vivía en un edificio después del nuestro, me extendió la mano invitándome a bailar. Nos unimos al grupo que estaba preparando la rueda.

Pasaron dos meses de aquella noche cuando mi madre se convirtió en la Presidenta del CDR. Mi padre, como había sentenciado ella, estuvo de acuerdo en ayudarla. A ninguno de los dos les importaba nada el comunismo ni la revolución pero de una cosa estaban seguros, estando dentro de ella, se podían abrir más caminos para sus hijos. Cuando cerraban las puertas, se continuaba hablando bajito de los problemas del país, se seguía oyendo La cubanísima, nuestra radio enemiga en Miami, mientras afuera, en la baranda de la terraza de casa, una placa de los CDR junto a la foto de Fidel Castro, exclamaba nuestra eterna consigna de ¡"Patria o muerte"!

UN NUEVO ESCALÓN

— ¡Caballero llegaron Los Reyes Magos!

Dijo Elsy anunciando en alta voz su entrada. Siguió sin detenerse hasta el mismo centro de la sala. Mis padres y yo estábamos sentados a la mesa del pequeño comedor. En la terraza, con los platos en la mano, comían Julito, Alberto y Mario. Su entusiasmo capturó la atención de todos. Dejamos nuestros platos de comida acercándonos a ella llenos de curiosidad.

— Habla niña. ¡¿No me digas que es lo que yo pienso?!

Mi madre se llevó las dos manos a la boca conteniendo la emoción de aquello que imaginaba podría ser. Elsy sacó de su bolsa una llave que colgaba de una argolla. La hizo girar entre sus dedos alzando el brazo. Todos seguimos hipnotizados aquella pequeña cosa que significaba algo grande. ¡Muy grande!

— En Playa. Casa de bloques con seis cuartos. Si en tres meses la reparamos, ¡es nuestra!

Habían pasado tres años desde que vivíamos en La Habana. En los últimos meses no pasaba una semana sin que Elsy no se presentara en la Reforma Urbana esperando respuesta a una petición que hizo para que nos asignaran una casa más grande. Para allí, llevó el plano de nuestro pequeño apartamento, el libro del registro de población con los nombres del núcleo familiar, que en aquel tiempo había crecido con dos miembros; El primero era Pablito, el hijo de Elsy de solo seis meses, fruto de un matrimonio fracasado desde el primer día de la unión. Su noviazgo con Glean, el amor de su adolescencia, había terminado unos años antes de mudarnos para La Habana. Elsy comenzaba a tener aventuras fugaces, como la de Pablo, el padre de su hijo.

Recuerdo todavía el día que comunicó en casa que estaba

embarazada y que se iba a casar. Pensé que a mi madre le daría un infarto.

— ¡Tú estás loca Elsy! Casarte de ahora para ahorita y parirle a un hombre que ni conoces. Tú te vas a desgraciar la vida y me la vas a desgraciar a mí. ¡Eso va a durar lo que un merengue en la puerta de un colegio!

Sus palabras fueron como una maldición. Elsy se había ido a vivir a la Lisa con la familia de Pablo, su marido. Antes de los siete meses ya estaba de vuelta en casa con la barriga a cuestas, como aquel que dice, en la boca, poco después nació Pablito.

— ¡Elsy qué cosa tan bella! Dios lo bendiga. Tú eres la cosa linda de tu abuela, mi niño.

Mami había olvidado por completo que no quería aquel nieto, apenas lo tuvo en brazos en el hospital.

Pablito parecía el último hijo de mi madre y el hermanito más pequeño de mi hermana. Mis padres se ocupaban todo el tiempo de él. Elsy ponía el dinero para sus necesidades, todo el resto lo hacían mis padres; Darle de comer, bañarlo, limpiarle el culito cada vez que era necesario, hasta dormir con ellos en la cama grande.

El otro nuevo miembro de la familia Pérez no tenía nuestro apellido. Era Graciela, la novia de mi hermano Martín desde que tenían catorce años. A los tres meses de habernos mudado para La Habana, decidieron vivir juntos, pero no en Sagua. ¡Con nosotros, como si fuéramos pocos!

Marcelo y yo estudiábamos en la puerta de entrada de la casa, bajo la luz tenue de un bombillo en un lugarcito que nos había preparado mi padre. Cuando Martín comunicó la llegada de Graciela tuvimos que cederle aquel único espacio libre de camitas y fuimos a parar a las escaleras del edificio. Los tres primeros años de medicina de mi hermano Marcelo y los míos del ISA los hicimos entre escalones. Marcelo ponía sus libros en los seis primeros peldaños a mí me tocaban los del descanso hasta el primer piso.

— ¡Vamos a verla ahora mismo! –propuso mi hermano Julito.

Dejamos los platos en el mismo lugar que estaban cuando se interrumpió nuestra cena. Fui a cámbiame las sandalias por un par de tenis. Mi madre se quitó los rolos peinándose como si fuéramos a una fiesta.

— Estas bien así vieja. Apúrate que los muchachos están abajo esperando–. Mi padre se abrochó los últimos botones de la camisa.

— Chucho, hay que causar buena impresión en el nuevo barrio.

— Pero si todavía no nos han dado la casa.

— ¡Pero nos la van a dar! En menos de tres meses nosotros hacemos de esa casa un palacio, te lo aseguro yo como que me llamo Caruca Gómez. Ana cógeme la bolsa.

Le alcancé la bolsa colgada de un clavo detrás de la puerta del cuarto. La tomó sin dejar de mirarse al espejo, arreglándose los crespos con la punta del peine. Mi padre alzó los ojos al cielo por la desesperación.

El pequeño Pablito estaba paseando con mi cuñada Graciela por el barrio. Mis hermanos estaban todos en los bajos del edificio

— ¡Mami, acaben de bajar!

La voz de Elsy nos hizo apresurar el ritmo. Salimos cerrando la puerta sin acordarnos siquiera de apagar la luces.

La casa se encontraba en 80 entre 23 y 25, en el municipio Playa. Había pertenecido a una familia que dejó el país para emigrar a los Estados Unidos. En la puerta todavía quedaban restos del papel con el que la habían sellado el día que fue decomisada por el estado cubano. Cuando una familia decidía salir definitivamente de Cuba, perdía todos los derechos de su propiedad así como de todos los bienes que había en el interior.

— ¡Mira qué clase de juego de sala, Mami!

Alberto se dejó caer en el sofá alzándose y sentándose varias veces para probar los muelles, después del tercer intento la piel que lo cubría se abrió de lado a lado dejando ver las hileras de muelles y guata de su interior.

— Albertico, ¿tú eres mongo? Mira lo que hiciste –protestó Julito tirándolo de una mano para ayudarlo a alzarse del hueco en el que se había trabado.

— ¡Es que está podrió compadre! –Alberto terminó de abrir el resto que quedaba del forro con toda facilidad–. ¿Ves?

— Eso no tiene nada. Estos muebles se mandan a tapizar y quedan como nuevos. Estas son cosas de antes. ¡Todo lo de antes es bueno! –agregó mi padre con la autoridad de un experto.

— Bueno la sala por lo menos tiene buen tamaño. Vamos a ver el resto de la casa.

Elsy inició la procesión. La seguimos todos en fila india. La casa tenía la mayor parte del techo en la cabilla pelada. Por el piso quedaban todavía los pedazos de cemento que a través de los años se habían separado de la placa.

— ¡Qué lástima! Es que las casas cerradas tanto tiempo se destruyen–. Mi madre con la cabeza alzada recorría con la vista de una punta a la otra los daños del techo.

— ¿No podían haberla dado antes que todo esto se destruyera?

— Bueno, Mami, si la daban antes ahora nosotros no estuviéramos aquí.

— Por lo que parece esto debe estar cerrado desde hace una pila de años.

— Sí, Ani, pero está buena.

— Si, si, si... ¡Está buena! –sentenció mi madre— Pero tenemos que meter aquí una brigada millonaria. Esta misma noche llamo a mis hermanos para que se movilicen y vengan a ayudarnos.

Dos de mis tíos que vivían en Corralillo eran albañiles y el otro electricista. Con ellos mi madre estaba pensando encabezar la brigada de trabajo. Aparte de ellos, necesitaríamos de muchos otros brazos para sacar los escombros acumulados de años, más todos los muebles rotos.

Los tres cuartos de atrás tenían solo las divisiones con las paredes en ladrillos sin repellar y un baño al que le faltaban todos los muebles sanitarios. El piso era de cemento, diferente al resto de la casa. Era evidente que aquello fue un proyecto que habían iniciado para agrandar la casa. Idea que no se concretó cuando decidieron irse de Cuba.

— Ahora verla así es un desastre pero arreglada puede ser una gran casa. ¡Ya la veo!

Dije mientras giraba la vista mirando todo a mi alrededor imaginándola limpia, pintada, con las ventanas llenas de cortinas, como le gustaban a mi madre.

— ¡A mí me gusta! –dijo Elsy convencida.

Tuvo la aprobación de todo el resto de la familia. La visita terminó recorriendo el patio de atrás, tan grande como la misma casa. Tenía dos árboles de naranja agria y una casetica de madera para guardar cosas.

— Tenemos tres meses para levantar este muerto. ¿Ustedes creen que podremos? –preguntó Elsy.

— Mi hermana querida, tenemos que poder. No veo la hora de soltar mi canapé de flores y poder dormir dignamente en una cama con un cuarto para mí sola. Porque voy a tener un cuarto para mí ¿no? ¡Son seis! Las dos hembras tenemos prioridad.

Dije mientras le pasaba un brazo por arriba a mi hermana.

Las sonrisas de todos iban de oreja a oreja. No solo yo, ellos también empezaban a ver las cortinitas de flores colgadas a las ventanas.

Mis tres tíos pidieron una semana de vacaciones para hacer los primeros arreglos de la casa. Antes que ellos llegaran teníamos que desaparecer todo lo que había dentro pues comenzarían reparando los techos.

En los días que no terminaba muy tarde en el ISA podía contar con la ayuda de mis compañeros de clase. Agarrábamos la ruta 9 en el paradero de la Playa directo a la calle 80 y para la casa nueva a sacar trastos. En una parte del patio se creó una loma con todo lo que no servía. En la casita de madera metíamos aquello que se podía salvar.

Los amigos de mis hermanos también venían a ayudarnos, todos los días se trabajaba en la casa. En un mes la dejamos limpia de muebles y escombros.

Cuando llegaron mis parientes de Corralillo se intensificaron las horas de trabajo. Mi tío Amador organizó un pequeño grupo armados con martillos y cincel con la tarea de quitar el cemento viejo del techo. Todas las cabillas tenían que quedar al descubierto.

El grupo de mis amigos recogíamos los desechos del piso botándolos en la lomita del patio

La tercera brigada la encabezaban mis otros dos tíos, Florencio y Carmelo. Brocha en mano, mojaban las cabillas con pintura antióxido.

Se escogió un domingo para arreglar la placa. Hicimos un llamado general a todos los amigos, parientes y vecinos de la cuadra. Nos habían prestado una concretera para mezclar cemento, solo por ese día. Mi hermana tenía razón, necesitábamos una brigada como aquella para revivir aquel muerto. La mayor parte de nosotros no teníamos experiencia pero sí ¡mucho corazón y tremendas ganas!

Al mediodía se hizo una pequeña pausa para almorzar. Nuestra madre había traído de casa una cazuela enorme llena de tamales rellenos con carne de cerdo. Nos sentamos regados por el patio en cualquier cosa que pudiera semejar a una silla, deleitándonos con aquel plato de maíz del cuál mi vieja era toda una especialista.

— ¡Los mejores del mundo! –dijo Martín hablando con la boca llena.

— Siéntate aquí arriba de mis piernas, mamita.

Le dijo a Graciela que lo miró atravesado sentándose arriba de una piedra.

— Vaya Martín, ¡la jeba no te respeta! –Alberto le gritó en broma.

— ¿No le dejaron nada a los médicos?

Todos miramos en la dirección por donde venía Marcelo acompañado de otro muchacho más o menos de su misma edad. Ambos traían sus batas blancas de médico colgadas del brazo. Era mucho más alto que él, con cabellos rubios y grades ojos verdes.

— Les presento a Roberto. Estudia conmigo y hoy vino también a tirar un cabo en esta construcción. ¿No nos dejaron tamales?

— ¡Como no hijo!, si hice más de sesenta para que después no me digan que se quedaron con hambre.

Roberto le fue dando la mano a cada uno repitiendo siempre su nombre.

— ¡Mucho gusto! Roberto.

No había terminado de saludar a todos cuando mi madre lo tomó por un brazo poniéndole un plato con dos tamales delante. Después de tan animado almuerzo, de nuevo todos al trabajo.

Parecía que al tal Roberto la tarea que le habían asignado era la de cubrirme las espaldas pues no se separaba ni un minuto de mi lado.

Me puse a repartirles vasos de limonadas para aliviar el calor cuando encontré a Marcelo que llevaba una carretilla con cemento.

— ¿No me digas que me gané la lotería? Porque yo no he apuntado ningún numerito–le dije.

— Tú lo dirás jugando pero creo que te lo sacaste.

— Tú sabes que los rubios no son mi tipo. Demasiado blanco para mí gusto.

— Pruébalo antes de decir si te gusta o no, nenita.

Le di un manotazo por el hombro que casi le viro la caretilla que cargaba.

— ¡Nena, ten cuidado! Si viro esto, tío Amador me mata.

Se trabajó mientras duró la luz del día. Uno de los vecinos nos había procurado unas tanquetas con agua. Había terminado de lavarme la cara y los brazos cuando una mano delante a de mi cara me ofreció un pañuelo para secarme. A pesar de estar girada de espaldas sabía quién era.

— Para ser actriz trabajas como una verdadera constructora.

— Me estoy creyendo demasiado el personaje –dije aceptando el pañuelo. Me lo pasé por ambos brazos.

— Se ha ensuciado todo. Déjamelo para lavártelo. Te lo mando con mi hermano.

— ¿Por qué tienes que mandármelo con tu hermano? Yo sé dónde tú vives, puedo pasar yo a buscarlo, así me invitas a un café.

El hombre era sin lugar a dudas insistente. No era mi tipo de hombre pero aquella boca que me enseñaba toda su hilera de dientes blanquísimos me hicieron dudar. Después cuando se mordió el labio inferior esperando mi respuesta, la idea que me había hecho del mediquito me hizo vacilar. Los rubios no eran mi ideal de hombre pero aquel podía ser una excepción.

ALEMANIA

Continuaban las labores de restructuración de la nueva casa. Aquello sí que parecía una brigada millonaria como las que había en nuestros campos de caña para sobrecumplir las metas productivas. Trabajábamos todos los días sin mirar el reloj. El estado nos había propiciado los materiales, nosotros habíamos puestos nuestros brazos. Los amigos y los vecinos del barrio junto con nuestra familia formábamos una gran escuadra.

Después de dos meses, cuando a la casa le faltaba poco para estar lista para vivir en ella, un nuevo acontecimiento se presentó en nuestra familia. Rey, el mayor de los hermanos varones, ganó una plaza en una brigada juvenil que estaba enviando trabajadores a la República Democrática Alemana. Trabajar fuera de nuestro país era una grandísima oportunidad para cualquier joven cubano. Sabíamos que al irse tan lejos lo extrañaríamos mucho, pero al mismo tiempo, estábamos felices por él.

— ¡Que suerte mi hermano, ahora sí que la partiste! –le dijo Martín abrazándolo.

— Pero no puedes esperar por lo menos a que terminemos la casa, así hacemos la fiesta de inauguración junto con tu fiesta de despedida.

— No puedo Elsy. Esta semana nos hacen todo el papeleo y el próximo domingo salimos.

— Ay, mi hijito por Dios. ¿Y cuánto tiempo nos tenemos que pasar sin verte?

— Vieja, a los dos años nos dejan venir a Cuba.

— ¿Dos años? Que va, demasiado, demasiado... –mi madre se llevó una mano a la boca. No sé si lo hizo porque no encontraba las palabras o por evitar que su voz rajada la llevara al llanto. Se aclaró la garganta y no habló más.

Eran más de las nueve de la noche. Desde hacía un buen rato toda la familia estaba en la terracita de nuestro pequeño apartamento de Buenavista esperando que pasara la hora del apagón.

Cuando llegamos de trabajar en la nueva casa encontramos todo el barrio oscuro. Habían quitado la luz desde la seis de la tarde. Estuvimos tres horas para bañarnos por turnos, iluminándonos con una chismosa de luz brillante que mi padre preparaba con los tubos vacíos de la pasta dental. Cuando ya no quedaba nada dentro, los abría pasándole una mecha que inventaba con un pedazo de frazadas para limpiar el piso. Después lo colocaba dentro de un pomo vacío de frutas en conservas con un poco del kerosene combustible dentro. Lo único malo es que tiznaba un poquito los techos pero daban una buena luz.

— ¡Alemania es la más desarrollada de todo el campo socialista, te va a encantar. Dicen que Berlín es bellísimo! –dije sentándome en uno de los banquitos a su lado mientras me frotaba con una toalla los cabellos recién lavados.

— ¿Qué te vas a hacer con el idioma?, esa lengua se las trae.

— El primer año tenemos que estudiarla todas las mañanas. Se trabaja solo por la tarde.

Pasamos el resto del tiempo fantaseando con mi hermano como sería su nueva experiencia en Europa. La vida fuera de Cuba era un enigma que cada cubano soñaba conocer. Era algo tan imposible, como esas vitrinas con ropas de marcas que un pobre mendigo anhela comprar. Todo lo que venía de "afuera" era lindo, era bueno. Todo aquel que venía de "afuera" era elegante, olía a buenos perfumes. Poder viajar "afuera" era la versión en la Cuba socialista de sacarse la lotería.

— Te voy a dar una plantilla con mi tamaño del pie para que me mandes unos buenos tacos –dijo Alberto seguido de las risas de todos.

— A mí un radiecito de pila y una linterna para cuando se va la luz –mi padre todavía conservaba su radio viejo con la caja de madera para llevar las baterías.

— Caballero, dejen la pedidera. ¡Todavía no se ha ido el muchacho y ya lo están azocando! –dijo Elsy dirigiéndose a todos. Se acercó a Rey pasándole el brazo por los hombros.

— ¡No les hagas caso! Tú lo único que tienes que mandar es el coche para Pablito y la ropita del cumpleaños.

Terminó la frase con una fuerte carcajada abrazándolo.

— ¡Mentira, mi hermano, te estamos cogiendo pa' eso! Pero, bueno, si nos puedes mandar un dinerito de vez en cuando, no sería una mala idea...

— ¡Tan descarada! Mira ve a bañarte que ya el baño está libre.

Dijo mi madre mientras se alzó de la silla dirigiéndose a la pequeña cocina.

Cuando el último del grupo terminó de bañarse se pasó la chismosa del baño para la cocina, donde estaba Mami preparando la comida para toda su gran tropa.

Comimos con los platos en las manos, regados por la terracita. Adentro no había quien estuviera con tanto calor sin poder encender el ventilador. En fin, aquella noche también comimos "afuera".

Si había que darle a alguien una medalla al mérito, por la cantidad de horas voluntarias en la restructuración de nuestra casa, esa le tocaba de seguro a Roberto, el estudiante de medicinas compañero de mi hermano Marcelo. En cuanto terminaba sus clases en el hospital salía disparado para Buenavista donde estaba seguro que me encontraría trabajando.

En algunas ocasiones se aparecía con una poesía que me había escrito. Y no venían solas, la acompañaba con algunas florecitas que se robaba de los jardines de las casas.

— ¡Ese muchacho es muy fino Ana! –me decía mi madre más enamorada de Roberto que yo.

— Ese lo que es un comemierda, todavía a estas alturas regalando flores. A mí no me gustan los hombres con tanta bobería.

— Anita no es como tú Elsy, es más romántica. Se ve que él viene de una buena familia.

Así era. Se convertiría en médico, como casi toda su familia.

Aparte de la medicina tenía otro gran amor, la literatura. Le gustaba escribir. Publicaba sus poesías y narraciones en el periódico juvenil de la universidad. Como yo, adoraba el teatro. Casi todos los domingos me invitaba a ver las obras que estaban en cartelera en las salas de la capital. Todas estas pasiones eran compartidas. Pero de sus sentimientos hacia mí, ni media palabra.

Más allá de las florecitas y los poemas no pasaba.

Llegué a pensar que podía leer dentro de mí y lo que estaba escrito era lo que lo detenía. Me hacía sentir bien, era un muchacho inteligente, simpático con el que pasaba lindos momentos. Me gustaban sus labios rojos como las rosas que se robaba por los jardines, pero no me venía el susto al estómago cuando lo veía. Estos detalles a mi médico poeta no se le escapaban.

Rey se fue para Alemania dos semanas antes que termináramos con los trabajos de la casa en la calle 80. Fue el primero de los muchos que dejaba nuestro techo para irse tan lejos. ¡Dos años sin poder verlo era mucho tiempo! Pero su entusiasmo por el nuevo trabajo, la perspectiva de conocer otro mundo, otra cultura llenaban su rostro con ese maravilloso tono con el que se colorean los sueños. Su felicidad, era la nuestra.

El día que los encargados de la Reforma Urbana hicieron la inspección de la casa, nos dieron también el permiso de habitarla. Ese trámite normalmente se llevaba una semana, pero en nuestro caso fue diferente. Cuando nos comunicaron que teníamos que esperar aquel tiempo, mi Madre puso el grito en el cielo. El apartamentico de Buenavista estaba con todos los bultos en la sala, listos para la nueva permuta, no se podía esperar más.

Elsy se fue directo a la Reforma Urbana a hablar con su director. Él estaba complicado en distintas reuniones pero mi hermana no se movió de allí hasta que no le quedó más remedio que recibirla. Al final, le entregaron la propiedad ese mismo día. Fue la mejor decisión que pudo tomar si querían quitarse ese suplicio de arriba. En la noche ya estábamos viviendo en ella.

Aquella casa mi hermana la luchó como una leona. Si nuestra familia tenía un techo digno para vivir, era todo mérito suyo y también de la revolución, que daba las casas. El pequeño apartamento de la calle 27, lo entregamos al estado, como era el acuerdo inicial. Ellos a su vez se lo darían a otra familia necesitada.

El fetecún de la inauguración de Villa Caruca, como bautizamos la nueva casa, fue por todo lo alto. En el gran portal mi padre y mis hermanos montaron la orquesta a la que se unieron algunos músicos del nuevo barrio.

Siempre que te pregunto, que como cuando y donde,
Tú siempre me respondes,
Quizás, quizás, quizás...

En un costado de la casa había un callejón sin salida donde vivían unas diez familias. Se cerró la entrada para permitir montar la mesa con las cosas de comer que estuvimos preparando dos días antes; Lechón asado, cocinado con carbón en nuestro patio sin una gota de escombros. Una cazuela de arroz con frijoles negros, yuca con mojo, ensalada y tamales rellenos. Todas estas cosas las trajeron mis tíos de Corralillo especialmente para la fiesta. Lala, mi abuela materna las cocinó junto con mi madre.

Con unas botellas de alcohol de 90° que Marcelo consiguió en el hospital se preparó un ponche con pedacitos de frutas adentro. El vino de arroz lo trajo Ritica, una de nuestras nuevas vecinas del barrio. Ella al igual que su familia nos brindó una gran ayuda durante todos aquellos meses, trayéndonos agua para beber, refresco y hasta en más de una ocasión, compartiendo con nosotros parte de su comida.

Esta era nuestra gente, humilde y generosa, trabajadora y fiestera.

Guantanamera, guajira guantanamera,
Guantanamera, guajira guantanamera...
Yo soy un hombre sincero...

Algunos bailaban, otros hacían coros con la orquesta. Parecía que estuviéramos celebrando el 31 de diciembre con todo aquel alboroto. Aunque sí, realmente para mi familia, la nueva casa más que un inicio de año, era un inicio de vida.

— ¿Por qué será que la felicidad nunca puede ser completa?...

Mi madre se secó unas lágrimas con el dorso de la mano, mientras servía la comida en las cajitas de cartón para los invitados. Yo los ponía sobre una bandejita para repartirlos. Elsy le pasó una mano por los hombros.

— No te pongas así, Mami. Hoy es un día de celebrar, no de lloradera.

— Ay, Chica, ¿quién sabe qué cosa estará comiendo Rey por esos lugares?

— ¡Pero oye a esta mujer, Ana! Mami, a Rey no lo mandaron pa' Angola, ni pa' ningún rincón del África. Está en Alemania, A-LE-MA-NIA, la cuna del desarrollo socialista. Dale, deja esa cara y vete a bailar con Papi que ya lo he visto sacar dos veces a la vecinita del frente. Ve, no vaya a ser cosa que te lo levanten.

— Si Mami ve, yo me encargo de esto con Elsy.

Le quité el delantal colgándolo en un clavito al lado de la puerta. La empujé suavemente en dirección a donde estaba mi padre dando cintura como un muchachón de veinte años.

Era poco pasada la media noche. En un rincón del portal todavía quedaba mi hermano Martín con algunos amigos. Se servían lo que restaba de una botella de Coronilla, ese aguardiente de caña tan fuerte que te podía mandar por las nubes por su alto grado etílico. Una prueba era que ninguno de ellos lograba dar un paso sin aguantarse de algo, parecían cosmonautas.

— ¿Estas contenta con tu nuevo cuarto?

— ¡Muchísimo! Finalmente una cama y un clóset todo para mí.

Roberto y yo estábamos sentados en el quicio de la entrada del portal. Se habían apagado todas las luces dentro de casa. El portal quedó iluminado solo por el reflejo de la luna llena. Mi padre había quitado el bombillo del farol como le habían aconsejado los vecinos. Decían que se los robaban por las noches.

— ¿Quieres verlo? –no sé por qué hice aquella pregunta. Me salió de la boca sin pensarlo. De seguro eran los efectos del bendito vinito de arroz.

— Bueno –respondió tímidamente. Lo tomé de la mano como a un niño– me volví hasta donde estaba mi hermano.

— ¡Martín, cierras tú la puerta cuando vayas a acostarte!

— Sí, no te preocupes mi hermana, vete, vete, que yo estoy aquí.

Me respondió con la lengua enredada. Por un momento dudé si no estaba dejando nuestra casa a merced del destino. De los cinco sentidos de Martín, solo uno quedaba activo, ¡quién sabía por cuanto tiempo!, pues lo vi dándole sin miedo a la coronilla. Rogué a Dios porque aquella noche no nos vaciaran nuestra nueva casa antes de empezar a vivirla.

EL ALBA DEL DESAMOR

... Mi unicornio azul
Ayer se me perdió.
Pastando lo dejé
Y desapareció.
Cualquier información
Bien la voy a pagar.
Las flores que dejó
No me han querido hablar...

Sentí el agua de la ducha de la otra parte de la pared. Tenía que levantarme pero preferí quedarme por unos minutos más oyendo a Silvio Rodríguez.

Me había quedado a dormir con Robert en su casa esa noche, solos, solitos. Su madre y su padre estarían toda la semana en Varadero, en una de las casas que el estado reservaba para los altos dirigentes del gobierno, su padre era uno de ellos. En una sociedad sin clases sociales, cosa que había escuchado desde que llegué al mundo, ellos vivían en una dimensión inimaginable e inalcanzable para un ciudadano común.

Su familia tenía una buena posición, eran todos profesionales. La casa de Miramar en la que vivía Robert se las había dado el gobierno en los primeros años de la revolución. Había sido de una familia de la alta burguesía pre Castro. En los años 50, cuando la construyeron, perteneció a la nueva corriente arquitectónica de esa década. Una línea moderna de techos planos con amplios aleros, espacios grandes con celosías en los varios baños y cocina inmensa.

No acostumbrábamos a salir con ellos, salvo algunas ocasiones que me invitaron a la Casa Central de la FAR, centro recreativo de las Fuerzas Armadas Revolucionarias. Era uno de los círculos sociales del municipio Playa más bien conservados y con los mejores servicios para sus socios. Muy diferentes a aquellos otros destinados a los trabajadores de la salud, la educación, la cultura o la construcción. Todos estaban descuidados, con paredes y muebles que hablaban de la belleza de un ayer, cuando eran los círculos privados de la burguesía. Ahora estaban en las manos del pueblo y como aquel pueblo, perdían poco a poco sus colores.

— ¿No te vas a duchar? –me preguntó Robert saliendo del baño, más mojado que seco, con una toalla envuelta alrededor de la cintura.

— Termino de oír esta canción y después me baño.

— Voy a ver que hay en el frío y preparo algo de comer. Te espero en la cocina.

Dijo esto último mientras se inclinaba besándome la frente. Hizo por alzarse pero se lo impedí tomando una de sus manos para tirarlo hacia mí. Lo besé suavemente.

— Te amo.

Nos miramos por un instante. Lo empujé por los hombros

— ¡Y ahora ve a cocinar para tu novia!

Se levantó quitándose la toalla que lo envolvía quedando completamente desnudo. La marca de la trusa dejaba ver su piel blanca a diferencia del resto del cuerpo tostado por el sol. Recogió del piso los mismos pantalones cortos que la noche antes habíamos lanzado por el piso del cuarto como todo el resto de nuestras ropas.

— Te espero en la cocina, remolona.

Me tiró la toalla que atrapé al vuelo antes que me llegara al rostro. Salió cerrando la puerta.

Habían pasado más de dos años de la noche que lo llevé a mi cuarto en la casa nueva.

¡Cuánto habían cambiado mis sentimientos en todo aquel tiempo! Al inicio, era solo un poco de atracción. Robert cada día fue ganándose un espacio en mi corazón, lugar que ocupaba ahora casi por entero. En los primeros tiempos lo que más me atraía de él era su modo de ser; Educado, generoso, familiar, romántico. Compartíamos los mismos gustos, cine, teatro, leer…

Pasábamos largas horas hablando de libros que en muchas ocasiones nos intercambiábamos. Pero sobre todas las cosas, sentía una gran pasión por su carrera de medicina. Tanto él como Marcelo estaban haciendo el último año de medicina, para después iniciar la especialización en Cirugía.

También yo me graduaría ese mismo año del ISA. Ya estábamos pensando qué hacer para celebrarlo.

Me sentía feliz. Estudiaba aquello que me gustaba. Vivía en La Habana como deseé desde niña, pero lamentablemente algunos negros nubarrones paseaban por el cielo de mi familia.

En menos de un año a dos de mis hermanos los habían mandado a hacer una misión internacionalista en Angola, primero Alberto y después Julito. Ambos habían llegado a la edad necesaria para cumplir con el Servicio Militar Obligatorio. Cuba mandaba a los jóvenes militares a luchar junto al Movimiento Popular de Liberación de Angola (MPLA), contra la Unión Nacional por la Independencia total de Angola (UNITA) y el (FNLA), Frente Nacional para la Liberación.

— ¿Pero por qué tienen que ir a la guerra? Por qué no pueden pasar aquí el servicio en una unidad militar de este cabrón país? No importa si los mandan para Oriente, pero están aquí!

Mi madre no encontraba consuelo. Los periódicos no hablaban de esto pero se sabía que volvían muchos cubanos muertos, otros heridos o con grandes traumas sufridos viviendo todos los horrores de la guerra. ¡Cuántas familias habían despedido a sus seres queridos y después los habían recibido dentro de una cajita negra!

— ¿Por qué no se fingieron maricones como han hecho otros? Por qué no dijeron que no? –sollozaba mami.

— Porque es obligatorio vieja, O-BLI-GA-TO-RIO. ¡¿Cuándo te lo vas a meter en la cabeza?! –le respondía mi padre tan desesperado como ella.

Nosotros evitábamos recontar en casa todos los horrores que sentíamos decir en la calle sobre lo que pasaba en Angola. ¡Qué terrible era partir a una guerra sin convicciones, sin motivaciones, sin ideales claros y precisos! No bastaba argumentar que del África habían venido tantos de nuestros antepasados como esclavos. No entendíamos aquella guerra y tanto menos qué hacíamos allí los cubanos. Ninguno de mis dos hermanos podía explicarse por qué los mandaban allá.

La Unión soviética, nuestra madre postiza, después que se fueron los americanos en el 59, también estaba colaborando en esta guerra. Ellos mandaban las armas, Cuba a sus hijos.

La respuesta patriótica a esta pregunta que todos nos hacíamos, era solo una: "El internacionalismo proletario".

— ¿Vienes a comer o no? En diez minutos está todo listo.

Robert me trajo de nuevo a su mundo cuando abrió la puerta del cuarto.

— ¿No te has duchado aún?

— Ya voy mi amor, dame solo cinco minutos.

Trató de poner cara de bravo escondiendo una sonrisa. Le tiré un beso que agarró en el aire con la mano y lo llevó al corazón. Salió cerrando de nuevo la puerta.

Me levanté dirigiéndome al baño. Abrí la llave de la ducha. Metí primero las manos, después las pasé por ambos brazos para acostumbrarme a la temperatura. Hacía calor, pero una ducha fría era siempre una ducha fría. Pasado algunos segundos me metí debajo del chorro dejando que el agua me callera en la cabeza y se llevara en su corriente todo aquello que estaba pasando dentro de ella.

Mis recuerdos me llevaron hasta nuestra casa de Sagua. Mi hermano Julito era el más pequeño de los ocho. Nunca le gustó la escuela, pasaba de un año al otro raspando en cada asignatura. Cuando iba a casa los fines de semanas de permiso de la EIDE, mi madre me imploraba que lo repasara. Todavía me parecía verlo tirado por el piso jugando mientras yo lo obligaba a repetir las tablas. No decía una sola bien. Lo dejaban en penitencia sin salir hasta que no las repitiera de memoria. En más de una ocasión se ganó unos buenos cintazos.

Una de aquellas tardes mientras lo ayudaba a estudiar, recitó todas las tablas de carretilla, sin dificultad. No estuvo quieto ni un segundo, siempre tirado por el piso, pero al menos, aquella vez finalmente las dijo todas. Se ganó el aplauso de la familia. Mi padre para estimularlo le regaló una peseta para comprar helados.

A la mañana siguiente mientras ayudaba a mi madre en la limpieza de la casa, levanté las sillas de la mesa del comedor para limpiar mejor. Me quedé con la boca abierta con la mirada clavada en las losas del piso, en cada una de ellas estaban escritas con un lápiz cada una de las tablas del dos al nueve. Me pasé más de una hora borrándolas antes que mis padres pudieran verlas.

Mi pobre Julito, ahora ¿qué otra trampa ingeniosa podría venirle a la mente para escapar de las bombas de esa horrible guerra? Al igual que mis viejos yo también buscaba una respuesta.

Mi cabeza era una centrífuga de ideas que se entremezclaban unas con otras. Le estaba agradecida a la revolución por todo lo que había hecho por mí. No sé cuál hubiera sido mi vida sin el triunfo de esta. Mi familia, más pobre de lo que era, no podía ser en aquella calle de tierra. ¿Cómo imaginar que un día iría a La Habana a una escuela para ser actriz? Marcelo médico, Mario un maestro. Todos podíamos estudiar y aquél que no lo hacía era porque no quería.

La Revolución nos había dado todo lo que ahora teníamos. A lo mejor era un egoísmo de nuestra parte no darle lo que ella nos pedía a cambio; Nuestro sacrificio, nuestras vidas…¡Sí! Podía ser eso, que era egoísta, pero una idea fija apuntillaba mi mente; ¿Por qué no nos daban la libertad de escoger? ¿Por qué todo tenía que ser obligado? ¿Por qué mi revolución no conocía de medios términos?; ¡Todo o nada! ¡Blanco o negro! ¡Patria o muerte!

… Te convido a creerme cuando digo futuro.
Si no crees mi palabra, cree en el brillo de un gesto,
Cree en mi cuerpo, cree en mis manos que se acaban.
Te convido a creerme cuando digo futuro.
Si no crees en mis ojos, cree en la angustia de un grito,
Cree en la tierra, cree en la lluvia, cree en la savia.

Pareciera que Silvio con sus versos conocía aquellas repuestas. Me quedé por un momento con el dedo apoyado a la tecla de la grabadora.

… Hay cuatro niños ahora mismo sonriendo en una playa
Y en las trastienda de una bala un militar que no ha dormido.
Y aquella misma muchachita vuelve a recortar su saya.
Es importante desde un niño hasta el largo de un vestido.

Los hierros se fundieron ya,
Hay la paciencia y queda más.
Yo te convido a creerme cuando digo futuro.

Apreté el botón apagando aquella voz. Cerré los ojos disfrutando del silencio.

En la cocina Robert había preparado la mesa. Estaba delante del fogón friendo unas papas. Una pequeña cazuela de arroz amarillo con pollo te hacia la boca agua solo de sentir el olor. Quería quedarme por siempre con estos pedazos de vida. Robert amándome. Robert que cocina para mí, para nuestros hijos. Robert guardando en su corazón cada uno de mis besos.

— ¿Por qué no nos casamos?

La pregunta lo tomó por sorpresa. Se volvió mirándome con la expresión de alguien que le hacen una pregunta en un idioma que no conoce.

— ¿Te quieres casar conmigo? ¿No eres curioso como el ratoncito Pérez? ¿Quieres que te diga que hago por las noches?

Sonrió más relajado tomándolo por una broma. Solo que yo no estaba bromeando.

Aquel verano, después de nuestra graduación, celebramos nuestro matrimonio, exactamente el 13 de agosto, día del cumpleaños de nuestro Comandante en Jefe Fidel Castro Ruz. El ramo de flores no lo tiré hacia atrás para que lo alcanzara una muchacha. No, lo llevé a la escalinata universitaria para depositarlo en el monumento a Julio Antonio Mella. Yo amaba a Robert y también quería seguir amando a aquella revolución que comenzaba a perder pedazos, como un vestido viejo.

CUANDO LOS SUEÑOS ALCANZAN...

Cuando los sueños alcanzan el lugar que habías trazado para ellos, sientes que todos tus deseos puedes tocarlos con la mano, basta extenderla. Nada es imposible, inalcanzable.

Teatro Estudio, una de las agrupaciones teatrales más importante del país me abrió sus puertas una vez graduada del Instituto Superior de Arte. Trabajar en ese prestigioso conjunto fundado por Vicente Revuelta en el 1958, era una oportunidad única para una joven actriz. La Compañía de Teatro la dirigía su hermana, la mítica Raquel Revuelta. Durante años por sus tablas pasaron las más importantes figuras de la escena cubana. Aquellos actores que un día admiraba desde una butaca del lunetario de la sala Hubert de Blanck hoy eran mis compañeros de trabajo, mis amigos.

Faltaba que la televisión pasara a formar parte de mi existencia casi feliz, casi perfecta. Era ella la que me había llevado hasta allí. Aquella pequeña cajita llena de personajes fue quien despertó mi amor por la actuación. Salí un día de mi Sagua con una maleta más llena de ambiciones que de ropa. Había recorrido un gran camino pero todavía la meta estaba lejos.

Me había presentado a diferentes castings, que son las pruebas que hacen los directores para seleccionar actores para sus próximas producciones ya sea en el cine como en la televisión. En algunas de ellas, tristemente, ya tenían el elenco mucho antes de hacer las audiciones. Esas cosas suceden en el complejo mundo donde la amistad y los intereses personales, en ocasiones, se interponían al talento. Había directores que trabajaban casi siempre con el mismo elenco o con miembros de su familia. Aquello era una especie de clan difícil de formar parte.

Tanto va el cántaro a la fuente, que al final se rompe...

Ah, ¿qué era el casting número 15 o 20? ¡No importaba! Yo seguía persistiendo, había perdido la cuenta. Me presenté junto a tantas otras jóvenes actrices a una prueba para escoger la protagonista para una telenovela que se filmaría casi por entero en Pinar del Río.

El personaje era una ingeniera agrónoma que después de graduarse en la universidad regresaba a trabajar al pueblo donde nació. Allí no solo se reencontraba con una parte de su familia sino con el amor de su adolescencia. En la trama la protagonista se sentía atrapada entre dos mundos. Por un lado, el que había dejado en la capital: sus padres, sus amigos y el novio con el que esperaba casarse. Del otro, el amor de su infancia que reencuentra cuando vuelve a su tierra.

Unas horas antes de iniciar la prueba nos dieron para aprendernos el guion de la parte donde ella rompe la relación con el novio de La Habana, confesándole de no amarlo más. La escena se hacía con el actor que ya habían escogido para interpretar el personaje. Era un joven que desde hacía varios años se veía en muchas de las producciones de la pequeña pantalla.

— ¿Cómo salió todo?

Cuando cerré tras de mi la puerta del estudio donde había hecho la prueba unos segundos antes, fui circundada por un grupo de otras candidatas que esperaban su turno.

— ¡Un desastre! –dije mientras sentía el corazón disparado a mil–. Se me olvidó una parte de la letra.

— ¿Y qué hiciste? –pregunta otra.

— ¡Improvisar! –respondí alzando los hombros– ¡Me voy!

— ¿No vas a esperar el resultado?

— Ya sé el resultado. A menos que me quieran para reescribirles la novela...

Fue aquella improvisación la llave para entrar en aquel mundo. Al director no le había importado que yo no hubiera recordado la letra.

— Yo vi en ti la Iris que estaba buscando.

Fueron estas sus palabras el día que me llamó para darme el personaje protagónico de su serie. Hay emociones que viajan tan profundamente, que después no encuentran el camino de regreso para ser expresadas.

— ¿No dices nada?

No. No dije nada. Veía a mis chinitas Lam esperando la hora de la novela para verme. Veía a mi padre pasearse por todo el barrio orgulloso de su hija actriz. Veía a Yaya. A mi abuela María... Veía a una niña soltar su raqueta para abrazarme...

— ¡Gracias!

Salí del edificio del ICRT llevando entre mis brazos los cincuenta capítulos de la novela. ¡Aquel era mi tesoro ya no más escondido!

— Vendremos a casa solo una vez al mes.

— ¿Solo una vez?

— Sí, pero tú puedes venir a verme. Tendré una habitación del hotel solo para mí. Mi marido puede visitarme. ¡No es una cárcel!

Estábamos en nuestro cuarto en la casa de mis padres en Buenavista. Fue allí donde decidimos ir a vivir después que nos casamos. Lo habíamos arreglado a nuestro gusto. Su madre nos había dado el juego de cuarto como regalo de bodas. Mi padre nos había puesto dos tablas en la pared donde teníamos todos nuestros libros, la grabadora y los casetes de música. Aunque vivíamos con otras diez personas aquel pequeño cuarto era todo nuestro mundo. Estábamos recostados a la cabecera de la cama. Entre los dos todos los libretos que horas antes me había traído a casa como un trofeo.

— ¿No estás feliz de que finalmente me hayan dado un protagónico en la televisión?

— ¿Cómo no voy a estar contento? Es que me voy a sentir extraño en esta casa sin ti. Me da pena que tu mamá tenga que prepararme de comer, que lave mis ropas...

— Que estás diciendo Robert. Tú sabes que mi madre lo hará con gusto si yo no estoy aquí.

— Yo sé pero...

— ¿Quieres ir ese tiempo para casa de tu mamá? Allí tienes tu cuarto. Somos nosotros quienes no queremos estar allí pero tú solo es diferente.

— No sé...

Tomé todos los libretos que estaban entre los dos y los apoyé en la mesa de noche. Recosté la cabeza sobre su pecho abrazándolo con fuerzas. Sentía los latidos de su corazón. Sus brazos se habían convertido en un dulce refugio donde adoraba esconderme.

— Son unos pocos meses, mi amor.

Alcé la cabeza para estar más cerca de su rostro. Lo besé suavemente como si su boca fueran los pétalos de una rosa.

— ¡No puedo dejar escapar esta grandísima oportunidad! Este trabajo puede cambiar mi vida.

Aquellas fueron santas palabras. ¡Mi vida cambió y de qué manera! Después de la telenovela siguieron otros trabajos; Series, novelas, cuentos cortos, conducción de programas. Alternaba el trabajo de la televisión con el del teatro que nunca dejé.

Los días y los meses corrían tan veloces como los relámpagos. Cuando vez su luz es que ya han pasado.

Conocí cómo funcionaba el maravilloso mundo de la televisión. Su ritmo, su tiempo. La televisión se realizaba pedacito a pedacito, como las piezas de un rompecabezas. Un equipo de realización se encargaba de poner cada elemento en su lugar y después nacía la obra.

El teatro era otra cosa distinta. Las emociones de una escena no venían interrumpidas por un "corten". El teatro era inmediato. Una vez que iniciaba una función te entregabas de principio a fin dentro de tu interpretación. Cada día repetías las mismas palabras pero también cada día, descubrías un nuevo color de tu personaje.

Amaba mi trabajo con todas las fuerzas de mi corazón. No hay mayor satisfacción en el mundo que hacer aquello para lo que naciste, para lo que fuiste predestinada desde que eras un pequeño punto en el vientre de tu madre.

Un domingo en la tarde que salía de Teatro Estudio después de una función, me quedé sorprendida al ver a Robert esperándome en la esquina de la calle Calzada.

— Mi amor, ¿qué tú haces aquí? ¿Tú estabas en el teatro?

— No. Te estaba esperando para hablar contigo.

Su tono de voz, su expresión cabizbaja me preocuparon.

— Pero si yo estaba yendo ahora para la casa. ¿No podíamos hablar allá?

— No. Prefiero que hablemos en otra parte. ¿Caminamos hasta el malecón?

No le respondí. Me limité a seguirlo. Sentí el calor que me invadía el rostro. Una extraña sensación hacia que las pulsaciones que sentía en el pecho se adelantaran al ritmo de mis pasos.

— ¿Qué pasa Robert?

No respondió. Siguió caminando. Tenía ambas manos dentro de los bolsillos del pantalón. Miraba siempre hacia abajo, como si la cosa más importante del mundo fuera ver dónde ponía los pies. En poco tiempo llegamos al malecón que estaba a solo unos minutos de mi teatro. Atravesamos la ancha avenida. Cuando único alzó la cabeza fue para cruzar y mirar los autos a ambos lados de la calle. Llegamos al gran muro de cemento que ponía fin a las olas de nuestro maravilloso mar azul. Me senté de un salto, el prefirió estar de pie.

Un grupo de jóvenes nos pasó delante. Uno de ellos me reconoció de la televisión. Indicando hacia donde estaba, advirtió a los demás amigos de mi presencia. Los saludé con la mano, como ya me había acostumbrado en los últimos tiempos. Todos respondieron sonrientes a mi saludo. Me volví de nuevo a Robert.

— ¿Puedes decirme qué pasa?, porque me estás preocupando.

Respiró profundo, como si fuera a sumergirse bajo el agua y necesitara de todo aquel aire para resistir.

— Ana. Tú eres una persona muy importante para mí. Eres una de las mejores cosas que me han pasado en la vida...

Tomó de nuevo aire, lo había consumado todo en tan pocas palabras.

— Necesito un tiempo...

Lo miré como si no lo reconociera. Aquel no era Robert, mi Robert. Le habían robado el rostro. Le habían arrancado el corazón. Le habían obligado a repetir aquellas palabras. ¡Solo-aquellas-horribles-palabras! Se las había aprendido como hacía yo con mis libretos. No, no eran suyas, como no eran mío los textos que decía cuando actuaba.

Nos quedamos mirando por un tiempo infinito. Sus ojos eran menos verdes.

— Me llevé unas cuantas ropas para mi casa. Me voy a quedar allá por unos días...

Siguió diciendo otras cosas que no entendí. No conocía el idioma de aquellas palabras frías. Solo sentía los dardos que uno tras otro se clavaban en mi pecho. En los últimos años vivía en un mundo de sueños ¿Por qué ahora esta pesadilla? ¡Esto no es real! ¡Esto no me está pasando!

— Ana... La voz que pronunciaba mi nombre venía de algún planeta lejano. Aunque sí, estaba a mi lado.

— Ana –repitió.

Me volví de nuevo a mirarlo–. No, no me estoy volviendo loca. No sé quién es este hombre.

Salí caminando por el muro del malecón. El rumor que producían las olas al chocar con el cemento me retumbaba dentro. Cada paso que lograba dar era un milagro porque no tenía piernas.

— ¡Ana!

Ahora no solo era su voz la que sonaba lejos, era su cuerpo... Su amor...

Cuando los sueños alcanzan el lugar que habías trazado para ellos... ¡La cabrona vida los hace mierda y te despierta!

REGALO DE DIOS

... Por ser la virgen de la paloma,
Un mantón de la China na na, China na na, China na na.
Un mantón de la China na na, te voy a regalar...
Dame el regalo si no es de broma.
Y llévame en berlina na na na...

— ¡Para la música Tony! –dijo la directora de la obra alzando la mano para señalar la cabina que se encontraba en la parte alta del teatro, después de la última fila–. ¡No! ¡Ese movimiento con los palos no es así!

Llevábamos más de tres horas pasando la misma escena de La Verbena de la Paloma. Había perdido la cuenta de las veces que se detuvo el ensayo aquella mañana. O bien por el movimiento, o porque la luz no estaba ubicada donde ella la había pedido o porque los abanicos en nuestras manos no se movían todos a la misma vez. La cosa es que nuestra querida directora Bertha Martínez no estaba nunca conforme. Pasaba una y mil veces las escenas hasta que no salían con la perfección que ella deseaba. Esta era unas de las razones por las cuales había llegado a ser una de las directoras más prestigiosas del teatro cubano.

— La pasamos otra vez desde arriba. ¡De aquí no nos vamos hasta que toda esta primera parte no quede limpia!

¡Sí! Una de las más talentosas pero al mismo tiempo la más agobiante para trabajar. Para ella no contaba el hecho que no había aire acondicionado y que allí se sudaba más que en un sauna. Como tampoco importaba si en todas aquellas horas no habíamos tenido ni un segundo para beber una gota de agua.

Menos mal que aquel sería el último ensayo de la temporada.

El teatro cerraba las dos primeras semanas de septiembre por vacaciones.

— Bertha, vamos a darle unos minutos para que se refresquen un poco y tomen agua, después seguimos. –Bertha asintió.

— ¡Diez minutos muchachos. A las y media seguimos! –dijo Estela.

Nuestra suerte se llamaba Estela, "Estelita", la asistente de dirección, el árbitro justo entre directora y actores. De no ser por ella, aquello parecía más una unidad militar que una compañía teatral.

— Ven, Ana, sígueme contando mientras me fumo un cigarro.

Elena, era la actriz con la que compartía el personaje de Susana. Un día le tocaba a ella hacerlo y yo trabajaba en el coro y viceversa. Habíamos estudiado juntas en el Instituto Superior de Arte. Nuestra amistad venía desde aquella época. Aquella santiaguera después de tantos años de vivir en La Habana, aún conservaba la cadencia oriental al hablar. "Los orientales hablan cantando". Así decían de ellos los habaneros.

Elena, reía de todo. Su carcajada escandalosa terminaba siempre por contagiarte. Podías contarle la cosa más trágica que te estuviera pasando que ella le encontraba el lado cómico al asunto.

Era ella una de las tantas amigas que estaban a mi lado ayudándome a salir del bache de depresión en el que había caído después de mi separación de Roberto.

Salimos por la puerta lateral del teatro que conducía a una escalera externa de hierro. Nos sentamos en uno de los escalones. El cielo estaba cubierto de grandes nubes negras. Estaba por llover.

— ¿Quieres uno?

Me extendió la mano con la caja de cigarros. Negué con la cabeza. Sabía fumar, muchas veces tuve que hacerlo en escena pero nunca me gustó lo suficiente como para que llegara a convertirse en un vicio. Elena se fumaba casi una cajetilla al día. Era un vicio que no lograba controlar.

— Así que el "tiempo" que necesitaba el hombre se llama Cristina. ¿No te dijeron desde cuándo están juntos? – Fue directo al grano. Retomó la conversación en el mismo punto en que lo habíamos dejado antes del ensayo.

— No. Lo que me dijo la novia de Riquy mi cuñado, es que parece que la historia esa viene desde hace un buen tiempo. Roberto los invitó a un almuerzo en la casa de ella. Dice que lo veía con mucha confianza con su familia.

— Bueno, para que decida romper un matrimonio no puede ser una cosa pasajera.

Se volvió hacia mí soltándome todo el humo en la cara mientras hablaba:

— Ana mi amiga, ese Roberto es un zorro y no merece una sola de tus lágrimas. Ha buscado la justificación de que tú nunca estás en la casa y a él le toca esperarte siempre, solo para hacerte sentir culpable. ¡Y en lo que se estaba era acostándose con su enfermera! Tú estás muy joven y muy bonita para perder tiempo llorando y sufriendo por quien no vale la pena. Mira, haremos lo siguiente. El lunes nos vamos para Varadero a pasarnos una semana en la playa. Mi hermana tiene un amigo que es el administrador de...

— No Elena, no estoy para...

— ¿Qué no estás para qué? ¡Tú no puedes seguir así porque te vas a enfermar!

Se alzó buscando con la vista a alguien dentro de la sala. Alzó la voz

— ¡Coronela, ven acá un momento!

La coronela era el modo que habíamos encontrado de llamar a Mirtha Larra en el pequeño ejército de amistad que habíamos creado. Mirta Larra era una de las primeras actrices del grupo. Años atrás fue mi maestra de actuación en la escuela de arte, hoy era una de mis grandes amigas. Por su edad podía ser nuestra madre, por su espíritu, una hermana. Ella era "nuestra coronela", Elena y yo "sus soldados".

— La soldado Pérez se niega a venir a la playa el lunes con nosotras.

— ¿Soldado? –preguntó Mirta con una mano en la cintura fingiendo una expresión ofendida.

— Ay, déjenme. Yo estoy bien.

— ¿Bien?... Y te has quedado hoy dos veces en blanco con la letra –intervino Elena en un claro tono acusatorio

Las tenía una a cada lado, me sentía entre dos fuegos.

— ¡Soldado! Este fin de semana prepare todos los féferes y el lunes se parte. ¡No importa si quieres o no! ¡Es una orden!

— ¡Hay sol bueno y mar de espuma y arena fina!… ¡Y Varadero espera por sus muchachitas! –concluyó Elena con una de sus mejores carcajadas.

Tres días después salimos a las cinco de la madrugada en un autobús Habana-Varadero. Elena y Mirtha estaban sentadas en el asiento de atrás. A mí me tocó al lado de una señora gorda que ocupaba su puesto más un cuarto del mío. Me llevaba prácticamente pegada a la ventanilla.

A pesar de estar despierta desde las tres de la madrugada no logré dormir durante el viaje. Dormir era un lujo que hacía más de un mes podía permitirme por poquísimas horas. Roberto se había apoderado del ochenta por ciento de mis neuronas. Las otras veinte no podían ocuparse solas de las demás funciones de mi vida, eran como una bomba de tiempo al límite de estallar.

La idea de mis amigas de irnos unos días de vacaciones, sin lugar a dudas era la cosa más racional que podía hacer. Necesitaba escapar de mi cuarto que respiraba Roberto por los cuatro costados. Cambiar de ambiente sería la terapia justa. En teoría, lo tenía claro. Pero solo… en teoría…

Llevaba el maletín entre las piernas teniéndolo sujeto por la agarraderas. Nos habían advertido de estar muy atentos pues los robos dentro del autobús interprovincial eran muy comunes. Los ladrones se aprovechaban de las personas que dormían durante el viaje, cuando llegaban a la próxima parada tomaban el equipaje al que le habían echado el ojo y se lo llevaban como si fuera de sus pertenencia. Solo cuando las personas llegaban a su destino era que descubrían la triste sorpresa.

Un miembro de nuestro pequeño ejército de la amistad fue una de estas víctimas. Unos minutos antes de bajarnos la pobre Elena soltó un grito de desesperación que le hizo ganar la atención de todos.

— ¡Mi maletín! Me robaron mí maletín! ¡No es posible! ¿Cómo me van a robar mi equipaje?

Se levantó toda agitada buscando debajo de los asientos. Aparte de nosotras dos, otros pasajeros también se unieron a ella revisando si se había corrido a alguna otra parte. Inútil, todo fue inútil, a pesar de los consejos de tener cuidado, caímos en aquella trampa.

— ¡Pero si yo lo tenía debajo de mi asiento, compañero! ¿En qué momento pudieron haberlo cogido que no me di cuenta?

Estábamos las tres dentro de la oficina del director de la Terminal de autobuses de Matanzas. Aquellas vacaciones nuestras estaban terminando antes de iniciar. La buena suerte seguía acompañándome.

— ¿Qué le puedo decir compañera? Haga la denuncia a la Unidad de Policía pero... La verdad es que será difícil que aparezca.

Estuvimos algunos minutos más discutiendo el asunto. Elena estaba con los nervios de punta y Mirtha no salía de su asombro.

— ¡Qué barbaridad! ¡Pero caballero lo de este país es algo increíble! No, no, no... ¡¿A dónde vamos a ir a parar'?!...

Desde que tenía uso de razón los robos en Cuba eran el pan nuestro de cada día No podíamos vivir sin un objeto que velaba por nuestros bienes, mejor que el policía más eficiente: "El candado". Este abría y cerraba cada cosa de nuestra vida. La maleta para viajar, las taquillas del trabajo y las becas, la cadena de la bicicleta, la reja de la casa, la rueda de la moto, la puerta del motor del agua. En fin... ¡Un cubano sin candado era como un pez fuera del agua!

El personal de la oficina nos atendió con mucha amabilidad. Se brindaron para reservarnos los billetes de regreso a La Habana después que hiciéramos la denuncia.

Fuera de la estación había un pequeño bar. Compramos las dos únicas cosas que estaban escritas en la pizarrita en una esquina del mostrador; Jugo de mango y pan con croquetas. La escasez simplificaba las cosas. ¡No tenías mucho que pensar!

— Compañero, por favor. Tres panes con croquetas y tres jugos –Mirtha sacó el monedero de su cartera.

— Pago yo ahora, después dividimos.

Fuimos a sentarnos en unos banquitos bajo la sombra de un árbol.

— Vamos a averiguar después cuánto nos cobra una máquina hasta la Unidad de Policía.

— ¿Para qué? –preguntó Elena mientras se limpiaba con una mano las migajas de pan que le habían caído en la blusa.

— Para hacer la denuncia ¿no?

— ¿Tú estás loca, Mirta?¿Tú no oíste lo que nos acaban de decir, que no sirve de nada? Vamos a estar perdiendo horas preciosas de nuestras vacaciones por un desgraciado que me robó tres trapos.

— ¿Tres trapos? Tu ropa, la trusa, el dinero…

— Sí, mi coronela. Me mareé como una estúpida en no estar atenta al maletín, pero ese ladrón hijo de puta, no nos va a echar a perder la semana en Varadero. ¿Tú tienes 150 pesos que me prestes? –Mirtha asintió. ¿Y tú Ana?

— Bueno, yo traje todo el dinero que me pagaron de las vacaciones, no se sabe nunca.

— No hay problema entonces. ¡Se los devuelvo cuando regresemos a La Habana! ¿Tienes también un bikini de más?

— Sí, traje dos trusas. Te puedes poner también mi ropa. Tú sabes que yo tengo la buena o mala costumbre de cargar con medio escaparate.

— ¡Pues está hecho! Terminamos de desayunar y nos vamos para Varadero a buscar al amigo de mi hermana a ver si nos resuelve un techo para dormir. ¡Por lo menos esto nos tiene que salir bien!

— ¡Sí señor, a disfrutar de nuestras vacaciones, que para eso vinimos! –aprobó Mirtha.

— ¡Y para buscarle un nuevo marido a Ana! –finalizó Elena alzando una mano como si estuviera saludando a alguien–. ¡Al carajo el maletín!

Concluyó con su habitual carcajada pasándole por arriba a la adversidad. Aplastando con su sonrisa los miserables accidentes de la cotidianidad de nuestra vida en Cuba.

Sentadas en un murito, parecíamos tres almas en pena, pero con la moral y el optimismo por el cielo, seguras de que resolveríamos. Tuvimos que esperar todo el día por la respuesta del amigo de la hermana de Elena. Administraba un restaurante en Varadero, lo que hacía que tuviera amigos en los diversos hoteles de la ciudad.

La mayor parte de estos hoteles, eran reservados para el Turismo Internacional. Los cubanos, no podíamos ni siquiera asomarnos a la entrada principal de ninguno de ellos, sin tener que responder a la consabida pregunta; "¿A quién usted viene a ver?" A estos, solo podíamos entrar para visitar a algún huésped, no para alquilar una de sus habitaciones.

Otros hoteles menos lujosos estaban destinados al Turismo Nacional. Existían diversos modos por lo que podías alojarte en ellos. En viaje de luna de miel, como trabajador destacado o por "Sociolismo". Era esta nuestra manera cubana de llamar a la relación entre amigos que podían resolverse cosas.

Así fue en nuestro caso. El amigo de la hermana de nuestra amiga, tenía un amigo, que era amigo del director del aparthotel "Los Delfines" y ahí nos resolvió. Así de sencillo, pudimos alojarnos en él.

— Entren muchachitas, miren esto. ¡Es enorme! –exclamó Mirtha después de abrir la puerta. Entramos detrás de ella.

Dejamos el equipaje en medio de la sala y comenzamos a recorrerlo todo inspeccionando cada estancia. Tenía una sala comedor grande de unos cuarenta metros cuadrados, que comunicaba con una cocina de igual tamaño. Tres cuartos con una bellísima terraza que daba al inigualable mar de Varadero. Nos sentíamos como tres reinas. ¡Nos parecía un sueño!

— ¡Soldado Zambrano, este es tu premio al valor por resistir a las inclemencias del tiempo! –dijo Mirtha abrazando a Elena. Reímos las tres con ganas.

¡Éramos felices! Me pregunto ¿qué mundo maravilloso era aquel que, con el fruto de su trabajo, se podía disfrutar de unas merecidas vacaciones en cualquier lugar que escogiera o resolviera? No era el nuestro. Pero después de tantas calamidades por las que estaba pasando en los últimos tiempos, aquellas vacaciones, con mis amigas en tan lindo lugar, ayudaba a liberarme de todos las cargas negativas.

— Muchachitas, esto es grandísimo para nosotras tres.

— Vamos a llamar a Yolandita para que venga con la hermana, y con Noemí. Ellas no están trabajando esta semana –propuse yo.

— ¡Ay sí, las pobres! Hace tiempo que no van de vacaciones y mucho menos a Varadero –aprobó Elena– Aquí caben por lo menos ocho personas.

— Elena, díselo también a tu hermana. ¡Quién sabe si acaso

tiene otro amigo en algún restaurante y así resolvemos también el problema de la comida! –dijo Mirtha riendo, con la firme esperanza que la buena suerte nos siguiera acompañando.

Y así fue. Llamamos a nuestras amigas a La Habana que no dejaron perder la ocasión de unirse a nuestras vacaciones.

Cada día de aquella semana fue una fiesta. Roberto poco a poco se iba apagando en mi mente como la luz de una vela que sopla el viento. La alegría de mis amigas contagiaba mi espíritu. Llorar no me fue permitido. Íbamos a dormir tarde en la madrugada después de largas partidas de canasta o de bailar en "La Patana". La primera que se despertaba llamaba a las demás y todas al mar.

Los trabajos realizados en la televisión nos ayudaron a abrirnos las puertas de algunos restaurantes sin tener reservaciones y a comprar comida en el mercado negro para después cocinar en nuestra cocina monumental.

Compartimos el apartamento, la comida, nuestras ropas. Dividíamos el dinero pagando todo por igual. Esa fue siempre la esencia de nuestra amistad. Sostenernos cuando alguien caía, empujarnos cuando un problema no te dejaba avanzar y construir escudos de sonrisas cuando el dolor se presentaba a tu puerta.

Si hay algo que debo agradecer a Dios en esta vida son los grandes amigos que me ha dado. Dicen que la familia es aquella que te toca, los amigos se escogen. No sé si yo los escogía a ellos o ellos a mí, pero han sido los justos. Aquellos que sin estar presentes, todavía hoy, siguen mostrándome el camino.

ESPERANCITA

Aquel sábado a eso de la una de la tarde, cuando terminé el ensayo de un Teatro ICR, salí de los estudios de televisión del Focsa. Me sorprendió ver a mi hermano Marcelo sentado en el muro de piedras que daba a la calle N. Había apoyado el pedal de su bicicleta china a la acera. Del manubrio colgaba una bolsa con la bata blanca de médico.

— ¡Eh! ¿Qué tú haces aquí? ¿Tú no estabas de guardia?

— Sí. Anoche. Terminé hace un rato. Te estaba esperando para invitarte a almorzar y así hablo una cosita contigo.

— Ay, ¡mi hermanito tan amable como siempre! Primero comemos y después hablamos ¿A dónde me vas a invitar?

— Aquí cerquita, a La Piragua.

— ¿A La Piragua? Tú tienes que estar loco. Te imaginas sábado por el mediodía como debe estar esa cola... ¡Llegará al malecón!

— ¿Y quién dijo que mi invitación era a hacer cola? Tengo un contacto que trabaja ahí y me las resuelve al momento, sin tener que esperar.

Su salario de médico no era una gran cosa, sin embargo, la gentileza de sus pacientes valían el doble de lo que ganaba. Marcelo se aparecía casi siempre, después de las consultas, con un pedazo de carne de cerdo, o un pescado, huevos, mantequilla, manteca y todo tipo de producto animal o vegetal que producían nuestras tierras y que le regalaban sus pacientes en señal de agradecimiento. Su aporte era de gran ayuda para nuestra madre que con toda la tropa en casa se volvía loca a la hora de cocinar.

Esperamos un par de minutos en la parte posterior de La Piragua. La empleada se asomó por la ventanita de atrás de la cocina y le pasó a Marcelo una bolsita con dos pizzas.

— ¡Que les aproveche, Médico! –dijo. Él hizo ademán de pagarle.

— No, doctor, no tiene que darme nada. Considérelo un regalito en nombre de mi papá.

— Ay, bueno, muchas gracias. Por cierto, ¿cómo sigue él?

— Muy bien, no ha tenido más problemas de dolores, gracias a Dios y a usted.

La saludamos y nos fuimos caminando en dirección al mar.

— ¿Nos sentamos en el Malecón?

— Esta vez sí que te lanzaste invitándome a almorzar afuera –reímos.

Cruzamos la ancha avenida del Malecón, de espaldas a la larga fila de gente que en la pizzería esperaba pacientemente su turno. Tan larga era la cola, que le daba una vuelta completa a la plazoleta. Nos sentamos en el muro del Malecón con las piernas de frente al mar, y la brisa acariciándonos las caras. El cielo azul, sin una sola nube, regalaba al mar su misma tonalidad. El sol, sin misericordia a esa hora, picaba duro sobre mi piel pero no me molestaba en absoluto, yo adoraba el fuerte calor cubano. Creo que al nacer me programaron para este clima.

Abrí la bolsa y nos inundó el delicioso olor a tomate y queso derretido de las pizzas. Había pasado toda la mañana en los ensayos, sin comer nada, y el hambre se hacía sentir. Así que cuando comencé a masticar me pareció que tenía un pedazo de gloria dentro de mi boca.

— Bueno dime. ¿De qué me quieres hablar? ¿Tienes finalmente un novio fijo que presentarme?

— No nena. Nada de novios, estoy muy jovencita para esas cosas –reímos sin dejar de masticar–. Te tengo una propuesta.

Alcé las cejas por la curiosidad.

— ¿Te acuerdas de Esperancita, la viejita que llama casi todos los días a a la casa? –asentí sin dejar de comer–. Yo la operé y se puede decir que le salvé la vida pues su caso pintaba bastante mal

— Ah sí. Mami me contó.

— Bueno pues quiere que yo vaya a vivir a su casa y después que muera me la deja como herencia.

— Niño, ¡Pero esa señora te hizo esa propuesta así de directa!

— ¡No, claro que no! Te estoy sintetizando la historia.

— No, no. Házmela desde el principio, tú sabes que a mí me encantan los cuentos.

— Nada nena, la cosa es que ella, que es un alma de Dios, me ha cogido mucho cariño. Dice que mis manos de cirujano están guiadas por santa Bárbara Bendita. El otro día le tocaba consulta conmigo y me dijo que no aguanta la soledad, que quiere hallar una persona que esté dispuesta a mudarse con ella para que le haga compañía. Y bueno, ya lo otro se deduce.

— ¿Lo de la herencia? ¿No es que después vas a envenenar a la vieja para tumbarle la casa?

— ¡Ay, Ana, ¡no juegues con esas cosas! ¡Mira que esto es serio!

— Bueno chico, ¿cuál es el problema?, esa santa Esperanza te ha caído del cielo... ¡Ah! pero espérate. ¿Tú no tienes que irte pronto a una misión internacionalista?

— Ese es el problema. Posiblemente me toque ir a Etiopía por un par de años. Lo que te quiero proponer es que los dos nos mudemos con Esperancita. Así, cuando yo me vaya, tú te quedarías con ella, acompañándola y cuidándola. ¿Qué te parece la idea?

— Y cuando cuelgue el sable, ¿la casa sería para los dos?

— Ana, pero que cínica te me estás poniendo –me miró de arriba abajo como si no me reconociera.

— Es que estoy interpretando una bandida en la novela y me estoy metiendo en el personaje.

Me moría de risa al verle la cara de preocupación a Marcelo.

— Marce, estoy bromeando, se ve que no has dormido. ¿Cuándo me vas a llevar a conocerla?

No esperamos mucho. Al otro día fuimos a visitar a Esperancita. La casita quedaba en el barrio de Los Quemados, cerca de la Terminal del Lido y del hospital de la Liga contra la Ceguera. Era muy mona y acogedora, tenía dos cuartos, uno de ellos Marcelo y yo podíamos convertirlo en el nuestro. Tenía algunos problemas de mantenimiento que se resolverían con un poco de materiales y la mano de obra de mis hermanos ya puesta a prueba cuando reparamos la casa de Playa.

En aquel modesto apartamentico pude contar unos diez cuadros de fotografías colgados de la pared y al menos ocho eran de Fidel en diferentes etapas de su vida. En la puerta un cartelito anunciaba "Fidel. Esta es tu casa".

Estuvimos bastante rato conversando con la viejita, tomando té y contándonos historias. La mayor parte de ellas hablaban de su gran devoción por Fidel Castro. A mí me cayó de lo más bien. Cuando salimos de allí, le pregunté a Marcelo:

— ¿Y ese monotema con nuestro comandante es siempre? ¿No es que se le han cruzado los cables y piensa que le estamos haciendo alguna verificación ideológica?

— No, pobrecita Ana, Ella... tiene esta idea fija con Fidel, es como un amor platónico. Pero ¿viste?, está bien, no es que haya que estar haciéndoselo todo.

— Sí, es una viejita linda, fina y sobre todo, ¡muy revolucionaria! – Reí.

— ¡Deja las sandeces! Y ¿entonces?

— Ve metiéndome en tu misma propiedad.

Me encantaba gastarle bromas a mi hermano, adoraba sus expresiones cuando le hablaba así.

En menos de un mes Esperancita y nosotros habíamos cumplido todos los trámites oficiales imprescindibles para legalizar la residencia en una vivienda. En las oficinas del Carnet de Identidad, dimos cuenta del traslado desde Buenavista, para Marianao. En la "Oficoda" nos dieron de alta en la libreta de abastecimientos de ella. Nos inscribieron en el registro de direcciones de los CDR. y nos apuntamos en el comité de la cuadra.

Esperanza Montes de Oca Torres tenía ochenta y ocho años cuando la conocimos, resultó ser una viejita escapada de una revista de cuentos para niños. Dulce, amable y extremadamente educada. Se levantaba por las mañanas y la primera cosa que hacía era bañarse, maquillarse y vestirse como si fuera a una fiesta, aunque no se asomara ni a la puerta de la calle. Su elegancia estaba fuera de lo común.

Amaba compartir con los jóvenes y estos también se encontraban a gusto con ella. Los amigos que venían a visitarnos no podían dejar de admirarla.

— ¿Lo oyeron anoche? ¡Qué voz! Todo lo que dice tiene un fundamento, un por qué. ¡En todos los años de mi vida nunca existió un hombre así! – Por supuesto que se refería a su "Amado Fidel", como ella lo llama.

Después que terminaba el pequeño homenaje a su ídolo pasaba a otros temas; Hablaba de libros, de recetas de cocina, de su vida de joven; Cuando se casó con el gallego dueño del puesto de frutas del barrio de los Quemados que murió de un infarto con solo treinta y ocho años. No tuvieron hijos pero no quiso casarse nunca más. Dedicó su vida a enseñar como maestra primaria y a leer cuanto libro caía en sus manos. Las tardes de tertulia con Esperancita podían terminar cantándonos alguna canción con la voz suave y melodiosa, como su espíritu.

Cuando hablábamos de la gran suerte que habíamos tenido al conocerla, nos decía;

— Eso ya estaba escrito hijos míos. "Del destino nadie huye". Lo repetía una y otra vez. No se mueve ni una hoja de un árbol si el destino no lo manda. "¡Del destino nadie huye!"

Su destino y el nuestro se encontraron en un momento perfecto para ambas partes. Ella con nosotros colmó el vacío de su soledad. Nosotros aprendimos con ella como era vivir sin edad, como era caminar sereno encontrando paz en los recuerdos.

En 1992 ya habían pasado cuatro años desde el día en que nos mudamos con ella. Durante ese tiempo, mi hermano había ido y regresado del África. Estuvo allí por veinticuatro meses en una misión humanitaria en una región remota y desolada de Etiopía, donde el diablo dio las tres voces y nadie le oyó.

Una madrugada nos despertamos al escuchar un ruido Esperancita estaba en el suelo, cerca de la puerta del baño, quejándose de dolor. La alzamos con cuidado y la llevamos hasta su cama. Mi hermano, al ver la posición del pie derecho, completamente girado, no necesitó de rayos X para emitir un diagnóstico exacto:

— Tiene fracturada la cadera.

En los tres meses que transcurrieron desde su caída hasta el día de su muerte, la cuidamos como si fuese nuestra madre. Nunca la dejamos sola. Cuando Marcelo y yo, por causa del trabajo, teníamos que ausentarnos al mismo tiempo, siempre estuvieron con ella Elsy o alguno de mis hermanos varones.

Una tarde, cuando su final se acercaba, tomé un viejo libro gastado por el uso, su preferido, me senté en una silla junto a su cama y me puse a leérselo.

Eran capítulos de La Regenta, una vieja novela que se desarrollaba en Asturias, ciudad natal de sus padres.

"... Vetusta, la muy noble y leal ciudad, corte en lejano siglo, hacía la digestión del cocido y de la olla podrida, y descansaba oyendo entre sueños el monótono y familiar zumbido de la campana de coro, que retumbaba allá en lo alto de la esbelta torre, en la Santa Basílica..."

Puso su pálida mano sobre la mía y me interrumpió:

— ¡Qué agradecida estoy de ustedes! Me han hecho vivir con felicidad los últimos años de mi vida. Es el mejor regalo que podía hacerme el destino.

Nos miramos en silencio por algunos minutos, dejando que nuestras almas robaran el espacio a las palabras.

Años después, cuando escribí mi primera novela para la televisión, el personaje de Esperanza fue uno de los más intensos y hermosos que nacieron de mis vivencias junto a ella.

LA LLAMADA DEL MINISTRO

Era pleno agosto en Cuba y la calle echaba candela. Más sofocada que Juana de Arco en su hoguera, entré en mi casa de Marianao lanzando mi bolso sobre la butaca de mimbre que estaba junto a la puerta de la calle. Con dos patadas al aire solté las sandalias y antes de entrar en mi cuarto ya me estaba alzando la blusa y despojándome de toda mi ropa.

— ¡Ay, me ahogo de calor, Anatolia! Tengo que darme una ducha fría ahora mismo.

La vieja seguía mis pasos, recogiendo mis cosas a medida que las fui soltando.

— Pero, muchacha, ¿usted está loca? ¿Usted sabe lo que es meterse así, toda sudada, debajo de una ducha fría? Puede coger un pasmo.

Ya habían pasado cuatro años desde que comenzó a trabajar para mí y aún no se le había agotado su repertorio de ocurrencias que me hacían reír.

— "¿Un pasmo"? ¿Tú crees que me puede dar un "pasmo", Anatolia? Le dije muerta de la risa.

— Ríase, ríase bastante que mientras tanto yo le voy a calentar un cubo de agua.

Anatolia Alemán cuidaba de mí como si fuera una niña pequeña. Se ocupaba de cocinar, lavar y tener mi hogar en orden. No es que fuera una gran fatiga para mí, pero a veces estaba agobiada de trabajo entre el teatro y la televisión. Mi apartamentico, el que había heredado de Esperancita, solo tenía dos habitaciones, un baño y una pieza larga donde estaba todo lo demás: sala, comedor y cocina.

La primera vez que la vi, fue aquella mañana en que tocó a mi puerta. Abrí y vi frente a mí a una negra retinta con un tabaco apagado colgando de un lado de su boca.

— Buenos días, señora Ana. Dicen que usted está buscando a alguien para trabajar en su casa. Yo puedo encargarme de eso.

Una sonrisa fue lo único que encontré para darle como respuesta. Me sorprendió oír lo de "señora Ana", que me sonaba a la época de la esclavitud. Solo le faltó decir "Su Mercé". Desde aquel día, Anatolia se convirtió en mi secretaria, mi consejera, mi sombra y, en cierto modo, en aquella africana que seguramente yo tenía entre mis antepasados y un buen día decidió reencarnarse en esta mujer para protegerme.

— Ahí tiene escrito en la libretica de nota toda la gente que la ha llamado –me dijo mientras se dirigía a la cocina, a prepararme un refresco.

— Después lo veo.

Entré al baño cerrando la puerta. Debajo de la ducha dejé que el agua fría me limpiara y se llevara el polvo, el calor y todas aquellas brujitas feas que se empeñaban en vivir dentro de mi cabeza, haciéndome recordar todo lo que no andaba bien en mi vida.

El primer lugar lo ocupaba sin dudas mi telenovela, la que me había llevado años de trabajo escribirla, en la que intenté crear un nuevo lenguaje, una propuesta original, diferente. Por entonces la estaba transmitiendo Cubavisión y el público al comienzo de su salida al aire, la recibió desorientado y perplejo. La gente no entendía cuándo los personajes se movían en la realidad y cuándo en la ficción, en la relación espacio temporal en que transcurrían las dos historias paralelas de la trama.

Mi vida sentimental andaba como mi telenovela, solo que era yo quien no podía entenderla. Estaba enredada en una historia de amor con un hombre casado que dejaba a su mujer para estar conmigo y cuando estaba conmigo no podía vivir sin su mujer. Un desastre total.

Después de mi divorcio con Roberto, cada hombre que se cruzaba en mi camino estaba casado. O no quedaban hombres libres en La Habana o era yo quien los atraía hacia mí, como los polos opuestos de los imanes. Para la mayor parte de ellos esto no significaba ningún problema, bastaba ser discreto. Perdí la cuenta de cuantos posibles amores evité, como la ovejita que huye de una manada de lobos. Uno fue más rápido y me atrapó.

Tenía que salir de este vaivén que condicionaba todo el resto de mi vida.

Por eso acepté sin pensarlo dos veces la invitación de Fabio, mi amigo italiano, de ir a Italia a visitarlo. Yo lo había hospedado dos veces en mi casa junto con su pareja Chiqui. Este era un bailarín de Tropicana, bello como el sol, con un rostro y un cuerpo perfecto que habían hecho perder completamente la razón al italianito.

Éramos amigos desde mis tiempos de la ENA, Chiqui estudiaba danza, una vez graduados no perdimos jamás el contacto. Yo era la eterna confidente de sus desaventuras amorosas. Cuando Marcelo se fue de Cuba le prometió que me daría siempre vueltas. Fabio era su reciente historia de amor.

La última vez que me visitaron yo volvía un día en mi bicicleta china de una matiné en Teatro Estudio, empapada en sudor de la cabeza a los pies y con todo el maquillaje negro de las pestañas que me corría alrededor de los ojos. Parecía que venía de interpretar una escena del Zorro en lugar de "Las Leandras", que era la obra que teníamos en cartelera en ese momento en el teatro.

Entre tantos materiales que faltaban en el teatro estaba la crema desmaquilladora. El único modo de quitarnos el maquillaje allí era a base de jabón amarillo, un verdaero veneno para la piel. A esto se unía la enorme alergia que hacía al pegamento artesanal que se inventaba nuestro maquillista para poder pegarnos las pestanas postizas, a base de pegamento de muebles, glicerina y no sé cuántas cosas más. El asunto era que cuando lograba despegarme aquellas benditas pestañas mis párpados quedaban rojos e inflamados como los de un boxeador depués de un buen knock out.

— Mira esto Fabio –Chiqui le mostró como quedó mi rostro después de limpiarlo todo. En tanto me cubría los párpados con una crema antialérgica– así tienen que trabajar nuestros artistas en Cuba. ¡Una vergüenza!

Cuanta pena le habré causado a aquel hombre aquél día, que al siguiente, en cuanto se levantó me dijo:

–Vamos a mi embajada, quiero hacerte una invitación para que vengas a visitarnos a Italia.

Y así fue. Solo que un rotundo "No" sin ninguna explicación, fue todo lo que recibí delante de las altas rejas de hierro de la Embajada Italiana.

Salí de abajo de la ducha envuelta en la toalla con la que apenas me sequé. Me dejé caer en la butaca de la sala, con el ventilador fijo a su máxima velocidad dirigido hacia mí.

— Pero de verdad que usted está loca, muchacha! Primero la ducha fría y ahora mojada delante de ese aparato. ¡Le va a coger un aire que no va a poder moverse por una semana! –dijo Anatolia al acercarse con un vaso de limonada con hielo–. Tómese esto para que le quite la "Caluria".

Sin que yo tuviera tiempo de protestar, giró el ventilador, quitándome el fresco.

— Han llamado dos veces diciendo que es de parte del ministro del Exterior.

La limonada casi se me atraviesa en la garganta de la risa. El calor no solo había hecho fundir mi cabeza sino también la de mi pobre negra. Limpié con la toalla un poco de limonada que me corría por los labios y me puse a leer las anotaciones de Anatolia en la libreta junto al teléfono.

— Teatro Estudio. Suspendido ensayo, aire acondicionado roto –leí en voz alta, mientras tomaba sorbos de limonada.

— ¡Que novedad! A este ritmo no estrenamos ni el año que viene –dije sonriendo.

— La coronela que la llame– ¿le habrán traído las langostas? –pensé.

— Rolando que... ¡No quiero ni leer que dice. No quiero hablar con él. No quiero verlo! Esta vez sí que es la última, bueno, espero también sea la última vez que lo digo.

Seguí leyendo la siguiente nota:

— Roberto Robaina, Ministro del Exterior. Ha llamado dos veces, Llamar al número 336...

— ¿Roberto Robaina? Quien será el chistoso! Eso debe ser una jodedera Anatolia. ¿Cómo me va a llamar a mí un ministro?

Terminé la limonada, apoyé el vaso sobre la mesita y cogiendo el aparato marqué los dígitos en plan "Vamos a ver si reconozco la voz de quien me está corriendo esta máquina". Al momento, respondió una mujer:

— Ministerio de Relaciones Exteriores, buenas tardes–. Me dijeron del otro lado de la línea.

Me quedé sorprendida, metabolizando el saludo unos segundos más de los debidos, lo que hizo que la voz insistiera:

— Ministerio de Relaciones Exteriores, dígame.

— Buenas tardes, le habla, Ana María Pérez. Tengo un mensaje de llamar a este número.

— Ah, sí, Ana María, un momento por favor, le paso al ministro.

Mientras esperaba con el auricular al oído, pensaba: ¿Al Ministro? ¡No es ninguna broma! ¡Es de verdad! El ministro en persona. Mejor dicho, en línea…

EL BRINDISITO

Roberto Robaina, nuestro canciller, era un pinareño dotado de carisma y soltura, a quien todo el mundo en Cuba conocía por Robertico. Se había destacado dentro de la política nacional, escalando escaños desde una simple militancia en la Unión de Jóvenes Comunistas hasta convertirse en miembro del Buró Político del PCC, ocupando, con solo treinta y siete años, un ministerio muy importante. Había sido presidente nacional de la FEU (Federación Estudiantil Universitaria) y Primer Secretario de la UJC, donde alcanzó gran popularidad entre los jóvenes cubanos por sus métodos innovadores, rompiendo esquemas en la hasta entonces rígida y burocrática forma de trabajar de la organización en momentos tan difíciles como los del agónico "Período Especial".

Apadrinado por el Comandante en Jefe, Robertico era uno de los poquísimos ministros jóvenes que había en nuestro país, mucha gente comentaba que podría ser el sustituto de Fidel cuando éste muriera.

Una de sus características personales era que le gustaba acercarse a los artistas, nutrirse de su savia, oír sus experiencias. De ahí que le gustara conversar y entablar amistad con ellos.

Robertico había organizado un brindis para todo el colectivo de mi telenovela en la sede de su ministerio, en el Vedado. El director de la serie, algunos de los actores y varios miembros del equipo técnico, reunidos alrededor de una mesa buffet preparada en el jardín del edificio, bebíamos y conversábamos mientras se esperaba la llegada del ministro.

SOS Amor era el nombre de mi novela. Pasó a la historia de la televisión cubana como la producción televisiva más económica jamás realizada. A menos de un mes de filmación, como consecuencia de la gran crisis económica de los años 90, más conocida como "Período especial" nos cortaron el agua y la luz. Es decir, no podíamos continuar con la filmación de la novela, pues no había gasolina para el transporte del personal, ni de los equipos técnicos.

Cuando me comunicaron esto en la dirección de dramatizados del ICRT, me sentí como si me hubieran cortado las alas. Años de trabajo perdidos. La esperanza de ver mi primera obra en pantallas destruida por el incendio de un fuego sin gasolina.

Y no era sola la mía. Mi novela fue una de las tantas producciones que se habían paralizado en la televisión "Por falta de recursos económicos". El único recurso con el que podía contar era con el recurso humano.

Una tarde reunimos a todos los integrantes de nuestra telenovela, actores y técnicos, en la sala de una casona antigua del Vedado, sede del grupo teatro estudio. En aquella casona habíamos realizado el trabajo de mesa y los ensayos antes de comenzar a filmar.

Los actores y técnicos estaban sentados en una parte de la sala, frente a ellos todo el Equipo de Realización. Teníamos que comunicarles lo que nos habían informado días antes acerca de la filmación de la novela. No sabía por dónde empezar.

— Algunos de ustedes ya saben el motivo del por qué llevamos más de una semana sin grabar. Nos toca ahora comunicarles de manera oficial que nos han parado la filmación. No hay gasolina para el transporte y mucho menos para traer la comida al personal, ni tampoco dinero para pagar las locaciones.

Un murmullo bajo de comentarios me permitió hacer una pausa para ordenar las ideas de la propuesta de nuestro equipo.

— La única cosa que nos garantizan por el momento, es el salario. Casi todas las locaciones son aquí en La Habana. Hemos pensado en una solución especial, como le llaman a este período por el que estamos pasando.

Hice otra breve pausa. Un silencio total era todo lo que se sentía en aquella sala.

— Necesitamos saber cuántos de ustedes están dispuesto a venir a la filmación en bicicletas o con sus propios medios – dije sin más rodeos.

Silencio total, se miraban unos a otros como si no entendieran bien de lo que estaba hablando. El corazón me latía en el pecho más fuerte que los tambores de Tata Güines.

Marcel, el joven director de la novela tomó la palabra.

— Nosotros ya hablamos con algunos propietarios de las casas que se han escogido como locación. Ellos están dispuestos a cedérnosla gratuitamente para poder filmar. La comida es la única cosa que no sabemos cómo garantizar.

— Yo tengo una bicicleta –lo interrumpí–. Puedo recoger, al menos a uno de ustedes que no encuentre ningún modo de cómo llegar a la locación.

Mi tono era de súplica. Mis ojos recorrían unos a otros buscando una señal, una mirada, una palabra que me asegurara que aquella idea podía ser más real que loca.

Amelita Pita, una actriz que ya había pasado la rueda de los setenta años fue la primera en hablar.

— Bueno mi niña, no es que a las mujeres maduritas como yo le paren las máquinas muy fácilmente, pero ustedes me dicen dónde es mi llamado y yo busco la manera de llegar.

Las palabras de Amelita llegaron a mi alma como la luz a los ojos de un ciego. Después de ella todos comenzaron a unirse proponiendo diversas maneras de moverse hasta el lugar del llamado. Nadie abandonó la novela.

Miguel Ginarte, un mulato guajiro a quienes todos llamábamos cariñosamente "Miguel el mulo" era el dueño de una pequeña finca que colaboraba con el ICRT en las afueras de La Habana. Fue uno de aquellos que nos brindó todos los medios a su disposición para ayudarnos.

Como primera cosa, para garantizar el transporte de los equipos técnicos, cámaras, micrófonos, luces y cables, procuró una carreta tirada por un buey. Nos movíamos por los diferentes barrios de La Habana caminando, como en una procesión detrás de nuestra carreta. ¡Hasta un día!…

Una mañana al llegar al lugar donde guardábamos la carreta, una vez terminado de grabar, encontramos solo la cabeza y una parte del cuerpo del pobre buey. El período especial comenzaba como una fiera a mostrar sus garras. Junto con el buey una parte nuestra también fue mutilada. Nos quedaba solo para seguir nuestras bicicletas chinas.

La realización de aquella novela acabó con la mayor parte de mi energía y con todas mis ganas de hacer. Poder trabajar era un milagro en nuestro mundo incrédulo. El período especial como un fantasma se paseaba por cada rincón de nuestra cotidianidad lacerando nuestro espíritu y nuestras ansias de crear. Vivíamos sin energía eléctrica y agua la mayor parte de las horas del día, para no hablar de lo que significaba llevarse algo a la boca que mitigara el hambre que nos corroía por dentro. ¡Comer se había vuelto un suplicio! La Unión Soviética ya no era la "Unión salvadora". Cuba una vez más quedaba huérfana y desamparada dándole la cara al mundo, con una mano adelante y también la otra. Como aquél que dice: "Con el culo al aire".

Robertico llegó acompañado de otros dirigentes. Comenzó a saludar a cada uno de nosotros, felicitándonos por el éxito de la novela. Vestía un simple jean y una camisa blanca con las mangas recogidas hasta los codos. Doblada en el brazo descansaba su chaqueta. Probablemente volvía de alguna visita oficial y se había puesto algo más cómodo para nuestro encuentro. Después de todo, esto era una reunión nada solemne, "un brindisito", como me dijo por teléfono la semana anterior al invitarme.

Tras algunos minutos de cháchara me pidió que lo acompañara y nos dirigimos a su oficina. El aire acondicionado de la sala nos regalaba una temperatura agradable tras el calor tórrido que se sentía en los jardines. Nada más entrar, me indicó con la mano que tomara asiento en la silla que se encontraba delante de la mesa.

— ¡Me encanta tu novela! Le digo a mi esposa que me la grabe siempre. No quiero perderme ni un capítulo.

Me dijo mientras colgaba la chaqueta en el espaldar de una silla y se acomodaba en el buró.

— ¡Gracias! –le respondí un poco embarazada.

Las manos me sudaban a pesar del aire acondicionado.

— Al principio no lograba entenderla muy bien, te soy sincero, pero después de los primeros capítulos entré enseguida en el juego de las dos historias, realidad y ficción. ¡Buena, buena idea!

Yo reía como una idiota entre emocionada y confusa: El ministro graba y ve mi novela. No me lo puedo creer.

Me comentó algunas escenas y me dio algunas opiniones que hicieron despejar mis dudas ¡Es mi fan! ¡Increíble!

— ¿Ahora qué estás haciendo? ¿Piensas volver a escribir?

— Bueno…

Seguía allí con mi sonrisa tonta. Pasándome las manos por el pantalón para arriba y para abajo para secarlas del sudor.

— Sí, me gustaría volver a escribir de nuevo pero por el momento no tengo nada en mente.

— ¿Y cómo actriz?

— No, nada por el momento.

— ¿Y eso?

— Es que me hicieron una invitación para viajar al extranjero y pensé que como iba a estar fuera unos meses no debía aceptar ningún compromiso de trabajo aquí.

— Y qué pasó, ¿ya no vas a viajar?

— No. Me negaron la visa.

— Dónde te negaron la visa?

— En la embajada italiana.

En su rostro una expresión asombrada. Se inclinó hacia adelante apoyando los codos sobre el buró. Restregaba sus manos una con otra, como si las lavara con jabón.

— ¿Y qué explicación te dieron? ¿Por qué te la negaron?

Moviéndome nerviosa en mi silla. Alcé los hombros mientras respondí:

— No tengo idea. No me dieron ninguna explicación.

Sonrió mientras se acomodaba de nuevo en la silla recostando la espalda en una postura más cómoda.

— Vamos a ver…

Dijo tomando el teléfono. Marcó un número. Después de algunos segundos saludó afectuosamente a la persona que le respondió de la otra parte de la línea. Hablaron de los preparativos de una recepción que estaba organizando con motivo a la Semana de la Cultura italiana en Cuba.

Se volvió a mí guiñándome un ojo, como viejos amigos.

— Señor Cónsul. Tengo una amiga a la que le negaron la visa para ir a Italia como turista. Es una de nuestras actrices jóvenes más destacadas y también escritora. ¿Podría analizar por un momento su caso? –esperó su respuesta–. ¿Su nombre?, Ana María Pérez. ¡Perfecto! ¿Después de las nueve? ¡Perfecto! Se lo diré. Gracias Stefano, muchas gracias.

Colgó recostándose de nuevo al espaldar de la silla. Me regaló una sonrisa que me pareció sincera.

— Mañana, después de las nueve de la mañana puedes ir a buscar tu visa, no creo que haya motivo para que te la nieguen de nuevo. Pregunta por la oficina del Cónsul. Explícales que vas de mi parte.

No recuerdo por cuanto tiempo lo miré sin saber qué decir. Sin exclamar nada. Ni siquiera una sonrisa, un simple "Gracias" con la misma expresión de idiota con la que inicié aquel encuentro.

Aquella tarde La Habana sufrió de dolores de parto. ¡Dio a luz a una nueva Ana María! Su destino la empujaba hacia un mundo inédito, donde códigos, idioma y valores se mezclaban formando una prominente montaña. Miré su cima que se alzaba al infinito. Un nuevo teatro abría sus puertas invitándome a su escenario.

Estoy lista. ¡Comencemos!

BENDITO OCTUBRE

Era mi última tarde en Cuba. Nerviosa, revisaba mi pasaje, mirando una vez más la hora y el día, para asegurarme de que no había desaparecido lo que allí se leía:

23 de octubre de 1994
Aeropuerto "José Martí"
La Habana.
Hora de salida: 17:45

No sé cuántas veces había repetido esa operación casi mecánicamente, desde que me lo entregaron en la oficina de la compañía aérea. Lo metí dentro del pasaporte azul con otros documentos importantes. Entre estos uno que Fabio, por teléfono, había insistido en que llevara sin darme explicaciones: mí certificado de divorcio, traducido y legalizado en la embajada italiana.

En el caso que me gustara Italia, casarse era un modo de quedarme legal, ¿pero con quién? Yo no era el tipo de mulatica por la que los italianos podían perder la cabeza. En tres meses la veía muy dura encontrar un "Romeo" que pidiera mi mano, pero bueno, todo podía ser posible en el país del amor.

Coloqué todos mis papeles en la pequeña maleta. Mirándome de reojo, como preguntándome ¿qué hago aquí?, estaba mi título del ISA donde se leía "Licenciada en Artes Escénicas". Lo incluí presintiendo que en Italia me iba a servir más de cuadrito de pared que de reconocimiento.

En la sala de la casa de mis padres, en el reparto Buenavista, había fiesta desde por la mañana. Se reunió casi toda nuestra parentela. Vinieron de Sagua mi madrina y Rosario, y también estaban algunas de mis mejores amigas. Estaban allí no solo para despedirse de mí sino porque aquel día era el cumpleaños de papi. En la casa de los Pérez, no hacían falta grandes motivos para que se formara "El guateque".

... Y si vas al Cobre, quiero que me traigas
Una virgencita de la Caridad...

En el cuarto de Mami, mi hermana Elsy y mis amigas Yolanda, Celia y Noemí me ayudaban a vestir. Sobre la cama descansaba mi maleta, de la que habíamos extraído la ropa que iba a llevar en el viaje para decidir entre todas cuál me pondría.

— Debes ir cómoda y vestida lo más sencilla posible –recomendaba Yola que como siempre, llevaba la voz cantante del grupo.

— Los extranjeros viajan en short y sandalias, sin tanta elegancia –aseguraba Celia.

— Y ¿qué me dicen de esas cubanas que se echan encima el escaparate cuando van a viajar? Se montan en unos tacones altos como si fueran a una fiesta, en un final, solo sirven de estorbo.

Ninguna de las dos había pisado un avión pero habían visitado varias veces el aeropuerto.

— A ver, vamos a pararte bien esos pelos. ¡Baja la cabeza!

Ordeno Yola. Obedecí inclinándome delante de ella. Mis cabellos fueron todos hacia abajo. Ella con sus dos manos los alborotaba como una experta peluquera.

Yolanda Ruiz, era una de las actrices con más talento de mi generación. Aparte de la profunda amistad que nos unía, la admiraba extraordinariamente. Con gran fuerza histriónica, sus personajes siempre le salían impecables ya fueran positivos o negativos. Abordaba todos los géneros dramáticos, tanto la tragedia, como la comedia y el drama, y en todos salía triunfante.

Sin embargo, esta gran actriz de la televisión, malvivía en un cuartico pequeñísimo donde apenas había espacio para un sofá-cama, una mesa, un fogón y un bañito con su inodoro.

Este minúsculo local, estaba en el Vedado, en la parte de atrás de un viejo edificio en mal estado, apuntalado con horcones y tablones. Para llegar al cuarto de La Yola había que pasar por debajo de todo aquel entramado de maderas colocadas allí desde hacía años. Era como si uno atravesara la galería de una mina. Cada vez que pasaba por allí el corazón se me aceleraba. "Un día de estos, esto se va a derrumbar y me van a sacar muerta, de abajo de un montón de escombros", pensaba, mientras me las arreglaba para evitar chocar con el apuntalamiento.

¡Ay! ¡El cuchitril de nuestra Yola!... ¡Refugio de tantos artistas y amigos! Allí nos reuníamos a tomar café o té, a hacer nuestras tertulias, a estudiar libretos o a disfrutar de los cuentos de Yolanda y de aquel universo maravilloso y loco que había creado a su alrededor, en el que cada cosa tenía su nombre y su historia.

Su refrigerador se llamaba "Kris". "Mauricio" el aire acondicionado ruso que producía más ruido que aire frío. Hasta la plantica de hojas muy verdes de la entrada del cuarto, tenía su nombre. Se llamaba "Asdrúbal". Detrás de aquel edificio en ruinas vivía una perla que no permitía que los escombros de la vida le robaran su encanto.

¡Cuántos buenos ratos pasé allí! Cómo iba a echar de menos a la anfitriona de tantas tardes, mi Yola extravagante y entrañable.

Una vez que me vestí, Celia se puso a acomodar con sus dos manos los rizos de mis cabellos, tirándome algunas mechas sobre la frente.

— Así está mejor, Yola te los alborotó mucho.

— ¡Ponte estos! –me dijo Noemí quitándose sus aretes de plata mexicana que yo le había celebrado tantas veces.

— No, Noe, no. Estoy bien con estos –le mostré mis pequeños pendientes.

— Llévate los míos de recuerdo –insistió Noemí, quitándose los aretes.

A pesar de mi reparo, me quitó mis areticos y me puso los suyos, grandes y vistosos. Así habíamos hecho tantas veces, con la ropa, con los zapatos, con cualquier bisutería que nos gustara de cada una de nosotras. Las pocas cosas que poseíamos nos las intercambiábamos en cualquier momento si alguna la necesitaba.

Éramos amigas, hermanas, sin secretos, sin egoísmos, sin propiedades...

— Ani, es para ti, del teatro.

Me acerqué al teléfono que me había alargado Elsy. Hablé con Elena, Mirta y con casi media compañía. A pesar de habernos despedido el día antes en el teatro, quisieron darme un último saludo. Estaban ensayando y no podian estar allí en la fiesta de despedida.

... Con la bata remangá, sonando su chancletica,
Los hombres le van detrás,
A la linda mulatica...

Vestida, maquillada, peinada y lista para la batalla me aparecí. Impecable, ante todos.

— ¡Qué linda mi hermanita, caballero!, ¡ahora sì que pareces una Yuma!

— Ay, Albert no me acomplejes.

— No, no mi hijita, estás perfecta así –dijo mi madrina haciéndome dar la vuelta para mirar bien el vestuario.

— ¡Coñóooo!, vas a apretar en esa Italia! Caballero, ¿Cómo dice el corito que habíamos ensayado para Ani.

Mi papá le hizo una seña a mis hermanos y comenzó la orquesta:

Sufro la inmensa pena de tu extravío
Y siento el dolor profundo de tu partida.
y lloro sin que sepan que el llanto mío
Tiene lágrimas negras, tiene lágrimas negras...

Éramos más de veinte personas en aquella sala, se habían unido a la fiesta algunos de nuestros vecinos. Tristeza, emoción, alegría, agitación...

Cuando terminó la canción empezó el besuqueo y la abrazadera interminable. El cariño de todos, salpicado con algunas lágrimas principalmente de mi madre, era el protagonista de mis últimos momentos en la isla.

Partí para Rancho Boyeros, donde tomaría el avión que se encargaría de trasladarme a otra vida. Me acompañaron solo Celia, Yola y Noemí. No quise que mi familia fuera conmigo. Era mejor que la despedida no fuera en el aeropuerto para no hacer la cosa más embarazosa. Porque cuando "los muchos" bebían un poco les da por emocionarse...

Llegamos al aeropuerto debajo de un enorme aguacero. Algunas horas después, detrás del cristal de la pequeña ventanita del avión, veía la lluvia torrencial caer sobre mi ciudad. Se me antojó pensar que también La Habana lloraba por mí.

EL IDIOMA DEL ALMA

El vuelo fue sin escalas desde La Habana a Milán, duraba diez horas y media, en todo aquel tiempo no logré dormir ni un minuto. Tenía sueño, la noche anterior había dormido apenas dos o tres horas por la inquietud del viaje. Los párpados me pesaban pero no lograba mantenerlos cerrados.

Atravesaba el Atlántico, agitada, nerviosa y somnolienta. El vuelo se me hacía eterno. Mi mente me llevaba hasta los abrazos de despedida, consejos y buenos augurios de mis amigas y de "Los Muchos". Mi cansancio era grande, pero aún mayor era el ansia por descubrir qué cosa me esperaba de la otra parte del océano.

Dejaba atrás un país pobre, perdido en una gran crisis de valores y de ideas. En el quedaban personas extraordinarias que habían marcado mi vida para siempre.

Una brisa fresca, fresquísima, me entró por la cara hasta envolver todo mi cuerpo. Me detuve por un segundo en la escalerilla del avión y respiré profundo aquel aire frío que llenaba cada espacio de mí. La ropa sencilla que llevaba puesta por consejo de mi amiga Yolanda seguramente podría haber sido una buena opción si mi destino hubiera sido Miami, pero Europa a finales de octubre eran otros cinco pesos…

Desde que puse el primer pie en el aeropuerto, ya todo me gustaba. Lo primero que hice fue buscar un baño. ¡Qué maravilla, todo limpio! En los lavamanos había jabón, papel para secarse las manos y ¡papel sanitario en los servicios! Aquello era otro mundo. Me lavé la cara, marqué con un lápiz negro el contorno de los ojos, le di un toque de brillo a los labios y acomodé un poco mis rizos. Extrañamente, la imagen que me devolvía el espejo no mostraba sueño ni cansancio. Era un rostro fresco como una lechuga.

Le lancé una sonrisa dándole la espalda. Salí con la frente alta a buscar a Fabio y todo aquello que su mundo quisiera regalarme.

Me sellaron el pasaporte sin problemas. Monté mi equipaje en un carrito y caminé rumbo a un grupo de personas que esperaban detrás de unas barras de hierro. Allí estaba, Fabio. Una sonrisa franca iluminó su rostro cuando me vio. Nos abrazamos como dos viejos amigos que hacía mucho tiempo esperaban este momento, aunque en realidad, nos habíamos visto solo dos veces en la vida.

— Te traje un abrigo.

— ¡Ay qué bueno!, no había pensado en eso con el calor que hay allá.

Mi querido Fabio estuvo claro. Mis amigas y yo no tuvimos en cuenta que el otoño de Italia, no solo era el nombre de una de las cuatro estaciones de Vivaldi. El otoño Italiano era un fuerte frente frío cubano.

Había oído decir que los buenos automóviles son una pasión en Italia. Fabio no era ajeno a esto, así que al salir de la terminal aérea, la primera sorpresa que me llevé fue descubrir el tremendo carro deportivo que se gastaba mi amigo. ¡Nada menos que un Porsche!

Unos minutos más tarde, corríamos a 150 km por hora por la auto pista rumbo a Vicenza. Llevaba la espalda completamente pegada al asiento, un poco por el efecto de la alta velocidad y otro poco por el miedo. En mi vida había viajado por una carretera tan rápido, me parecía que iba volando.

Mientras manejaba, Fabio hablaba sin parar y a veces, durante unos segundos dejaba de mirar al parabrisas esperando una respuesta de todo aquello que me contaba.

Su relación con mi amigo cubano había terminado. Este había conocido a otro hombre y lo había dejado después de todas las cosas que había hecho él por ayudarlo.

— ¡Nunca pensé que haría una cosa así! Una desilusión total.

Me miraba fijo, yo le sostenía la mirada, mientras de reojo le echaba un vistazo a la carretera. Él no hacía lo mismo. Mientras, yo pensaba si tendríamos la suerte de llegar vivos a Vicenza.

— ¡Fueron tantas mentiras! No hay derecho para hacer una cosa así, ¿tú no crees?

Continuaba mirándome, esperando mi opinión.

— Claro que no, no hay derecho...

Yo no sabía qué decir. No quería distraerle mucho de la carretera pero tampoco podía quedarme callada. No esperaba para nada la vuelta que habían dado las cosas ¿Esta crisis inesperada podría ser una complicación? Se encendieron mis alarmas y un miedo mayor del que me provocaba la velocidad del Porshe, comenzó a apoderarse de mí. El vínculo entre Fabio y yo era mi amigo Chiqui, si ya ese vínculo no existía... ¿En qué situación quedaba yo con el italiano? Me aterró el pensar que mi regreso a Cuba sería inminente.

— Bueno no te voy a cansar más con mis desgracias. Cuéntame un poco de cómo dejaste tu gente en Cuba...

Eran cerca las seis de la tarde cuando llegamos a Bassano del Grappa en la provincia de Vicenza.

— Te voy a llevar primero a mi apartamento para que descanses unas horas. Después te recojo para que conozcas mi familia.

— ¿Hoy mismo?

— Claro, esta noche. Les he hablado de ti y están locos por conocerte.

— ¡Ay, Dios mío!

— He organizado una cena de recibimiento en mi hotel...

El apartamento se encontraba en el segundo piso de un edificio de cuatro plantas. Todas las construcciones alrededor eran modernas, lo llamaban "Cuartel de cristal".

Una vez dentro me enseñó toda la casa para que pudiera moverme libremente en ella. Sala, comedor y cocina en una pieza única. Un cuarto con balcón a la calle, un baño y una segunda habitación que había destinado para mí. Abrió la puerta, dejándome pasar.

— ¿Te gusta?

— Sí, ¡qué lindo!

— Me alegro que te guste. Bueno, Yo vengo a buscarte a las 9:30 de la noche. Tienes dos horas para descansar.

Metió la mano en uno de los bolsillos del pantalón.

— En tanto, esta es tu llave de la casa. ¡Bienvenida a Italia Ana! –dijo esto último envolviéndome en un caluroso abrazo.

No, no me dejaba en la calle. Fabio me había abierto no solo las puertas de su hogar sino que me entregaba la llave de su ciudad. Con su abrazo hizo desaparecer por entero mi miedo. No presté atención cuando di el primer paso en la escalerilla del avión, pero parece que fue el justo. Mi aventura europea comenzaba con el pie derecho.

Una vez sola, sentada en una esquina de la cama recorrí con la mirada toda la habitación. Un juego de cuarto sencillo compuesto de una cama matrimonial con dos mesitas de noche a ambos lados. Una cómoda con su espejo y un escaparate de tres puertas. Las paredes de un gris claro no tenían nada más que el interruptor de la luz, esperaban solo por mí para comenzar a pegar en ellas los momentos de una vida que apenas iniciaba.

Cuando sonó el timbre del teléfono abrí los ojos, vi a través de la ventana que ya había caído la noche. Durante unos instantes me sentí desorientada, extraña en aquella habitación que no reconocía. Como un zombi respondí.

— ¿Oigo?

— ¡Hola cubana! Te llamé para despertarte porque estaba seguro que con lo cansada que estabas te ibas a quedar dormida.

— Sí, después de darme una ducha caí muerta.

— Oye, te llamo para que te vayas preparando. Ya son las nueve y la cena es a las diez. ¿Tú crees que en media hora podrás estar lista?

— Sí, claro. Me preparo en un minuto.

— Pues a las nueve y media paso a recogerte.

— Perfecto.

El hotel de Fabio, "El Cadorna", estaba en la base de una cadena montañosa conocida como los pre-Alpes Vénetos, de la que forma parte el majestuoso Grappa, un monte de 1 700 metros de altura.

Cuando mi amigo parqueó y abrí la puerta del carro, el aire helado que bajaba de aquel enorme macizo me provocó la misma sensación que produce asomarse a una cámara frigorífica donde se guardan alimentos. ¡Qué habría sido de mí sin el abrigo.

Dentro del hotel la temperatura era cálida. El vestíbulo estaba iluminado de manera tenue y acogedora por tres lámparas colocadas en diversos lugares del salón. Las paredes mostraban cuadros y fotos de familia. En una vitrina se veían dos fusiles junto a retratos de Fabio con algunos amigos, todos con ropa de cazadores, mostrando con orgullo las aves que habían pillado. La caza era otra de sus grandes pasiones.

Mi amigo, muy cortés, me ayudó a quitarme el abrigo. Un señor de baja estatura, con la cabeza un poco grande para su tamaño y con grandes entradas en su pelo, se nos acercó sonriendo:

— Mi primo Giorgio –me lo presentó Fabio.

— Buona sera. Piacere, Giorgio –estreché la mano que me extendía en señal de saludo y respondí del mismo modo:

— Piacere, Ana María.

No hablaba italiano, pero el saludo y la presentación las había aprendido en un librito de un curso de italiano elemental que me había prestado una vecina de mi casa en Cuba.

La madre de Fabio, sus hermanos y otros de sus familiares estaban sentados alrededor de una amplia mesa en la sala adonde nos dirigimos. Todos se alzaron en cuanto entramos. Él fue presentándomelos uno a uno. Tras el primer "Piacere, Ana María" que le había dicho a Giorgio, repetí otros nueve.

Sobre la gran mesa una jarra de vino blanco y otra de tinto, botellas de agua y dos bandejas. una con un mixto de salame y otra con rodajas de pan. Esto era simplemente un entrante, después se pasó a la pasta. Yo repetí dos veces pensando que no servirían más nada cuando llegó el turno de la carne, que vino con diversos acompañamientos. Antipasto, primero, segundo y no sé cuántos otros platos fueron desfilando. Ellos insistían en hacerme probar cada cosa. Yo muerta de vergüenza iba comiendo un poco acá y otro allá.

Con una tímida sonrisa me tocaba la barriga indicándoles con gestos que ya estaba harta. Cuando no se conoce una lengua la mímica es la única solución. Aquello parecía el juego de adivinar títulos de películas.

La familia de Fabio me regaló el mismo calor de bienvenida que me había brindado él a mi llegada al aeropuerto. Era la primera vez que me veían. No me conocían, no les conocía. No me entendían y yo tampoco a ellos, pero sus miradas, sus sonrisas, me hablaban con un idioma que no tiene límites ni país, el idioma del alma.

PRIMER DÍA EN BASSANO

Aquella primera noche en Italia dormí profundamente. No sé si fue el cambio de horario, el cansancio de tan largo viaje o algunas copitas de más que acompañaron mi interminable cena en el hotel Cadorna. Lo importante fue que rescaté todas las horas de sueños perdidas.

Salí de la cama directo a ducharme. La imagen que me devolvió el espejo del baño sonreía ante el efecto de mis cabellos crespos. Bastaron unos movimientos de los dedos para hacerlos caer donde los quería. ¡Increíble! ¡Solo un día lavándolos con un buen champú y parecía que había salido del mejor salón de peluquería de La Habana!

Fabio no estaba en casa. Sobre la mesa de la cocina me había dejado una nota:

Buenos días, cubana. No te desperté para que descansaras.
Estoy en el hotel. Cuando estés lista, llámame para venir a buscarte.

Aquella tarde me llevó a conocer Bassano del Grappa. ¡Qué lugar maravilloso! Caminé sus calles encantada, admirando sus edificios antiguos perfectamente conservados, como si el tiempo no hubiera pasado por ellos. Cruzamos por la joya de la ciudad: el viejo e imponente puente de madera que unía las orillas de un gran río, el caudaloso Brenta.

— Fue construido en 1209 –Fabio era mi guía particular.

— La cantidad de agua que debe haber pasado por aquí desde entonces.

— Agua y guerras. Cada vez que se formaba una, el pobre puente se iba abajo. Hubo que reconstruirlo varias veces, la última en 1947.

— ¿Y esos huecos en la paredes de los edificios?
— Son huellas de los disparos de la Segunda Guerra Mundial.
— ¿Y por qué no las tapan?
— Para que la gente no olvide.
Belleza, elegancia, historia. Todas estas tonalidades envolvían a Bassano. Esta noble ciudad se presentaba ante mí, señorial y majestuosa, yo no deseaba más que conocerla y amarla.
En los siguientes días Fabio me llevó a recorrer los pequeños pueblos cercanos. En Marostica me contó la hermosa historia de sus famosas partidas de ajedrez, en las que personas ricamente ataviadas representan a las fichas del juego, moviéndose sobre un tablero gigante.
Al ver los dos castillos de Marostica, el de abajo, en la plaza central, y el de arriba, en lo más alto de un monte cercano, me sentí transportada a un pasado muy lejano, de caballeros y doncellas. Estas dos fortalezas, unidas entre sí por una muralla, arropaban la ciudad como una enorme corona, aumentando su mágico encanto.
Sentados en la terraza del bar de la cima del castillo superior, bebíamos dos capuchinos mordisqueando los dulces de cereza típicos de la zona. La vista se me escapa hacia el ancho valle; ¡Un bellísimo paisaje ocre me regalaba el primer otoño italiano!
— Hoy hace una semana que llegaste –dijo Fabio mientras echaba un sobrecito de azúcar en su capuchino.
— Dios mío, me ha pasado volando.
— ¿Ya has pensado lo que vas a hacer?
— Esto es bellísimo, creo que podría adaptarme. Pero, ¿cómo hacer?, tendría que conseguir un contrato de trabajo.
— Hay un modo más rápido: un matrimonio.
No pude evitar reírme.
— Mi permiso de estancia es solo por tres meses. ¿Cómo pesco un italiano que se quiera casar conmigo en tampoco tiempo?
Él depositó su taza sobre la mesa y se metió en la boca otro dulce.
— ¿Y si te casaras conmigo?
Abrí los ojos tan grande que casi se salían de sus órbitas.
— ¿Contigo?
Me incliné adelante poniendo los brazos sobre la mesa para mi-

rarlo directamente. Él bebía su capuchino muy tranquilo mientras continuaba mirando aquel paisaje que conocía de memoria.

— Tú consigues tus papeles de residencia y yo le regalo a mi madre lo que ella siempre ha soñado: una esposa para su hijo.

Antonella Bertoldi, era una mujer que pasaba los sesenta años. El clásico tipo de madre italiana. Católica, seguidora de las costumbres y tradiciones ancestrales, como aquellas, de seguir vistiendo de luto riguroso cuando se le moría alguien cercano. Defensora de un modelo de familia que a finales del siglo xx se estaba derrumbando a gran velocidad, sin que ella se enterara.

La veía siempre ocupada limpiando, haciendo las habitaciones, lavando y planchando las ropas de cama. Lo mismo atendía a los proveedores, que ayudaba a Giovanni en la cocina y si hacía falta, servía a los comensales del restaurante.

Trabajaba sin descanso ayudando a su hijo en todo lo necesario para que sacara hacia delante su negocio. Fabio era el más pequeño de los cuatro hermanos, Simone y Stefano, los mayores, estaban casados y ambos con hijos, al igual que Lena, única hembra. Sus dos hijas adolescentes los fines de semana trabajaban como camareras en el restaurante del hotel.

Aunque Fabio guardaba las formas y sus ademanes eran masculinos, Antonella sentía que algo no estaba bien en la vida de su hijo. Él nunca había llevado una novia a la casa y sus amigos más íntimos todos eran hombres, algunos de ellos afeminados como el cubanito bailarín que se había traído de La Habana.

Hacía algunas semanas que Chiqui había levantado el vuelo. Su partida del hotel había sido un alivio para Antonella. Cuando su hijo regresó de Cuba y le contó que en La Habana había conocido a una artista y que la había invitado a visitar Italia, a ella se le activaron todos los pilotos, aquello le parecía una buena señal.

La noche que me conoció, se encendió en su corazón de madre, la esperanza que yo pudiera ser aquel amor verdadero que Fabio esperaba. Lo que para todos sus hermanos era evidente, Antonella se negaba a reconocerlo. Me llenaba de atenciones y afectos como si estuviera atendiendo a su futura nuera.

Fabio vio esta luz en sus ojos y desde entonces la idea de contentar a su madre y al mismo tiempo de ayudarme con mis documentos se unió en una sola idea ¡Nuestro matrimonio!

Nunca le interesó lo que pensara la gente respecto a sus inclinaciones sexuales. No era ajeno a los comentarios que circulaban alrededor de él acerca de su homosexualidad en el puesto de viandas, en el quiosco del periódico, del peluquero, o en cualquier lugar público del pequeño pueblecito de Romano d' Ezzelino. Para el mundo entero, menos para Antonella, estaba claro que Fabio amaba a los hombres y que los hombres lo amaban a él.

Días después de nuestra visita al castillo de Marostica nos sentamos con Antonella Bertoldi en la recepción del hotel y le anunciamos que nos casaríamos a mediados de noviembre, exactamente el 17, día de mi cumpleaños.

No hubo manera de parar aquel llanto. Se abrazó a su hijo y después a mí, y después a los dos y después otra vez a Fabio, Sabía que se pondría contenta, pero no me imaginé así aquella escena y yo no sabía qué hacer.

EL DÍA DEL MATRIMONIO

En solo dos semanas hicimos todos los preparativos del matrimonio. La lista de invitados se limitaba a su familia y a Giovanni, el cocinero del hotel y su novia que eran a su vez, nuestros testigos.

Fuimos a escoger la bombonera. La tradición nupcial ordenaba que debíamos regalar a cada invitado una vasija, preferiblemente artesanal, rellena de caramelos de chocolate. Los asistentes aceptaban el obsequio como un recuerdo de la ceremonia y un augurio de felicidad para los contrayentes.

A mitad de noviembre la temperatura comenzó a bajar en serio y hubo que tener en cuenta este elemento a la hora de elegir el vestido de la novia. En una de las mejores tiendas del centro de Bassano me probé varios modelos. Las dependientas se admiraban al verme acompañada del futuro marido. En un matrimonio normal, el novio no debe ver el vestido de la novia hasta el momento de la boda. Pero el nuestro, normal, lo que se entiende por normal, no era.

Durante la semana antes del matrimonio, todos los días eran iguales de grises, de la mañana a la noche. Pasaban horas y horas lloviendo. Comenzaba a faltarme el sol. Esperaba que no fuera así todo el invierno.

Fabio me sugirió para la cena matrimonial un pequeño restaurante que estaba a un kilómetro de su hotel por la carretera que conduce a la cima del Monte Grappa. El propietario nos mostró la sala de celebraciones y nos hizo una propuesta sobre la decoración y el menú. Después nos dejó solos.

— ¿Te gusta el lugar?

— Me parece bien. Tiene que ver con la boda íntima que queremos hacer.

Respondí mientras miraba las fotos y los adornos de las paredes junto a la elegante disposición de los muebles.

— Madre mía, Fabio, me parece que estoy mirando el set de mi nueva telenovela. Sinceramente, ahora que se está acercando el momento estoy un poco nerviosa.

— ¿Por qué?

— Porque seremos el centro de la atención de toda tu familia y no sé cómo comportarme.

Fabio separó una silla de una de las mesas y se sentó, yo lo imité tomando otra silla frente a él.

— Estarás acostumbrada a tener los ojos arriba de ti. Es lo que has hecho siempre.

— Sí pero es diferente. Pienso que estoy engañando a esta gente.

— ¿Engañándolas?

Fabio me tomó las manos entre las suyas.

— Ana, nosotros no engañamos a nadie. Nuestro matrimonio es un acuerdo de amistad. No hay muchos modos para que tú puedas legalizarte. Yo quiero regalarte esto porque creo que eres una persona que mereces ayuda, esto lo supe apenas te vi en aquella bicicleta en La Habana.

Reí con nostalgia recordando aquel día.

— Si hubiera querido casarme, solo para evitar los comentarios, hubiera encontrado hace mucho rato una cubana dispuesta a esto.

Me soltó las manos y se reclinó al espaldar de su silla dejando pasar el brazo por el espaldar

— Si no fuera porque tengo este maldito vicio de que me gustan los hombres, tú hubieras sido mi mujer ideal, el amor de mi vida.

Reímos los dos, sus palabras me provocaron deseos de abrazarlo. Me sentía mucho más relajada. Cuando el propietario del local regresó y vio nuestros rostros sonrientes no tuvo dudas que su restaurante era el lugar ideal para esta pareja de enamorados.

El jueves 17 de noviembre amaneció lleno de luz. Un sol esplendoroso se imponía sobre las colinas del Monte Grappa y un cielo límpido me regalaba su mejor tonalidad de azul. Tal parecía que la naturaleza se congratulaba conmigo por cumplir mis treinta y cinco años en esta tierra y por el casamiento. Ese era su regalo.

El imponente Rolls Royce blanco que nos llevaría hasta el Ayuntamiento estaba parqueado en la puerta del hotel. Sobre la capota, un enorme ramo de flores blancas con cintas y lazos del mismo color. El primo Giorgio, impecable con su traje y corbata, me esperaba con la puerta abierta para ayudarme a entrar. Me besó en ambas mejillas.

— ¡Ana, sei bellissima!

— Grazie Giorgio.

Mi traje de novia era de un color crema claro. Una cinta de seda pasaba por debajo del busto marcando la división del resto del tejido que se alargaba hasta los tobillos. Una pequeña capa sobre los hombros en forma de torerita me servía para abrigarme del frío. Los cabellos recogidos suavemente con una pequeña corona de flores dejaban libres algunos crespos.

En la puerta del Ayuntamiento, aguardaban mi llegada Fabio y el resto de su familia. Todos muy elegantes. Mi futuro marido vestía un traje blanco con una rosa rojísima en la solapa. Su melena rubia caía impecable sobre sus hombros. Creo que si mi amigo Chiqui lo hubiera visto le habría gustado ocupar mi lugar. Fabio era el novio perfecto, sacado de la portada de una revista.

Si nuestra historia hubiera sido una película, el vestuario y la escenografía, merecían una nominación.

La ceremonia fue breve. El fotógrafo disparaba constantemente. El alcalde leyó nuestros deberes como cónyuges y terminó con las clásicas preguntas:

— Bertoldi Fabio, ¿Intende prendere in moglie ad Pérez Gómez Ana María?

— Sí, accetto –dijo él y pasó a colocarme el anillo.

Mi respuesta fue también un "Sí, acepto" y le tomé el dedo para ponerle el suyo.

— Vi dichiaro marito e moglie –la frase del funcionario se podía traducir como; "Los declaro marido y mujer" o de igual modo "Ana, puedes quedarte legalmente en Italia".

Se produjo un gran aplauso. Fabio y yo nos dimos un pequeño beso en la boca, como aquello que se dan los rusos cuando se saludan. Después de las felicitaciones, nos fuimos a hacer las fotos de nuestro matrimonio.

El chofer del Rolls Royce vestía todo de negro y su gran gorra de plato, parecía la de un general de los de antes. Nos condujo en pocos minutos a Asolo, un pueblecito rodeado de colinas situado a unos quince kilómetros de Bassano del Grappa.

Con sus calles de adoquines estrechas, sus monumentos, su castillo medieval y sus Iglesias, este pueblito, fue el escenario perfecto de nuestra historia. Los transeúntes que pasaban por nuestro lado se detenían para felicitarnos. Éramos la viva estampa de la dicha; Aquellos dos personajes que estábamos interpretando nos gustaban. A mí me parecía estar viviendo dentro de un cuento de hadas.

A través de los siglos, sus muros habían sido testigos de muchos enlaces. Los habría habido por amor, por interés y por tradición. El nuestro era una unión por la amistad. Y también por la libertad.

Después de la sesión de fotografía, regresamos a Romano d'Ezzelino para reunirnos con los invitados que nos esperaban en el restaurante, listos para el festejo.

La cena en el comedor transcurrió tal como la habíamos pensado. A ambos costados de la mesa rectangular los hermanos Simone, Stefano y Lena con sus respectivas familias, nuestros testigos Giovanni. , su novia y Giorgio. En la cabecera los esposos, flanqueados por la vieja tía Agostina que vino desde Suiza para la ocasión y por su hermana, la "Mamma Antonella", a quien la emoción se le notaba como si fuera una erupción. Al fin su hijo menor estaba felizmente casado, ¡Qué más podía ella desear!

¡Qué maravilloso hubiera sido que aquella boda no fuera una ficción! Que Fabio hubiera sido el hombre que yo amaba y él me amara. Que en aquella mesa no solo se sentara su familia sino también la mía, "mis muchos". Imaginé a mi padre, guitarra en mano, descargando sones y boleros y fajado con aquel acordeonista veneciano para que cogiera el "tumbao". Y a mis hermanos, los Pérez de Sagua la Grande, haciendo coros e improvisando la percusión con golpes de los tenedores sobre los platos.

... Tú me quieres dejar,
Yo no quiero sufrir,
Contigo me voy, mi santa,
Aunque me cueste morir...

Pero no, aquello no era la fantasía que yo me empeñaba en creer, no era una película que yo protagonizaba. Aquello era la vida y la vida te regala solo algunas pocas cosas, las otras tienes que comprarlas.

Horas después, sola y exhausta, en mi habitación del apartamento de Fabio, colgué en la pared el certificado de nuestro matrimonio. Aquel muro blanco ya tenía su primer cuadro, su primera marca, su primer recuerdo que acantonar. Aquel documento cuyas palabras apenas entendía significaba el punto de partida, el que me haría recordar en el futuro, el momento exacto en que empecé a despegar.

Los ojos se me fueron cerrando. Me vi con mi traje de novia caminar por las calles de La Habana, ahogada por las ruinas de los edificios destruidos que la lluvia inmisericorde castigaba. Las calles estaban desoladas, sin personas. Y yo corría, corría, casi volaba. Escapaba, porque no paraba de llover, porque no había sol, porque en mi tierra amada no había luz.

— ¿Qué cosa es un "caffé correcto"? –le pregunté nerviosa a Giorgio que no pudo evitar sonreír.

— ¿Correcto cosa?

— ¿Eh?

Tampoco entendía qué me preguntaba Giorgio, por suerte Fabio vino en mi ayuda.

— Ana cuando te piden un "caffé correto" quiere decir que quieren el café con un poco de licor dentro, si no te dicen cuál, entonces tú le preguntas...

— ... ¡Ay no, no, eso está muy complicado, pregúntales tú!

Algunas noches después de nuestro matrimonio comencé a ir al hotel con Fabio. Daba una mano ayudando a preparar el salón y también en la cocina. Llevaba los platos y las bebidas a las mesas. Aquello me gustaba menos porque cuando un cliente me preguntaba algo me ponía enseguida nerviosa cuando no los entendía. Corría adentro y repetía textualmente lo que me pedían. Ellos se morían de risa, y yo me orinaba en los pantalones.

— Así es como se aprende. Tienes que estar más tiempo en el salón, no escondida aquí en la cocina.

Le había dicho a Fabio que quería ayudarlo para pagarle en algún modo todo lo que estaba haciendo por mí.

— Tú no tienes que pagarme nada Ana. Si quieres venir a aprender me parece bien.

Me dijo la primera vez que le pedí que me llevara con él al hotel.

— Trabajar como camarera es algo que te puede ayudar en un futuro porque la verdad es que no sé si en este pueblecito puedas hacer algo que tenga que ver con tu trabajo de artista.

Aquello lo tenía más claro que el agua. Cuando salí de Cuba

sabía que mi carrera de actriz había colgado los guantes. Mi único objetivo ahora era trabajar en todo lo que se me presentara para poder un día también ayudar a mi familia.

No era fácil la transición. Por las noches, acurrucada bajo las mantas de mi cama, pensaba en mi familia, echaba de menos a mis amigos y empezaba a dolerme su ausencia. Una ausencia que distaba mucho de ser como la que sentí al irme de casa para la beca. Ahora mi gente no estaba a mi alcance, aunque tuviera que estar esperando tres horas por una guagua. Ahora nos separaban una tonga de kilómetros insalvables para mí y para ellos. Cuántas veces tardé en dormirme con alguna lagrimita mojándome la mejilla y extrañando mi isla.

Lo pensaba mi alma, lo reflejaba mi cara y Fabio no fue ajeno a esto.

— ¿Qué me dices si te llevo a conocer la nieve?

— ¡La nieve!

Esta idea me llenó de alegría como a un niño que le ofrecen un helado.

— Vámonos a la montaña a esquiar.

— ¿A esquiar? ¿Qué tú estás diciendo? ¡Muchacho si yo no sé ni patinar!

— ¡Nada de miedo que aquí tienes un maestro!

Nos encontrábamos en la Lombardía, atravesando los Alpes, a casi 2 000 metros sobre el nivel del mar. Fabio detuvo su máquina al costado de la carretera.

— Bájate, quiero mostrarte el panorama.

Mi mirada, extasiada, recorría toda la cadena de altísimas montañas nevadas. Los pinos parecían gigantescos arbolitos de Navidad. La expresión "blanca como la nieve" cobró para mí su justo valor. Era todo tan blanco, tan blanco, que parecía irreal, como si le hubieran dado una mano de lechada al paisaje.

— ¡Es increíble, Fabio!

Después de unos minutos llegamos a nuestro destino, Livigno, un pueblecito alpino, famoso por el turismo, muy visitado por los amantes de los deportes de invierno. Cuando llegamos, el termómetro del hotel marcaba menos diez grados. Pero esta vez iba preparadísima para el frío.

Fabio me había comprado unos guantes tan gordos que apenas

podía cerrar mis dedos y un abrigo impermeable forrado todo de plumas de ganso. Lo coronaba una capucha que me cubría toda la cabeza. Solo mi nariz, roja como un tomate, sufría aquella baja temperatura. Cada vez que hablaba, me salía humo por la boca, como si estuviera fumando.

Era pleno diciembre y Livigno bullía de actividad. Muchos turistas se ocupaban practicando un vicio muy italiano, la shopping. Siendo el pueblo zona franca se podían conseguir artículos más baratos. Mientras otros, la mayoría, se dedicaban a esquiar. Daba igual la hora que fuera, ya que por la noche las pistas la iluminaban con reflectores tan fuertes que parecía de día.

En la plazoleta frente al hotel, un grupo de estatuas de hielo representaban diversas figuras: Un grupo de osos, un hombre acariciando a su perro, dos palmas de las manos cuyos dedos se tocaban de manera que en el centro quedaba la imagen de un corazón.

La protagonista central era una fuente helada, con el agua de sus surtidores congelada, detenida, como si fuera una foto.

— Después que acomodemos las cosas nos vamos a esquiar.

— No, tesoro mío. Tú esquías y yo te tiro todas las fotos del mundo,

— No digas que no, primero pruebas y después decides.

Para no hacerle un desaire, decidí acompañarlo. Veía a los esquiadores lanzarse hacia abajo como bólidos, a una velocidad de vértigo, y me dio por pensar que me iba a romper una pierna. Me bloqueé y por mucho que Fabio se empeñó en enseñarme lo fácil que era cogerle el truco, todo resultó inútil. No lograba mantenerme erguida sobre aquellos puñeteros esquíes ni por cinco segundos. Al final él se resignó y se fue a disfrutar solo.

Parecía una saeta sobre la nieve. Se deslizaba a la perfección, como todo un maestro, era una lástima que le haya tocado esta sagüera por alumna.

Yo aproveché aquel tiempo. Mientras le esperaba en la cafetería, comencé a responderle una carta a mi madrina, Alicia. Recibía correspondencia de ellas casi todas las semanas. Le conté todas aquellas cosas maravillosas que veía por primera vez. Les describí la nieve en los altísimos Alpes, las estatuas de hielo y hasta lo calienticas que estaban las tazas de chocolate que bebía para combatir el frío.

Cuatro días más tarde volvimos a Bassano. Era mediodía y el cielo estaba completamente oscuro, sin un rayo de sol. Dentro del auto, la calefacción evitaba el penetrante frío que se sentía afuera. Una ligera llovizna de aguanieve caía sobre la carretera y los bosques aledaños, ya cubiertos con un blanco manto. Fabio me dio una cajita envuelta en un papel dorado de regalo.

— Aquí tienes. Dos recuerdos de Livigno.

— Ay, Fabio, yo no te compré nada.

— No tenías que comprarme nada. Es una bobería, ¡ábrelo!

Dentro había unas tabletas de chocolates suizos que ya había probado y que eran ¡la enajenación total! Lo segundo, lo que menos podía esperarme de aquellas montañas, un disco de Los Van Van.

... Sandunguera, se te va por encima la cintura,
No te muevas más así,
Que te vas por encima del nivel...

Cuando aquella música comenzó a retumbar por las bocinas de nuestra máquina, la nieve no fue más nieve transformándose en pocos segundos en una de mis calles de La Habana Vieja.

Una mañana mientras desayunábamos en el Bar del Hotel se nos acercó la madre de Fabio, dijo algo que no logré entender. En familia hablaban casi siempre en dialecto. El italiano, si lo hablaban despacio, podía entender el sentido de las palabras pero aquel dialecto veneto me era totalmente indescifrable, él le respondió en su misma lengua. Yo seguí desayunando ajena al tema de conversación.

— Ana, ve con mi madre. Ella quiere enseñarte cómo se hacen las habitaciones del hotel.

Abrí los ojos ante la propuesta de Fabio lo que hizo que se pronunciara aún más la sonrisa que escondía. Sabía bien lo que aquello significaba para mí. Su madre me infundía más miedo que mi maestra de prescolar cuando tenía la correa de cuero en la mano.

— ¿Con ella? Si no entiendo nada de lo que me dice.

— Síguele la corriente y disimula que te encanta la idea.

Intenté protestar. La mirada austera de Antonella me hizo cambiar de idea. La seguí como un perrito amaestrado sigue a su amo. Así de grande era el respeto y el temor que me imponía esta señora.

Ese día tenían que hacerse solo dos de las nueve habitaciones. Ella me explicaba cómo se colocaban las toallas, como se arreglaban las camas, así como los distintos productos que se usaban para la limpieza de la habitación. Uno para los cristales, otro para los sanitarios, el de limpiar las maderas, el pomito verde para los azulejos del baño y por ultimo uno para lavar el piso de losas. Un carrito con ruedas lleno de envases de detergentes y paños que para mí, no hacían más que complicar algo tan sencillo como limpiar. Yo, en mi casita de Marianao le daba un pomito de Pinoaroma a Anatolia y con eso mataba todo.

Después de dejar los pisos perfectamente limpios y brillantes pasamos al doblado de las sábanas. Siempre en su más puro dialecto y con el apoyo de sus gestos, Antonella me fue explicando que debía tomar la sábana por las dos esquinas y doblarla a la mitad. De este modo ella sostenía dos puntas y yo las otras dos. A la par y con un movimiento coordinado, debíamos impulsar la cubierta hacia arriba y cuando esta bajaba, abrir rápidamente nuestros brazos y tirar de los extremos para evitar que se formaran pliegues. Cada vez que ella tiraba con fuerza, la tela se me escapaba de las manos y tocaba el piso.

— ¿Cosa getu nelle man?

Esa tampoco la entendí pero por su cara, podía ser algo así como preguntándose si mis manos eran de mantequilla. Me apresuraba a recoger la pieza caída y nuevamente agarraba con fuerza las puntas para soportar el próximo tirón. La Mamma refunfuñaba y mi nerviosismo crecía. Mientras ella ejercía de maestra severa, esmerándose para que su alumna dejara la bobería y se pusiera para las cosas. Yo, intimidada, no veía la santa hora en que aquel martirio terminara.

Lo hicimos varias veces con cada sábana. Como si fuera una exigente directora montando un gran espectáculo. A la gran Bertha Martínez la dejó en pañales. No terminamos hasta que aquella rutina no salió como ella decía.

Rumbo a la planta baja, cada una llevaba en brazos un paco de sábanas y fundas listas para planchar. Antonella iba delante con su paso seguro y yo detrás, con las piernas temblequeándome por el peso de aquel bulto de ropa que me llegaba hasta el cuello y no me permitía ver los escalones.

Al pasar junto a él, Fabio me miró disimulando una sonrisita jodedora. Yo le imploré con la mirada que me librara de aquel "curso acelerado de hotelería" pero mi súplica provocó su risa abierta.

Los días corrían. Transcurrieron mis dos primeros meses. Usábamos el apartamento de Bassano solo de noche, para ducharnos y dormir. Al levantarnos, en las mañanas, oscuras porque el sol de diciembre es remolón, partíamos para el hotel, donde yo ejercía de empleada. Ayudaba en todo lo que hiciera falta, preparaba habitaciones, fregaba en la cocina y limpiaba el restaurante. En un hotel siempre hay cosas que hacer.

Cada semana Fabio insistía en pagarme por mi trabajo pero yo no lo aceptaba. Le razonaba que él me procuraba el techo, la comida y me compraba todo lo que necesitaba. Mas siempre aprovechaba un descuido mío para meterme en un bolsillo unos cuantas liras.

— Toma esto, que la "esclavitud por deudas" se acabó hace mucho tiempo.

Cada martes, el día de descanso, ambos nos íbamos a pasear, para que yo conociera ciudades y pueblos de la zona; todos me parecían preciosos, la única cosa fea seguía siendo el frío.

Me puse como meta aprender italiano rápidamente. Estudiaba con unos libros de idioma que Fabio me había conseguido. Llevó un pequeño televisor para el apartamento y ya fuera ahí o en el del hotel, miraba toda la televisión que podía. Me pasaba el día preguntándole a quienes tenía cerca cómo se decía tal palabra o cómo se pronunciaba tal otra. Y así, poco a poco fui avanzando en lo del idioma.

En Cuba yo había pasado la escuela de automovilismo que estaba cerca del Zoológico. Una vez que aprobé el examen, estuve seis años sin tocar el timón de un carro. Y se me fue olvidando. El día anterior a mi salida de viaje para Italia, abrí la gaveta donde dormía mi carné de conducir, y lo metí en la maleta.

— Tienes que practicar, ponerte al día, después vemos como conseguimos un pequeño auto para que te puedas mover sin depender de nadie. Como tú ves, los autobuses locales de la ciudad pasan solo dos o tres veces al día por Romano. Aquí, quien no tiene un auto, está muy limitado para moverse

Todo el mundo se movía en carro. Bassano, sobre todo a la hora pico, era un hormiguero. Me aterraba tener que manejar, sobre todo por el centro. El primo Giorgio se ofreció como instructor y puso a mi disposición su Fiat. Los primeros días fueron como la primera vez que manejé, una inseguridad total sobre todo cuando cogíamos por la carretera, de dos pistas no muy anchas, que lleva al Monte Grappa, junto a los terrenos donde aterrizaban los parapentistas.

— Fabio dile que no me lleve por ahí. ¿Y si nos cae en la cabeza un compañero de esos que vuelan? –Fabio reía.

— Ana, aquí no se te ocurra decirle compañero a nadie y estate tranquila. No va a ocurrir nada de eso.

— ¿No crees que sería mejor si practicamos por el reparto este que está aquí atrás del hotel?

— Tienes que ir también por allí. Es el único modo de que adquieras confianza.

— Sí, ya lo sé, pero es que esto está lleno de curvas. ¿Tú sabes lo que es venir de tan lejos para ir a parar a un barranco?

El buena gente de Giorgio hacía todo lo que yo quería. Aparte de asistirme con las clases de manejar, también lo hacía con el idioma. Me hablaba en italiano, despacio y resolvía mis dudas con la gramática. Me ayudaba con las lecciones que venían en los libros y me hacía repetir las palabras hasta que las pronunciaba correctamente.

A Cuba llamaba todos los domingos, en busca del calor familiar. Por lo mucho que costaba la larga distancia, me impuse un límite de cinco minutos para Sagua con mis chinitas y otros diez para la casa en La Habana, No quería que esto también fuera otra carga más para Fabio. No me alcanzaba el tiempo para saber de cada uno y para contarles un poco de mí. Cuando colgaba, me quedaba por horas tratando de reproducir en mi cabeza como si fuera una grabadora, todas las palabras que me habían dicho.

Mario:

— Estamos ensayando todos los días, montando números de Ignacio Piñeiro que eso es lo que gusta afuera. El jueves viene un empresario mexicano a vernos. Ya Elsy le tiene vela encendí'a a todos los santos…

Elsy:

— Niña, aquí, como dijo Julio Iglesias, la vida sigue igual. Todo está como tú lo dejaste. Tremenda peladera pero bueno, tu sabes que yo la lucho. Ah, Yola preguntó por ti. Le conté que te casaste y dijo que hay que joderse contigo, que eres fuerte, muy fuerte, ja ja ja.

Mami:

— Cada vez que hablamos de ti, a tu papá se le aguan los ojos. Ese viejo es un sentimental. Dice que tú no aguantarás estar sola con tanto frío y que seguro vuelves pronto. ¡Ay, mi hija, yo espero que te guste Italia! Esto aquí no tiene futuro ni para ti ni para nadie. Yo te extraño mucho pero te prefiero allá.

¡Cuán dura seguiría siendo la situación en nuestra isla para que mi madre me dijera esas cosas! Ella que nunca quiso separarse de ninguno de sus pollitos. Con dolor de su alma, me prefería lejos feliz, que a su lado sin futuro.

— Mami, tengo que colgar, esto cuesta carísimo

— Bueno, hija, ya tú sabes.

— Te llamo el domingo que viene. Chao vieja.

— Cuídate, aprovecha y come mucho que cuando te fuiste parecías un güin de lo flaca que estabas.

— Está bien dale, cuelga. Un beso.

— Y tápate, que he oído decir que en Europa se cogen muchas pulmonías. Y que no se te olvide escribirme, a esas chinas sí que les escribes siempre.

— Deja los celos, tú sabes que te llamo todos los domingos.

— Sí, pero no es lo mismo. A mí me gusta recibir tus cartas porque así las leo varias veces. Y mándame fotos. A ellas les mandas más que a nosotros.

— Sí, dale, te voy a mandar las de la nieve, quedaron lindísimas. Bueno, hasta la semana que viene, un besote grandotote para ti y otro para el viejo.

— Pórtate bien, mi hija. Y dale un abrazo de mi parte a Fabio.

— Eso es si no le da un infarto cuando le llegue el recibo del teléfono. Dale, Mami, voy a colgar ya.

— ¡Lo que ese hombre está haciendo por ti, no se paga con nada!

Después que les colgaba el teléfono, me sentía llena de energía física y espiritual. Mis padres, mis hermanos... Cada vez se me hacía más claro que batallar por ellos era el sentido único de mi vida. Tenerlos lejos era solo un paso en el camino de tenerlos cerca.

Todos los días le pedía a Fabio que me ayudara buscar un trabajo. El hecho de no manejar todavía bien el italiano era una limitación pero podía comenzar a buscar algo donde hablarlo no fuera indispensable.

— No te desesperes que aquí trabajos es lo que sobra, por el momento no te falta nada de lo que necesitas.

— Si tesoro mío pero no puedo seguir dependiendo de ti, tengo que empezar a caminar con mis piernas, no colgada a tus espaldas.

Una noche cuando terminamos el servicio del restaurante nos sentamos todos a comer en la mesa grande de la cocina, como era costumbre. Fabio sentado a mi lado se acercó a mi oído y me dijo.

— La señora que estaba sentada en la última mesa con la pareja de jóvenes, la de la felpa roja– Asentí recordando quienes eran– A su mamá le dio una isquemia.

— Qué pena.

— Está buscando a una mujer para su casa, para que realice algunas tareas domésticas.

— ¡Yo misma! –se me fue en voz alta, tan alta que todos, sorprendidos, me miraron. Me turbé y bajando el volumen, solté un "Scusatemi" sin pensarlo, automáticamente.

Creo que fue la primera vez que me expresé en italiano sin procesar unos segundos antes lo que iba a decir. Fue una buena señal. Ya estaba interiorizando el idioma. Ya lo entendía bastante y lo chapurreaba lo suficiente como para comunicarme.

Fabio les sonrió a todos y les explicó que me estaba dando una buena noticia. También el dialecto comenzaba a entenderlo. Continuó explicándome.

— Le hace falta una persona para que en las mañanas acompañe a la madre mientras ella hace sus gestiones personales. Me preguntó si conocía a alguien de confianza.

— Bueno pues, ¿quién más de confianza que tu esposa? ¡Llámala ahora mismo!

— ¿A esta hora? Son casi las once de la noche.

— Bueno, mañana temprano.

— ¡Pero mira que tú eres desesperada, cubana!

Al día siguiente desde que nos levantamos le caí con la letanía a Fabio hasta que habló con Marisa, que era el nombre de la señora. Quedamos en visitarla en la tarde para hablar del trabajo.

Había que conducir unos diez minutos para llegar desde Bassano al pueblo de Pove del Grappa, atravesarlo y seguir hasta las afueras donde vivía la familia, en una especie de reparto con villas señoriales de muy buen ver. Todo el trayecto por calles empinadas. Nos detuvimos en un chalé de dos plantas, rodeado de un gran jardín arreglado con mucho gusto, con grandes olivares y manzanos.

Fabio le explicó a Marisa que me vendría bien trabajar algunas horas fuera del hotel. A ella le gustaba la idea de tener en casa a la mujer de su amigo. Él mencionó que yo entendía el italiano pero que todavía lo hablaba poco. Para ella esto no era un problema, había vivido varios meses en Madrid y podríamos hablarnos en castellano, siempre que fuera lentamente.

Preguntó si tenía experiencia con personas enfermas y a mí enseguida se me alumbró el bombillo, no vaya ser cosa que cambiara de idea:

— Dile que sí –le pedí a Fabio que tradujera–, que en Cuba cuidé a mi abuelita durante tres años. Era casi, casi su enfermera.

Nos informó que mi trabajo sería de ocho a doce de la mañana, de lunes a viernes, y que me pagaría diez mil liras por hora.

La mujer hablando, y mi mente y yo convertidas en una calculadora: "5 días x 4 horas = 20. 20 x 10,000 = 200,000 liras a la semana. O sea, 800,000 mensuales. ¡Perfecto!"

— ¿Te parece bien? –me preguntó Fabio.

— Sí, sí. Dile que si quiere empiezo mañana mismo.

Marisa entendió lo que le había dicho a Fabio.

— Mejor el lunes, así me organizo bien con el trabajo –habló en Italiano y yo también la entendí.

De regreso al hotel, Fabio le contó a La Mamma que habíamos decidido que yo trabajase por las mañanas cuidando a la madre de Marisa. Que la noticia no le gustó lo supe no solo por su rostro serio, sino porque al día siguiente en la mañana, cuando subimos a doblar las sábanas, estiraba las telas con una energía que no me explico cómo no las rompió. Pero por mucho que tiró no se soltaron de mis manos.

Cada nuevo día mi cuerpo y mi espíritu se llenaban de un vigor que no imaginé nunca que podía poseer. Si decidí quedarme en Italia era para luchar, para salir adelante. Haber renunciado a todo aquello que amaba, era mi motor. Mi gran fuerza.

Fabio y toda su familia me habían abierto sus casas, sus corazones. Me habían extendido sus manos para ayudarme a dar los primeros pasos en este renacer de mi vida. Esto nunca lo olvidaría. Pero yo de tiempo, tenía poco, necesitaba correr, correr hacia un futuro que había empezado a inventarme, donde "mis muchos" tenían un lugar en estas calles de Bassano del Grappa. ¡Y "mis muchos", eran muchísimos! Y para traer a tantos tenía que comerme al mundo. Tenían que crecerme alas.

ESTACIONES

Una fría mañana de enero, cuando el invierno estaba en su pleno apogeo, comencé a trabajar en la casa de la señora Marisa. Aquel día me levanté temprano. No había todavía terminado de desayunar cuando Fabio entró en la cocina.

— ¿Por qué no me despertaste?

— Para qué te iba a despertar, anoche te acostaste tardísimo.

— Tú también te acostaste tarde, llegamos aquí a la una de la madrugada–. Se sirvió del café que colé y se sentó en una silla de la otra parte de la mesa.

— Te dije que te iba acompañar.

— No hace falta que me acompañes, recuerdo perfectamente el camino.

— Allá afuera habrán uno o dos grados. Te vas a congelar en esa bicicleta. ¡Mira que tú no estás acostumbrada a este frío, cubana!

Me levanté tomé la taza vacía con la que desayuné y me dirigí al fregadero para lavarlos.

— Termino el café y me cambio en dos minutos.

— ¡No! De verdad, Fabio. Me tengo que acostumbrar, tú no me puedes estar trayendo y llevando todos los días. Tranquilo, para un cubano andar en bicicleta es la cosa más normal del mundo.

Me volví a mirarlo.

— Te digo más, ¡me sentiría extraña si me voy a trabajar en automóvil! –dije esto último como una broma, sonriendo para tranquilizarlo.

Necesitaba comenzar a hacer las cosas solas, sin contar más con su ayuda. Sé que no sería fácil pero aquel era el único modo de iniciar el dar pasos sin muletas.

Los primeros cincos minutos en bici fueron terribles, me parecía que me quedaría congelada como aquella fuente de agua que vi en Livigno.

Iba forrada de pies a cabeza, con gorro, bufanda, guantes y botas pero como si nada. Aquella brisa helada de frente llegaba hasta los huesos. Las lágrimas se salían de mis ojos y el aire las empujaba hasta las orejas.

A esa hora metí mano en el cajón de los recuerdos y saqué fuera al viejo Stanislavski con toda la técnica de concentración que me enseñó en la escuela Anatoli Diadura y Mirta Larra, mis maestros. "Tengo que concentrarme, tengo que concentrarme..., hay tremendo calor y un sol que raja las piedras. ¡Qué calor! ¡Qué calor...!"

Parece que el empeño en creerme correr por el malecón de La Habana estaba surtiendo efecto. La cuestión fue, que después de algunos minutos, comencé a sentir calor. Continué pedaleando más fuerte pues las calles comenzaban a ser pendientes.

Pove del Grappa estaba en una colina y por lo que me recordaba para llegar a la casa de Marisa había que subir una buena lomita. Me aflojé un poco la bufanda alrededor del cuello, increíblemente con aquel frío que pelaba, yo estaba sudando.

Faltaba todavía para llegar cuando el cansancio comenzó a hacerse sentir. Por un momento pensé bajarme de la bicicleta y seguir caminando. Me vino a la mente la filmación de mi novela en La Habana cuando teníamos que ir en bicicleta a la locación donde filmábamos.

Me asignaron recoger a Georgina, nuestra maquillista, que ni tenía, ni sabía montar en bicicleta.

Un día la senté en la parrilla detrás de mí junto con su bolsón lleno de maquillajes por toda la avenida 100 de Rancho Boyeros, era en subida por casi 1 km. Hacerla sola con una bicicleta china sin cambios de velocidad no era cosa de juegos, cargando con otra persona, casi imposible. Recuerdo que mi amiga me pedía ir caminado para evitarme tanta fatiga. Cada día probé subir un poco más. Mi meta era hacer toda la calle 100 con ella detrás. Un día por fin me faltaban solo cincuenta metros para llegar a la cima, cuando me suplicó:

— Es mejor que nos bajemos Ana, es demasiado para ti.

— ¡Cállate Yoya! – Le respondí tajante.

No quería oírla, mis ojos miraban solo el punto más alto. No podía permitir que me quitara las fuerzas para llegar a aquella meta. Me faltaba el aliento, empujaba cada pierna llevándolas al límite de mis energías, pero no me detuve hasta que superé la curva de la cima. Mi corazón latía a mil pulsaciones por segundo, creí que se me saldría del pecho, pero fue más por la felicidad de haberlo logrado que por el esfuerzo. Si superé aquella loma de la calle 100 como no voy a poder ahora –me repetía.

Llegué a la reja de la casa de Marisa diez minutos antes de las ocho de la mañana. Justo como me había planificado. Era mi primer día de trabajo y no podía empezar mal.

— Puedes dejar la bicicleta a la entrada del garaje –dijo una voz de mujer a través del intercomunicador. Se abrió la reja de hierro y pasé.

Dentro de la casa la atmósfera era cálida. En el salón, una gran chimenea encendida proporcionaba al ambiente no solo el calor necesario sino también un toque de elegancia.

— Sígueme. Te llevo a un cuarto donde podrás siempre cambiarte y dejar la ropa.

Era la primera vez que me enfrentaba al italiano sin Fabio, mi traductor. Hasta el momento lo entendía todo.

El jueves anterior, cuando me hizo la entrevista de trabajo, no pude conocer a la señora Pina, la de la isquemia, porque estaba en su habitación durmiendo. Aquella primera mañana era más que todo para explicarme cómo serían las labores. Además de ocuparme de la mamá, acompañarle y ayudarle en sus ejercicios de rehabilitación.

— Mamma, ella es Ana, la mujer de mi amigo Fabio.

Me acerqué a la silla de ruedas y la saludé con delicadeza, con la frase en italiano que me enseñó Giorgio y que yo había estado practicando desde el sábado:

— *Piacere di fare la sua conoscenza, Signora Pina.*

Una mano trémula se alzó apenas de su regazo. La tomé entre las mías, era suave y tibia como la seda. Su rostro marcado por la enfermedad, probó regalarme una sonrisa en lugar de aquellas palabras que había perdido. Sin darme cuenta mi mano fue hasta su cara y le acaricié la mejilla. Me recordaba a mi abuela María. Sus ojos brillaron y se acentuó su sonrisa.

— Bueno. Ahora vamos a conocer a Tosca e Tenore –Marisa me indicó con la mano la puerta al fondo del salón.

Salimos hacia el jardín lateral de la de la casa. Una pareja de gran daneses negros vinieron a nuestro encuentro corriendo. Me quedé paralizada delante de aquellos dos perros enormes que si se alzaban en dos patas eran más altos que yo.

— No tengas miedo. Si estás conmigo no te hacen nada.

Me pidió que la siguiera a una pequeña casita de madera donde guardaban los utensilios de limpiar el jardín junto a varios sacos de comida para perros. Tomó dos pozuelos mostrándome las dosis de carne que debía darles. Otra más grande para darle de beber. La seguí llevando una en cada mano. Una con comida y otra llena de agua. Esta última la llené tanto que cuando eché a caminar detrás de ella, fue más la que derramé sobre mis botas que la que se tomarían sus enormes perritos.

Marisa les dio una orden y los dos se sentaron sobre sus patas posteriores. Era evidente el ansia que les provocaba el olfato de su comida pero no se acercaron a ella hasta que no les dio el permiso de hacerlo. Salieron disparados como una flecha y comenzaron a devorarlo todo como si hiciera un mes que no se alimentaban.

— ¿Has visto cómo se hace?

— Sí, sí. ¡Clarísimo!

Me insistió en la importancia que fuera yo quien les diera de comer los primeros días, así ellos se familiarizaban conmigo viéndome como uno más de la casa.

— A los extraños les ladran y los pueden llegar a morder.

— ¿A los extraños?

Ya el trabajito no me estaba gustando mucho. En mi casa nunca hubo perros y los que había en mi barrio eran la mitad de estos.

— Piano, piano Ana. No te preocupes.

Dijo esto para tranquilizarme, imagino que mi cara lo estaba diciendo todo. Regresamos adentro.

Con ayuda de Marisa y de un folleto con ilustraciones, pasé un rato aprendiéndome los ejercicios ordenados por el fisioterapeuta. Auxiliar a la señora Pina mientras los realizaba fue lo mejor de la mañana. Habíamos conectado desde el primer momento.

Si no hubiera sido artista podía haber estudiado geriatría. Las personas ancianas me provocaban ternura.

Casi sin darme cuenta, se fueron volando las cuatro horas. Marisa me acompañó hasta la reja donde había dejado recostada la bicicleta. Se le veía complacida por mi comportamiento. Yo diría que contenta, al igual que sus grandes perros, que se acercaron con alboroto a despedirme, rodeándome constantemente mientras movían sus rabos.

Una vez fuera de casa, de nuevo le metí mano a la bicicleta. Solo que ahora iba loma abajo y como dicen en mi tierra ¡Para abajo todos los santos ayudan!

Tranquila, sin la presión del horario y con menos frío por el mediodía, me puse a disfrutar del maravilloso paisaje. Muchos árboles habían perdido sus hojas, otros habían cambiado su color. Era la primera vez en mi vida que veía estos cambios. Cuba es un eterno verano con algunos frentecitos fríos en diciembre, enero y febrero.

Se me ocurrió pensar que cada una de estas estaciones era el reflejo natural de las diferentes etapas de la vida humana. La primavera, nuestra niñez, cuando los sueños son tiernos como sus ramas. La juventud, el verano, lleno de calor, con tonos vivaces e intensos como nuestras fuerzas. El ocre del otoño, nuestras primeras canas, y nuestros proyectos inconclusos desprendiéndose del alma como las hojas del tronco. El invierno, el gran final, cabellos blancos como la nieve y miradas frías ante el inevitable ocaso.

¡Nuestras estaciones de vidas, tan hermosas como aquellas de la naturaleza! Y aún más, cuando creemos, que detrás de nuestro invierno, ¡habrá siempre una primavera!

— ¿Pero es seguro?

— Sí, mi hermana. ¡Esta vez sí es seguro! Nos vamos todos para Colombia.

Podía sentir el regocijo en la voz de Elsy. Aunque nos separaban miles de kilómetros, nos unía no solo aquella línea telefónica sino también una nueva esperanza.

— Por ahora serán dos semanas en la Feria de Cali, pero ya tengo algunos nombres y teléfonos de empresarios de allá para cuadrar otros contratos.

— Y mami, ¿qué dice de eso?

¿Qué podría decir mi pobre madre? Tres de sus ocho hijos, habíamos cogido caminos diferentes. Rey, el mayor de mis hermanos, hacía ya diez años se había ido a trabajar a Frankfurt, Alemania. Allí conoció a una alemana, se casó con ella y se había quedado por allá definitivamente. Marcelo, el médico, llevaba más de un año en Suecia, en dónde pidió asilo político, aún estaba en espera de que se lo concedieran. Yo había plantado en Italia y ahora sus otros cinco hijos se marchaban a Colombia. Si seguían nuestro ejemplo no los vería tampoco a ellos por un buen rato. Mi pobre madre, una gallina que se estaba quedando sin sus pollitos.

— Bueno, imagínate, ella está contenta porque sabe lo que el viaje significa para nosotros y cuanto lo hemos luchado.

— ¿Y papi? –pregunté por preguntar, porque yo sabía la respuesta.

— El viejo, como siempre, un poco llorón.

A mi padre le salían a flor de piel las emociones. Era un bohemio, un sentimental. Podía llorar lo mismo de alegría que de tristeza. Mi madre, en cambio, era una roca. No sé si bregar con tantos hijos la había hecho fuerte o su fortaleza fue la que le permitió criarnos. Nadie mejor que ella se fajaba con las dificultades y las carencias con las que se vivía en el día a día en Cuba.

Desde que empezó el Período Especial de 1990, se puso a cocinar para la calle. Hacía maravillas con los pocos ingredientes que conseguía pero su especialidad eran los tamales, tan exquisitos, que se hicieron famosos en todo el barrio de Buenavista.

Con lo que ganaba papi como músico, no alcanzaba ni para los primeros días del mes. Y mis hermanos, que habían seguido el ejemplo del viejo, iban tirando con el conjuntico y nada más. Sus perspectivas se habían reducido al mínimo y soñaban con conseguir actuaciones fuera del país.

Como cada domingo, aquellos diez minutos de telefoneada pasaron en un segundo. ¡Cuántas cosas se nos quedaban siempre sin decir! ¡Cuántas preguntas sin hacer!, y sobre todas las cosas, ¡qué gorrión! ¡Qué ganas de estar allá!

Fabio me llevó a un banco donde abrí una cuenta a mi nombre. Lira que ganaba, lira que guardaba. Cada vez que sabía de alguien que iba a Cuba de visitas les mandaba algo a los viejos. Era difícil hacerles llegar el dinero, allí no existían los servicios de transferencias como en casi todo el mundo, decían que por el bloqueo económico de los Estados Unidos, no lo sé, la cosa era que mandar dinero a Cuba significaba una odisea tan grande como ganarlos.

Una vez inventé coserlos al dobladillo de un vestido que les mandé en un paquete por correos, a ellos no llegó ni el vestido ni el paquete y en esto no tenían nada que ver los americanos.

Llevaba algunos días trabajando por las mañanas en casa de Marisa. Al hotel iba por las noches y los fines de semana. Los familiares y amigos de Fabio seguían siendo amables conmigo. Solo la señora Antonella se mostraba distante. Nunca dijo nada pero yo intuía que las ilusiones que puso en nuestro matrimonio se les habían vuelto humo. La Mamma veía que Fabio y yo nos llevábamos a las mil maravillas, y que tristemente para ella no éramos más que eso. Dos grandes amigos.

El camino de nuestro apartamento a la casa de Marisa lo hacía en solo un cuarto de hora. Me acostumbré a subir aquellas lomas de Pove pedaleando como si participara en el Giro d' Italia.

Llegaba a su casa llena de energías que después me servían para hacer todos los quehaceres cotidianos.

Los perros ya me conocían, se acercaban a la reja de hierro cuando me sentían llegar en la bicicleta. Ahora entendía el porqué de los nombres de Tosca y Tenore. Tanto Marisa como la señora Pina amaban la ópera y eran estas las que me servían de fondo musical mientras limpiaba la casa o planchaba las ropas a golpe de Traviata, Carmen y El barbero de Sevilla.

Cuando cogí un poco de confianza, les pedí permiso para traer una música que era para los cubanos como la ópera para ellas. Al día siguiente me aparecí con el CD de Los Van Van que me había regalado Fabio.

... Tumba tumba,
No me vuelva a buscar,
Tumba tumba,
Que tu juego acabó...

El ritmo lo sentía por todo el cuerpo y había que verme bailando y pasando la aspiradora con la voz de Pedrito, que tantos recuerdos me traía.

... No me vuelvo a enamorar, ni loco
Se acabó, se acabó.
Tú dices que sí, yo digo que no,
Se acabó, se acabó...

Aquello era un show. Marisa reía y a su madre, con su rostro semiparalizado, se le iluminaban las pupilas.

¿Qué pensarían los admiradores de la actriz Ana María Pérez si me vieran en mi papel de criada, divirtiendo a las señoras de la casa? Realmente no me importaba. El primer personaje de mi vida en Italia fue el de camarera de sala, camarera de hotel, ahora sirvienta de casa. El currículo se iba llenando...

Una mañana me sorprendió una débil nevada cuando subía las colinas rumbo a Pove. Coronando la última loma, me detuve unos minutos a disfrutar aquellas minúsculas moticas de algodón que se iban derramando delicadas, una a una sobre los árboles del bosque, las cubiertas de las casas y sobre mí. Desde la altura se veía Bassano del Grappa, abajo en la distancia del gran valle. Era una postal viviente aquel panorama que se presentaba hermoso ante mis ojos. Respiré profundamente la brisa fresca que había aprendido a conocer. Y me dejé llevar por el cautivador encanto del invierno.

Unos minutos después, llegué a la entrada de la casa. Tosca y Tenore se acercaron a mí pero esta vez los noté más agitados que de costumbre. Me di cuenta de que algo anormal pasaba cuando toqué el timbre y no recibí respuesta. Todas las puertas y ventanas estaban cerradas. A través de los barrotes les hice una caricia en la cabeza a ambos. Para ellos no era más una extraña.

— Ciao, ciao, mis tesoros.

Mi tono era tranquilizador pero los perros, en lugar de calmarse, intentaban superar la alta reja que les separaba de mí. Timbré varias veces. Evidentemente no estaban en casa. ¿Qué habría pasado que Marisa no tuvo tiempo de avisarme? Toque de nuevo el timbre para estar segura. Ninguna respuesta.

Regresé al hotel y le conté a Fabio lo ocurrido. El llamó al chalé por teléfono pero nadie contestaba. No fue hasta el mediodía que tuvimos noticias. La señora Pina estaba ingresada en el Hospital de Bassano. Había sufrido en la noche otra isquemia, la segunda, y su estado era grave.

Marisa y yo bebíamos té en la cafetería del hospital de Bassano. Después de dos semanas de ingreso, la señora Pina se mantenía estable, sin que se le repitieran nuevos episodios de falta de riego sanguíneo en el cerebro.

— Vamos a llevarla a una clínica en Marostica. Es un centro especializado en fisioterapia donde podrá recibir un tratamiento adecuado. Pienso que estará allí no menos de tres meses.

Su rostro ajado reflejaba las noches de mal dormir junto a la cama de su madre. Traté de animarla un poco.

— ¡Verás que se pondrá bien! Llámame de vez en cuando y mantenme al tanto de cómo van las cosas.

En las pocas semanas que trabajé en su casa se había creado una buena relación de amistad entre nosotras. Marisa tenía treinta y seis años, pero parecía mayor. Quizás era por el modo demasiado serio de vestirse, siempre con colores grises y oscuros. Sus cabellos tan rubios, casi blancos, que llevaba siempre recogidos, terminaban de darle aquel aspecto de dama de otros tiempos. El hecho de hablar un poco de español, ayudó a comunicarnos mejor.

Nos saludamos con un abrazo caluroso con la promesa de seguir en contacto telefónico. Fabio me esperaba a la salida del moderno hospital. No dejó que viniera en bici, corría el mes de enero y ¡el frío estaba en pleno apogeo!

— ¿Cómo está la Pina? –me preguntó una vez que entre en el auto.

— La van a ingresar en el centro de Fisioterapia de Marostica, al menos por tres meses.

— Pobre Marisa, ¡eso es un proceso largo! ¿Qué vas a hacer entonces, esperar a que vuelvan a casa?

— ¿Esperar? Barco parado no paga flete, como se dice en Cuba. Tengo que encontrar otro trabajo.

— Ana, yo creo que primero necesitas comprarte un carrito, aunque sea pequeño, eso te facilitará las cosas. A Pove ibas en bicicleta pero… ¿Si encuentras algo más lejos de Bassano?

Había guardado un poco de dinero en mi cuenta bancaria pero no era suficiente. Aparte del costo del auto había que pagar el cambio de propiedad y el dinero del seguro, que costaría más o menos como el auto.

— Yo te puedo prestar el dinero que te falta, me lo pagas con calma cuando tengas un nuevo trabajo.

Lo miré de reojo sonriendo.

— ¿Cómo puedes saber siempre lo que pienso? Eres espiritista, como mi abuela María?

— ¡Más o menos! ¿Vámonos un rato al gimnasio?

— Ok, así quemo un poco de energías. Tenemos que pasar por la casa a cambiarme.

Recostó la máquina a un lado de la carretera.

— Toma, maneja tú –me dijo, colocándome en las manos las llaves de su Porsche.

— ¿Me vas a dejar conducir? ¡No lo puedo creer!

— ¡Yo tampoco! –salió del Porsche. Abrió mi puerta indicándome ocupar su lugar ante el volante. Obedecí, Di la vuelta sentándome a su lado.

— ¡Todavía estás en tiempo de cambiar de idea!

Le dije medio en serio, medio en broma. Me sorprendía que confiara su juguete más preciado a una chofer aficionada a la que se le apagaba el motor cuando el semáforo cambiaba a rojo en las calles inclinadas. Por no hablar del día en el hotel que parqueando le llevé el espejo lateral al auto de un cliente.

— ¡Abróchate el cinturón que no paro hasta La Habana!

Encendí el potente motor y partí recordando a mi padre cuando apuntaba: ¡De los cobardes no se ha escrito nada!

Seguía ayudando en el hotel todos los días pero en realidad allí no me necesitaban. Podían arreglárselas sin mí, como hacían antes de mi llegada a Italia. La bondad, la generosidad de Fabio hacía mí no tenían límites y por ello precisamente no me gustaba depender de él. No quería abusar.

En publicaciones de la provincia, me puse a mirar ofertas de empleo. Había bastantes porque estábamos en una zona próspera de Italia, donde abundaban el comercio y las industrias manufactureras, pero siempre pedían experiencia y algo que no decían, porque lo daban por hecho: hablar bien el italiano, cosa que todavía manejaba como la máquina, dando tumbos.

Aquel año nevó mucho. Aprovechaba los días en que el tiempo mejoraba un poco y me iba en bicicleta a recorrer las fábricas de la zona, a rellenar planillas de solicitud de trabajo. Cuando llegaba a la parte de "Esperienza di lavoro" me quedaba paralizada, sin saber qué debía escribir. Si ponía "Attrice. Laureata in Arte Sceniche," lo más seguro era que el formulario terminara en la basura. Y lo mismo ocurriría si ponía "Senza esperienza". Aquí las personas comenzaban a trabajar jóvenes, era absurdo encontrar alguien como yo que con treinta y cinco años no sabía hacer nada. Fue entonces que comencé a pensar en inventarme una historia laboral, aquí nadie me verificaría en el CDR de mi cuadra como ocurría en Cuba.

Así fue como comencé con mis primeras "mentiritas blancas". Son aquellas, como decía la difunta Esperancita, que se dicen por necesidad y que no les crean daño a los demás.

En una fábrica textil, escribí que había trabajado en una de plástico. En la de plástico, que tenía experiencia en el calzado y en la de calzado que era una buena costurera. ¡Fue así que me cree mi gran currículo de obrera ejemplar!

A mediados de marzo ocurrió algo importante. Lena, la hermana de Fabio, nos avisó de que un amigo suyo necesitaba vender un carro y lo daba a buen precio. Fuimos a verlo. Era un Fiat 600, pequeñito, parecido a los polaquitos que años atrás el gobierno cubano les vendió a profesionales y dirigentes. A simple vista, se notaba que tenía bastante uso. Me senté al volante y dimos una vuelta. Después de conducir el Porsche, en el que todo era suavidad, sentí la dirección tan recia que me parecía estar manejando un tractor.

— Es una buena oportunidad. Pagando el cambio de propiedad y el seguro, aun así sale barato.

— Bueno, pues si tú me dices que me conviene, me quedo con él, confió en ti con los ojos cerrados. ¡Lo compramos!

Me sentía en el séptimo cielo con mi maquinita. No importaba que fuese vieja, chiquitica y dura de manejar. ¡Era mía! Mi primer carro, era lo peor aquí en Italia pero lo mejor que había en Cuba.

Fue la semana de las grandes sorpresas. Días después me llamaron de una de las fábricas de zapatos. Era una de las tantas donde había llenado la planilla de solicitud. Esta posibilidad de tener al fin un trabajo me llenó de ilusiones. Solo esperaba que al haber escrito que tenía experiencia como costurera, no me estuvieran llamando para coser zapatos porque entonces… ¡Mis mentiritas blancas se volverían más negras que una noche de apagón en La Habana!

ENTRE ZAPATOS

Mis hermanos lograron irse a Colombia. Actuaron en la Feria de Cali con mucho éxito. Los colombianos adoraban la música cubana. Existían grandes posibilidades de obtener otros contratos de trabajo.

Mi hermana que es una de esas personas que saben colarse por el hueco de una aguja, les consiguió otras dos fiestas donde ir a actuar fuera de Cali. Vendieron casi todo lo que tenían de valor para pagarse los pasajes. Tenían que hacer maravillas para no tener que volver a Cuba, al menos, hasta que no recuperaran lo invertido.

El que me preocupaba ere mi hermano Marcelo, el médico. Hacía dos años que esperaba ya casi sin esperanzas, la respuesta de asilo político en Suecia. Hasta el momento nada. Vivía con otros emigrantes en alojamientos populares sin derecho a trabajar. Comenzaba a sentirse ansioso y tristemente, sin muchas salidas.

El lunes siguiente a la llamada me presenté en la fábrica a la hora acordada. La nave era bastante larga, de unos cien metros. En la parte más alta del edificio, en una torre donde estaba la administración, se leía el nombre de la empresa junto a lo que parecía ser su logo; Un cachorro de oso.

Entré en las oficinas sencillas y elegantes, de grandes ventanales de cristal con los marcos en aluminio. Un señor de cuello y corbata me hizo una entrevista de algunos minutos. Firmé un contrato a tiempo determinado que especificaba que estaría durante un mes a prueba y si la superaba, me asumirían como obrera fija.

La mañana del primer día de mi vida de operaria me levanté a las seis. Nerviosa, casi no desayuné. Iba a trabajar en dos turnos, mañana y tarde, separados por una hora y media de descanso, en la que debía almorzar. Preparé un pan con unas rodajas de jamón, lo metí en una bolsa y añadí un jugo. Estaba tan emocionada como el primer día de escuela.

Llegué demasiado temprano. Las grandes puertas de la nave estaban cerradas. Ni un carro en el parqueo. ¡Hacía un fríoooo! Me quedé dentro de la máquina, esperando con la calefacción encendida.

Los trabajadores, más mujeres que hombres fueron llegando. A las ocho menos diez de la mañana, en la explanada junto a la fábrica no cabía un auto más.

La gente accedía por una puerta lateral. Seguí a un grupo de muchachas que se disponían a entrar juntas. Las vi acercarse a una tablilla con unas tarjetas donde estaban escritos los nombres del personal. Cada una tomaba la suya y la metía en una máquina para que le estampara la hora de llegada y después regresaba la tarjeta a su sitio original. Como me habían indicado el día que firmé el contrato, busqué por la letra P, encontré una ficha que decía "Pérez, Ana" e hice lo mismo que las obreras que me precedieron.

Lo primero que sentí fue un fuerte olor a cuero fresco. El que me hizo recordar el de la tenería de Sagua la Grande. Vino a mi encuentro un señor con cara amable que llevaba una bata blanca larga hasta las rodillas.

— Buon giorno, ¿tu sei Ana, vero?

— Sí. Ana. Buon giorno.

— ¿Tutto bene?

— Sí, sí. Tutto bene, grazie.

— Io sono Giacomo, il capo reparto.

Entendí que debía ser el jefe de personal porque me entregó una bolsa de plástico que contenía un uniforme azul. Me indicó que fuera a ponérmelo en un salón que tenía en la puerta el letrero "Camerini". Algunas obreras, cada una junto a su taquilla, se quitaban su ropa de calle y se encasquetaban el mono de trabajo.

— Buon giorno –dije en alta voz. Respondieron a coro a mi saludo, algunas se acercaron para estrecharme la mano.

— Piacere, Giannina.

— Piacere, Giuliana.

— Piacere, Silvana.

— Piacere, Ana –respondía yo a cada una–, piacere, Ana, piacere, piacere, piacere…

Eran mis nuevas compañeras de trabajo. No eran actrices disfrazadas que vestían un uniforme de obreras; eran obreras en la vida real, en vivo, en directo y a todo color.

No eran los camerinos de la sala Hubert de Blanck de La Habana. No nos preparábamos para subir al escenario y soltarle a un público los diálogos que se le ocurrieron a Abelardo Estorino, ni a Héctor Quinteros, ni a tantos otros dramaturgos. Estábamos entrando a una gran nave llena de máquinas ruidosas, a estar ocho horas produciendo zapatos. ¡A doblar el lomo de verdad!

Caminé con paso inseguro. "Mis brujitas" me ponían las cartas sobre la mesa; se acabó el querer, cubana. Esto es el capitalismo en estado puro. Ahora mismo eres una proletaria, así que olvídate de Stanislavski, Teatro Estudio y Raquel Revuelta. Ahora sí eres en carne y huesos una mujer lorquiana: ¡La Zapatera Prodigiosa!

Giacomo me acompañó a mi puesto de trabajo. Fuimos pasando por toda la cadena de producción, desde el inicio, donde cortaban las pieles. El siguiente paso era montarlas en unas hormas de plástico que tenían la forma de un pie descalzo. Seguían las máquinas donde se cosían los zapatos. Respiré cuando le pasamos de largo. ¡Dios mío, menos mal que el puesto de trabajo no este!

Cada dos o tres metros un obrero, lo mismo hombre que mujer, realizaba alguna tarea.

Aquella cadena parecía que no acababa nunca. Nos detuvimos casi al final, junto a un africano alto y fuerte con una gran sonrisa. Paró su máquina para recibirme. Giacomo me dijo que él me mostraría el trabajo que yo debía hacer.

— Piacere di conoscerti –dijo ofreciéndome su mano donde cabian las dos mías–. Sono Zila.

— Io sono Ana. Molto lieta.

"Molto lieta". Me encantaba aquella frase, sonaba muy fina. Venía preparada e instruida por Fabio de como tenía que presentarme; "Cuando conozcas a tu superior, dile así. Es una manera respetuosa de presentarte".

— Zila sará con te nella prima ora. Dopo devi fare da sola –precisó Giacomo y yo le entendí claramente. Yo estaría con el africano en la próxima hora, aprendiendo mi trabajo, después tendría que arreglármelas sola. Al duro y sin guantes.

Unos segundos más tarde, cuando nos quedamos solos, Zila echó a andar de nuevo la línea de producción. Estábamos en el penúltimo paso, en el que se realizaba un control de calidad.

Los zapatos, un izquierdo con su correspondiente derecho, venían ya calzados en las hormas, que a su vez estaban enfiladas dentro de unas barrillas de aluminio. Se alzaba una a una cada horma y se colocaba en un tubo de hierro que estaba fijado en una pequeña mesa, a menos de un metro de la cadena. Utilizando las dos manos, una en la parte delantera del zapato y la otra en la trasera se realizaba un movimiento hacia arriba y a continuación otro hacia abajo. Así la horma se dividía en dos partes reduciendo su tamaño. De este modo se podía extraer el zapato. Las hormas se echaban en un tanque de plástico situado al lado de la mesita.

El zapato se revisaba atentamente para asegurar que no tuviera defectos. Con unas cuchillas especiales, se eliminaban los residuos de cola o restos de tinta. Una vez comprobada su calidad, se ponía de nuevo en la cadena. El pie izquierdo al lado de su igual derecho. Y ambos juntos avanzaban por la cadena unos metros hasta el sitio donde otros operarios ubicaban el par dentro de su caja.

Me situé donde me indicó Zila y pesqué mi primera horma. La retiré de la cadena y la coloqué en el tubo de hierro. Puse las manos como le había visto hacer a mi instructor pero cuando traté de doblar la horma, ni se movió. No parecía de plástico sino de hierro. Por más que empujaba no pasaba nada. Zila, siempre sonriente, me apartó suavemente y me hizo ver de nuevo que tenía que ser un movimiento seco, preciso.

Probamos con una nueva horma pero la fuerza que tuve que hacer para desmontar el zapato me dejó sin aire. Había que meter tremendo brazo. Para el africano, con aquellos molleros de boxeador, era como si estuviera deshojando una flor pero para mí, como si alzara una bolsa con treinta kilos de papas.

— Non è difficile. Basta abituarsi –dijo mi maestro.

En mi primera hora, que me pareció interminable, hubo que detener la cadena seis veces pues no había modo que lograra seguirle el ritmo. Me entró una mezcla de nerviosismo y ansiedad más grande que cuando hice el casting de mi primer protagónico. Zila amable y paciente repetía la lección desde el principio. En lo que él mandaba hacia alante diez pares de zapatos, yo a duras penas lograba terminar uno.

El desasosiego que sentía aumentó cuando vi acercarse a Giacomo. Habló en italiano con Zila, tan rápido que no capté una palabra. Podía haber hablado hasta en español y sería lo mismo. A esa hora lo único que pasaba por mi mente era que si no aprendía rápido podía perder el puesto. En lugar de señalarme la puerta de salida, me dejó allí otra hora más con Zila. A las diez sonó el timbre de la pausa de media mañana, quince minutos para descansar.

Volví al camerino, me senté en un banco y me pasé el cuarto de hora masajeándome el hombro derecho, lo tenía caliente y entumecido.

Poco a poco comencé a realizar mejor el movimiento de desmontar las hormas pero sentía cada vez más la fatiga del esfuerzo que el trabajo me exigía. Oí el timbre de las doce con el mismo alivio que un náufrago oye la palabra "¡Tierraaaa!".

Llegué al parqueo, entré en la máquina y me senté reclinando el asiento un poco hacia atrás. Sentía la necesidad de quedarme por un rato tranquila, sin moverme. Que mis trajinados músculos se relajaran y que mis brazos sintieran de nuevo la sensación de que pertenecían a un cuerpo.

No sé por cuanto tiempo estuve en aquella posición. Abrí los ojos, todavía tenía a mi disposición otra media hora. Me comí el pan que había preparado para el almuerzo. Tenía que recuperar las fuerzas. Me quedaban por delante otras cuatro horas que sabe Dios ¡cuántos zapatos me tocaría alzar!

El tiempo de descanso me ayudó a reponerme. En el turno de la tarde mandaron al puesto de Zila a una muchacha que fue de las primeras en saludarme en el camerino por la mañana.

Era un poco más baja y delgada que yo, no parecía tener más de veinte años. Resultaba evidente que mi nueva compañera, Simonetta, llevaba haciendo aquel trabajo por mucho tiempo, quizás desde el prescolar pues desmontaba los zapatos de las hormas con la misma rapidez y precisión que el africano. Mi nueva tutora me indicó que me limitara a revisarlos y limpiarlos con la cuchilla. Estuve lo más atenta posible. Si no era capaz de desmontarlo lo único que me faltaba era que también los rompiera.

Durante el trabajo, las operarias se enfrascaban en sus labores y casi no hablaban entre sí, las pocas veces que me dijo algo lo hizo siempre en dialecto. Agradecí que la madre de Fabio me hablara siempre así, al menos ahora no estaba en blanco.

El turno de la tarde me resultó más llevadero. Mis hombros y mis brazos agradecieron no tener que sacar los zapatos de las hormas. Un pensamiento no me dejaba tranquila: Si en esta máquina hemos estado dos personas durante todo el día, pensarán que no es rentable pagarle a dos operarias en lugar de a una.

Terminado el turno las seguí al camerino de mujeres. Se cambiaron el uniforme azul por sus ropas de calle mientras conversaban animadamente, frescas como una lechuga. Nadie diría que habían terminado ocho horas de trabajo intenso. Algunas me saludaron, con simpatía:

— ¿Come va? ¿Come è andato il tuo primo giorno?

— Bene, bene –respondí.

— È cubana –les informó Simonetta.

— ¿Cubana?

— Salsa

— Fidel Castro.

— Che Guevara.

El Che no era cubano pero allí casi todos lo creían así. Después fueron marcando la hora de salida en sus tarjetas. Nadie les revisó los bolsos cuando salieron. Me parecía imposible que, en un lugar donde había tantos pares de zapatos, tantos pedazos de pieles, carreteles de hilos y tantas otras cosas, no hubiera un custodio que les revisara para chequear que no se robaran algo. En Cuba, una escena así era pura ciencia ficción.

Salí de última, apresuré el paso por el miedo de sentir de un momento a otro la voz de Giacomo diciéndome: "Hasta aquí las clases". Nadie me llamó, quería decir que podía volver mañana. Ralenticé la marcha cuando atravesé el portón del edificio.

Cuando llegue al auto me senté por unos minutos antes de poner el motor en marcha. Había hecho aquellas ocho horas de trabajo con los ovarios o con lo que quedaba de ellos. Me molestaba hasta respirar.

Allí a solas, quietecita, en silencio, me acordé de cómo era que terminaba una jornada de trabajo para mí, meses atrás; Con un maravilloso aplauso como premio. Hoy fue el sonido metálico de un silbato la conclusión. Cerré los ojos y me vi saludando al público en mi Teatro Estudio... Los aplausos siempre más fuertes. Yo con mi uniforme azul de obrera, me inclinaba ante el público Bajé el telón imaginario de mi nostalgia mientras encendía el motor del auto.

— ¿Cómo te encuentras en el nuevo trabajo Ana?

Me preguntó Lena mientras se servía un plato de ensalada de la fuente de cristal al centro de la mesa. Me limpié la boca con la servilleta y bebí un poco de vino. Desde que me acostumbré a comer acompañada por la bebida del Dios Baco, no probaba ni el agua. Era esta una de las tantísimas razones por las que me estaba enamorando de Italia.

— Bastante bien Lena. Acostumbrándome.

Fabio les contó cómo me había ido aquella primera semana y todos los esfuerzos que tuve que hacer para aprender a desmontar los zapatos. Imitaba los movimientos del trabajo que hacía, de la misma manera como se lo conté a él días atrás, y describió al negro Zila mientras me enseñaba el trabajo. Todos reían divertidos. Todos, menos mamma Antonella que continuó comiendo inmutable como si no le interesara para nada aquel tema de conversación.

— Yo espero que nos invites con tu primer salario a comer una pizza –dijo Giorgio sonriente y comenzó a recoger los platos vacíos de quienes habíamos terminado de cenar.

— ¡Puedes estar seguro! –le respondí. Comencé a ayudarlo. Él bromeaba diciéndome de invitarlos a comer con mi primer sueldo, pero en realidad yo quería hacerlo. No deseaba otra cosa que poder tener un gesto de agradecimiento hacia aquellas personas que como una familia me sostenían en estos primeros momentos de emigrada, sin duda, los más difíciles.

— ¿Un café Mamma? –pregunté a mi suegra mientras le retiraba el plato.

— No. Gracias.

Me respondió seca, alzándose de la mesa. Mi trabajo en la

fábrica fue el punto final de sus esperanzas de verme un día administrando El Cadorna junto a su hijo, con algunos nietos retozando por sus salas. Me dolía haber roto aquella ilusión que duró solo algunas semanas. ¿Algún día podría ella entender mis razones?

Fabio estaba mirando la escena. Cuando nuestras miradas se cruzaron me hizo un gesto tranquilizador, algo así como: No te preocupes. Se le pasará. Yo le devolví una sonrisa resignada. En esto no estaba de acuerdo con él. Los sueños son como esos cristales caros, cuando se rompen, te desconciertan.

En las semanas que siguieron me fui sintiendo cada vez más segura y hábil en la fábrica Llegó el momento en que no necesité de nadie que me diera una mano. Aprendí a desmontar los zapatos, a limpiarlos siguiendo el ritmo de la cadena sin necesidad de detenerla.

La diferencia con los demás seguía siendo que ellos terminaban las ocho horas como si nada, y a mí la monotonía del trabajo me destruía. La cadena giraba siempre al mismo ritmo, repitiendo igual cada uno de sus movimientos. Así por todas la jornada de trabajo.

El ruido que producían las maquinarias impedía que los obreros conversaran entre sí. Cuando cruzaban algunas frases tenía que ser a gritos, pero poca gente lo hacía, cada uno estaba concentrado en lo suyo y además, a los superintendentes no les gustaba que se hablara durante la jornada laboral.

Me pasaba las mañanas ansiando que llegara la pausa del almuerzo, que cada día se demoraba más. Cuando sonaba el timbre de las doce, me iba a paso rápido hasta el parqueo, me sentaba en el sitio del copiloto del Fiat y allí me comía en unos minutos algo ligero que había traído del apartamento. Después, reclinaba el asiento para reposar un rato cargando las pilas para enfrentar las otras cuatro horas de la tarde que me parecía que duraba el doble de aquellas de la mañana.

Un día, tarareando bajito una melodía, delante de la máquina de alzar las hormas, me puse a cantar las canciones de las escenas de La Verbena de Paloma. Me sorprendió cuando sonó el timbre de salida. Aquella media jornada, por primera vez, me pasó "volando". Fue así que descubrí el modo de hacer estas ocho horas más cortas. Unas veces pasaba las letras que recordaba de Cenicienta, Puebla de las mujeres, Ni un sí, ni un no, Las Leandras...

... Pichi, es el chulo que castiga
Del Portillo a la Arganzuela,
y es que no hay una chicuela
Que no quiera ser amiga
De un seguro servidor...

En las mañanas cuando atravesaba el portón de la fábrica, no lo hacía más sola; ¡Escoltada, como el más importante presidente del mundo entraba rodeada por mis personajes!

Al inicio, fueron los obreros quienes me ayudaron a aprender el trabajo, a poder seguir su ritmo. Después fueron los recuerdos mi bastón desesperado. Los que me transportaban a una dimensión donde no sentía la soledad, ni la rutina que me comía por dentro, ni los ruidos, ni el constante olor a cuero... Solo la música, la fuerza de las palabras y la intensidad de las emociones que un día viví sobre las tablas: ¡mis muletas!

— Esta noche, cuando cerremos el restaurante, ¿vamos al patio? –me preguntó Fabio.

— ¿Al patio?

— Sí, es una discoteca en Castelfranco. Los viernes hacen noche latinoamericana.

Estábamos uno frente al otro en la mesa de la cocina sacándole brillos a los cubiertos del restaurante.

— ¿Tan tarde? Todavía no hemos comido.

— ¿Qué tarde, cubana? ¡Te me estás poniendo vieja! Mañana no tienes que ir a la fábrica y un poco de distracción no te viene mal.

— No te voy a negar que estoy un poquito cansada pero me tienta la idea de tirar un pasillito de salsa, sobre todo ahora que te tengo hecho un experto.

Fabio sin música dio unos pasos de salsa moviendo exageradamente las caderas lo que me provocó un ataque de risa. En cuanto terminó el turno no comimos con los demás, como era costumbre. Nos fuimos a casa para cambiarnos e ir a la discoteca.

"El Patio" estaba de moda. Era un centro recreativo en las afueras de Bassano. Ubicado en una finca, al borde de un lago artificial. Su bien cuidado jardín rodeaba una gran pista de baile y un escenario donde se hacían fiestas al aire libre en el verano.

En el interior habían tres salas de baile con la parafernalia típica de las discotecas: música a todo meter, semioscuridad, bolas lumínicas y un montón de reflectores de muchos colores moviéndose constantemente al ritmo de la música.

En la sala principal, por la que se entraba, un tumulto de jóvenes bailaban tecno, cada uno por su cuenta, sin parejas o formando pequeños grupos que seguían eufóricos el ritmo de la música. Fabio dijo algo que no logré escuchar.

— ¡No te oigo nada!… –dije gritando.

— Vamos para la sala Latinoamericana –repitió a mi oído alzando el volumen de la voz.

Me tomó del hombro y nos fuimos abriendo paso entre la gente que continuaba bailando, empujándonos de una parte a otra. A Dios gracias salimos a un corredor donde se sentía menos el volumen.

— Madre mía. ¡Es desesperante!

— Ana, Ana, te me estas poniendo vieja de verdad. Estamos en una discoteca. ¡Cómo quieres que pongan la música!

— Bueno, un poquito más bajito.

Me dio un empujón dulce por la espalda obligándome a seguir.

Pasamos de largo por un corredor que nos condujo a un salón un poco más pequeño. Según él, aquella sala había sido siempre de "liscio", un baile típico del país que practicaban las personas mayores. En los últimos tiempos, los ritmos del Caribe estaban abriéndose paso en Italia. y muchas discotecas comenzaron a dedicar una de sus noches al nuevo ritmo.

Cuando entramos, retumbaba la voz del puertorriqueño Gilberto Santa Rosa:

… Qué manera de quererte,
Qué manera…

Un grupo de parejas en medio de la pista bailaban salsa, mostrando las distintas vueltas aprendidas en los cursos de baile.

Eran movimientos estudiados, con pasos mecánicos. Faltaba el verdadero sentido del ritmo, de diversión y la sabrosura de nuestro son cubano.

— ¡Vamos a enseñar a esta gente cómo se baila la salsa!

Me agarró de la mano llevándome hasta la pista de baile sin darme tiempo a reaccionar. Había aprendido a dar sus primeros pasos en Cuba con Chiqui, su novio bailarín, después yo le descubrí el secreto cubano de cómo hacerlo; "Para bailar no tienes que contar los pasos. Siente la música, respírala como el oxígeno y disfrútala como si fuera sexo".

Nos dejamos llevar por el ritmo. Era una de las tantas cosas que sabía hacer bien, como cocinar, esquiar, montar a caballos y saber siempre qué era aquello que pensaba aun antes de decírselo. En una cosa estaba de acuerdo con él. ¡Si no fuera porque tenía aquel maldito vicio de amar a los hombres, habría sido el marido ideal!

Estuvimos bailando como media hora sin detenernos hasta que el calor y la sed nos obligaron a hacer una pausa. Nos acercamos a la barra que se encontraba a pocos metros de la pista. Fabio acomodó su chaqueta en una de las altas banquetas, yo me senté en la de al lado.

— Voy al servicio. Pídeme un Martini seco.

Uno de los dos chicos que atendían preparaba un coctel con movimientos vertiginosos, lanzando las botellas al aire, haciendo acrobacias delante de los clientes.

— ¡Solo una cubana puede bailar como lo haces tú!

Me sorprendió sentir a mis espaldas estas palabras en español. Más que en español, ¡en cubano! Me volví en su dirección. Un trigueño alto, corpulento al punto justo, me dedicaba la mejor de sus sonrisas. El mar de Cuba se reflejó en sus ojos.

Intenté decir algo pero mi voz quedó colgada de un hilo a aquella boca carnosa que podría derretir toda la nieve del Monte Grappa.

Mucho gusto, José Luis.

Extendí la mía hasta encontrar la suya.

— ¡Ana María. Encantada!

Sus ojos me empujaban sin pudor hacia una senda oscura. Y yo, pobre mortal, conociendo el peligro, no pude frenar el deseo animal de perderme en ellos.

Al invencible ejército de mis personajes se unió un nuevo miembro, José Luis. Pensar en él, recordar cada una de sus palabras, su sonrisa, su boca y aquellos ojos…

La noche en la discoteca, cuando Fabio regresó del baño encontró mi banqueta del bar vacía. Yo estaba en la pista saboreando el son con un cubano caído del cielo. Seguíamos el ritmo de la clave sin dejar de mirarnos. Nuestros cuerpos se reconocían en aquel compás. Me abrazaba casi sin tocarme, sus manos se deslizaban por mis espaldas como un escultor que acaricia su obra. Aquel lugar lleno de gente desapareció como por encanto. Solo existíamos nosotros dos y el fuego que nos estaba naciendo dentro.

–Le di el número de tu celular para que me llame. No puedo darle el del hotel por si responde tu mamá.

Íbamos de regreso a casa. Eran casi las cuatro de la madrugada y a pesar de haberme pasado la noche entera bailando, no sentía cansancio alguno, por el contrario, sentía una energía rebosante que me hacía mover de un lado al otro en el asiento del magnífico Porshe, como si estuviera hecho de espinas.

— Es la primera vez desde que estás aquí que te veo así.

— ¿Así cómo?

— Así, como si te hubiera picado un bicho.

Reí socarrona. Fabio y yo nos habíamos convertido en esos amigos a los que es imposible esconderles algo.

— Acuérdate que se llama José Luis, para que no le contestes que se equivocó de numero cuando te llame.

— ¿Tú le dijiste que era el teléfono de tu marido? Pensará que eres una mujer de mundo.

Manejaba como no lo hacía nunca. Atento a la carretera, sin mirarme para que no viera que escondía una sonrisa.

— Le dije que eras mi "ex marido" y que ahora éramos grandes amigos.

— ¡Mujer de mundo y mentirosa!

Le di un manotazo en el hombro que le hizo soltar la carcajada que aguantaba. Entramos en el garaje de la casa.

Sentados frente a sendas tazas de chocolate caliente en la cocina de nuestro apartamento de Bassano, nos cogieron casi las cinco de la mañana contándole a Fabio mi noche con Luis, lo que me dijo, lo que le dije...

— Ana ten cuidado con ese cubano. Con esa cara y ese cuerpo... ¡Tú sabes cómo debe tener a las mujeres! Los hombres de tu país son una de las mejores cosas que ha dado esa isla pero son un peligro.

Él había viajado a Cuba varias veces y sabía bien de lo que hablaba.

— ¡Son un peligro! –repitió con una cierta tristeza–. Te lo digo por experiencia propia.

— Tranquilo, no me va a pasar nada. Yo sé del pie que cojean –dije tirándolo un poco a broma.

Más tarde sola en mi habitación, miraba fijamente el techo del cuarto, sin pegar un ojo. Afuera estaba amaneciendo, dentro, pasaba lo mismo conmigo.

Era como decía Fabio; me había picado un bicho, esos que te sorprenden sin darte tiempo a evitar el punzonazo. El único antídoto efectivo era un nuevo encuentro frontal que comencé a esperar desde aquel momento en que nos despedimos a la italiana: "Buona notte amore".

— Anna. ¿Vas a venir con nosotros a comer la pizza?

La voz de Giannina me hizo poner los pies en la tierra. Respondí sin detener el trabajo de desmontar los zapatos para no atrasar el ritmo de la cadena.

— No puedo Giannina. El sábado por la noche trabajo en el restaurante del hotel.

— Pero no puedes faltar ni una noche. Dale, Ana, habla con tu marido.

Los obreros de la fábrica habían organizado una cena en una pizzería de Bassano. Era costumbre antes de las vacaciones del verano que se reunieran todos a cenar como despedida de un semestre de trabajo.

— Está bien, hablo con él y después te digo ¿Ok?

Giannina sonrió satisfecha. En todos aquellos meses en la fábrica era una de las personas que más me había ayudado. Tendría casi la misma edad de mi madre. Su actitud hacia mí era siempre protectora.

Me gustaba la idea de reunirme con los compañeros de la fábrica en otro ambiente fuera del trabajo. Estaba segura de que si le decía a Fabio que quería participar en la cena, no pondría objeción.

Volvió a su puesto de trabajo dejándome de nuevo acompañada por mis pensamientos con alas, aquellos que me transportaban a cualquiera de los destinos que escogiera a la velocidad de la luz.

Aterricé en mi habitación de nuestro apartamento en Bassano. Lunes. ¡Día de descanso en el hotel! Fabio tocó a mi puerta.

— ¡Entra!

Abrió la puerta. Traía su celular en la mano, pasó el brazo detrás de la espalda para alejar el micrófono al hablarme.

— Es Luisi –dijo casi susurrando.

Di un salto en la cama, alargué la mano para tomar el teléfono. Él, divertido, alzó su brazo para que no lo alcanzara.

— ¡Dámelo o te mato! –le dije entre dientes en voz baja siguiendo su juego.

Me subí en la cama aguantando la mano alzada donde tenía el teléfono. Después de dármelo, le hice señas, indicándole que saliera del cuarto.

— Pronto –respondí empujando fuera a Fabio que hacía resistencia para irse. Una vez fuera cerré la puerta y me tiré de un salto en la cama a disfrutar de aquel momento que había esperado por tres largos días.

Me dijo que trabajó por todo el fin de semana como salvavidas en un complejo de piscina en Vicenza por más de diez horas al día. Había apenas comenzado el verano y con los primeros calores todos en masas corrían buscando el sol.

— ¿No has pensado un poquitico en mí? Yo desde el viernes por la noche no hago otra cosa.

— ¿Qué cosa? –respondí haciéndome la tonta

— ¡Pensar en ti! ¿Y tú?

— ... Bueno sí... ¡Un poquito! –quería hacerme la dura pero mi tono de voz gritaba lo contrario.

— ¿Cuándo podemos vernos de nuevo?

— No sé... ¿Cuándo tú puedes venir por aquí?

— Ahora mismo si tú me lo pides. ¡Soy tu esclavo esperando órdenes!

Estas son las mentiras que nos gustan oír . No son como aquellas blancas, son rojas como el fuego . ¡Y como queman!

— Yo estoy aquí en mi casa sin hacer nada. Si crees que vale la pena hacer 40 km de Vicenza aquí para venir a verme...

Dejé la frase abierta. Se demoró unos segundos en hablar.

— ¡Esta noche, después que nos despidamos, te diré si valió la pena!

— ¡Claro que sí! Ve sin problemas a comer la pizza con ellos. En el caso que esa noche haya muchas reservaciones, llamo a mi sobrina a que venga a darnos una mano.

— Bueno pues te lo agradezco mucho de verdad. Me gusta la idea de compartir fuera de la fábrica con "Mis colegas de trabajo" como dicen ustedes. ¡Ah, Otra cosa! Esa noche puede ser que llegue un poco tarde para que no te preocupes por mí, como pasó la otra noche.

Estábamos en un gran almacén donde vendían alimentos al por mayor para los bares y restaurante. Una vez a la semana, cuando terminaba el turno en la fábrica acompañaba a Fabio a hacer las compras para el hotel. Detuvo el carro que empujaba con los productos dentro y me miró abriendo exageradamente los ojos.

— ¿Vas a salir de nuevo con el Luisi?

— ¿Y cuál es el asombro?

— Que me parece que estás corriendo mucho. El lunes llegaste a la casa a las tres y media de la madrugada para levantarte luego, después de tres horas a trabajar.

— ¡Dios santo Fabio, te pareces a mi padre!

Me puse a su lado y comencé a empujar el carro de las compras que él había detenido. –Después me dices a mí que me estoy poniendo vieja y ahora eres tú el que razona como un viejo italiano.

Lo dije riendo para suavizar un poco la situación. No encontraba todavía el motivo de por qué a Fabio, no le acababa de caer bien Luisi. La noche del lunes cuando subió a buscarme lo saludó muy frío, cosa que a él no le pasó por alto.

— Oye, ¿tú estás segura que tu marido ya no está enamorado de ti? A mí me da la impresión que no le caigo ni un poquito en gracia.

Me dijo Luisi apenas nos montamos en su máquina.

— No. No te preocupes. Tú sabes cómo son los italianos. No son como nosotros los cubanos, que enseguida entramos en confianza... Ellos son más reservados.

Esta no era la verdad pero no quería contarle nada de la verdadera relación que nos unía a Fabio y a mí.

— ¿A dónde me quieres llevar porque todavía no me lo has dicho? –dije intencionalmente para cambiar el tema de Fabio.

— ¿Qué me dices si vamos a Padova? No sé si has oído hablar de un local cubano que se llama "El Mojito".

— ¿A Padova, tan lejos?

— No está ni a 50 km de aquí. En menos de una hora estamos allí. No me digas que te dieron solo una hora de permiso.

Dijo esto último sonriendo mientras apoyaba una mano sobre una de mis piernas, un poco más alto de la rodilla. El contacto me tomó de sorpresa y me lanzó fuera de revoluciones.

— Yo no necesito el permiso de nadie para hacer lo que quiero.

Tomé su mano y la puse en el timón para evitar el infarto antes de partir. –Mejor es que pongas el motor en marcha porque tu máquina está muy linda pero no creo que nos pueda teletransportar a Padova.

Se mordió el labio esbozando una sonrisa. Después de una breve pausa, giró la llave poniendo en marcha el motor del auto.

"El Mojito" era un local cubano dirigido por italianos. Un póster grande con el típico Chevrolet de los años 50 paseando por una de las calles de la Habana vieja, servía de fondo al gran banco bar. Las paredes estaban recubiertas con cortinas de bambú. Una pequeña tarima con dos palmas a cada lado con un DJ animando la noche latina, completaba su encanto. Era una sala pequeña donde cabían unas cien personas a lo máximo.

— ¿Te gusta?

Me preguntó José Luis mientras me apoyaba una mano en la espalda. Abriéndose paso entre los bailadores, descubrimos en una esquina una pequeña mesa libre. Nos apresuramos a ocuparla.

— Sí, es bastante bonito –le respondí cuando nos sentábamos.

Estuvimos hablando toda la noche. Hacía tres años que vivía en Italia. Se había casado con una italiana que conoció en un complejo turístico donde trabajaba como salvavidas. Estudió licenciatura en deporte y una vez graduado, su madre, que tenía muchos contactos, le había conseguido aquella plaza.

En Cuba tener un trabajo que estuviera relacionado con el turismo era una grandísima oportunidad que muchos cubanos buscaban. No solo porque una parte del salario se pagaba en divisas sino también porque era una ventana abierta para conocer personas que podrían brindarte un futuro mejor fuera de la Isla, como fue su caso.

— ¿Y tu esposa por cuántas horas te da permiso para salir? –le pregunté mientras giraba con un bastoncito de plástico mi coctel evitando mirarlo, esperaba ansiosa su respuesta.

— Mi esposa hace más de seis meses que no tiene más nada que ver en mi vida.

— ¿Y eso por qué? –le pregunté mirándolo con recelo.

— ¡Se acabó! Mientras tanto vivimos en la misma casa, hasta que yo encuentre un apartamento para mí solo. ¿Tú por casualidad tienes algún cuarto que puedas alquilarme?

— ¿Yo? Yo vivo prestada –reí siguiendo su broma.

— ¡Estamos los dos en la calle prácticamente!

Me tomó de la mano y me llevó hasta la pista donde bailaban una bachata dominicana, otro de los ritmos latinos que comenzaban a ser populares entre los bailadores. Era un baile más lento que la salsa, se bailaba apretadito, apretadito, Nada mejor para conocerse más íntimamente. Mis hormonas estaban a mil.

— Tú sabes que mientras más te miro, más seguro estoy que te conozco. No logro acordarme de dónde pero, yo te he visto en Cuba.

Seguimos bailando muy apretaditos. No le dije nada que en Cuba era actriz. Quería dejarlo un poco más en la duda…

— No te rompas la cabeza muchacho, con tantas mujeres que habrás visto desde tu silla de salvavidas, tú crees que te vas a acordar de todas.

— Si te hubiera visto en la playa, en bikini, no creo que me olvidaría fácilmente de tu cuerpo.

— ¿Cómo puedes estar seguro si solo me has visto dos veces y siempre vestida?

— Puedo imaginar qué se esconde debajo de estos trapos, ¡créeme!

Sonreí maliciosa. Abrazados en el baile no podía verme el rostro ni el brillo de mis ojos que pedían sexo por los cinco costados.

La voluntad es una de las cosas que en la repartición del mundo me tocó en abundancia. A pesar de todos sus intentos por un contacto más íntimo, no permití que avanzara más allá de lo que sucedía en aquellas torturantes bachatas.

Cuando llegamos a los bajos de mi apartamento ya eran pasadas las tres de la madrugada.

— Gracias por tan linda noche. ¿La has pasado bien?

Me preguntó apoyando una mano sobre las mías entrelazadas sobre el regazo. Esta vez no la retiré. Estaba en casa, al seguro.

— Muy bien, gracias a ti –lo miré fijo a los ojos–. Entonces... ¿valió la pena hacer 40 km para venir hasta Bassano?

— Más otros 100 entre ida y vuelta a Padova... Por ti he hecho hoy más de 150 km. Pero sí, valió la pena. Creo que merezco al menos un pequeño premio, ¿no?

— ¿Tipo una medalla, como aquellas que ganabas en las competencias de natación?

— No. No me interesan las medallas. Por el momento me contento con la promesa de una próxima vez. ¿Este sábado?

— Bueno, pero tiene que ser tarde, porque ya tengo un compromiso.

— No importa que sea tarde. Yo soy un hijo de la noche. Me gusta vivirla, sobre todo si estoy en buena compañía.

— Por eso no tenías tiempo de ver la televisión en Cuba.

— No. No soy un hombre de mirar televisión.

— Lo sé, de lo contrario no seguirías rompiéndote la cabeza en recordar dónde es que me has visto.

Me miró como si lo hiciera por primera vez. Después de una pausa dijo muy lentamente.

— ¡Yo sabía que te conocía! ¡Tú eres una artista de la televisión!

Le sonreí de nuevo. Extendí la mano hasta tocarle el rostro.

— Este sábado por la noche te doy el premio del televidente más fiel. ¡Buona notte amore!

Terminamos de acomodar las cosas que habíamos comprado para el hotel en la máquina. Fabio cerró el maletero dirigiéndose a la puerta delantera. Lo detuve.

— No te preocupes por mí. Yo me sé cuidar.

— Yo sé que sabes cuidarte, pero no lo des todo…

Me dijo señalando mi corazón.

— Quédate con un poco para ti. Si te hieren, que te quede otra parte sana para seguir viviendo.

Lo miré y entendí que fue eso lo que le sucedió con mi amigo Chiqui. Lo había herido profundamente y por el modo que me hablaba de sus experiencias en Cuba, Chiqui no había sido el único. Quise quitarle un poco de dramatismo a la situación.

— ¡Va bene! Seguiré tu consejo. Este sábado le daré todo, menos el corazón! –reí con ganas mientras le quitaba las llaves de la mano.

— Manejo yo tesoro, ¡quiero demostrarte quién es la que lleva el timón aquí!

Se quedó parado mirándome por un momento mientras yo entraba en el Porshe. Giró del lado contrario, se sentó a mi lado advirtiéndome:

— Ana Gloria Pérez Gómez, ya lo sabes. ¡Guerra avisada, no mata soldado.

DE BASSANO AL CIELO

El tiempo se había detenido y los días no fueron más de veinticuatro horas. Lentos, demasiado lentos para mis ansias. No veía el momento de que llegara el sábado. Imaginaba de mil modos diferentes mi reencuentro con él. ¿Era verdad lo que me decía?, ¿le estaba sucediendo igual que a mí? ¿Pensaba en mí, como yo pensaba en él? ¿Me esperaba con la misma ansiedad que yo lo esperaba?

Tener una historia de amor, por el momento, no estaba escrito en la lista de mis proyectos de vida, al menos así lo creía. Fue la noche quien lo trajo a las puertas de mi soledad, como esos regalos que no se esperan.

Fabio insistía en que debía cuidarme y protegerme de posibles heridas, pero en toda mi absurda existencia sentimental siempre jugué a pecho descubierto. Tampoco esta vez me pondría el escudo.

Salí de la ducha con la toalla envuelta en la cabeza, me había arreglado las uñas, depilado las piernas y ahora le tocaba el turno al cabello. Desde mi cuarto sentí la puerta del apartamento al abrirse.

— ¡Ana!

— Eccomi qua –fui hasta la sala desde donde me llamaba Fabio.

— Esta noche voy a quedarme cuidando el hotel. Giorgio tiene que ir a Milano a recoger a un hermano que viene de Australia –se dirigió a su cuarto–. ¿Quieres venir y así no duermes sola aquí?

— ¡No, no, no! –lo dije de un modo tan rotundo que Fabio me miró extrañado. Suavice un poco el tono. — No te preocupes. Acuérdate que hoy voy a la cena con los compañeros de la fábrica, llegaré tardísimo.

— Bueno, como quieras. – Comenzó a meter algunas ropas en una bolsa.

— Si cambias de idea, me llamas.

— Ok, tesoro mío, tranquilo que yo estoy… ¡Divina! –me acerqué, le di un beso en la mejilla y me volví en dirección a mi cuarto.

— Estas muy entusiasmada con esa cena de la fábrica…

— ¡Tú no sabes cuánto!

Reí de ganas pensando como Cachita y todos los santos del cielo estaban abriendo el papel de mi regalo.

La pizzería se encontraba a un lado del puente viejo. Era un restaurante amueblado con una mezcla de estilo entre viejo y moderno, combinado con gran gusto y sobriedad. Tenía dos pisos. En la planta baja una pequeña sala con algunas mesas, la barra y el gran horno de leña para las pizzas. En el primer piso un salón más grande con una terraza que daba a una pequeña plaza donde montaron nuestra mesa para veinte personas.

— Hagamos un brindis muchachos. A nosotros –Giacomo en pie con su copa en mano invitó a todos a alzar sus copas de vino.

— ¡A nosotros! –respondimos todos alzando nuestras copas.

La cena transcurría animadamente con repetidos brindis y algún chiste que Giacomo tenía en repertorio. Aparte de jefe de personal era un maestro de ceremonia. Yo no entendía casi ninguno de ellos, primero porque hablaba rapidísimo el dialecto y después porque mi cabeza no estaba ahí, se iba quién sabe dónde, dejando al resto de mi cuerpo solo, en medio de aquella mesa.

Miraba constantemente a una esquina de la plaza donde le había indicado a Luisi que me esperara.

— ¿Otro poco de vino Ana? –me preguntó Zila con una botella de vino tinto en la mano.

— No, no Zila, gracias. Estoy bien así.

No quería exagerar con el vino. No estaba acostumbrada a beber más de una copa mientras cenaba y esa noche necesitaba de todos mis sentidos en orden.

— ¿Cuando vuelves a Cuba, Ana?

Simonetta se sentó a mi lado en el puesto que antes ocupaba Zila que seguía ofreciendo vino a los demás del grupo.

— No lo sé pero no creo que vaya este año.

— ¿Ni siquiera en agosto que son las vacaciones de la fábrica?

— ¡Uh! Ni en agosto, cuestan demasiado los pasajes en ese período…

Giannina se unió a nuestra conversación. Ellas no se explicaban qué hacía en Italia dejando atrás un país tan maravilloso como Cuba, con playas bellísimas y con personas que seguían sonriendo a pesar de su pobreza.

Esta idea de que los cubanos reímos de todo, aun en las difíciles situaciones, es algo que queda en la memoria de los turistas que nos visitan. Miran a nuestra gente por la parte contraria de un lente de aumento; La imagen no siempre corresponde a su forma real. La sonrisa de un cubano, la mayor de las veces es una máscara que esconde tristezas.

— ¡Extraño Cuba!

Fue lo único que pude responderles. Bebí lo que quedaba de vino en la copa. Era así, comenzaba a extrañar aquel ilógico, absurdo y paradójico país del que había escapado hacía solo ocho meses pero que parecían una eternidad.

Cuba estaba allí, en aquel hombre recostado a una de las columnas del bar del frente, con una jarra de cerveza en la mano que alzó en saludo cuando nuestras miradas se encontraron. Le devolví la sonrisa. ¿Desde cuándo estaría allí? La postal de aquel trigueño con la vieja calle Angarano atrás era un colirio para mis ojos. Podía haber bebido una copa de agua en lugar del vino, que el efecto hubiera sido igual de desequilibrante. Tan solo mirarlo y la palabra control había desaparecido de mi vocabulario.

Terminado el dulce trajeron el café. Les había anunciado antes de cenar, que tenía que irme sobre las diez de la noche. Inventé que debía andar al restaurante donde unos parientes de mi marido me esperaban para saludarme. Esta era otra cosa muy cubana, inventar excusas para todo. "Se rompió la guagua". "No sonó el despertador". "Me pasé toda la noche con fiebre". Por no hablar de la cantidad de tíos que se nos mueren.

Saludé a todos y bajé a la planta baja donde en una esquina de la barra estaba la caja registradora. Pagué la parte que me correspondía.

— ¿Puedo ofrecerle limoncello? –Me preguntó el cantinero amablemente. Era una costumbre en casi todos los restaurantes, una vez cenado, ofrecer este licor dulce de limón como digestivo.

— No gracias ¡Buenas noches!

— Gracias a ti ¡Buenas noches!

Salí a la plaza. La brisa fresca que llegaba del rio Brenta me ayudó a refrescar el rostro. Me bastaba solo una copa de vino para que las mejillas se me pusieran rojas y ardientes como un tomate. Era una de las cosas que había heredado de mi padre.

— ¡Hola! ¿Te hice esperar mucho?

Nos saludamos con dos besos en cada mejilla como se acostumbraba aquí.

— ¡No! Llegué un poco antes para encontrar adónde parquear la máquina. ¿Quieres una?

— No, no, gracias. Acabo de tomar el café. Si tú quieres beberte otra nos acomodamos.

— No, para mí está bien así. Caminamos un poco por el centro, sé que te gusta mucho Bassano.

— Ok.

Atravesamos lentamente el emblemático puente cubierto de la villa entre las personas que paseaban o se estacionaban en las barandas de ambos lados a conversar. En uno de sus extremos, dentro y fuera de la "Casa Nardini", la más antigua destilería de toda Italia, un grupo de jóvenes bebían chupitos de licor grappa, el famoso aguardiente de orujo, bebida típica de la ciudad desde hacía siglos.

Caminamos por las antiguas calles de varios niveles, pasando por las tiendas de orfebrería, hasta llegar a la gran Plaza Garibaldi, la que los bassaneses le dicen, Piazza della Fontana por la majestuosa fuente que se destaca en su centro. Nos sentamos en uno de los escalones de la iglesia de San Francesco. El ambiente nocturno de la zona vieja de Bassano me encantó desde la primera vez que Fabio me lo mostró.

— ¿Y te casaste con ella a las dos semanas de conocerla?

— A las dos semanas.

— No te lo puedo creer.

— Te lo juro. Es que a ella se le acababa la estancia en Cuba y no me quería dejar allá.

— ¡Qué extraña esa italiana! Aquí son novios una pila de años antes de casarse y a ti en solo quince días te juró amor eterno. ¡Le habrás hecho perder la cabeza a esa pobre mujer!

— Bueno, el amor no tiene tiempo.

— ¿Y entonces, viniste con ella?

— No, después de la boda regresó sola para acá y a los tres meses ya yo estaba aterrizando aquí.

— ¿Y la familia de ella, cómo se lo tomó?

— Imagínate. Nada bien. Es la niña linda de la casa, única hija. Son unos burgueses católicos recalcitrantes y querían una ceremonia religiosa con un novio que ella tenía por acá. Lo de traerme les cayó como un jarro de agua fría. Le llenaron la cabeza con eso de que cometió un grave error, que yo me aproveché de ella, de su ingenuidad, para resolver mi salida de Cuba.

— Es que si lo miras en frío, eso es lo que tristemente hacen muchos cubanos.

— Ya lo sé pero no es mi caso. No te voy a decir que sentí amor por ella porque en tan pocos días es imposible. Pero me caía bien y pensé que viviendo juntos, con el tiempo el matrimonio podría funcionar. Pero no es fácil el choque de culturas. Tenemos mentalidades muy diferentes… ¿Tú te llevas bien con tu marido? –me tomó una mano y comenzó a besarla esperando mi respuesta.

— Ya te dije, que no es mi marido. ¡ Tengo tremenda sed!

Una buena excusa para cambiar el tema de Fabio.

— ¿Quieres un helado?

— A un helado italiano, no puedo nunca decir que no. Es una droga para mí.

Respondí mientras tomaba mis dos manos ayudándome a alzar. Nos dirigimos a una esquina de la plaza donde está el Caffé Orientale, una de las heladerías más famosas del pueblo. Sus vidrieras frías con decenas de gustos diferentes.

— ¿Una bola? –me preguntó una vez dentro.

— ¡Dos! Una no me basta, me quedo con ganas.

— ¿Eres golosa?

— Cuando algo me gusta mucho, sí.

— ¿De verdad? Lo voy a tener en cuenta.

Reímos, ambos conscientes que un deseo más grande que el helado y seguramente menos frío, se estaba apoderando de nuestras papilas gustativas.

Continuamos nuestra caminata por las viejas calles de Basssano saboreando nuestros barquillos.

— ¿No extrañas la televisión?

Alcé los hombros buscando la respuesta a una pregunta que evitaba hacerme a mí misma. Me había esforzado durante todos esos meses para mantener durmiendo a la actriz que llevaba dentro. Solo mis personajes habían obtenido el permiso para visitarme y ayudarme a hacer llevaderas las fatigosas jornadas del trabajo en la fábrica.

— ¡Extraño un poco cada cosa de lo que fue mi vida en Cuba!

Caminamos por unos segundos sin decir nada.

— Una persona que amé mucho cuando era niña, mi viejita Yaya, me decía: "Anita, cuando miramos demasiado para atrás podemos perder muchas de las cosas que nos pasan por delante". Y creo que esta es una gran verdad. El pasado, es pasado.

Sonrió mirándome con una evidente admiración.

— Eres una persona muy especial.

— ¿Especial?

— Especial y... Linda... Y sensual... Sobre todo cuando te comes ese helado con tantas ganas.

Me acarició la mejilla apartándome un mechón de cabellos. Había terminado el suyo. Estaba frente a mí mirándome con aquella mirada que se colaba por mis pupilas hasta llegar directamente a la zona oscura de mi razón. Sin tener tiempo a recapacitar sentí sus labios sobre los míos. Sin oponer resistencia dejé que su lengua me descubriera dentro. No sé qué tiempo duró, una eternidad o solo algunos segundos. Sentí el helado en mi mano que se derretía corriendo gota a gota por mis dedos y no me importaba.

Su boca se separó apenas unos milímetros de la mía. No me venía a la mente palabra alguna... A decir verdad, no tenía mente. Continuaba mirando aquella boca como si me hubiera hecho un encanto. No existía nada más parecido a la perfección. Entendió mi reclamo y repitió el beso. Cuando nos separamos el barquillo estaba vacío, el helado se había derretido... ¡A mí me pasó lo mismo!

— ¿Quieres subir? Te... Te hago un café.

— ¿Y tu marido?

— No está aquí. ¡Y ya te dije que no es más mi marido!

Estábamos en la reja de entrada del edificio. Sus brazos rodearon mi cintura. Me atrajo hacia él y me besó suavemente.

— Si subo contigo no me bastará solo un café.

— ¡Creo que tampoco a mí!

Le mordí el labio inferior, luego me separé de él dirigiéndome a la entrada del edificio. Sentí su mirada que me recorría el cuerpo e imaginé su sonrisa después de oír mis últimas palabras.

Cerré la puerta una vez que entramos al apartamento y no se habló más. Nuestros cuerpos se atrajeron con la misma intensidad de dos imanes. Nos besamos al mismo tiempo que nos arrancamos todo los vestidos del cuerpo, como si tuvieran espinas. Nos dirigimos a mi cuarto dejando por el camino nuestras ropas y junto a ellas cada pedazo de mi soledad.

EXULTACIÓN

El conjunto musical "Son de La Habana" formado por mis hermanos Mario, Martín, Alberto, Julio, Pablito mi sobrino y Elsy como representante, terminaron el contrato con el empresario colombiano que los había llevado a Cali por dos semanas. Habían pasado varios meses sin trabajo fijo, a la deriva en aquel país, actuando de vez en cuando. Una fiestecita particular por aquí, dos noches en una discoteca por allá, lo que apareciera.

Con los magros ingresos procedentes de la música no podían mantenerse, así que habían decretado para el grupo una austera política que tenía el ahorro como emblema. Guapeaban para buscarse la vida en otras cosas que no fueran el bolero y la guaracha.

Julio y Albertico trabajaban en un camión de reparto de refrescos y aguas minerales. Elsy se había colocado en casa de un abogado, donde hacía de todo, desde limpiar hasta servir de asistente en el bufete. Mario y Martín se la jugaban como porteros de un edificio en una zona donde eran frecuentes los asaltos y tiroteos.

— Aquí te encuentras un muerto por donde quiera. ¡Qué país tan violento! –dijo Mario, que fue el primero en responderme al teléfono. Me pasó a Elsy que me hizo toda la historia de sus peripecias de emigrados.

Vivian en un barrio popular, hacinados en un pequeño piso que de noche era un dormitorio colectivo y de día un taller en el que trabajaban para una empresa dedicada a truquear productos baratos para venderlos más caros. Les traían jeans fabricados en casa y ellos les colocaban etiquetas de marcas famosas. Metían cuchillitas de afeitar baratas en cajas de Gillette. Cogían harina fina de maíz de baja calidad y con ella rellenaban envases falsos de Rosarion, el nombre de la primera maicena del país.

— Elsy, ustedes tienen que tener mucho cuidado con eso mi hermana, si los cogen pueden ir preso. ¡Eso es falsificación!

— Y ¿qué otra cosa podemos hacer, flaca? Te voy a decir la verdad, yo no le cuento esto a mami porque se muere, pero aquí en Cali estamos muy jodidos. Eso que vamos ganando "chiveando" cosas, apenas nos da para sobrevivir. Hay días en que hacemos una sola comida para todos. Para que te hagas una idea, dice Mario que salimos de un "Período Especial" cubano para caer en otro colombiano.

— ¿Y qué se pensaban ustedes, que el capitalismo era el paraíso terrenal? ¿Que a los árboles les crecían dólares en lugar de hojas? Allá en Cuba no tenemos ni la más mínima idea que cosa es trabajar de verdad.

— Ninguno de nosotros vino para acá engañado. Sabíamos que iba a ser duro, pero… no tanto.

— ¿Y si volvieran para Cuba?

— ¡Pa' Cuba, ni pa' coger impulso! Aquí hay que morir quema'o.

No podía evitar reírme del modo en que me hablaba mi hermana. No me era difícil imaginarla dirigiendo toda la tropa como siempre habían hecho ella y mi madre.

Mi padre y mis hermanos hacían todo lo que se les indicaba. La voz cantante fueron siempre las mujeres de la casa. ¡Matriarcado total! Una nueva idea le estaba aflorando en mente para buscar una solución a la crisis del "Período Especial Colombiano".

— Estamos pensando abrir un negocio toda la familia.

— ¿Y qué negocito es ese? ¡No me digas que se van a poner a falsificar por cuenta propia!

— ¡No chica! Uno que puede gustar mucho aquí: un bar restaurante con comida cubana, y con música en vivo.

— Pero si me estás diciendo que no tienen ni donde caerse muertos, ¿de dónde van a sacar dinero para abrir un negocio?

— Ya hemos sacado nuestras cuentas. Tenemos pensado que si nos apretamos bien apretados, podremos guardar algo todos los meses. También podríamos pedir un crédito…

— … Pero, Elsy, ¿qué banco les va a prestar dinero a ustedes?

— Bueno, no tendría que ser necesariamente un banco. Aquí hay personas que se dedican a hacer préstamos.

— ¡¿Garroteros?! ¡Ay, Dios mío, tengan cuidado con eso! Ustedes mismos me están diciendo que Colombia es la mata de la delincuencia. ¿Y si caen en las redes de una mafia de prestamistas?¿Si se meten en deudas que no pueden pagar? Esa gente es capaz de arrancarles el pescuezo a todos y unirse a aquellos muertos que dice Martín que se encuentran en cada esquina.

—Tranquila, Ani. Nosotros no somos bobos. Lo haríamos con gente buena, particulares. Hay uno que nos han recomendado...

— ¡Ay, virgencita de la Caridad, san Lázaro y todos los santos del cielo, protéjanme a estos guajiros sagüeros que no saben lo que hacen!

En Italia es costumbre que las fábricas se paralicen en verano, generalmente durante agosto, período en que su personal toma vacaciones.

La "Fratelli Ferraro" estaría cerrada tres semanas a partir del 31 de julio. A los obreros nos correspondió por ley recibir dos salarios. El del mes de descanso y otro adicional que llamaban "la tredicesima mensilità", o sea "la décimatercera mensualidad". Yo no contaba con ese pago así que cuando me enteré de que iba a cobrar doble, me puse contentísima.

— ¿En qué te vas a gastar esas liras? –me preguntó Fabio.

— No me las gastaré. Se las voy a mandar a los locos de mis hermanos a ver si puedo ayudarlos en algo con eso del negocio.

Después de la última vez que había hablado con ellos por teléfono, me quedé con la enorme preocupación de que fueran a meterse en el lío de un préstamo con ¡sabe Dios qué criminal colombiano!

Desde que comencé a hacer horas extras en la fábrica iba al hotel solo cuando tenían demasiadas reservaciones y necesitaban de mi ayuda por algunas horas. Una tarde cuando terminé el turno en la fábrica pasé a comprarme una pizza para no tener que cocinar para mi sola en casa.

La "Pizza Buona" era una cadena de pizzería de las más famosas de nuestra zona. Cada vez que tenía la ocasión iba a comprarme una de ellas. También me servían para los almuerzos rápidos que hacía todos los mediodías.

Cuando llegué al lugar, delante del pequeño negocio atrajo mi atención un cartel pegado al cristal de la puerta "Cercasi aiuto pizzaiolo".

¿Y si me encontrara un segundo trabajito los fines de semana? –la idea me vino a la mente apenas leí que buscaban ayudante para la pizzería.

— ¿Trabajar también los fines de semana Ana? Quedamos en que no vinieras aquí para que descansaras un poco. Ya estás haciendo todos los días nueve horas y también los sábados por la mañana.

— Bueno, mientras que la fábrica tenga tantos pedidos, tenemos que aprovechar. Eso no es siempre.

Fabio estaba sentado en una de las mesas de la sala del restaurante lleno de documentos con la contabilidad del hotel. Preparé para él un cappuccino y para mí un caffé en taza grande alargado con agua caliente. El expreso que hacían las máquinas del bar era demasiado fuerte para mi gusto acostumbrado al café con chícharos de Cuba.

— Te puedes enfermar.

— ¿Enfermarme? ¡Qué exagerado!

— Ya no tienes veinte años, ragazza.

— Por eso mismo, porque no tengo ya veinte años es que no puedo perder el tiempo. ¿Cómo me quedó el cappuccino, dime?

— ¡Estelar, como dices tú!

— Y dime lo contrario –le di un manotazo afectuoso en el hombro.

— Les dejé tu número de teléfono y les dije que me avisaran contigo si les interesa hacerme una prueba. ¿Puedes darme algunas nociones así no llego en blanco?

— ¿Te tengo que enseñar también a hacer pizzas?

— Claro, tesoro mío, para eso eres mi marido para ayudarnos en las buenas y en las malas. Así nos lo leyó el sindaco el 17 de noviembre, espero no se te haya olvidado.

La cara de Fabio cuando yo lo tomaba en broma era parecida a una de esas imágenes dignas de retratar y conservar para los momentos tristes de la vida. De seguro me llenarían de alegría.

Comenzó a recoger los papeles metiéndolos dentro de una gran carpeta.

— Con tanto trabajo, ¿qué tiempo le vas a dedicar a tu nuevo amor?

— Shsssss. Habla bajito. ¡A ver si te oye Antonella!

— No te preocupes no hace falta que me oiga. ¿Qué tú piensas Ana, que esas canas las tiene solo por vieja?

Guardó la carpeta en un mueblecito cerca del bar y comenzó a bajar las sillas de las mesas. Yo lo seguí doblando las servilletas junto a los cubiertos como hacia otras veces.

— ¿Te ha dicho algo? Dime la verdad.

— No. No toca ni el tema. Bueno dime, cuéntame de este Luisi. ¿No te ves más con él?

— Claro que sí pero él también está complicado. Vive a 40 km de aquí y trabaja todos los días.

— ¿En una fábrica cómo tú?

— No. Ya te dije, de salvavidas en una piscina.

— ¿Y?...

— ¿"Y" qué cosa?

Me detuve con los cubiertos en mano mirándolo de frente tratando de entender a donde quería llevar la conversación

— ¿Por qué te agitas?

— No me agito. Solo que ya te he contado todo, no sé cuál es la parte que no entendiste.

— ¿Por qué vive todavía con su esposa si están separados como él dice?

Le di la espalda y continué preparando las mesas.

— "Como él dice" –repetí en el mismo tono irónico de su pregunta–. Ella piensa volver a Soave, a la casa de sus padres y él. Bueno sí, si las cosas van bien podríamos pensar en alquilar algo pequeño y compartir un apartamento.

— ¡Ah!... ¿Por eso es que quieres tener dos trabajos?

— ¡No! Quiero tener dos trabajos para poder ayudar a mi familia... Y ¡sí! Para poder reunir un poco de dinero para buscarme un apartamento para mí, con Luisi o sin Luisi, pero es hora de comenzar a independizarme y no seguir recostada a ti. ¿Tú crees que no sé qué tienes ese apartamento solo por mí? Podrías vivir tranquilamente aquí en el hotel sin tener ese gasto.

— Tú sabes bien que lo hago con gusto.

— Lo sé Fabio.

Dejé todos los cubiertos sobre una mesa acercándome a él.

— Haz hecho por mi más de lo que un marido de verdad hubiera hecho –tomé sus manos entre las mías. — Sin ti no hubier podido empezar esta nueva vida. Eres la base de este edificio que estoy construyendo pero ahora debo seguir sola alzando cada ladrillo.

Sonreímos. En sus ojos me pareció ver la expresión igual a la de un padre que sabe que no le queda más remedio que dejar volar a su hijo.

— ¿Cuándo piensas irte?

— ¡Cuando tenga dinero para comprar el primer ladrillo!

Una gran "risata al unisono" nos llevó a un fuerte abrazo. Apoyada en su hombro pude ver a unos metros de nosotros a Antonella.

Pasaba la escoba en la entrada del hotel sin dejar de mirar nuestra escena. Cuando nuestras miradas se encontraron me sorprendió ver su rostro menos duro. Su expresión no era aquella hostil con la que me miraba en los últimos tiempos. Una leve sonrisa le dibujaba el rostro y sus ojos fueron más claros que las palabras de su viejo dialecto. Finalmente había entendido que aquello entre Fabio y yo era una forma de amor que iba más allá del tradicional convivir. Más allá de los esquemas y las reglas, pero en fin de cuentas, era amor.

Mi nueva aventura laboral comenzó un sábado. Me presenté al casting de mi próximo personaje en la vida real. El local abría al público a las seis. Entré por la puerta de servicio a un costado del negocio. Sandro, un cuarentón italiano que tenía algo de meridional, me recibió. Me entregó un uniforme de trabajo y me hizo pasar a un pequeño baño para que me lo pusiera.

La camisa blanca tenía el nombre del local "Pizza Buona" grabado muy pequeño sobre un bolsillo grande y llamativo en la espalda. El pantalón oscuro casi no se veía por delante, oculto por un delantal tan largo que me llegaba a los tobillos. Y para rematar, un gorro rojo como los que usan las azafatas de los aviones. Este vestuario me gustaba más que el de obrera, por lo menos, era más colorido.

— ¿Estas lista, Ana? –preguntó Sandro junto a la puerta cerrada.

— ¡Lista! –salí a su encuentro, ajustándome la indumentaria.

Subimos los cinco escalones que conducían a la sala de preparación. Me fue mostrando las instalaciones, explicándome el proceso. Las pizzas se elaboraban sobre un banco de unos cuatro o cinco metros, con el plano superior de granito. A su extremo, una máquina con dos planchas redondas de metal, caliente como una plancha eléctrica, servía para escachar las bolas de harina que eran la base de las pizzas. Una vitrina refrigerada guardaba varios recipientes con los distintos productos que se usaban como materia prima.

— Y por último, este es el horno donde las cocinamos.

El horno, me pareció enorme, tenía tres niveles. Delante de cada uno, una puerta de grueso cristal evitaba que se dispersara el calor de 290 grados.

— ¿Cuántas pizzas caben dentro?

— Nueve en cada nivel. Se pueden cocinar veintisiete pizzas al mismo tiempo.

— ¡Mamma mia!

Además de Sandro, a esa hora solo estaba Emmanuela, una señora que se encargaba de la fase de preparación.

— Ana es cubana –dijo él presentándome.

— Ah, de Cuba. ¡Qué bella!

— Emmanuela te va a enseñar cómo debes echar el tomate y la mozarela.

Añadirles tomate y queso a las pizzas que se iban preparando era un paseo para mí, Fabio me había estado enseñando días antes. La mentirita blanca de este trabajo fue contraria a las otras, aquí dije no tener experiencia. Al verme con que desenvoltura metía los ingredientes en las pizzas se admiraron de mi gran manualidad.

— ¡Brava la cubanita! –comentó Sandro. Yo sonreí con modestia.

Al anochecer, empezó a llegar clientela y la pizzería parecía un hormiguero. Afuera, en el salón, atendían al público tres dependientas que llegaron una hora después que yo. Adentro, en la sala de preparación, trabajábamos sin parar cinco personas. Sandro se encargaba del horno. Lallo, un joven flaco con una nariz larga y cómica, era quien preparaba las bases. Yo me iba moviendo de una punta a otra del banco colocándoles el tomate y el queso. Emmanuela y Roberta, otra pizzaiola experta en pedidos en mano, se encargaban de ponerle a cada pizza los ingredientes que llevaba. Era una cadena similar a la de mi fábrica de zapatos pero muchísimo más rápida. Aquí no tenía tiempo para cantar, más bien reinterpretar a Chaplin en Tiempos modernos. Me faltaban solo sus grandes zapatos.

El horario pico de trabajo intenso duró unas dos horas. Cuando disminuyó la afluencia de público, ralentizamos el ritmo. Sandro le entregó a Roberta la larga paleta que había estado utilizando para hornear y cocinar.

— Vigílame tú el horno.

Había estado concentrado en el gran número de pizzas que cocinaba y, como todos allí, daba la impresión de ser un robot, uno más en la sala de preparación. Ahora se mostró relajado al acercarse a mí, fumándose un cigarro. Me habló en tono suave:

— Entonces, Ana, ¿Qué te ha parecido el trabajo?

— Bien, me ha gustado.

— ¿Te gusta de verdad?

— Sí, mucho. Es divertido –lo dije recordando la rapidez con que hacian las pizzas.

— ¿Divertido? –soltó una carcajada–, ¿te parece divertido?

Cambié rápido de argumento.

— ¿Cómo he trabajado?

— Bien, bien. Se necesita tiempo para aprender. ¿Puedes venir mañana?

— ¡Claro! –respondí contentísima.

Me extendió su mano en forma de saludo, se la estreché.

— Entonces, ¿hasta mañana?

— Hasta mañana.

Una vez fuera de la pizzería miré a ambos lados de la calle buscando a Luisi. Descubrí su máquina unos metros más adelante parqueada con dos ruedas sobre la acera. Me acerqué, toqué con los nudillos en la ventanilla de la puerta contraria a él. Bajó la ventanilla.

— ¡Hola!

— ¡Buona sera tesoro mío!

— Le extendí una mano que él tomó y se la llevó a su boca besándola.

— Cómo le fue a mi “pizzaiola”. Dime que te aceptaron.

— Todavía es rápido para decirlo. Tengo que volver mañana. Bueno, ¿cómo hacemos con dos máquinas?

— Si quieres, deja la tuya aquí. Vámonos a cenar, más tarde la recogemos.

— Ay no Luisi, huelo a pizza de la cabeza a los pies. ¿Y si me doy un saltico a casa, rapidito, rapidito? Me cambio en un segundo y ya dejo mi carro allí.

— Ok. Como tú quieras, pero apúrate no sea que nos cierren el restaurante.

Me besó de nuevo la mano.

— Tengo tremenda hambre, no como nada desde por la mañana. Voy por mi auto, espérame en los bajos? ¿Ok?

Corrí hasta la calle lateral a la pizzería donde lo había dejado estacionada. En menos de cinco minutos estaba en casa. La pizzería estaba a menos de 1 km. Fui directamente al baño. Tiré toda la ropa que llevaba en el cesto de la ropa sucia y me metí bajo el chorro de agua de la ducha. Salí con la misma velocidad que entré. Me puse la crema de cuerpo sin detenerme demasiado en masajear la piel, como hacía de costumbre. Corrí al cuarto y me puse un vestido blanco de algodón que era perfecto para aquel calor de julio. No habría jamás imaginado que en esta parte de Italia el verano alcanzara temperaturas tan altas. Era casi igual que el de Cuba, con menos brisa.

El sonido del timbre de la puerta me hizo saltar del susto.

Fui hasta la puerta. Apreté el botón del intercomunicador para hablar.

— Un minuto Luisi, estoy casi lista.

— No grites. Estoy aquí.

Me sorprendió oír su voz de la otra parte de la puerta. ¿Cómo hizo para subir? . La puerta del edificio está siempre cerrada y solo puede abrirse con llave o desde adentro de uno de los apartamentos. Abrí, estaba allí con la mejor de sus sonrisas plantado en medio de la puerta.

— ¿Quién te abrió la reja?

— Una viejita salió a botar la basura, dejó abierto por unos minutos y aproveché. ¿Puedo entrar?

Abrí un poco más, me aparté de la entrada dejándolo pasar, cerré una vez dentro.

— No me ves, estoy casi lista. Me falta solo peinarme.
— ¡Estas bellísima!
Sus brazos rodearon mi cintura atrayéndome hacia él.
— ¿Qué estás haciendo? Son casi las once, vamos a...
No me dejó terminar. Su boca sobre la mía dejó en el aire las palabras. Sentí mi cuerpo contraerse y un calor tan fuerte como aquel tórrido verano comenzó a abrirse paso entre mis piernas.
— ¡Tengo más ganas de ti que de la mejor comida de cualquier restaurante! –me dijo casi sin separarse de mis labios–. ¿A qué hora viene tu marido?
— Más tarde... –respondí mirando hipnotizada su boca húmeda. Se me había pasado hasta el hambre.
Me besó una vez más apretándome a su cuerpo. Una mano intrusa buscó mis pechos entrometiéndose a través del vestido... Y perdí la razón.
— ¡Me vuelves loco Ana! –me alzó en peso, le tiré los brazos por el cuello y me llevó a mi habitación.
Un pequeño ventilador en una esquina del cuarto no fue suficiente para apagar el fuego de nuestros cuerpos, que se movían danzando al compás del deseo y del placer.
No hubo una parte de mi cuerpo que no conociera su boca. Su lengua me saboreaba como al más rico manjar. Su gozo era mi gozo. Sus gemidos mi arrebato total. Me decía cosas al oído que nunca nadie me dijo, que jamás sentí pronunciar. Palabras tan procaces que me llevaban al rubor y eso le gustaba.
A través de la ventana una luna indiscreta nos miraba envidiosa.

— ¡Es demasiado difícil poder verte nada más una vez a la semana!
Estábamos exhaustos. Acostados uno frente al otro. Luisi me acariciaba el rostro sin dejar de mirarme.
— Sí, para mí también es difícil –tomé la mano que me acariciaba y la llevé a mi boca besando cada uno de sus dedos–. ¿Te gustaría vivir aquí en Bassano? –hice una pequeña pausa antes de proponerle aquello que desde hacía días me venía dando vueltas en la cabeza– podríamos buscar un pequeño apartamento para nosotros.
Liberó su mano y me alzó el rostro para mírame a los ojos.

— Me encantaría tenerte para mí todas las noches, así como ahora –sonrió dándome un beso–. Un amigo me habló que en Rossa están buscando un salvavidas en el complejo de piscinas.

— Rossa está a solo 7 km de aquí. Pero bueno, no solo en la piscina puedes conseguir trabajo. Por aquí hay muchísimos lugares donde se puede encontrar algo–. Esta posibilidad de iniciar una vida junto a él me llenaba de gozo.

— Eso quiere decir que si consigues trabajo aquí…

— … Eso quiere decir que me vuelves loco Ana –giró y se colocó encima de mí–. Me has embrujado mujer, ¿qué hago contigo?

Mi cabeza se llenó de proyectos; ¿Que más podía pedir? Tendría dos trabajos. Un amor que me ayudaría y me daría las fuerzas que necesitaba, para lograr mi mayor deseo. ¡Reunir nuevamente a mi familia!

¡Gracias mi Dios! ¡Gracias mi virgencita de la Caridad… ¡Tú no me abandonas nunca Cachita! ¡Gracias…! Mi cabeza por un lado y Luisi allí en mis zonas bajas… ¡Ay, Cachita, qué cosa me está haciendo este hombre!…

UN TREN A ALTA VELOCIDAD

Durante las tres semanas de vacaciones de la fábrica, estuve trabajando de viernes a domingo en la pizzería. Logré tener así un segundo trabajo. Sandro estaba contento porque en poco tiempo había aprendido no solo a condimentar las pizzas, sino también a alargarlas en el escacha pizzas. Era como le había dicho el primer día, hacer pizzas me divertía, me sentía como cuando era niña y jugaba a los cocinaditos. Lo único malo era que tenía que salir de allí directo a la ducha pues olía a tomate y queso por los cuatro costados.

Tanto Sandro como los demás colegas de la pizzería eran muy amables conmigo. Cuba, Fidel, Compay Segundo y el bloqueo de los Estados Unidos, eran los temas fijos de conversación que no podías evitar cuando alguien sabía que eras hija de esa maravillosa Isla.

A finales de agosto la Fratelli Ferraro volvió a ponerse en marcha y yo ocupé mi puesto en la cadena de montaje. Reiniciamos haciendo ocho horas diarias, más la media mañana del sábado.

Luisi consiguió el contrato de salvavidas en las piscinas de Rossa. Todos los días viajaba hasta Vicenza donde todavía vivía junto a su ex mujer. Comenzamos a buscar un pequeño piso donde ir a vivir juntos.

A finales de septiembre encontramos un mini apartamento fuera del centro de Bassano. Estaba compuesto por una cocina pequeña con todas las cosas que se podían necesitar, un fogón, el refrigerador y una mesa con cuatro sillas, de la otra parte de la sala un sofá cama. Un corredor lateral conducía al baño seguido del único cuarto. En total eran unos cuarenta metros cuadrados. Perfecto para nuestra primera casa.

En menos de un año de estar viviendo en Italia mi vida se

deslizaba como un tren a alta velocidad. Dos trabajos, una casita toda mía, un nuevo amor y por si fuera poco, había iniciado los trámites para obtener la ciudadanía italiana.

Mis hermanos en Colombia tampoco la estaban pasando mal. Habían alquilado una casa grande y en la mitad de esta habían hecho un bar restaurante que llamaron como su orquesta, "Son de Cuba". Mi hermana y mi cuñada Graciela eran las cocineras.

— ¡Pero, mira que ustedes son atrevidas! –le comentaba a Elsy por teléfono–. ¿Cuándo ustedes han cocinado en su vida?

— Bueno, cuando llegamos aquí no me quedó más remedio que aprender. ¿Quién iba a cocinarle a todo este batallón?

— Si pero cocinar para un restaurante es otra cosa. ¿Cómo se las han arreglado?

— Nada niña, cada vez que me veo enredada con algún plato que no me acaba de salir, echo mano del librito de recetas cubanas de Nitza Villapol que traje de La Habana.

— Pero, no me digas que tú cargaste con ese libro.

— Claro, eso fue lo primero que eché en la maleta porque ya yo venía con una media idea de montar un timbiriche en cualquier parte.

— ¡Que fuerte eres, mi hermanita!

— Y si la cosa se me complica, llamo a Cuba y le pregunto a Mami cómo se hace esto o lo otro. Ella me enseñó por teléfono a hacer un ajiaco estilo sagüero que es el éxito de nuestro restaurante. En honor a la vieja le pusimos de nombre "Caldosa Caruca".

— ¿Quién sabe si algún día nosotros también abrimos un restaurante cubano aquí en Bassano? ¿No te gusta la idea?

Eran casi las seis de la tarde. Luisi no trabajaba los lunes. Esperó a que terminara mi jornada en la fábrica para hacer una caminata juntos por la orilla del río Brenta.

— ¿Y quién se ocuparía de la cocina porque tú no sabes ni freír un huevo? ¡Si en casa no cocino yo nos morimos de hambre!

— ¿Qué estás diciendo? ¿Quién cocinó ayer?

— ¿Quién calentó ayer? ¡Tú!

— Luisi, no digas eso. Te juro que lo hice yo.

— No es verdad, cocinó Fabio. Te aprovechaste de su visita para ver nuestro apartamento y lo metiste a cocinar.

— ¡No! Me dio solo algunos consejos de cómo hacer el "ragú" y como conservarlo en el frío. Con el poco tiempo que tenemos los dos, lo mejor es aprender cómo hacen ellos. Se hace una buena cazuela de salsa, la guardas bien y después nada más es calentar.

— El contrato en la piscina termina este fin de mes. Si no encuentro otro trabajo, me dedicaré a cocinarte y a tenerte el baño listo para cuando llegues. Con masajitos... Y con cariñitos comprendido en el paquete – me pasó una mano por la cintura atrayéndome hacia él sin detener nuestra caminata.

— Vas a encontrar otro trabajo, tú verás. Aquí se dice que el que no trabaja es porque no quiere, pues eso es lo que sobra. Después te voy a enseñar cómo se llenan las planillas de solicitud.

Nos sentamos en una de las piedras delante de una arboleda con grandes ramos que acariciaban la tierra. Como fondo, las verdes aguas del viejo río y las altas colinas del Monte Grappa. La imagen de Luisi delante de ellas era una postal viviente de lo mejor que la naturaleza podría crear.

— ¿Por qué me miras así?

Evidentemente mi expresión era de embeleso total.

— No me canso de mirarte. No me canso de mirar tus ojos, ¡los adoro! De mirar tu boca –extendí mi mano para acariciar sus labios–. No me canso de tocarte.

— Mira que no soy de piedra, no me hables así...

Me pasó un brazo por la cintura y me atrajo hacia él. Nos miramos por unos segundos, cerré los ojos y sentí su boca sobre la mía. Mi mano buscó su cuello hasta alcanzar sus cabellos. Nuestra respiración se fue haciendo cada vez más vehemente. Me separé de golpe.

— Es mejor que paremos esto porque se está complicando... –dije tratando de lograr inútilmente la calma.

— Tú empezaste, ahora tienes que pagar las consecuencias.

Luisi se puso en pie de un salto. Tirándome de un brazo me alzó. Me tomó de la mano llevándome al interior de la arboleda.

— ¿Qué estás haciendo? –pregunté mientras seguía su paso apurado.

Llegamos hasta uno de los arboles con grandes ramas que como una gran cortina tocaban la tierra arenosa. Me apoyó la espalda al tronco y comenzó a besarme el cuello.

— Estás loco... Si alguien nos ve...

Me tapó la boca con la suya apretando su cuerpo al mío. Si él no paraba aquello, tampoco lo haría yo. No tenía la fuerza y mucho menos el raciocinio. ¡Qué tenía este hombre que de solo tocarme me hacía perder el sentido del tiempo y del espacio!

— ... Luisi, si nos sorprenden, mañana saldremos en el periódico de Bassano con nuestras fotos y un gran titular "Cubanos expulsados de Italia por acto obsceno".

— Entonces ríete para que quedemos bonitos.

Su mano insolente y atrevida tocó el botón que hizo estallar la bomba de delirio en el que se convirtió mi cuerpo. Y yo reía... Gemía... Gritaba... Lo dejé alzarme más allá de las altas montañas del Monte Grapa que nos miraba con estupor. Las ramas verdes nos abrazaban y aquél árbol se convirtió en testigo casual de uno de los actos de amor más valiente y arriesgado que había visto aquel viejo río en toda su historia.

Nuestro primer mes en la nueva casa transcurrió en un abrir y cerrar de ojos. Trabajando todos los días, las semanas pasaban sin tener en cuenta en cuál de ellas estaba viviendo.

Como era costumbre me llevaba siempre algo de comer a la fábrica que devoraba en pocos minutos para poder descansar al mediodía. Ahora lo necesitaba más que nunca pues en las noches cuando llegaba a casa hacía de todo, menos descansar.

Luisi llegaba siempre antes que yo y se ocupaba de preparar la comida. La cocina era su gran pasión y ahora en Italia, con la posibilidad de cocinar cualquier cosa que le viniera en mente y con todos los ingredientes a la mano, el hombre se lanzaba deleitándome con platos maravillosos. La cena terminaba siempre con el mejor postre que se pueda saborear: su cuerpo en todas las formas posibles de imaginar.

Hacíamos el amor en cada rincón de la casa. Nuestro deseo irrefrenable no nos permitía estar cerca sin tocarnos, amarnos y alimentar aquellas ganas de sexo que no lográbamos saciar.

Había noches que dormía apenas cuatro horas. Al día siguiente la cadena de zapatos pasaban delante de mí como si fuera un sueño, o peor, una pesadilla. ¡Muerta de cansancio pero feliz!

Llegó el otoño, las hojas de los árboles comenzaron a caer cerrando su ciclo de vida sobre ellos. Estaba en el gimnasio haciendo ejercicios en la bicicleta donde pedaleaba hacía más de veinte minutos. Desde la gran ventana de cristal podía ver la fila de árboles del jardín del complejo deportivo donde íbamos a hacer ejercicios.

Cuando terminé estaba bañada en sudor. Tomé la toalla que había colgado en el timón de la bicicleta y me sequé el rostro.

— ¿Terminaste por hoy, Ana?

Me volví en dirección a Manola, una señora que encontraba a menudo allí. Hacíamos muchas veces la ronda de ejercicios juntas. A esta señora le gustaba hablar hasta por los codos y se conocía la vida y milagro de casi todos aquellos que venían a entrenarse. Independientemente de esto, era una persona simpática y cordial.

— Sí, basta por hoy. Estoy esperando que Luisi termine.

Luisi, de la otra parte del gimnasio donde estaban los bancos con las pesas, hacia sus ejercicios guiado por Paola, una rubia delgada pero con los músculos bien definidos, resultado de muchos años de entrenamientos. Junto a su marido Claudio dirigían el gimnasio.

Se decía que estaban separados pero seguían juntos por razones económicas. Tanto la casa como el negocio lo habían levantado entre los dos y ahora no se ponían de acuerdo en cómo dividir la torta.

— ¿Tú sabes si el amigo de Claudio que tiene la fábrica de oro viene hoy? –le pregunté a Manola.

— Yo creo que sí. Viene siempre los jueves.

— ¿Tú sabes si en su fábrica necesitan personal? –por lo visto Manola tenía información de casi todo, quién sabe si también esto podría saberlo.

— ¿Quieres cambiar de trabajo?

— No, es para mi amigo cubano. Está buscando cualquier cosa que hacer.

— Ah, bueno saberlo si me entero de algo te lo digo.

— Gracias, Manola.

Me senté en uno de los bancos a esperar a que Luisi terminara. Desde hacía algunos días le estaba cazando la pelea a aquel tipo que venía también a hacer ejercicios y que decían tenía una de las fábricas de oro más grande del Bassano.

Ya hacía un mes que Luisi no trabajaba después que terminó el contrato en la piscina. Había pasado por diferentes lugares llenando las planillas de solicitud pero no lo llamaban de ninguna parte.

— Ya te dije que tienes que hacer como hice yo. Me inventé un currículo. Si escribes que estudiaste deporte, que eres salvavidas, ¿crees que te van a llamar para soldar una pieza o para cualquier otro trabajo?

Estábamos en el auto. Luisi me acompañaba a la pizzería. Había logrado que Sandro me diera unas horas más de trabajo los jueves por la noche. Ahora, contando solo con mi salario, era más dificil para mantenernos.

— No puedo decir que sé hacer una cosa y después cuando me pongan a prueba vean que no sé ni poner un tornillo. ¡Tengo que escribir la verdad!

— Cuando te hacen una prueba, aunque no sepas hacer lo que te piden, si te esfuerzas en aprender, ellos ven eso y te asumen. La voluntad cuenta mucho para esta gente. Tesoro mío en las fábrica no se hace ejercicios. ¿Cómo piensas que te puedan llamar?

— Pero en un gimnasio sí. Paola va a hablar con Claudio a ver si me contrata por unas horas.

Giré en el asiento para mirarlo de frente. Habíamos llegado a la pizzería. No pude contener el asombro. Parqueó a un costado de la calle. Siguió explicándome.

— Ella quiere probar hacer unos cursos de bailes latinoamericanos que ahora están tan de modas.

— ¿Y por qué no me habías comentado nada de eso?

Luisi me tomó las manos entre las suyas

— Porque no me has dado tiempo. Estás obsesionada con las fábricas. No solo se encuentra trabajo en las fábricas.

— No, pero es que es lo más seguro. Un contrato fijo, vacaciones pagadas, tredicesima...

— En tanto no aparezca algo mejor empiezo con esto. Es otro dinero que entra en casa, tú sola no puedes con todo.

Llevó una de mis manos a su boca besándola.

— Estás trabajando demasiado, Ana. Cuando consiga algo mejor quiero que dejes esta pizzería y tengamos las noches solo para nosotros.

No dije nada. Quizás tenía razón, si no encontraba algo fijo también podría hacerse así, algunas horas en el gimnasio y otras horitas en cualquier otra parte, lo importante era poder tener un dinero que nos permitiera pagar nuestros gastos y yo poder seguir reuniendo para invitar a mis padres de visita. En los últimos meses no había podido guardar nada y mis pocos ahorros se habían ido en el nuevo apartamento

— Todo irá bien, mi amor. No quiero que te preocupes demasiado. Te recojo a las diez y media, ¿está bien? Verás después cuando lleguemos a la casa como te hago relajar y te quito de la cabeza todas esas preocupaciones. ¿Me quieres?

Me preguntó mientras se acercó a mí mirándome directamente a los ojos, tan cerca que podía sentir su respiración. Moví la cabeza afirmando.

— ¿No me regalas una sonrisita?

Mis labios probaron imitar una sonrisa y los suyos sellaron el acuerdo con un beso, de esos que me estaban llevando día a día por el camino de la perdición.

— ¿No están dando asilo político a ningún cubano? ¿Pero cómo es eso Marce?

Hacía dos años que esperaba la respuesta de asilo en Suecia. Como él, miles de cubanos habían emigrado en los años 90 a Estocolmo con la esperanza de una nueva vida, esperanza que día a día se enfriaba como el crudo frío de ese país.

Unos toques en la puerta de la cabina telefónica me hicieron volver al lugar. Un hombre acompañado de un niño pequeño esperaba también para hablar.

Le hice señas con la mano de esperar un momento.

— ¿Y ellos cómo hicieron para irse a Miami?... Ah sí, pero nosotros no tenemos familia allá... No te desesperes hermanito, algún modo tenemos que encontrar. ¡Tú para Cuba no vuelves!

Fuera de la cabina telefónica, casi en la puerta tenía de nuevo al señor, mirándome como si el teléfono fuera suyo y le estuviera gastando los minutos

— ... Marce, te tengo que colgar. No te preocupes. Alguna solución encontraremos... Tranquilo ¿ok? Cuídate mucho mi hermanito. Un beso. ¡Cuídate! Chao, chao...

Una vez fuera de la cabina, me sentía confundida. La noticia que me había dado mi hermano me dejó tan trastornada como a él. Había parqueado la máquina en la otra calle, fuera del gimnasio donde Luisi estaba dando las clases de baile. Esperé algunos minutos hasta que el señor terminara de hablar.

Cuando el teléfono estuvo de nuevo libre llamé a Fabio para saber si estaba en el hotel, necesitaba contarle toda esta nueva situación de Marcelo en Suecia. Dejé las llaves del carro en la recepción del gimnasio, con un mensaje para Luisi de que volviera solo a casa.

Fui caminando hasta el hotel, estaba a casi 3 km de donde me encontraba. Necesitaba caminar un poco para pensar.

La sola idea de que Marcelo tuviera que regresar de nuevo a Cuba después de todo aquel rollo del asilo político era un gran problema. ¿Cuál sería su situación si volvía? No, no, y no. Ni pensarlo. ¡Dios tenía que mirarnos con ojo de piedad!

Los recuerdos me lanzaron a nuestra casita en Marianao. Marcelo y yo compartíamos solos el apartamento que Esperancita nos había dejado en herencia. Vivíamos los dificilísimos días del "período especial" en Cuba. Corría el año 1993 cuando se apareció a casa en su bicicleta bañado en sudor. Apenas tomó un poco de agua fresca y vino hasta la terraza donde estaba estudiando unos guiones.

— Ya encontré el modo de salir echando de este país. Me voy para Suecia.

— ¿A Suecia? ¡¿Pero te volviste loco Marce?! ¿A quién tú conoces en ese país?

— A nadie, pero es donde único no piden visa. Por ahí se está yendo media Habana.

Anatolia, estaba solo esperando que llegara mi hermano para servirnos el almuerzo.

— Vengan a comer que se enfría todo.

Dejé los libretos sobre la silla donde estaba sentada y nos dirigimos a la mesa del comedor.

— Ok, no hace falta visa... ¿Pero y el dinero del pasaje, de dónde lo vas a sacar? –comencé a servirle primero a él.

— Le voy a escribir a Rey a Alemania a ver con cuánto me puede ayudar. Lo que me falte vendo, la bicicleta, el reloj. No te preocupes, yo lo consigo.

— ¡Marce a mí me parece eso una locura!

— A mí también me parece una locura, doctor, y perdone que me meta. ¡Usted sabe cuánta gente se ha ido de esa manera y su familia no ha sabido más nunca de ellos! Ese mar lo que se ha tragado...

— ... Anatolia, yo me voy para Suecia, pegadito al Polo norte. Usted sabe cómo hay que dar remo para llegar allá. Me voy en avión, cuando llegue al aeropuerto pido asilo político.

Le hice señas de que bajara la voz. La ventana del comedor

daba a la del apartamento del vecino, un militar de las FAR. Si oía las locuras de mi hermano, lo más probable era que terminara en "Villa Marista".

— Si alguien te oye hablando de esto te puedes buscar un lío. ¡Anatolia, por favor, no vaya a comentar nada!

— ¡Ay, Anita, Ave María purísima, como voy a estar hablando nada! Aquí en este barrio no se sabe quién es quién. Capaz que hasta lo saquen del hospital si eso se llega a saberse –retiró los platos vacíos–. ¿Pongo la cafetera?

— Sí, Anatolia, gracias. Lo tomamos después en la terracita.

— ¿En la terracita? Allí sí que tienen que hablar bajito. ¡Las paredes tienen oídos!

Habían pasado casi tres años de la muerte de Esperancita. Desde que Marcelo había regresado de Etiopía, se le metió en la cabeza buscar otra misión en cualquier país con tal de irse de Cuba. La lista de médicos cubanos que esperaban esta ocasión era larga y por el momento no había ninguna posibilidad.

Independientemente de su carácter humanitario, una misión internacionalista significaba recibir el dinero del salario de todos los meses afuera, más todo aquello que se podía traer del país en el que se prestaba servicio

— ¡No puedo más con este país Ana, me voy a volver loco!

— Pero es que tú coges demasiada lucha con las cosas, mi herma. Hay quien está mucho peor que nosotros. Tenemos nuestra casita…

— … Porque nos la dejó Esperancita. Este si fue un regalo, no como la casa de mami. Una casa destruida, que tuvimos que levantarla ladrillo a ladrillo y todavía no es propia, bien caro que le cuesta a Elsy la mensualidad que paga. Eso no es ningún regalo mi hermana, te dieron un pantalón roto para que lo cosieras y además se los tienes que pagar. ¡Él no regala nada!

— Bueno está bien, lo que te digo es que tú y yo no estamos mal…

— ¿No estamos mal? Pero Ana, como puedes ser tan conforme. ¡Mírate! Eres una actriz, todo el mundo te conoce. Acabas de escribir una novela, la vas a protagonizar y ¿qué es todo lo que tienes? Una bicicleta china y la mitad del escaparate vacío porque has tenido que cambiar todos tus trapos por leche en polvo y comida.

La verdad era que no tenía muchos argumentos para contradecirlo. Tenía razón en todo lo que me decía. No es que fuera conforme, solo tenía la esperanza que las cosas podían cambiar. Peor no se podía estar.

En teoría después que se toca fondo se sube. Yo miraba a la superficie, Marcelo no. No soportaba irse todas las mañanas en bicicleta al hospital a operar como cirujano que era, entre el polvo de la avenida 51. No soportaba tener que estar haciendo colas para todo. Y lo que más lo sacaba de sus casillas era llegar a casa en las noches, sin corriente eléctrica, sin agua, sin gas...

— Mi hermana, Tengo que irme de este país antes que me dé un infarto.

Y ese sería de verdad su fin si no lo lograba. Rey mandó una parte del dinero desde Alemania, la otra se la prestaron nuestros amigos Chiqui y Fabio desde Italia.

Compró su pasaje Habana-Estocolmo y partió, como Cristóbal Colón, en busca de nuevas tierras.

Nadie lo esperaba para darle un abrazo de bienvenida. Escondido en su bolsillo, unas frases en inglés y en Sueco que decía "Soy cubano. Vengo a este país a pedir asilo político". No lo detuvo ni el llanto de mi madre, ni la promesa de Rey en ayudarlo a encontrar alguna vía más segura.

Pedir asilo significaba perder el derecho definitivo de volver. Sería un desertor del sistema socialista... Nada, ni nadie pudo hacerle cambiar de idea.

— Hermano, por favor, busca el modo que alguien te ayude a mandar un telegrama, una llamada, cualquier cosa que podamos saber que llegaste bien.

Nos despedimos en casa. No quiso que nadie lo acompañara al aeropuerto. La noche antes dormimos en la casa de mis padres para estar todos juntos esa última vez. Nadie en la familia aprobaba aquella idea tan loca a nuestro modo de ver. Pero todos estábamos convencidos de que si no se iba terminaría en Mazorra, el hospital siquiátrico más grande de Cuba, y no precisamente como médico.

— ¿Quieres tomar algo? –Fabio me llevó hasta el bar del restaurante– ¿Un café, un té caliente?

— No, gracias Fabio de verdad. No quiero nada.

Nos sentamos en una de las mesas.

— Bueno. Dime qué es lo que pasa ahora con Marcelo.

Le expliqué lo mismo que una hora antes me había dicho Marcelo. A él no le habían dado la fecha exacta de la entrevista pero ya estaban llamando a los que habían llegado en el mismo tiempo que él. A todos les fue negado el asilo. Marcelo iba preparado con cartas que hablaban de haber pertenecido a movimientos anticastristas, de haber estado perseguido por sus ideas políticas etc. Creo que el guion que llevaba él era el mismo de todos y el gobierno sueco no se tragaba aquella píldora.

— El problema Ana, es como hacerlo llegar aquí. Si volviera a Cuba a lo mejor podemos hacerle una carta de invitación como hicimos contigo.

— ¡Estás loco! A Cuba no puede entrar después de haber pedido asilo en otro país. ¿Quién sabe qué cosa le puede pasar? Tú estás seguro que no hay modo que lo podamos hacerlo venir directamente a Italia?

— Pero si no tiene ni pasaporte. ¿No dice que se lo retiraron en el aeropuerto el día que llegó?

— Sí, es verdad, tú tienes razón. ¡¿Cómo hace sin pasaporte?! Un suspiro profundo impaciente me salió de lo más profundo del alma.

— A menos que…

Me quedé por unos segundos meditando en una idea que me había caído del cielo, aunque riesgosa, era la única posible.

— ¿A menos qué? –me preguntó Fabio.

— Marcelo no puede volver a Cuba, eso es seguro. Hay solo un modo de hacerlo venir, solo que necesito saber si con el frío de Suecia no se le han recogido los cojones porque esta vez ¡sí que los va a necesitar!

TIEMPO AL TIEMPO

El ritmo y la velocidad con que corrían las horas en mi nuevo proyecto de vida europea, eran muy diferentes a aquellas de Cuba. Allá el tiempo te pertenecía. Lo regalabas, lo compartías, lo perdías, como si nada fuera. Aquí aprendí que el tiempo era algo precioso y valioso, que costaba dinero.

En una hora de trabajo, tenías que dar lo mejor de tu tiempo. No podía ir almorzar a casa porque no me daba "tiempo". Para poder ganar más dinero en ambos trabajo necesitaba más "tiempo". En fin, mi "tiempo" en Italia cumplía un año y por más que corría, no me alcanzaba el "tiempo".

Mis días se dividían entre la fábrica de zapatos, la "Pizza Buona" en las noches, y alguna que otra tarde en el gimnasio. A este último podíamos seguir asistiendo porque Luisi había empezado a trabajar dando lecciones de baile. La cuota mensual a pagar en el gimnasio por los dos se había convertido en un gasto que estaba fuera de nuestras posibilidades. Después de su contrato allí, podíamos asistir los dos gratis.

— ¿Le preguntaste a Josè si habló con el hermano para lo del trabajo en el taller del suegro?

— No, hace días no va por el gimnasio.

Era casi medianoche. Había traído una pizza maxi del trabajo. Sentados delante de la televisión la comíamos acompañada de dos cervezas.

— Fernandito, el socio mío que vive en Padova me dijo que iban a abrir una discoteca después de Citadella y que están buscando un cubano para la animación. Creo que quieren hacer los jueves latinos.

— ¿Hasta Citadella? ¿Y cómo vamos a hacer con una sola máquina? Los jueves yo estoy en la pizzería.

— Esta noche cuando terminé la clase me dijo Paola que Claudio está vendiendo su máquina porque quiere comprarse una nueva. Mañana cuando vaya de nuevo al gimnasio le pregunto.

Dejé un pedazo de pizza sobre el cartón que estaba sobre la mesita delante del sofá. Con una servilleta de papel me limpié las manos.

— Luisi mi amor, hasta que no tengas un trabajo seguro no te puedes endeudar en comprar un auto que no sabemos si podemos pagar.

— Basta que me ponga de acuerdo con él, se lo pago poco a poco. Ahora, si se me da lo de la discoteca es otra entrada.

Me levanté recogiendo el cartón de pizzas y las servilletas sucias. Me dirigí a la puerta de la cocina donde estaba el tanquecito de la basura. Esta nueva idea no me gustaba para nada.

— Yo le tengo mucho miedo a eso, Luisi. Si seguimos buscando estoy segura que puedes encontrar un trabajo estable que te permita un salario fijo. Lo de las lecciones de baile son cosas extras, ¡extras! No sé…

— ¡… Ana!

Estaba en el fregadero lavando los vasos Se acercó a mi espalda abrazándome. Continué lo que hacía sin prestar atención a sus caricias. Me preocupaba la situación precaria en la que nos encontrábamos y sobre todo la tranquilidad con la que él lo tomaba.

— Tenemos que tener paciencia, mi amor, poco a poco se resuelve todo. Hasta ahora las cosas nos están yendo bien.

Me volví separándolo de mí.

— Nos ha ido bien porque tú tenías tu mujer Italiana que te ayudaba. Yo he tenido a Fabio que ha estado todo este tiempo salvándome el culo. Ahora estamos solos. Queremos ayudar a nuestras familias, queremos…

— … Ahora no podemos ayudar a nadie hasta que no nos estabilicemos nosotros. Se acercó unos pasos pasándome los brazos por la cintura. ¿Tú no tienes confianza en mí?

— No es eso –dije apoyando mis manos en su pecho–. Pero a veces me da miedo que no podamos con todo. Estoy muy preocupada por mi hermano Marcelo. Si puedo hacerlo venir a Italia hay que buscarle dónde vivir. Esto aquí es muy pequeño.

— Podemos buscar un apartamento más grande y lo dividimos entre los tres.

— Un apartamento más grande ¿con qué dinero? ¡Luisi, es precisamente de eso que te estoy hablando!

Con sus dos brazos alrededor de mi cintura me alzó en peso y me sentó sobre la mesa de la cocina. Abrió mis piernas colocándose delante de mí, justo en la zona de alto peligro donde no quería tenerlo cuando necesitaba hablarle de cosas importantes.

— Te preocupas demasiado mi amor. Todo va a salir bien.

Comenzó a besarme por el cuello mientras tiraba de los tirantes de mi camiseta hacia abajo dejándome desnuda.

— Luisi ahora no. Tú tienes que entender…

Sus labios sobre los míos me impedían hablar. Traté de resistir una vez más.

— Tenemos que encontrar un modo…

— Lo encontraremos.

Su boca siguió bajando debajo de mis pechos hasta llegar a mi ombligo. Una ráfaga de besos suaves puso mis ideas en cortocircuito.

— Prométeme que…

No se detuvo hasta llegar a aquel lugar donde la razón no tiene permiso de residencia. Su lengua como una espada tocó mi locura y aplastó mis argumentos.

El timbre en la fábrica sonó a las 5:30 de la tarde. Tenía todavía una hora de tiempo antes de entrar en la pizzería. Caminé en dirección al parqueo de autos. Simonetta y otras dos muchachas del departamento de piel se acercaron a mí invitándome a beber algo juntas. Dos eran los motivos por los que no acepté, el primero que no tenía ni una lira en el bolsillo y aquí la costumbre era que cada uno pagaba una vuelta de copas. La segunda razón fue la única que le di para no acompañarlas. Mi hermano en Suecia estaba esperando mi llamada a las seis de la tarde. Nos despedimos con la promesa de una próxima vez.

Llegué a la cabina telefónica unos minutos antes de las seis. Esperé en la máquina a que fuera la hora, como habíamos acordado la vez anterior. A la tarjeta telefónica le quedaban solo cinco minutos, necesitaba administrar bien el tiempo para que entendiera cada una de mis palabras.

— Dime mi sorella, ¿cómo estás?

— Dime tú. ¿Hay algo nuevo?

— De nuevo, nada, todos salen de las entrevistas planchados. No sé qué sentido tiene esperar más.

— Bueno. ¿Estas sentado? ... ¿No? Pues siéntate, aquí va mi idea; Hablé con Rey en Alemania y está de acuerdo conmigo. Te vamos a mandar su pasaporte por correo.

— ¿Y qué hago yo con el pasaporte de Rey. ¿Falsificarlo?

— ¡No... ! Hacerte pasar por Rey! Los ciudadanos alemanes no tienen problemas para entrar en Italia.

— ¡Ahora sí ustedes se arrebataron!

— Este es el único modo que tienes para escapar de Suecia.

— Pero si nosotros dos somos los hermanos que menos nos parecemos. El parece un indio con el pelo lacio y yo un chino con pelo crespo.

— ¿Y para qué se inventaron el desrizado de cabellos y las lámparas solares? Te metes ¡pero ya! en una de ellas. Mira a ver quién de tus amigos suecos tiene una de esas lámparas. Aquí los italianos se la pasan dándose eso. Y los productos para el pelo lo encuentras en los negocios de africanos.

— ¡Ana a mí me parece que esas pizzas te están volviendo loca!

— ¡Loco te vas a volver tú si te mandan para Cuba! Piensa bien. ¿Qué pierdes si te cogen? De todos modos si no te dan el asilo te deportan igual. ¿Qué me dices? –Silencio total.

— ¡Marceeeeeeeee. Fratellino!, te comieron la lengua los ratones. Tesoro, de los cobardes no se ha escrito nada. Comienza a creerte desde ahora mismo que eres Rey Pérez y en menos de un mes voy a esperarte al aeropuerto Marco Polo de Venecia.

Después de la llamada a Marcelo sentía en mi cuerpo la adrenalina a millón. Él no se esperaba esta propuesta pero al final entendió que no le quedaban muchas salidas. El inicio de aquel riesgo que parecía no tener fin, empezó el día que decidió irse para Suecia sin saber qué encontraría.

Hice las cuatro horas en la pizzería que me parecieron una eternidad. Una vez en casa, después de darme una ducha, no tenía ningún deseo de ir a dormir. Decidí aceptar la invitación de Luisi de ir una noche a verlo a la discoteca donde había comenzado a trabajar. Le daría la sorpresa. Aunque me tenìa que levantar al otro día temprano, dos o tres pasitos de salsa, me ayudarían a descargar toda la energía que guardaba dentro.

En menos de cuarenta minutos llegué a Citadella. El parqueo estaba repleto. Di unas cuantas vueltas hasta encontrar, entre dos grandes carros un espacio donde colar mi pequeño Fiat. Tener una mini maquinita como la mía tenía dos grandes ventajas. La primera, que encontrabas siempre un hueco donde parquear, la segunda, que siendo vieja, si le daban un portazo no era un problema, pues como se dice en mi tierra "Que le importa al tigre una raya más"...

La discoteca se encontraba en la planta baja de un gran centro comercial. Hice una pequeña colita de unas diez personas para comprar la entrada de diecimille lire.

Dentro era como casi todas las otras salas de baile que ya había visitado. Una gran bola de cristal, colgada del techo, reflejaba las luces coloradas de los reflectores. Me abrí paso entre los distintos grupos, recorriendo con la vista el grupo que bailaba buscando entre ellos a Luisi.

En medio de la pista divisé a Fernandito, el amigo cubano que le había conseguido el trabajo allí. Bailaba delante de un grupo de italianos que repetía los movimientos de salsa que le veían hacer. Me quedé un poco distante mirándolo exhibirse. Ver a un cubano hacer esto es como ver a un pez en su elemento natural. Continúe dando vueltas por la sala pero de Luisi nada.

En la entrada me habían dado una drink cart para consumir un trago. Decidí ir al bar a ordenar algo de beber. De la salsa se pasó a la bachata y la pista se llenó de parejas.

— ¿Quiere bailar?

Un señor sentado a mi lado en el bar alargó la mano para enfatizar su invitación.

— No. Gracias.

Terminé de beber lo que restaba del cóctel y decidí dar otra vuelta entre la gente. Fernandito estaba en una esquina de la pista secándose el sudor con una pequeña toalla que colgaba del cuello.

— ¡Hola Fernán!

— ¡Ana! Qué alegria verte. ¿Qué haces por aquí?

— Vine a darle la sorpresa a Luisi. Siempre me dice de venir. ¿Tú no lo has visto?

— Si. Estaba hace un rato por aquí. Habrá ido un momento al camerino a refrescarse. ¿Sabes dónde está?

— Sí, sí, el que está detrás del bar.

— Exacto, vengan después para tomarnos algo.

— Ok, mi amor. Nos vemos.

El primer día que lo acompañé a la discoteca, el dueño del local nos lo enseñó. Me acordaba de una pequeña salita en el fondo donde les había dicho que podían dejar sus pertenencias y cambiarse. Antes de tocar probé girar la manilla. No tenía puesto el seguro por lo que la puerta se abrió sin dificultad. Dos ojos azules, por encima de unos cabellos largos y rubios de mujer, se fijaron en los míos tan aterrorizados, como si hubieran visto un espíritu. No fue necesario que ella se volteara para reconocer de quienes eran los brazos que rodeaban el cuello de Luisi.

— Ana. ¿Qué haces aquí…?

Nos quedamos mirándonos unos segundos. Mi mano estaba aún sosteniendo la manilla de la puerta. La rubia se convirtió en estatua cuando oyó mi nombre. Salí cerrando la puerta.

Llegué hasta el carro a duras penas. Puse las manos sobre el techo buscando apoyo. Las piernas comenzaron a temblarme y después, el resto del cuerpo. Era un terremoto a escala siete. La fría madrugada arrancó mis vestidos dejándome desnuda en medio del campo lleno de autos… Como único abrigo, la desesperanza y la inmensidad del desamor.

TIENE ESPINAS Y TIENE ROSAS

El "Marco Polo" de Venecia no era un aereopuerto grande como aquel de Milano. Llegué media hora antes que aterrizara el avión proveniente de Estocolmo, por si se daba el caso de que el vuelo llegara adelantado. Me apoyé a la baranda que marcaba el límite entre la salida de los pasajeros y los que esperaban por ellos.

El sonido de un mensaje a mi celular me hizo por unos momentos quitar la vista de la puerta de cristal que se abría y cerraba cada vez que salía alguien... Era un mensaje de Luisi: "¿Todo bien? Avísame enseguida que llegue".

Hacía pocos días que tenía mi primer celular y fue un regalo de Luisi por mi cumpleaños. Las llamadas costaban carísimas y los mensajes eran el modo más económico de podernos comunicar.

Después que lo había encontrado en el camerino de la discoteca con Paola, no faltó casi nada para que toda nuestra historia de amor se fuera a bolina. Desde entonces, Luisi había cambiado mucho.

— ¡Ana, abre la puerta! Yo sé que no estás dormida.

Aquella noche había corrido detrás de mí hasta el parqueo de la discoteca. Lo dejé plantado en medio de los autos sin querer oír justificación. Mi pequeño Fiat salió chirriando gomas que ni el mejor Ferrari de la Fórmula 1 podía alcanzarme. Le pegué el pie al acelerador y en menos de media hora estaba de vuelta a casa. La imagen de los dos en el camerino no se me iba de la mente.

— ¡Ana María, por favor, ábreme! Déjame explicarte...

— ¡No quiero que me expliques nada! –le grité desde la otra parte de la puerta del cuarto. Había llegado dos horas después que yo–. Duerme en la sala si quieres, o en la calle. ¡No me importa!

Después de pasarse casi toda la madrugada llamando a la puerta, probando todos los modos posibles para endulzarme, se resignó ante mi silencio. Lo sentí regresar a la salita donde estaba el sofá.

¿Cuántas verdades y cuántas mentiras convivían dentro de este hombre? ¿Cuán sólidas eran las bases en la que se apoyaba nuestra historia? Después del sexo, ¿qué otra cosa en común quedaba entre nosotros? ¿En qué rincón de la lógica se escondían desdeñosos mis sentidos? Todas estas interrogantes se agolpaban en mi mente buscando la respuesta que no llegaba. No logré pegar un ojo, entre el llanto y todo aquel montón de ideas saltando sobre mi cama. El reloj de la mesita de noche sonó a la hora de siempre. Me faltaban las fuerzas y las ganas para ir a trabajar pero no quería quedarme en casa y enfrentar a Luisi.

Las manecillas de reloj se enfilaron en mis pupilas anestesiándome. En lugar de despertarme me sumieron en un profundo sueño.

— ¡Ana!... Ana tesoro...

La voz de Luisi acompañado de unos toques suaves a la puerta me despertó. Me senté en la cama de un tirón. Eran las once de la mañana.

— ¡Ana mi amor. Abre!

No tuve más remedio que abrir. No podía quedarme encerrada allí una eternidad. Apenas abrí me tomó ambas manos llevándolas a su pecho suplicante.

— Estábamos hablando. Tú no viste nada más que eso. ¡Estábamos hablando Ana...!

Esperó por una reacción mía que no llegó. Lo escuchaba inmutable.

— Si tú quieres dejo el gimnasio, dejo la discoteca... ¡Hoy mismo me pongo otra vez a buscar un trabajo de día!

Lo aparté, él no hizo resistencia. Entré al baño y me metí bajo la ducha tibia. Cuando regresé al cuarto había recogido todo el desorden. Tendido la cama, y abierto las cortinas por donde se filtraba la luz del mediodía. Me vestí con lo primero que encontré dentro del armario. Salí con la intención de hacer al menos, el segundo turno de la fábrica.

Cuando llegué a la pequeña cocina lo encontré delante del fogón revolviendo una salsa. Se volvió a mí sin dejar lo que estaba haciendo.

— Te estoy preparando el almuerzo
— Voy a trabajar.
Apartó hacia una hornilla apagada, la cazuela donde cocinaba. Vino hasta mí, quitándome de los hombros la cartera. Me tomó por ambos brazos sin presionar, como si tuviera miedo de romperme.
— Tienes tiempo hasta la una y media. Ahora come tranquila. Te acompaño a la fábrica y te recojo cuando termines a las cinco y media.
Me dio un beso en la frente como se besa a un niño obediente.
— Después vamos a un lugar tranquilo donde podamos hablar.
— No hay nada que hablar. No quiero más...
— ... Shsssss –sus dedos apoyados en mis labios me impidieron continuar–. No digas nada ahora. Hablamos esta noche con calma.
— Esta noche tengo que ir a la pizzería´–le respondí sin alzar la vista.
Tenìa la mirada clavada en el piso en un punto delante de mis pies al que me agarraba con todas las fuerzas para evitar aquella alma letal que eran sus malditos ojos.
— ¿Qué puede pasar si faltas una noche? –esta vez sus manos a ambos lados de mi cara me obligaron a mirarlo.
— ¡No vayas por favor...! Me besó suavemente por unos breves segundos. ¡Esta noche, solo para nosotros Ana! –susurró con su boca sobre la mía. No alcanzaba a ver más allá de aquella boca que me consumía de ganas... ¡Dios mío! ¿En cuál de las gavetas de mi vida olvidé doblada mi voluntad?
No fui aquella tarde a la fábrica, ni en la noche a la pizzería. Me suplicó y le creí. Imploró y lo perdoné. Cabalgamos día y noche a través de la lujuriosa selva en la que me había perdido. No encontraba un solo camino que indicara la salida. Luisi los había sellados con su pasión irrefrenable. Nuestros cuerpos, sinfonía perfecta de las infinitas estaciones del sexo...
Dejó la discoteca y las clases del gimnasio. Comenzó a trabajar media jornada en un taller de mecánica de un amigo de Fabio y se había presentado a una entrevista en una fàbrica de la que esperaba respuesta.

La mañana del 17 de noviembre me despertó con un beso en la frente. Cuando abrí los ojos, tenía en sus manos una pequeña cajita con un lazo rojo.

— ¡Feliz cumpleaños! –tomó mi mano y lo apoyó en ella.

— ¿Qué es esto?

Me senté en la cama deshaciendo la cinta de raso. Luisi me miraba fijo esperando ver mi reacción. No pude evitar abrir la boca ante el contenido de la sorpresa.

— ¿Un celular? Pero ¿estás loco?! Tiene que haberte costado carísimo Luisi. ¡No! ¡No hacía falta mi amor!

Sacó de su bolsillo otro igual.

— ¡Dos celulares! –agregó él–. Uno para ti y otro para mí. Claro que nos hace falta Ana, no tenemos teléfono en casa. Así me puedes controlar cuando quieras –dijo con cierta picardía.

— Luisi, ¿de dónde sacaste dinero para comprar dos teléfonos?, todavía no te han pagado en el taller. Espero no lo hayas pedido prestado.

— Pero ¿por qué tienes siempre que romperte la cabeza con todo? ¿Te gusta o no?

— Si… Claro que me gusta pero…

— ¡Pero nada! No te preocupes por más nada. Hoy es tu cumpleaños y quiero que seas feliz.

— ¡Tú me haces feliz! –le tendí los brazos al cuello y lo apreté con todas mis fuerzas. ¡Te amo Luisi! Me separé un poco para mirar su rostro. Le acaricié la mejilla. Gracias…

Las puertas de cristales seguían abriéndose desfilando a través de ellas turistas, familias y hombres de negocios que llegaban a la bella Venecia. De mi carísimo Marcelo nada. ¿Lo habrán detenido en Estocolmo por el pasaporte de Rey?

Después de todo lo que me costó convencerlos. Primero a Rey que luego de tantos años viviendo en Alemania ya pensaba como uno de ellos.

"¿Y si lo cogen y me busco un problema por haberle mandado mi pasaporte?" –me dijo el día que lo llamé por teléfono explicándole la idea de hacer venir a Marcelo desde Suecia como si fuera él.

Se resistió un poco pero al final dio su consentimiento. Le envió su pasaporte por correo. Mi otra misión fue tranquilizar a Marcelo convenciéndolo que aquella era la única solución.

Ahora, después de ver la puerta abrirse una infinidad de veces y no aparecer Marcelo por ellas, comencé a dudar del buen éxito de mi proyecto. Aquellos dos hermanos míos se parecían como el día a la noche.

Al final decidimos que era mejor que no se estirara el pelo ni hiciera nada para "camuflajearse". Debía hacer los trámites en la aduana con la mayor naturalidad posible, mirando siempre de frente a los oficiales para que no les vinieran dudas.

Aquel era mi papel de directora pero Marcelo en su parte de actor no se lo creyó mucho. Todo parecía indicar que nuestro plan había sido un fracaso.

Me separé de las barras de hierro dirigiéndome a uno de los refrigeradores automáticos para comprar una botella de agua. Tenìa la garganta seca. Saqué el monedero de la bolsa buscando unas monedas.

— ¡Ana!

La voz a mis espaldas me congeló la sangre. Me volví a tal velocidad que la cartera con todo el menudo cayó de mis manos al piso dispersando las liras en todas direcciones. Pero no le hice caso. Aquel rostro que no veía desde hacía más de dos años y que adoraba como a mi propia vida me sonreía abriendo sus brazos.

Por unos segundos mis piernas no respondieron a la orden de correr hasta él. Mi hermano estaba aquí, en Italia. ¡El primero de los muchos acababa de romper la cinta que marcaba nuestra meta!

¡Esto era solo el inicio de las tantas carreras que los hermanos Pérez tendrían que enfrentar en este riesgoso, duro, incierto y fantástico mundo de la emigración!

Fabio, nuestro eterno benefactor, había hospedado a mi hermano Marcelo en una de las habitaciones de su hotel, adonde él también había regresado a vivir después que dejamos el apartamento que compartíamos en Bassano.

Nosotros habíamos pedido al propietario de nuestro mini local cerrarnos el contrato. Era necesario hacerlo con tres meses de antelación, tiempo que nos servía para buscar uno más grande donde iríamos a vivir los tres. Mientras, Marcelo vivía en El Cadorna y los ayudaba en las tareas de hotel, como sucedió conmigo. Hasta que no se resolviera el problema de sus papeles, no podía pensar en la posibilidad de trabajar. Para todos los efectos, era un clandestino.

Llegó mi segunda Navidad en Italia. Esta ahora tenía un sabor más dulce con la llegada de Marcelo. Me sentía feliz. Aunque todavía un poco mermada, mi familia comenzaba a conformarse de nuevo.

— ¡Feliz navidad a todos!

En una de las salas restaurantes del hotel celebrábamos junto a la familia de Fabio el Día de Navidad. Estábamos sentados alrededor de una gran mesa decorada con manteles y servilletas rojas. En el centro, una vela con adornos típicos de las fiestas navideñas. En una esquina cerca de la puerta, un árbol de Navidad con diversos paquetes de regalos a su alrededor.

No podía dejar de recordar nuestras navidades en Sagua. Cada año mis padres, con las ramas de un árbol de almácigo que teníamos en el patio, hacían un arbolito. Imitábamos la nieve con algodón. No se ponían los regalos como aquí, bajo el arbolito. Estos llegaban el 6 de enero, Día de los Reyes Magos.

Luisi fue presentado a la familia de Fabio como un amigo cubano que vivía en Vicenza. Mi relación con todos ellos siguió siendo la mejor, a pesar de nuestra separación matrimonial. Para todos era evidente el gran afecto que nos unía y lo cordial de nuestra relación.

— Gracias Fabio por habernos invitado hoy–. Alcé mi copa para encontrar la suya en un saludo.

A diferencia de Cuba que estamos acostumbrados a celebrar la Nochebuena el día veinticuatro en la noche, aquí festejaban el veinticinco de diciembre al mediodía con un almuerzo grandioso. Cada familia se esmeraba en hacer la mejor comida del año. Era un día donde todos los parientes se reunían. Podrían no verse en todo el año, pero el Día de Navidad era absolutamente el "Día de la familia".

El almuerzo terminó con el tradicional Panettone. Algo que no podía faltar en la mesa de una familia italiana el día de Navidad.

El Panettone es una especie de pan dulce delicioso. Y su invento se le atribuye a Tony, uno de los servidores de la cocina de Ludovico el Moro. Cuenta la leyenda, que el cocinero de la corte quemó el pan que debía servirse en el almuerzo ducal. Tony, para salvar la situación decidió sacrificar el pan con la levadura madre que había preparado para su Navidad, agregándole harina, azúcar, uvas y otras frutas. De aquí nace el nombre de "Panetonne".

Hay muchas otras teorías del origen de esta famosa torta natalicia pero a mí, aquella de Tony, tan parecido a un filme medieval, me gustaba más.

— ¿Cómo van las cosas con el cubanito?

Fabio y yo nos habíamos quedado en la mesa bebiendo el café. Los sobrinos de Fabio con sus hermanos estaban junto a los regalos apenas abiertos. Marcelo y Luisi seguían a Giorgio que les enseñaba la colección de fusiles de caza que guardaban dentro de una gran vitrina de cristal.

— Bien…

— ¿No muy bien?

— Sí. ¡Bien! –le sonreí tratando de entender que había detrás de aquella pregunta–. ¿Por qué me lo preguntas?

— Por nada.

— ¡Fabio!

— Nada mujer. Solo quería saber cómo estaba todo. Como no lo he visto más en el gimnasio. ¿Le gusta el trabajo del taller?

— Sí, bastante, lo siguen llamando solo en las mañanas. A veces si está muy flojo el trabajo no lo llaman. Es siempre una entrada pero no muy segura. Hizo una entrevista en una fábrica de pintura, es muy probable que lo llamen de ahí.

Tomé uno de los turrones que estaban en el centro de la mesa junto a los chocolates.

— ¿Quieres? –Fabio negó con la cabeza mientras bebía otro sorbo de café.

— ¿Cómo arreglaremos esto de Marcelo? Todavía me faltan al menos otros seis meses para tener respuesta de la ciudadanía, así que nada de reunificación familiar.

— Se está hablando de una Ley sanatoria para los extracomunitarios ilegales. Si tienen la posibilidad de tener un contrato de trabajo podrán conseguir un permiso de residencia.

— Sí, hace meses que se habla de eso, pero nada.

— Bueno, en tanto está aquí. Aunque ilegal, siempre es mejor que deportado a Cuba.

El teléfono del hotel comenzó a sonar. Lena respondió.

— Fabio. Es para ti.

— Espérate un segundito, Ana.

Se dirigió a la carpeta del hotel donde Lena le pasó el teléfono. Los sobrinos de Fabio vinieron a mostrarme los juguetes que les había traído Babbo Natale, más conocido en Cuba como Santa Claus. Ellos le escribían una carta con la lista de regalos que deseaban recibir. El Santa Claus italiano era generoso con ellos trayéndoles más regalos de los escritos. Mis Reyes Magos cubanos, los que conocí en mi infancia, o no sabían leer o no le llegaban las cartas, nunca recibí tanto regalos como ellos.

Después de algunas horas nos fuimos a Bassano en busca de un negocio de africanos que tenían cabinas telefónicas para llamadas internacionales. En Cuba nos esperaban nuestras familias para los saludos y felicitaciones de unas navidades, llenas de cantos y colores en Italia, pero todavía oscura y escondida en mi lejana tierra.

Para llegar al auditorio telefónico pasamos el centro del pueblo. Con Marcelo de una parte del brazo y Luisi de la otra, caminamos por las calles disfrutando de todo aquel ambiente lleno de luces coloreadas que las atravesaban de una parte a otra. Las vidrieras de los negocios estaban decoradas con todo tipo de adornos natalicios, árboles de navidad, y los maravillosos pesebres, que representaban el nacimiento del niño Jesús rodeado de pastores, animales, Reyes Magos, María y José.

En el centro de la plaza una cadena de quioscos de madera vendía golosinas, frutos secos y artesanías, todas a tono con las fiestas de Navidad. Un trío de músicos vestidos de Babbo Natale, cantaban los himnos navideños acompañados por un acordeón. Delante de ellos una cajita llena de monedas que les tiraban alguno de los pasantes. En esta época del año la gente era más generosa.

— ¡Madre mía, que frío! Me congelo–. Dije mientras me subía un poco más la bufanda para que me cubriera la nariz por donde me entraba el aire directamente apuntillándome hasta la frente.

— ¡Tú no sabes lo que es frío mi hermana! Ahora habrá unos tres o cuatro grados. Cuando dejé Suecia había menos diez. ¡Aquello sí que es frío!

— Aquí me gusta todo, menos esta congeladera. Bueno, ¡algún defecto tenía que tener!

— ¿Quieren almendras acarameladas?

Luisi se acercó a uno de los quioscos. Compró tres paquetes que fuimos comiendo mientras caminábamos por las viejas calles de esa magnética ciudad que poco a poco se iba calcando en mi corazón, como los adhesivos navideños a sus vidrieras.

— No se preocupen por nosotros, estamos bien.

La voz de mi madre de la otra parte del teléfono hacía todo lo posible por tranquilizarnos. Sabía que estábamos preocupados porque ella y mi padre se habían quedado prácticamente solos. Todos sus hijos estábamos regados por el mundo. Por primera vez en su vida pasarían la Navidad y el 31 de diciembre sin sus adorados hijos.

No podía imaginar mi casa desolada. En este período del año nos movilizábamos buscando la carne de puerco que asaríamos en el patio por la Nochebuena.

Los preparativos se iniciaban semanas antes del día señalado, averiguando donde conseguir los plátanos, los frijoles negros, la yuca, más todos los condimentos que hacían falta para cocinar. En Italia, por primera vez vi que existían los supermercados donde basta pasar por cada uno de sus estantes para comprar todo lo que necesitas.

En mi Cuba esto era una odisea. Un año fui con mi madre a un campo por Artemisa, a más de 30 km de La Habana para conseguir una pierna de puerco. Las demás cosas se tenían que buscar a través de los revendedores de viandas regados por la ciudad. Si la buena suerte nos sonreía y encontrábamos unas cajas de cerveza, entonces aquello era lo máximo para una buena Navidad. El vino no estaba ni al alcance de nuestras manos y tanto menos en nuestra tradición.

— … Tu Tía Cusín vino con Bebo y con tu abuela, así que no estamos solos –continuó mi madre de la otra parte de la línea.

— ¡Qué bueno, mami. Menos mal –respondí más tranquila.

— Con el dinero que ustedes mandaron, estábamos pensando para el 31 comprar un puerco entero para invitar a los vecinos de la cuadra. Tu abuela va a hacer la caldosa.

Reconocía por su voz que esta idea de cocinar para el barrio la hacía feliz. Si hay una cosa que siempre he admirado en mi madre es su generosidad. En su casa siempre había un plato de más para quien pasara. Por no hablar del repertorio de viejitos que tenía en su lista, a quienes les mandaba, unas veces a uno, otras veces a otro, parte de la comida que preparaba para la casa. Todavía la recuerdo: "Llévale esto a ese pobre viejo que se está comiendo tremendo cable, hija".

— ¿Y cómo encontraste a Marcelo. Esta gordo?

Este era un parámetro que mi madre siempre utilizaba para saber cómo estaba alguien. Si estaba gordo, estaba bien.

— Está igualito a como lo dejaste. Ahora te lo paso.

Marcelo estaba junto a la puerta de la cabina esperando. Le pasé el teléfono y ocupé su lugar.

Hablamos algunos minutos con mi padre e hicimos un intento también con mi abuela Lala. Estaba sorda de cañón pero se ponía brava si mi madre no la dejaba que nos saludara.

— ¡Estamos bien! Estamos bien todos… Acuérdate mi'jita si puedes mandarme con alguien que venga dos batas de casa abiertas alante como me gustan a mí. Y también talco, que aquí está perdido... Cuídense mucho y dale un beso a Rey, a Elsy, a Mario...

Por lo menos tres minutos se los llevaba ella, la mitad con la lista de pedidos y la otra nombrando cada nieto, como si estar todos afuera significaba que estuviéramos juntos en un mismo lugar.

Repetí la llamada a Cuba pero esta vez a mis queridas Chinitas en Sagua. Ellas siempre estaban bien. No se quejaban de nada, no les hacía falta nada, solo... "Que tu vengas pronto, niña".

Salimos de la cabina y le pasamos el teléfono a Luisi que también esperaba para llamar a su mamá.

— Mi amor. Te esperamos en el bar de al lado, así hablas con calma. Salúdame a tu gente.

Entramos al bar. Tanto la sala como la barra estaban llenas de personas que se calentaban con una taza de chocolate, capuchinos o té. Divisamos una pequeña mesa libre a donde fuimos a sentarnos. Una joven camarera nos saludó, nos dio uno de los menús y continuó casi sin detenerse con una bandeja llena de bebidas.

— Yo ni miro, quiero un chocolate hirviendo con mucha, mucha nata –me dijo Marcelo apartando el menú a una esquina de la mesa–. Yo los encontré bastantes tranquilos. ¿A ti no te pareció?

— Sí. Pensé que estarían peor, la verdad. Marce, si las cosas nos van bien, en cuanto me llegue la ciudadanía traemos a los viejos.

— Eso es un dineral mi hermana. Yo también no veo la hora de verlos pero se necesita dinero. Con el equipo de pelota de Colombia no creo que podemos contar mucho. Eso del restaurante les dará a duras penas para mantenerse.

— ¡Bueno, entre Rey, tú y yo!

— ¿Yo? Quién sabe cuándo encontraré un trabajo. Como médico me tocará empezar todo desde el principio.

El pobre Marcelo, el día que llegó a Italia, con el nerviosismo de estar viajando con otro pasaporte, no veía la hora de bajar del avión. En cuanto aterrizaron en Venecia salió tan aturdido que olvidó la bolsa con los documentos que había guardado bajo el asiento. Cuando vino a darse cuenta, estábamos en el autobús que nos llevaba a buscar el tren Venecia-Bassano. Por más que le insistí de volver para reclamarlos no quiso. Le daba terror que lo detuvieran después de haber salido todo bien.

— Marce. Positivo amor mío, estamos en Navidad ¡donde cada sueño es posible! –dije alzando los brazos en un gesto muy teatral–. Vamos a traer a los viejos. Tú vas a trabajar como médico. Todos los muchachos van a venir también para acá, vamos a llenar este Bassano de los Pérez de Cuba y vamos a hacer aquí ¡El Cubamía, el mejor restaurante cubano en Italia!

— ¿Qué van a tomar?

La muchacha que antes nos había dado el menú estaba delante de nosotros lista para tomar la orden de lo que deseábamos.

— De momento, para ella dos meprobamatos y tres diazepanes por favor.

— ¿Cosa? –preguntó la camarera sin saber qué escribir.

Le di un pequeño golpe sobre el hombro sin perder mi buen ánimo. Me dirigí a la joven camarera.

— ¡Dos buenos chocolates caliente con nata. Navidad es navidad!

Evitaba aquella tentación cada vez que iba a un bar por miedo a llenarme de toneladas de calorías, pero aquel día nada podía hacerme mal. Sentía que mis dudas, mis temores volaban atravesando las luces coloreadas y parpadeantes de la Navidad, que este Babbo Natale que nunca antes visitó mi vieja casa de Sagua tenía una gran deuda conmigo y ¡ya era hora de pagar!

UN CLAVO EN EL ALMA

Marzo de 1996, el día que...

Amaneció lloviendo. Hacia una semana que no escampaba y el grado de humedad era altísimo. No sé si era el clima, o la cantidad de horas de trabajo a la que estaba exponiendo mi cuerpo, o ambas cosas. El problema era que llevaba varios días con una fuerte crisis de dolores lumbares que a duras penas lograba aplacar con antinflamatorios y calmantes. Cuando el despertador sonó ya estaba despierta.

— ¿Qué vas a hacer?

Preguntó Luisi todavía soñoliento cubriéndose los ojos con el brazo para evitar la luz que provenía de la lámpara sobre la mesa de noche que acababa de prender.

— Me preparo para ir a trabajar.

— ¿Se te pasó el dolor?

— Un poco. Antes de irme me tomo otras dos pastillas –dije mientras me levantaba con cuidado de no lastimarme.

— Esas pastillas te van a acabar con el estómago. Acaba de ir al médico de la familia. Si quieres te acompaño, no tengo que ir al taller hoy. Seguro que te manda reposo.

Me detuve en la puerta del baño y me volví a mirarlo antes de entrar al baño.

— Amore. No hace un mes me dieron siete días, no puedo seguir pidiendo permiso si no, no cobraré ni la mitad del salario.

Abrí el agua de la ducha regulando la temperatura. "Un baño caliente, una buena empavesada de pomada analgésica y dos calmantes". Este era el auto remedio que la doctora Ana Pérez entendía que debería bastar para soportar ocho horas de trabajo.

Ese día había pensado ir solo a la fábrica. Llamaría más tarde a la pizzería para que me sustituyeran por unos días hasta que me sintiera mejor.

Después de algunos minutos estaba lista para iniciar el día. Abrí la puerta del edificio, un viento fresco y húmedo me rozó las mejillas, único espacio descubierto de mi cuerpo. Bufandas, gorro y guantes eran tres elementos amigos que me acompañaban siempre que ponía un pie fuera de casa.

Dejé a Luisi durmiendo. No sintió cuando apagué la luz de la mesita de noche. ¡No había otro lugar en el mundo, donde hubiera querido quedarme más que en aquella cama caliente, resguardada de esta lluvia insistente! Pero no podía permitirme el lujo de seguir pidiendo permisos por enfermedad. Estos me autorizaban a estar en casa, pero me descontaban una parte del salario.

Faltaban pocas semanas para mudarnos al nuevo apartamento y allí los gastos serían más altos. Luisi seguía haciendo algunas horas en el taller. No lo llamaron nunca de la fábrica de pintura. Su currículo de trabajo dormía en los archivos de las fábricas donde había solicitado empleo, sin que ninguna se decidiera a llamarlo. Por el momento mis dos salarios eran lo único seguro con lo que podíamos contar.

— Buenos días, Ana. ¿Cómo seguiste?

— Hola, Giannina. Un poco mejor, gracias.

Estábamos en el camerino de la fábrica delante de nuestras taquillas preparándonos para trabajar. Terminé de abotonarme el uniforme azul de trabajo. Antes de cerrar la puerta de aluminio del pequeño armario tomé la botellita de cocimiento con canela y miel que me había aconsejado Marcelo como un buen antinflamatorio natural. Ya no sabía que más tomar, había probado con todo.

— ¿Quieres venir a almorzar a mi casa, así tienes más tiempo para descansar?

No era una mala idea aceptar su invitación. Vivía a solo cinco minutos de la fábrica. Si iba a mi apartamento perdía más tiempo en el viaje que el que podía descansar.

Antes de apagar el celular envié un mensaje a Luisi advirtiéndole que no me esperara al mediodía, que almorzaría con Giannina.

De pie, delante de la máquina de alzar zapatos, que hacía meses le había robado el lugar a las cámaras de televisión, se encendió la luz, no para anunciarme que estábamos grabando, sino para darme la señal de que la cadena comenzaba a moverse trayéndome cualquier cantidad de zapatos para desmontar.

Me acostumbré a los movimientos para alzar las hormas. Había pasado el tiempo que debían detener la producción por mí. Trabajaba parejo a los demás obreros solo que ahora con la columna vertebral queriendo ser protagonista absoluta de la tragedia de mi vida, la cosa se ponía dificil.

Cada vez que desmontaba un zapato era como si me dieran una puñalada directamente en la espalda.

Después de dos larguísimas horas sonó el timbre para los minutos de descanso. Tomé la botella plástica con el cocimiento de canela y bebí la mitad. El ruido de las máquinas era menos fuerte después que detuvieron la cadena. Algunos trabajadores aprovecharon la pausa para dirigirse afuera a fumar, otros para ir a los distribuidores automáticos de bebida.

— ¿No vienes Ana? – me preguntó Simonetta mientras sacaba del bolsillo de su bata una llave recargable que se usaba en lugar de las monedas para comprar las bebidas–. ¡Te invito a un café!

— No, gracias, Simonetta, mejor descanso un poco aquí mismo.

— Bueno, nos vemos en unos minutos –dijo, mientras se unía a otro grupo de obreras que pasaron por nuestro lado.

Debajo de la cadena había una caja de cartón vacía que nos daban para echar las hormas defectuosas. Abrí todo el cartón apoyándolo en el piso, como si fuera un colchón de hacer ejercicios. Me dejé caer en él, doblé las rodillas hasta tocar el pecho permitiéndole a la columna estirarse completamente. Este era un ejercicio que me había aconsejado la doctora de la familia cuando fui a su consulta algunas semanas atrás con el mismo dolor.

Me explicó que aquella posición ayudaba a relajar los músculos lumbares y alargar la columna vertebral provocando un gran alivio. Permanecí allí sin moverme todo el tiempo que duró el descanso.

Tres horas antes había tomado dos pastillas y no quedaba en mi cuerpo ni el más mínimo efectos de ellas.

Terminó la pausa y se reanudó el trabajo y con él mi suplicio. El dolor en la espalda era cada vez más insoportable. Cada horma que alzaba era una tortura. Al final fue más fuerte el dolor que mi voluntad de resistir. Con una mano aplaste el pulsante que detenía el movimiento de la máquina y me dejé caer de nuevo en el cartón llevándome las rodillas al pecho, como había hecho antes.

Giacomo el jefe de personal se apresuró a ir donde yo estaba tendida en el piso.

— ¿Qué te pasó Ana? –se inclinó preocupado apoyando una mano sobre las mías.

— Tengo un dolor muy fuerte en la columna. No lo soporto.

— Tranquila, llamo a alguien que te sustituya, no te muevas.

Me quedé en aquella posición por otros diez minutos. Entre Giacomo y Simonetta me ayudaron a alzarme acompañándome hasta los camerinos.

— Es mejor que te acompañe al hospital para que te pongan un suero o una inyección para el dolor –insistió Simonetta.

— No Simo, tranquila, me recupero un poco y voy para mi casa. Por la tarde voy a ver a la doctora de la familia.

— A mí me parece que es mejor que vayas al hospital si tienes esa crisis tan fuerte.

— ¡Simonetta tiene razón! –insistió Giacomo.

Después de algunos minutos logré convencerlos que podía arreglármelas sola, de lo contrario, tendría que dejar la máquina en la fàbrica. Insistieron en acompañarme, al menos hasta e auto. Saludé a Giannina que se había unido al pequeño grupo.

— ¡Gracias, gracias a todos. De verdad! En unos días estoy d nuevo aquí.

Me senté al volante de mi pequeño Fiat, poniendo al máxim el limpia parabrisas. La lluvia era tan fuerte como mi dolor.

Atravesé toda la ciudad de Bassano para regresar a casa. Faltab media hora para las doce del día, el tráfico era todavía tranquil Era inútil que continuara insistiendo en trabajar así. Aunque n era ese mi deseo, tenía que parar y curarme aquel problema, d lo contrario, tendría que estar más tiempo de reposo, sin pod ir a la fábrica arriesgándome también a perder el trabajo de pizzería por tantas sustituciones.

El lugar donde acostumbraba a parquear la máquina estab

ocupado por un auto gris metálico que me era familiar. No me detuve a pensar en esto, la única cosa que deseaba era llegar y poner mi espalda en el piso con los pies levantados.

Proseguí unos metros más adelante y estacioné justo debajo de la ventana de nuestra habitación. Las cortinas estaban todavía bajas, me pareció extraño que Luisi estuviera durmiendo.

La lluvia era un poco menos insistente que cuando salí de la fábrica, dejé la sombrilla en la máquina. Alcé el gorro del abrigo impermeable para cubrirme completamente la cabeza. Caminé con la máxima precaución por la acera mojada hasta llegar a la puerta del edificio.

Ayudándome del pasamano subí los veinticuatros escalones que conducían a mi apartamento. Introduje la llave en la cerradura sin lograr abrirla. Intenté de nuevo pero estaba bloqueada. Era evidente que una llave por dentro le impedía que pudiera abrirse.

El primer impulso fue tocar el timbre pero mi mano se detuvo apenas un milímetro antes de apretar el botón. Un presentimiento. Un relámpago. Una campana de alarma. Todas estas sensaciones me asaltaron juntas al mismo tiempo.

Me volví lentamente bajando las mismas escaleras que me habían llevado allí. En lugar de salir por la puerta principal di la vuelta hacia la otra parte del pasillo que conducía hasta el sótano del edificio. En el fondo había otra puerta que daba al fondo de los apartamentos.

Nuestro edificio estaba construido en un terreno irregular. Por el frente, la fachada principal estaba compuesta por planta baja más otros tres pisos. Dando la vuelta por la parte posterior, la cocina de mi casa se encontraba al mismo nivel del terreno.

La ventana estaba exactamente igual que como la había dejado antes de irme, reclinada, de modo que permitiera la ventilación. Acostumbraba a dejarla así cuando llovía mucho para evitar que la humedad manchara las paredes.

Me encontraba a la distancia de un metro del pequeño balcón de la cocina. Había saltado una vez desde allí un día que se me había cerrado la puerta de casa mientras estaba afuera en el jardín. Ahora estaba todo mojado, tanto la tierra debajo de mis pies como la baranda a la que debía agarrarme. Mi dolorosa espalda gritaba que frenara aquella locura pero una mano negra como la noche me empujaba.

Precisa como un ninja, sin hacer ruido, caí justo con los pies al borde del muro. Me detuve unos breves segundos, respiré profundo, alcé primero una pierna por encima de la baranda, seguida de la otra hasta que ambas cayeron dentro del balcón de la cocina.

La cortina que cubría el cristal de la ventana no me permitía ver dentro. El día gris dejaba entrar muy poca luz. Agachándome metí la mano hasta encontrar la cuña de goma que sostenía la puerta. La quité. Me incorporé abriéndola poco a poco.

En el interior no había nadie. Sobre la mesa dos tazas de café. Me quedé parada con la mirada clavada en la puerta cerrada de la habitación. Intenté avanzar, pero sentía los pies clavados en el piso, negados a obedecer mis órdenes, pero no me importaba, si ellos no querían seguirme me arrastraría hasta aquel cuarto desde donde una ráfaga de placer me mandó a bolina el alma.

Y todo fue como los flashazos de un filme. Como las fichas de un rompecabezas dando vueltas hasta encontrar su lugar. La máquina gris... Las cortinas bajas... La llave en el interior de la puerta... Un cuerpo desnudo que no era el mío... Dos rostros que pasaron a la velocidad de la luz del deseo al pánico total...

Según un viejo refrán "No hay mal que dure cien años ni cuerpo que lo resista". El mío duraba dos meses. Poco, demasiado poco. La herida estaba todavía fresca para que no doliera y mis ojos no habían consumido toda su cuota de lágrimas. Cualquier cosa me hacía llorar. Un plato de pasta "Esa la comí con Luisi". Una plaza por la que pasaba "Aquí venía con Luisi". Un cartón con pizzas dentro del refrigerador "Esta era la pizza que le gustaba a Luisi"...

No pasaba día que no pensara en él y en aquella maldita escena de los dos desnudos en mi cama. Era como un hierro caliente quemándome las entrañas. Por más que trataba de recordar los lindos momentos vividos juntos en tantos meses, aquellos horribles segundos, lo borraba todo.

En las noches mi cuerpo seguía esperando la boca que me habían tatuado sus ganas en cada parte. Nunca antes mis deseos volaron tan altos sobrepasando la inmensidad del placer.

Aquella relación no superó el año de vida. Hablaba el lenguaje de un amor que no era tal. Su instinto de "macho latino" fue más fuerte.

"Ana. No sé cómo pude dejar que pasara esto. Yo te amo te lo juro. Fue un momento de debilidad. Perdóname. Dame otra oportunidad. Te extraño, Estoy mal, no imaginas cuánto. Por favor, responde a mis llamadas".

Este mensaje y otros parecidos llegaban a mi teléfono unas diez veces al día, acompañados de un sin fin de llamadas que nunca respondí. No, no lo podía perdonar, fue demasiado fuerte el golpe, un knock out seco que me tiró completamente a la lona. Ya me sentía débil y frágil con los dolores de la columna y para rematar aquella escena de Luisi con Paola, aquella muchacha rubia que parecía un ángel pero que me hizo más daño que el mismo demonio.

No perdí tiempo en averiguar desde cuando venía esa historia y ni siquiera si continuó después de haber roto con él. Aquella misma mañana me fui al hotel de Fabio dándole una semana para que recogiera sus cosas y encontrara donde ir a vivir.

Pasé aquellos días acostada. La doctora de la familia me había mandado reposo absoluto. Pero más que los dolores del cuerpo era mi alma quien estaba en estado de coma. Mi débil aliento estaba echado a los pies de mi cama como un cachorro convaleciente.

A los diez días cuando volví al consultorio acompañada por Marcelo, la doctora me dio su diagnóstico definitivo.

— No puedes trabajar tantas horas de pie en un mismo lugar.

— No te queda más remedio que dejar el trabajo de la fábrica.

Me dijo Marcelo unos minutos más tarde bebiendo un cappuccino espumoso acabado de servir en un bar, frente al consultorio del médico de la familia.

— Solo con el dinero de la pizzería no nos alcanza para pagar los gastos del nuevo apartamento.

— Yo tengo que encontrar algo aunque sea un trabajo por la izquierda para poder ayudarte. Mañana mismo cojo la bici y me pongo a buscar de nuevo.

— Lo primero que te van a pedir a cualquier lugar que vayas son los documentos en regla.

— En la cocina de un restaurante lavando platos, no.

— No te preocupes Marce. En unos días estoy entera.

Alcé la tapa que cubría la taza del té y eché dentro una cucharada de azúcar de caña.

— Si quieres nos quedamos a vivir en tu apartamentico. Yo puedo dormir en la sala. Cuesta mucho menos.

— No, no, no. No quiero seguir viviendo ahí. Por el momento tengo el trabajo en la pizzería por las noches y cuando este mejor vuelvo a la fàbrica.

— Pero si la doctora te acaba de decir que tienes que dejar ese trabajo. Y por si se te olvidó, aun sin poderlo ejercer, yo sigo siendo médico y te digo que si quieres curarte tienes que cambiar de trabajo.

No respondí, continué dándole vueltas al té con la cucharita como si de aquel humito caliente pudiera salir el mismísimo genio de Aladino.

— Piensa ahora en ponerte bien que es lo más importante... ¿Y del hombre que se ha sabido?

— Nada, ni quiero saberlo. "Voltiamo página" como dicen los italianos. Pago yo y mételo en la lista negra. Me vas a tener que estar invitando un mes entero a desayunar cuando empieces a trabajar.

Le dije alzándome y yendo a la caja que se encontraba en un extremo del banco del bar.

El tema de Luisi no quería tocarlo más. Así como no podemos revivir a un ser amado cuando lo perdemos, igual sucede con los amores rotos. Se lloran como a nuestros muertos, dejándolos reposar en la trastienda de los recuerdos.

Mis tristes días se fueron acortando cuando nos fuimos a vivir al nuevo apartamento donde no podía perseguirme la sombra de Luisi.

Entendí que se pueden tener dos amores. Que se puede estar dispuesto a dar la vida por ambos. Que en tu corazón puede haber espacio para estos dos sentimientos. Pero solo si este amor habla de patria: "Giuro di essere fedele alla Repubblica italiana, di osservarne lealmente la Costituzione e le leggi". Así juré fidelidad a la Italia delante del sindaco de Romano d' Ezzelino. Con un nudo en la garganta, igual al que sentía cuando recordaba mi Cuba.

Y este nuevo escalón en donde ahora me apoyaba sólidamente cambiaba todas las cartas del juego en la mesa de mi vida.

Cuando Dios cierra una puerta tiene otras abiertas para ti. Esto es algo que escuché decir muchas veces y en mi caso fue pura verdad.

No necesité sacar ninguna de las cartas de la Ana María ciudadana Italiana. Una ley sanatoria en el país permitió regularizar a los extranjeros ilegales. Fabio pudo hacerle un contrato de trabajo a Marcelo, que le permitió obtener su permiso de residencia.

Esta conquista nos llenó de felicidad. Fabio seguía alargando la lista infinita de favores impagables.

— ¡Tú puedes estar seguro que Dios te ha mandado a esta vida con la misión de ser nuestro ángel de la guarda! ¡No te quepan dudas! Le dije abrazándolo el día que salimos de la municipalidad con la carta de identidad de Marcelo.

— Bueno, vamos a ver si me pone en el camino un buen pecador que salvar.

— Te lo pondrá amor mío, te lo pondrá, nadie como tú lo merece tanto.

Terminamos la mañana, festejando los dos eventos más importantes de la temporada, la legalización de Marcelo y mi ciudadanía. Fabio se lució con una espaguetada de camarones que nadie como él hacia mejor en toda la península.

A los pocos días de regularizar los documentos de Marcelo, recibimos una llamada de una de las tantas fábricas en donde pidió trabajo. Al igual que yo su triste mentira blanca era que había estudiado solo hasta la superior, cancelando sus sacrificadísimos nueve años que estudió para hacerse médico especialista. A esto agregó que estaba dispuesto a hacer cualquier tipo de trabajo independientemente del horario y de posibles traslados al exterior. Esto último era muy importante dado que muchas empresas italianas mandaban a sus trabajadores de vuelta por Europa.

La fábrica que lo llamó construía máquinas para cortar la hierba.

— ¡Mi hermanito el doctor se convierte en un obrero de este país! Espero que el cambio no te traumatice. Yo me enajenaba cantando las canciones de La Verbena de la Paloma, pero tú no sé en qué vas a pensar.

— ¿Yo? En nada no vaya ser cosa que me lleve un dedo con una de esas máquinas. ¡Uy! Tú te imaginas nenita, ahí sí que tengo que colgar el título.

Estábamos en la cocina del nuevo apartamento. Era mucho más grande y luminosa que la que tenía antes. En un mueble en forma de L se encontraba el fogón con cuatro hornillas, un refrigerador, ocho gavetas, cuatro a cada lado del horno y una gran meseta para cocinar. En la parte alta estaban los estantes . En el centro del salón una mesa con seis sillas. Marcelo extendió el mantel en una esquina de la mesa y colocó dos platos con sus cubiertos mientras yo cocinaba.

— Fabio me prestó su bicicleta para ir al trabajo hasta que

saque la licencia de conducir. Después me compraré una maquinita barata como la tuya.

— Tienes que aprovechar antes que llegue el invierno. Con el frío moverse en una bici no es fácil, te lo digo por experiencia.

— Una parte del salario la cojo para los gastos de la casa y la otra la concentro en eso.

— Bravo, Marce, veo que ya empiezas a pensar como los italianos. ¡Todo planificado!

— Y a comer como los italianos porque me tienes nada más que a pasta y pizza.

— ¡Porque no sé hacer otra cosa! Y tú en Suecia por lo que veo no aprendiste nada.

— ¡Encontraba siempre un alma generosa que se ocupaba de mí! –probó la pasta que le había puesto delante–. ¡Solo pasta pero riquísima!

— Y di lo contrario que voy a ser yo la que te va a cortar esos deditos de cirujano.

El lunes de la semana siguiente Marcelo comenzó a trabajar en la fábrica de máquinas para podar hierba que se encontraba en Rosá a apenas unos kilómetros de Bassano. La temperatura era muy agradable, la primavera comenzaba a darle paso al verano, y trasladarse en bicicleta no era un problema.

Yo cerré el contrato de la fábrica de zapatos por enfermedad. En tanto no consiguiera otro trabajo menos duro podíamos arreglarnos con mis horas en la pizzería y el sueldo de mi hermano. Ese mes, aparte del salario que me correspondía también recibí el dinero del licenciamiento que era la suma de lo que había acumulado en un año, equivalente a un mes de trabajo. Esto nos ayudó a enfrentar los primeros gastos de la nueva casa.

Corrían los días y llegó el mes de julio. Después de cuatro meses de cuidados, mi columna vertebral decidió dejarme vivir tranquila. Ocupaba las mañanas en las labores domésticas y en hacer de nuevo ejercicios. Habíamos preparado en la sala un espacio con un banco para las abdominales algunas pesas, elásticos y una bicicleta. No teníamos dinero extra para pagar un gimnasio.

Después de algunas semanas trabajando solo en las noches me sentía de nuevo bien. Fue así como decidí buscar otro trabajo para hacer en las mañanas. Escribí un anuncio gratuito en una revista de la zona que se encargaba de anunciar tanto las ofertas como las demandas de trabajo. Llamé a algunos números donde buscaban camareras pero les servía solo para los fines de semana. Otros para cuidar niños o ancianos, cosa que me daba miedo hacer por mis problemas de columna.

En las tardes salía a recorrer los bares de Bassano y los restaurantes. Dejaba en todas partes el currículo incorporándole siempre sus mentiritas blancas. Experiencia en Cuba en los hoteles Riviera, Habana libre y Capri. Un año como camarera en el hotel Cadorna.

Ni las mentiritas blancas ni mi esfuerzo de cada día recorriendo medio Bassano sirvieron de nada. No me llamaban de ninguna parte.

El salario que ganaba Marcelo en la fábrica y el mío de la pizzería alcanzaban solo para pagar el apartamento, los servicios y la comida pero no quedaba mucho más. ¿Cómo podría ayudar a mis padres? ¿Cómo iba a poder traerlos si nuestras entradas bastaban solo para mantenernos?

¡Es por la edad! En los locales buscan muchachas jóvenes para atraer a los clientes. Ya tienes treinta y seis años por algo Luisi se fijó en los veinticinco de Paola, ¡la competencia! Continuaba repitiéndome una de aquellas brujitas que acostumbraban a visitarme en mi apartamento de Marianao.

— ¿Qué tienes mujer?

Me preguntó Marcelo asomándose a la puerta de la sala. Estaba en la bici de casa pedaleando a gran velocidad. Hacía girar mis piernas cada vez más fuerte, con las mismas fuerzas con las que luchaba para sacar de mi cabeza aquellos horribles pensamientos. Comencé a pedalear lentamente mientras me secaba el rostro bañado en sudor.

— Date una ducha que esta noche te invito a comer fuera.

Dos horas más tardes estábamos sentados en un restaurante al lado del puente viejo. El mismo en el que una noche fui a comer con mis compañeros de la fábrica. La misma terraza desde donde vi a Luisi bebiendo su cerveza. Sonreí por primera vez frente a sus recuerdos, uno a uno mi alma fue escogiendo solo aquellos hermosos, los dejé aflorar sin que me doliera. Los fui recogiendo en mi mente, con la misma ternura con que se recogen las rosas y decidí llevármelos a caminar por la vida.

VIENDO LLOVER EN BASSANO

Y de nuevo el otoño, y la lluvia. Hacía quince minutos que esperaba en el carro con el motor apagado la salida de Marcelo de la fábrica. Era una moderna construcción de cemento con grandes ventanas con cristales oscuros. Un almacén de más de cien metros de largo. En el techo un gran cartelón con la foto de una máquina para podar hierba, a un lado el nombre "Prato Vicentino".

El tintineo de la lluvia en el techo de la máquina me hacía recordar al que se sentía en el techo de zinc de la casa de mi abuelita en Corralillo. Recosté la cabeza al asiento cerrando los ojos. Diversas escenas de mi vida me pasaban por delante como si fueran la publicidad de una nueva telenovela.

La escena se detuvo en una sala del Hospital "Joaquín Albarrán" de La Habana esperando a Marcelo para darle la cantinita de comida que le preparaba mi madre cuando hacía las guardias de veinticuatro horas.

¡Qué vueltas tan extrañas da la vida!… Hoy lo esperaba afuera de una fábrica donde era un obrero. Sus manos conocieron por primera vez los callos, resultado del duro esfuerzo. Un día mostrándomelas se lamentaba.

— ¿Tú crees que me quede sensibilidad para palpar dentro de una barriga abierta?

— ¡Finalmente manos de hombre!– Le había respondido tratando de no darle mucha importancia a la situación.

La sensibilidad que perdían sus manos encontró brecha en su corazón. Pasaba horas en su cuarto leyendo o escuchando música. Una cosa muy rara en él que siempre había sido un callejero. Salía solo cuando tenía que ir trabajar. Era como si nada del mundo exterior le interesara. Un domingo que había pasado casi todo el día en su cuarto probé sacarlo de aquella inercia.

— ¿Marce, quieres venir conmigo a dar una vueltecita por el centro?

— No, mi herma, no tengo ganas–. Me respondió sin alzar los ojos del libro.

— Dicen que hay un desfile en la plaza con los hombres más bellos del Veneto–. Su respuesta fue una leve sonrisa.

— ¡Estas hecho un viejo!

Hacía tres años se había ido de Cuba. Dos de ellos transcurridos en Suecia donde esperó un cambio en su vida que nunca llegó.

En Italia comenzamos a ver todas las posibilidades que había para revalidar su título como médico y poder hacer aquello que amaba, por lo que había sacrificado largos años de estudio. El precio de todos los trámites costaban seis millones de liras más dos años de estudio en la universidad "No era nada lo del ojo y lo llevaba en la mano" como solía decir mi hermana Elsy.

Por esto era que se sacrificaba haciendo horas extras, aparte de aquellas ocho que comprendía su contrato. Solo que no podía reunir nada. Casi todo lo que ganaba se iba en los gastos de la casa. Pagaba el alquiler y todos los servicios. No podía permitirse pagar la escuela de automovilismo, sus viajes a la fábrica seguían siendo en bicicleta. Yo me encargaba de comprar la comida y mandar algo de dinero a los viejos en Cuba. Una o dos saliditas al mes para no morirnos de tedio, encerrados en casa, y basta.

Tenía solo el trabajo de la pizzería de jueves a domingo. Hasta ese momento no había encontrado nada para trabajar las mañanas.

Me sentía impotente. Comenzaba a dudar si valía la pena todo aquello. Pensaba en cómo sería mi vida si estuviera en Cuba. Volvería a mi teatro, a mi televisión. No importaba que tuviera que dar vueltas por toda La Habana en mi bicicleta china pero estaría haciendo lo que me gustaba.

Cuando hablaba con mi madre, me hacía poner de nuevo los pies en la tierra.

— Esto está muy malo hija. ¡Esas bodegas están peladas, dan grima! Este mes lo que dieron fueron las dos libritas de arroz, frijoles, azúcar blanca, azúcar prieta y la gotica de aceite. Un aceite reciclado mi hija que uno no sabe de dónde sale, tiene un color que parece aceite de máquina. ¡Están envenenando a la gente! En la carnicería lo único que dan es huevo y picadillo de soya. ¡Qué hambre mi niña, qué hambre está pasando la gente!... Y ¿qué te cuento de los apagones? Nos pasamos más de la mitad del día sin corriente...

Teníamos que sacarlos de allá. ¡No! Yo no podía volver. Tenía que olvidarme de mi carrera para siempre. No importaba si me tocaba limpiar pisos, cuidar niños, fregar platos, lo que fuera pero necesitaba reunir el dinero para traerlos y para reunir a mis demás hermanos.

Ese día mi ánimo estaba como el día. Traer a Marcelo había sido una gran ayuda para mí, ¿pero para él? Lo veía detenido, sin esperanzas. ¿De dónde sacaríamos el dinero para poder pagar todos nuestros proyectos?

Los toques en la puerta del auto me hicieron abrir los ojos. Incorporándome tomé la sombrilla que tenía en el asiento. Salí para ayudar a Marcelo que estaba con la bici en mano.

— ¿Qué tú haces aquí muchacha?

— Vine a buscarte, ¿no ves el agua que está cayendo?

Salí abriendo la sombrilla. Alcé la puerta del maletero para que metiera la bicicleta. Había doblado los asientos traseros para ganar espacio.

— ¿Y para qué me sirve mi capa nueva, para eso la compré? ¡Mira no entra una gota de agua!

— No me gusta que andes en bicicleta debajo de la lluvia. Es un peligro.

Cubriéndolo con la sombrilla lo acompañé hasta que entró en la máquina. Di la vuelta por delante y me acomodé a su lado.

— ¡Andiamo a casa hermanito! Hoy hice potaje de garbanzos, ¡me quedaron estelares!

Pasaba la mayor parte del día sin hacer nada, una amiga me prestó un libro de recetas cubanas y desde entonces cocinar se convirtió en un hobby. Una manera para tenerme ocupada en algo.

— Préstame tu celular para llamar a Fabio. Un compañero de la fábrica necesita una persona que se quede por las noches con su padre en el hospital, por lo menos, hasta que llegue su hermana de Australia. Me acordé de Franca, la señora que lava la ropa de ellos.

—¿Tú estás loco, cómo vas a llamar a otra gente? ¡Voy yo!
—¿A cuidar a un anciano al hospital?
—Sí, acompañarlo, eso no tiene ciencia. No es que tenga que curarlo. Si necesita algo basta que llame a la enfermera. Me llevo un buen libro y paso la noche leyendo.
—Ana, ¿tú sabes lo que es pasarse toda una noche en un hospital?
—No lo sé. Te lo contaré después que lo haga. ¿Cuándo es que le hace falta?
—Pero si tú odias los hospitales y los olores…
—Esos son los hospitales de Cuba, este de Bassano parece un hotel. Dime, ya ¿cuándo le hace falta?
—Me dijo lo antes posible, si es a partir de esta noche, mejor. Hace tres días que lo ingresaron. No puede estar sin acompañante y le toca salir del hospital directo para la fábrica.
—Pues llámalo ahora mismo y dile que ya le encontraste la persona justa.
—¿Tú estás segura?
—¡Segurísima! Llama.

Saqué el celular de la bolsa y se lo di. Marcelo con el teléfono en una mano y en la otra un papel con un número escrito me miró todavía dudando qué hacer. Le hice un gesto seguro de afirmación con la cabeza que lo autorizaba a hacer aquella llamada.

Habló con un tal Alfio en un italiano muy rudimentario al que, muy probablemente, su colega estaba acostumbrado pues se entendieron muy bien. La figurita del teléfono rojo avisó que terminaba la conversación.

—A las diez de la noche te espera en el décimo piso, sala de geriatría, cama 31.

Anotó los datos por detrás del papel que tenía en mano y me lo entregó.

—Hoy y mañana no trabajas en la pizzería pero después del jueves tendrás que encontrar otra persona.
—No ¿por qué? Hoy mismo hablo con él y le pido que si el fin de semana puede esperar una hora más hasta las once que yo llegue.
—Y ¿tú vas a salir de la pizzería para el hospital?
—Sí, después tengo todo el día para dormir. Marce, no es el

fin del mundo. Serán solo unos días. Es un dinerito extra que nos viene de maravilla. Podemos pagar una parte de tu escuela de automovilismo. Además, quien quita que ligue un médico, ¿tú sabes que siempre he tenido una debilidad por las batas blancas.

Puse en marcha la máquina. Llovía aún más fuerte. Coloqué al máximo el parabrisas. La tarde estaba tan gris que parecía de noche, pero ahora el tiempo no combinaba con el color de mi ánimo. Pensar que tendría unos días de trabajo, unas liras de más para ayudar a mi hermano me subió la contentura.

— Vamos a salir de esto mi hermana. Es un período jodido pero...

— ¡... Así te quiero oír hablar! Positivo. No encerrado en tu cuarto y con la cabeza llena de no sé cuántas cosas. ¡Claro que va a pasar! Todo el mundo que se va de su país pasa mucho trabajo los primeros años, son los más difíciles, pero después todo toma su camino.

¡Al menos eso esperaba! Hablaba a Marcelo como si me hablara a mí misma. No tenía tiempo para la depresión. Siempre he pensado que los pensamientos negativos cierran los caminos y alejan las buenas ocasiones.

— Mañana voy a cocinar para una semana y te meto la comida separada en posuelitos, como nos hacía Mami. Así cuando llegas del trabajo lo único que tienes que hacer es calentarla.

— ¡Yo creo que tú te has creído de verdad que eres Mami!

— Hasta que no encuentres un amor que te cuide y se ocupe de ti tengo que ser tu mami.

— Los amores en este país no son muy fáciles de encontrar.

— ¡Dímelo a mí! Pero metido en la casa seguro que no te va a caer del cielo. Este fin de semana coges la calle y mira a ver si encuentras a alguien, al menos para una noche loca de amor. Aprovecha que no duermo en casa. Llama a Fabio y pregúntale donde puedes encontrarlos. ¡Él es especialista en eso!

— Si te oye te mata –reímos como no lo hacíamos desde hacía algunas semanas.

Unas horas después dejé la máquina en el parqueo del hospital de Bassano. Abrí el paraguas dirigiéndome al edificio, la lluvia con viento lo empujaba hacia atrás pero si lo cerraba me empapaba. En la bolsa había traído un termo con café, una botella de agua y a García Márquez con Isabel viendo llover en Macondo.

Caminando bajo el aguacero hacia el hospital le tiré un ojo a la calle asegurándome que ningún muerto estuviera flotando en la corriente de agua. Haber traído aquel libro, viendo las circunstancias, ¿había sido una buena idea?

UNA PUERTA SIEMPRE ABIERTA

La semana en el hospital de Bassano no fue un paseo. El pobre anciano, más que enfermo de cuerpo estaba enfermo de la mente. No dormía en toda la noche ni dejaba dormir a nadie más en la sala.

— Ornella coge la sombrilla que tenemos que ir a la misa.

Ornella era su difunta esposa. Me estuvo llamando así todo el tiempo.

— Ornella. Mete dentro a los perros.

— Ornella. Hay que darle agua a las plantas.

Cada una de esas frases estaba acompañada por la acción de alzarse. Se sentaba en la cama alargándome la mano para que lo ayudara a levantar. Las enfermeras habían puesto dos barras de aluminio a cada lado para impedir que pudiera bajarse solo. Por mucho que le daban sedantes para dormir estos no le hacían efecto alguno. A las siete de la mañana cuando se encendían las luces para comenzar con las medicinas y el desayuno de los enfermos, era cuando el viejo Ivano caía en los dulces brazos de Morfeo durmiendo un sueño tranquilo por todo el resto del día.

Una mañana cuando salí del hospital fui directo a buscar una farmacia antes de ir a casa. Un fuerte dolor de cabeza me había acompañado durante toda la noche. Le había pedido a la enfermera de la sala un analgésico pero me respondió que no podían suministrar medicamentos a nadie que no fuera autorizado por el médico. ¡Qué disciplinados eran estos italianos! Me imaginaba la misma escena en Cuba…

“Seño, usted puede darme una pastilla para el dolor de cabezas”.

“Claro que sí, mi vida. Tómate una ahora y si no se te pasa te tomas otra después de ocho horas”.

En Cuba todo era más fácil. Faltaba solo que en la farmacia me pidieran la receta médica para unos simples analgésicos. Cuando llegué al parqueo me sorprendió no ver una sola máquina. Me acerque al cartel que tenìa el horario escrito en una placa al lado de la entrada. "Domenica chiuso". ¿Cerrado? Ni me acordaba que hoy era domingo.

Entre el hospital y la pizzería había perdido la noción de los días. La melodía de un coro me hizo volver la cabeza en la dirección de las voces. Caminé por un lateral de la farmacia. Una escalera externa conducía a un piso inferior. Bajé por ellas hasta encontrar una puerta abierta. La música se sentía más fuerte. En el interior de un gran salón estaba cantando un coro. Frente al cual un número de personas de pie delante de sus asientos se unían al canto dando palmadas.

— Buenos días. Puedes entrar, si quieres.

No me había dado cuenta del hombre que estaba sentado a un costado de la entrada. Alargó su mano invitándome a entrar. Aquello era una iglesia. No había imágenes de santos, solo una gran cruz en el fondo. Pero en la cruz no estaba Cristo.

Se alzó de la silla, tomándome suavemente del brazo repitió su invitación.

— Puedes sentarte. Eres bienvenida.

No ofrecí resistencia, me dejé guiar hasta alcanzar un puesto en la última fila donde me senté. El señor me regaló una gran sonrisa que yo devolví algo titubeante. El coro siguió por otros quince minutos o una media hora, no estoy segura. Solo sé que durante todo aquel tiempo me dejé transportar por sus cantos y por la paz que se respiraba. No pensaba ya en el dolor de cabeza. Paz, paz y paz era todo lo que sentía…

El amigo de mi hermano me pagó 800 000 liras por siete días que acompañé a su padre en el hospital. Era más de lo que yo ganaba en la pizzería en un mes, pero aquello no tenía precio. Marcelo tenía razón, las noches en un hospital son más negras que las alas de un totí, sobre todo si estás con alguien que cambia la noche por el día. Fue duro pero valió la pena el esfuerzo. Marcelo pudo pagar el ingreso a la escuela de automovilismo.

El trabajo de la pizzería se limitó tan solo al sábado y el domingo. Sandro se disculpó conmigo. El hecho era que durante la semana se hacían menos pizzas. A menos de trecientos metros habían abierto otra pizzería similar a la nuestra.

La curiosidad de la gente por el nuevo negocio, había hecho que bajara en un gran número nuestra clientela habitual y por consecuencia disminuyeran también mis horas de trabajo: Para mí las cosas se estaban poniendo fea.

Un día mientras me cambiaba de ropa en el pequeño cubículo de la pizzería, llegó Celia, una muchacha argentina que trabaja-ba allí los domingos. Durante la semana tenía un contrato con la asociación de comerciantes, esto le permitía conocer diversos locales de la zona, bares y restaurantes. Era ella quien pasaba a recibir el pago de los asociados.

— Hola Ana –nos saludamos con dos besos–. Desde ayer estoy pensando en ti pero no encontraba por ninguna parte tu núme-ro de celular. En la pizzería Ponte Vecchio están buscando una camarera. Yo le hablé a los dueños de ti, me dijeron que pasaras por allá.

— ¡Celia mi amiga, qué buena noticia! ¿Cuándo puedo ir?

— Mañana lunes es el día de descanso de ellos. Pasa el martes

— Perfecto, el martes por la mañana estoy allá. ¿Por quién tengo que preguntar?

— Pregunta por Hugo o por su esposa Roberta, diles que yo te mando.

— ¡Perfecto amiga! –la abracé agradeciéndole que hubiera pen sado en mí y por recomendarme.

A las diez y media de la noche el trabajo era más tranquilo. Co menzamos a hacer la limpieza general de los refrigeradores y la vitrinas, como era costumbre. Me acerqué a Sandro que estab apartado en una esquina bebiendo a pico de una botella de agua

— Discúlpame Sandro. ¿Para ti está bien si me voy esta noch un poco antes?

— ¿Tienes una cita?

— No –reí de su pregunta.

— No me digas que esta linda cubana no tiene a nadie que l vaya detrás.

No era la primera vez que Sandro hacía alguna bromita picant esperando ver mi reacción. Ni Sandro, ni nadie que llevara pan talones y un trofeo entre sus piernas me interesaban. Con tantas cosas en mi cabeza lo último que pasaba por ella era un nuevo flirt. No respondí nada. Interpretó en mi silencio que no me interesaba el tema.

— Está bien, cuando termines de recoger tu parte puedes irte.

— ¡Gracias!

Lo dejé plantado uniéndome a las demás muchachas que esponja en mano hacían la limpieza.

Media hora más tarde caminaba por la calle Angarano. Había dejado la máquina a un costado del puente nuevo. En aquella zona estaba prohibida la circulación, a excepción de los residentes.

Via Angarano era una de las calles más antiguas de Bassano con innumerables negocios; Heladería, venta de vino, agencia de teléfono, ventas y alquileres de casas, pero sobre todo, negocios de productos artesanales de la zona.

La cerámica bassanese y la de Nove, pueblo colindante, eran muy renombradas. Muñecas de porcelanas, lámparas, jarrones, platos con el diseño del puente viejo, entre otros utensilios llenaban las vitrinas de los negocios.

Celia me había dicho de pasar el martes pero como dice mi vieja "Las cosas hay que cogerlas calienticas". ¿Y si se me adelantaba alguien? ¡Quién sabe cuántas otras personas sabían que estaban buscando personal!

El restaurante tenía las puertas cerradas al público. En el interior las luces estaban encendidas.

A través de las cortinas transparentes de las puertas de cristal se veía que todavía había alguien dentro. Seguramente estaban limpiando como era costumbre en cada local una vez que terminaban de atender al público. Con tantas pizzerías en Bassano aquella seguía marcando un punto al que siempre volvía. Había estado allí con mi hermano, con Fabio, con los obreros de la fábrica... Con Luisi...

Con la llave del auto toqué suavemente en el cristal. La puerta se abrió después de algunos segundos.

— Buenas noches. Estamos cerrados.

Me abrió un muchacho joven. Con una mano mantenía la puerta semi abierta, en la otra tenía una fregona de limpiar el piso.

— Buenas noches. Si no es molestia, puedo hablar con el señor Hugo, por favor.

— Hugo, una muchacha quiere hablar contigo…

Se volteó, para llamarlo sin quitar la mano de la puerta. No o la voz que le respondió del interior pero enseguida fue evident su respuesta.

— Está arriba.

Dijo apartándose de la puerta para permitirme pasar. En e fondo del salón, una escalera conducía a la segunda sala del res taurante. Todas las luces estaban apagadas menos una que ilumi naba una mesa con algunos papeles. Un señor de unos sesent y cinco años aproximadamente, con la cabeza dividida en do estilos, arriba calva, de la mitad para abajo con una larga mele na blanca recogida con un elástico en forma de cola de caballo estaba con una calculadora haciendo cuentas. Interrumpió l que hacía cuando me sintió llegar. Me acerqué extendiéndole l mano.

— Buenas noches. Disculpe la hora. Soy Ana, la amiga d Celia, la muchacha que trabaja…

— … Sí, sí, Celia. Sé quién es. ¿Eres su amiga cubana?

— Sí, soy yo, me dijo hoy que están buscando una camarera.

— Sí, de martes a domingo, por el mediodía y en las noches Si quieres hacemos una prueba esta semana y vemos cómo va ¿Tienes permiso de residencia?

¡Wuaooo. No puedo creerlo. Me van a probar!

— Sí, soy ciudadana italiana –dije con cierto orgullo–. ¿Cuán do quiere que venga?

— ¿El martes a las once te parece bien?

— Sí, sí, el martes es perfecto.

Dije esto último extendiendo mi mano para saludarlo. Hug alargó la suya respondiendo a mi saludo con un apretón fuerte preciso como nuestro acuerdo. Aquel señor me gustaba, su rostr tenía un aire familiar, como si lo hubiera visto antes, quizás e otra vida.

De regreso a casa me sentía en el séptimo cielo. Si me daba aquel trabajo tendría que dejar la pizzería pero este me ofrec más horas, lo que quería decir, más dinero. No tenía una gra experiencia como camarera, pero con Fabio había aprendido l cosas elementales. No comenzaría en blanco como en la fábrica de zapatos. Si a esto le unía todas las ganas que tenía de trabajar sería la fórmula justa para ganarme un contrato en Ponte Vecchio.

Sin dejar de mirar adelante mientras guiaba, busqué en la bolsita de los discos aquel que me habían regalado la mañana que fui a la iglesia. Después que terminaron el culto se acercaron algunos de ellos para presentarse. Me explicaron que aquella era una iglesia evangelista, que podía volver a visitarlos cuando quisiera. Me brindaron una taza de té caliente y me regalaron un disco con música cristiana.

— ¡Yo creo en la virgen de la Caridad –les había dicho–. Es la patrona de Cuba. Yo siempre le rezo a ella.

— Cuando tienes un problema en el trabajo hablas con algún colega o te diriges directamente al jefe –me dijo una señora en español, por el acento imaginé que era colombiana.

— Bueno, ojalá tuviera trabajo, para después tener un problema.

— Entonces pídele al jefe superior que te ayude en esto. Es un padre lleno de amor para sus hijos. Háblale que él sabe escuchar.

Metí el disco en el la reproductora.

"Búscale, Jesús Cristo está en la puerta y la tiene siempre abierta, invitándote al redil... "El estribillo se repetía "Esta puerta está siempre abierta. Esta puerta está siempre abierta..."

Jesús Cristo, gracias por este trabajo. Yo sé que me lo vas a dar porque eres bueno ¡Tú sabes cuánto lo necesito! Tus hijos de la iglesia me aconsejaron que hablara contigo, que te pidiera. Mi virgencita de la Caridad también ha sido buena conmigo, nunca me ha fallado. Pero si contigo es con quien hay que hablar, ya lo estoy haciendo. El martes por la mañana tu vienes conmigo.

Y me acompañó no solo el martes, el miércoles y todo el resto de la semana. Trabajé como si lo hubiera hecho toda una vida. De todos los personajes en la vida real que interpreté en mi tournée por Italia, aquel de "camarera de sala" era uno de los que me salía con más naturalidad. Todos allí eran muy amables haciéndome sentir una de ellos.

La esposa de Hugo, Roberta era una señora muy elegante, con los cabellos siempre impecablemente peinados en forma de casquete. Era muy recta en el trabajo pero al mismo tiempo gentil y dispuesta a enseñarme.

El domingo siguiente, después de la limpieza, el señor Hugo me mandó a llamar a la sala de arriba. Estaba sentado en la misma mesa rodeado de documentos donde lo encontré la primera vez.

— Este es tu salario de una semana. ¿Cómo te has sentido trabajando aquí?

— ¡Bien, muy bien, de verdad!

— Pues nada si para ti va bien entonces puedes seguir viniendo. Mi mujer después te explica los documentos que nos hacen falta para el contrato.

Esta vez no le di la mano. De la emoción le fui para arriba dándole un fuerte abrazo como si abrazara a mi padre que no veía desde hacía tanto tiempo. El señor Hugo quedó sorprendido por algunos segundos, después no le quedó más remedio que reír de mi arrebato.

— ¡Ustedes los cubanos sí que son expresivos!

Salí a la calle Angarano. El aire helado que atravesaba el río Brenta me llegó al rostro. Mi tercer invierno en Italia.

Abrí los brazos para devolverle al suave viento su caricia. Miré el cielo estrellado. Gracias Jesús. Gracias mi Diosito. Este domingo antes de trabajar voy a ir a esa iglesia a verte.

Con el restaurante volví a tener un trabajo estable. Me ocupaba toda la semana, cuatro horas al mediodía y otras cuatro en la noche menos el lunes, que era el día de descanso. Este horario me daba la posibilidad de descansar entre un turno y otro, gracias a esto no volví a tener más problemas de salud.

Dejé de ir a la Pizza Buona para dedicarme por entero al trabajo en el restaurante "Ponte Vecchio".

Entre el salario de mi hermano en la fábrica y el mío en el restaurante nuestras vidas ahora eran muy diferentes. Podíamos pagar la casa con todos sus servicios, mandar el dinero a los viejos, meter algo en nuestra cuenta bancaria y la cosa más importante, Marcelo logró sacar la licencia de conducción.

Usábamos solo mi máquina. En las mañanas se la llevaba él. Yo iba caminando hasta el restaurante, no era demasiado distante de casa y con la llegada de la primavera la temperatura era perfecta para las caminatas. Regresaba a las cinco y treinta de la tarde, en tiempo para que yo pudiera tenerla para acudir al turno de la noche.

Por el momento no queríamos salirnos de nuestra planificación económica comprándonos una segunda, que supondría más gastos. Fue lo mejor que pudimos hacer. Yo había tenido la grandísima suerte de tener a Fabio acompañándome hasta que me sentí segura de manejar. Marcelo la seguridad la fue adquiriendo con mi pequeño Fiat que recibía golpes por los cuatro costados, sobre todo cuando parqueaba.

— ¡Ay nenita, yo no sé por qué tienen que poner esos tanques de basura en el medio de la calle!...

Los tanques estaban en su lugar era él quien pocas veces se ponía en el suyo.

Llegó mi tercera Navidad. Esta vez nada de cenas y fiesta. La pasé trabajando todos los días. Mientras más fiestas se celebrasen, más trabajo para los restaurantes.

La fábrica de Marcelo cerró por dos semanas y aprovechó estas "vacaciones de Navidad" para ir a visitar a nuestro amigo Chiqui que vivía cerca de Florencia con un nuevo amor.

Nuestras vidas se deslizaban "Viento en popa y a toda vela", Comenzábamos por primera vez a hacer proyectos. Aquel más cercano era el de pasar nuestras vacaciones en Cuba. Mis hermanos en Colombia estaban pensando hacer lo mismo. Involucramos a Rey para que pidiera sus vacaciones en agosto y reunirnos todos en La Habana. No había mejor regalo que pudiéramos hacerle a nuestros viejos. Desde hacía años no veían a todos sus hijos reunidos.

La semana después de las fiestas de Pascua organizamos una cena para invitar a Fabio. Lo hicimos un lunes, mi día de descanso.

Preparé para él cocina cubana. No era solo nuestra música y nuestros bellos hombres las cosas que Fabio adoraba de Cuba, sino también nuestros deliciosos platos de los cuales me había convertido en toda una especialista. Hacía meses que no me hacía falta consultar el librito de cocina y además…¡cómo me gustaba improvisar!

— ¡Te estás superando a ti misma! –dijo mientras probaba el fricasé de pollo con almendras y naranja–. Por eso Marcelo ha engordado tanto…

— No es por comer. He engordado porque no tengo tiempo para ir a un gimnasio a quemar todas estas calorías –dijo pasándose la mano por la barriga que se evidenciaba a través del suéter.

— Descarado y para que tenemos la bici en la sala, está llenándose de telarañas en ese rincón.

Tampoco yo la utilizaba hacía meses, desde que comencé en el trabajo de puente viejo.

— Bueno cambien el tema de la gordura. Dile a Ana que te cuente de su nuevo novio.

— ¿Nuevo novio? –preguntó Fabio dejando de comer mientras me miraba con cara de sorpresa– ¡Cuéntame! ¡No me digas que es otro cubano porque te mato!

— Tú le vas a hacer caso a Marcelo. ¡No tengo ningún novio!

— ¿Y la pastilla que trabaja contigo?
— ¿La pastilla? –preguntó Fabio mirándome primero a mí y después a Marcelo.
— Mío caro, ¿nunca oíste eso en Cuba? ¡Una buena pastilla te cura, te pone rico!
— ¡Qué mongo eres! No le hagas caso Fabio. Está delirando.
— Pero ahora dime, ¿hay o no hay un novio?

Lo vi por primera vez después de algunas semanas empleada en el restaurante. Llegó montado en una moto de carrera que parqueó en un lateral de la terraza. Vestía con el traje típico de los motoristas, pantalones y chaqueta de piel. Un casco negro dejaba ver sus cabellos rubios, largos, más abajo de los hombros recogidos en una cola.

Yo estaba delante de un mueble de madera en una esquina de la sala poniendo los cestos de pan en orden. Me adelanté para saludarlo y hacerlo acomodar.

— ¡Buon giorno!
— Buon giorno –respondió con el casco en una mano y la otra extendida para saludarme– mucho gusto, Nicola. ¿Tú eres Ana verdad?

En un primer momento me sentí confundida, no me parecía que lo hubiese visto antes. Después todo fue más claro. Aquel era el hijo de Hugo, el pizzaiolo del restaurante que estaba de vacaciones en Marruecos. Luca, su hermano mayor estuvo cubriendo su puesto de trabajo por todos aquellos días. Alto sobre el metro y ochenta. Sus ojos de un verde claro me miraban como si me conocieran. Seguro sus padres le habían hablado de la nueva camarera cubana.

Nada mal el italianito –pensé mientras disimulaba una sonrisa de cortesía.

— Sí. Mucho gusto Ana. Había oído hablar de ti.
— ¿Bien o mal?
— Los padres hablan siempre bien de sus hijos.

Durante aquel pequeño diálogo mi mano seguía dentro de la suya.

— Hola, Nicola, revisa la lista antes de empezar a trabajar. Tu padre va esta tarde a hacer las compras.

— Hola, mamá, me cambio y bajo enseguida.

La señora Roberta apoyó sobre el mueble un cartucho con los panes frescos para colocarlos en los cestos, casi sin detenerse salió en dirección a la cocina. Nicola la siguió.

Me gustaba que en el reparto de actores reales de aquella pizzería estuviera también Nicola, era precisamente el que faltaba para completar el elenco. Después del turno de trabajo cuando almorzábamos todos juntos, por esas casualidades de la vida nos sentábamos siempre cerca. Me servía el vino, recogía mi plato vacío y me preparaba el café a la americana como me vio hacer la primera vez. Después de saludarnos él se iba en su moto y yo caminando. Así por semanas, meses, hasta que un día...

— ¿Quieres un aventón en mi moto?

Eran casi las tres de la tarde cuando terminamos de trabajar. Salí en busca del puente viejo para atravesar el centro de la ciudad. Él y su moto aminoraron la marcha para seguir el ritmo de mis pasos. Me sorprendió encontrarlo, lo había visto salir un cuarto de hora antes que termináramos todos.

— No, gracias. Tengo miedo de las motos.

— ¿Miedo? Soy bravo en esto. Conmigo no te puede pasar nada.

— Además no tengo casco.

— Yo tengo dos.

Sin esperar respuesta apagó la moto. Bajó la pata de metal que la sostenía. Alzó el asiento, en su interior llevaba un casco similar al suyo.

— Póntelo. Te debe quedar bien

Se acercó poniéndomelo en la cabeza. Ajustó la correa debajo de mi mentón, asegurándose que me quedara justo. Era como un padre que prepara a la hija para ir a la escuela.

— Perfetto. Andiamo.

Con una patada seca alzó de nuevo la pequeña pata que sostenía la moto. Metió la llave en el centro del timón poniéndola en marcha. Con un solo movimiento de pierna se ensilló en la moto como un jinete en su caballo.

— Súbete.

Imité el movimiento que le vi hacer antes sentándome detrás de sus espaldas. Me indicó donde meter cada mano, con una debía aguantarme a un asa de metal que estaba justamente detrás del sillín, la otra la pasó delante de él hasta apoyarla debajo de su pecho.

Aguantada, lo que se dice aguantada, lo estaba. Lo único que no entendía era que cosa hacía yo encaramada arriba de aquella moto.

— Te explico donde vivo –dije alzando la voz sobre el rumor del motor.

— ¡Después! Primero te llevo a dar una vuelta de prueba.

La vuelta de prueba duró cerca dos horas. Atravesamos el centro de Bassano en dirección a la carretera que conducía a Asiago, una de las montañas que circundaba nuestro pueblo. Era una calle llena de curvas cada una enumeradas. Aquel viaje ya lo había hecho una vez en máquina con Fabio.

¡Nuestras hermosas montañas! Me gustaba más verlas desde la base que visitarlas, aquella única vez que subí hasta la cima necesité bajarme dos veces a mitad de camino para respirar aire fresco, me había dado náuseas. El viaje en moto era otra cosa. Nicola guiaba con una gran seguridad que terminó trasmitiéndomela.

No sentí miedo alguno. Contemplaba admirada la vegetación imponente que nos circundaba. Seguimos subiendo cada vez más alto, las casas en el llano parecían pequeñas maquetas. El viento fresco me empujaba ligeramente hacia atrás. Mis manos seguían clavadas en el mismo lugar donde las había puesto cuando salimos.

Después de casi media hora de camino, Nicola se desvió por un pequeño terraplén que conducía a una pequeña finca. En uno de los costados de su terreno había un pequeño lago artificial circundado por una veintena de vacas.

— Hacemos una parada aquí.

Primero bajé yo mientras él sostenía la moto con ambas piernas. Nos quitamos los cascos que dejamos colgando de los manubrios.

Atravesamos la vieja puerta de madera, un fuerte olor a leche fresca nos daba las buenas tardes. Desde el pequeño recibidor se divisaba el laboratorio donde reposaban las grandes bolas de queso Asiago, uno de los más famosos de Italia. Un joven se acercó en cuanto se percató de nuestra presencia. Nicola le preguntó si era posible beber algo. Nos indicó a donde dirigirnos.

Al traspasar la puerta había un espacio dedicado a los clientes. Seis grandes mesas de madera rústicas con sus bancos también de madera, a ambos lados. Nos sentamos en una de ellas.

Una mujer robusta con un pañuelo de flores y un delantal con la misma fantasía nos saludó con una sonrisa a la que le faltaban algunos de los dientes.

— Buon giorno.

— Buon giorno –respondimos a dúo– ¿Qué cosa típica nos conseja? –continuó él.

La señora nombró diversos quesos y un salame que hacían en aquellas montañas que se conocía con el nombre de "Soppressa veneta" Nicola ordenó una tabla con un mixto de todo lo que nos habían propuesto y medio litro de vino tinto.

Estuvimos allí por más de una hora. Me contó de cómo una vez, cuando apenas era un adolescente, se cayó por una de aquellas curvas con una máquina recién regalada por sus padres. A él no le sucedió nada, el auto no sirvió para más nada.

Una hora antes hubiera preferido estar en la cama de mi apartamento durmiendo la siesta, descansando para el turno de la noche. Haber aceptado la invitación de Nicola fue una sorpresa muy pero que muy agradable.

La mayor parte del tiempo hablé yo. Me bastaba una copita de vino para que la lengua se me soltara y allí mismo le bajé la película en la versión corta, de toda mi familia regada por el mundo. No tardé mucho en darme cuenta que no era un gran conversador pero le gustaba escucharme.

— ¿Hablo mucho verdad?

Como respuesta obtuve una sonrisa. Él no habló más y yo preferí imitarlo. Pasamos el resto del tiempo en silencio debajo del tibio sol de la tarde disfrutando del lenguaje de la montaña hecho de brisa, sonido de campanas y mugidos.

Mi miedo a las motos quedó olvidado en una de las antiguas calles de Bassano.

Amaba su moto y todas las emociones que esta le hacían vivir. Aquella tarde compartió conmigo una parte de su mundo en dos ruedas. Mundo desconocido para mí donde el peligro te toca y lo ignoras.

No sé si me encontraba atractiva, no lo dijo. No sabía si tenía intenciones de invitarme a hacer otros viajes juntos. No me habló de proyectos, de próximas salidas. Nos despedimos con dos besos en las mejillas con un único objetivo "Nos vemos".

Así pasaron los días. Cuando menos lo esperaba sentía el rumor de su moto detrás de mis pasos.

— ¿Quieres un aventón?

Subía detrás de mi jinete sin más preguntas. Aprendí a conocer sus silencios. Aprendí a leer su mirada. Aprendí a vivir sin promesas. A caminar cada día por un camino diferente, descubriendo lo que existía después de cada curva.

Nicola era todo un enigma que la vida me ponía delante. Mi única duda era si usar la cabeza o el corazón para descifrarlo...

MIENTRAS MÁS CERCA MÁS LEJOS

Mi camino por el viejo mundo pasaba fugaz y en una sola dirección. Como la corriente del río, siempre adelante, dejando atrás las imágenes que se reflejaron en sus aguas y llevando consigo, solo aquellas cosas que seguían su marcha apurada para alcanzar el mar.

Mi familia históricamente tenía siempre algo más nuevo que lo nuevo. Cada año había una novedad. Comencé a darme cuenta que yo vivía en una dimensión diferente a la de ellos. Estábamos en distintas galaxias. Aquí, cada proyecto de vida tenía un momento estudiado y predestinado para realizarlo.

Mi primer choque con esta realidad lo experimenté la primera semana de vivir en el hotel de Fabio. Lo esperaba para ir a hacer las compras, mientras él hablaba hacía más de media hora con una pareja de jóvenes en la sala restaurante. La muchacha tomaba notas constantemente en su agenda. Fabio le mostraba las distintas copas, platos y cubiertos de la sala. Cambiaron varias veces la disposición de las mesas. En fin, parecía un ensayo técnico de una obra de teatro.

Después que se fueron, le pregunté;

— ¿Van a hacer una fiesta esos muchachos?

— Sí –me respondió Fabio en tanto tomaba nota en una agenda negra de piel–. Quieren hacer el almuerzo de su boda aquí.

— ¿Cuándo?

— En abril.

— Faltan seis meses, ¿ya la están preparando?

— Sí, solo que es en abril del 96.

— ¿Dentro de un año y medio?

Lo que en aquellos momentos me pareció una cosa increíble, era lo normal en esta parte del norte de Italia donde yo vivía.

Con el tiempo, también yo me fui acostumbrando a vivir dentro de sus parámetros; A anunciar mi llegada antes de hacer una visita. Se acabaron las emocionantes sorpresas de "Mira quién llego"... Aprendí que guardar una parte de tus ganancias significaba seguridad. Era la única garantía ante posibles eventualidades como enfermarte o perder el trabajo. Conocer sus reglas del juego y aplicarlas, era el único modo de poder jugar en la mesa a la par con ellos.

En Colombia, por el contrario, las cosas parecían ser más o menos como en nuestro país.

El timbre del teléfono sonó haciéndome saltar de la cama como un muelle. Cuando vi su nombre en el display del celular el corazón se me detuvo en medio del pecho.

— ¿Qué pasó Elsy?

— ¡Mi hermanita! ¿Cómo tú estás? ¡Qué noticia te tengo! –su tono era todo una fiesta. Pasé del susto, al asombro.

— ¡Tienen que haberse sacado la lotería para que tú me llames a las tres de la madrugada!

Lanzó una carcajada de las suyas, me parecía verla.

— ¡Ay, verdad que es de madrugada en Italia! No me había dado cuenta. Es que aquí son como las nueve de la noche. ¿No te desperté verdad?

— ¿Qué tú crees?

— ¡Ah, menos mal! Pues te diré flaca, no nos sacamos la lotería pero se nos apareció tremendo negocio. Un amigo de nosotros que viene aquí al restaurante está alquilando la casa de la madre. ¡Es un barrio buenísimo! Mucho más tranquilo que donde estamos ahora. La casa tiene dos plantas. Arriba podríamos vivir nosotros y hacer el restaurante abajo.

— ¡Ah qué bien!

— Pero hay un problemita...

Qué extraño que haya "un problemita" –pensé. Puse la almohada delante a la cabecera de la cama y me acomodé para escuchar con calma cuál era ahora el nuevo "problemita" de los hermanos Pérez.

— ¡Sí, tenemos que alquilarla ya!

— ¿Cuándo es ya?

— ¡Ya es ya! La semana que viene al máximo. Para eso mismo te estoy llamando. ¡Del viaje a Cuba ni hablar!

— ¿Pero Elsy, qué tú estás diciendo? Los viejos nos están esperando. Y hasta Rey en Alemania ya compró su pasaje.

— Esto es más importante, Ana. Ya hablé con mami antes de llamarte a ti. Tenemos que coger el dinero de los pasajes para pagar la entrada de la casa, la mudada y todo lo que va a hacer falta para el nuevo restaurante. Y bueno… ¿Queríamos saber si tú nos podías ayudar?

Respiré profundo. Iba entendiendo por donde venía el problemita. Ellos habían decidido que no irían a Cuba y por el camino que iba la conversación parecía que yo tampoco.

— ¿Ana? ¿Estás todavía ahí?

— Desgraciadamente sí. ¿De cuánto es la ayuda, gorda?

— No, mi hijita, de lo que tú puedas. Mario va a llamar después a Rey a Alemania. Vamos a ver con cuánto ustedes nos pueden ayudar.

— Mi hermana yo lo que tengo reunido es para el viaje a Cuba.

— ¿Y Marcelo?

— ¿Marcelo está igual que yo.

— Y… ¿Y tu novio italiano?

— ¡Elsy te volviste loca! ¿Cómo tú crees que puedo pedirle dinero a Nicola? No, no tengo confianza con él como para eso. Lo único que puedo hacer es darles el dinero que tengo reunido para las vacaciones.

— Ay, no, mi hijita no. Tú estás muy embullada con ese viaje…

Cambió de un tono animado a otro que no era nuevo para mí.

— Lo que es una lástima que perdamos esa oportunidad…

Elsy sabía siempre cómo conseguir aquello que quería. Si yo no le daba el dinero ella lo buscaría debajo de la tierra. Si se les había metido en la cabeza aquella nueva casa, virarían al revés Cali hasta encontrar la plata necesaria. Ya me habían contado de lo peligroso que era vivir en Colombia. Imaginar que pudieran pedirlo prestado y después por cualquier razón del mundo no pudieran devolverlo… No, no, solo de pensarlo se me aflojaban las piernas.

— Tengo dos millones de liras. Dime cómo puedo mandárselos –respondí resignada.

No pasó un mes de nuestra conversación al día que inauguraron la nueva "Mi Habana". La fiesta fue por todo lo alto. Pusieron una tela de una parte de la calle a la otra anunciando el gran evento. Montaron la orquesta en el portal de la casa ejecutando todo el repertorio de Compay Segundo y Buena Vista Social Club que estaba de moda en casi medio mundo, por la película que los hizo famosos.

Los caleños amantes de nuestras tradiciones no dejaron perder la ocasión. Aquel día nos llamaron unas tres veces contándonos a cada momento como procedía la inauguración. Mis padres desde Cuba también estaban en contacto. "Los muchos" seguíamos separados geográficamente. Miles y miles de kilómetros nos separaban unos de otros pero el indestructible cordón umbilical que nos ataba era cada día más fuerte.

No pude ir a Cuba ese año y tampoco Marcelo. Aquel tan soñado viaje para reunirnos todos con nuestros padres, fue una de las cosas que quedaron abandonadas en una de las orillas del rio de mi vida.

— Si quieres podemos ir a casa de mis tíos en Verona.

Nicola y yo éramos los únicos que todavía estábamos sentados en una de las mesas del restaurante almorzando. Después de las dos y treinta que terminaba el servicio del mediodía, su hermano Luca preparaba de comer para todos los que trabajábamos allí.

Le había contado que no iría a ver a mis padres en las vacaciones. Le expliqué que la razón era que quería esperar a que el resto de mis hermanos pudieran hacerlo. Eso de que me había quedado sin dinero ni lo mencioné. Primero, porque no quería ponerlo en la disyuntiva de sentirse en el deber de ayudarme. Y Además porque estas locuras de mi familia era algo que solo nosotros podíamos entender.

Lo que si no pude esconderle, fue mi tristeza. Extrañaba mucho a mis padres y también a mis chinitas de Sagua que no veía hacía más de tres años.

— O podemos irnos a la playa. A Rímini o Jesolo que no es lejos de aquí.

— Está bien, mi amor... No importa dónde. Basta que estemos juntos.

Si estaba con él, no era importante adónde íbamos. Nicola

me daba la serenidad que nunca antes encontré en una relación. Creía en él. La duda no encontraba espacio en nuestro andar. Era tan sincero que no entendía que yo dijera ni siquiera una sola de mis mentiritas blancas. Yo igual las seguía diciendo, si son blancas no son tan malas…

A mediados de septiembre el restaurante cerró por dos semanas. Nicola, su moto y yo salimos una mañana de Bassano sin un rumbo especifico. Tomamos la autopista que de Vicenza conduce a Milano.

La primera parada fue en Soave una pequeña comunidad en la provincia de Verona. Sus orígenes vienen de la época romana y como tantos otros pueblecitos italianos, este también tenía su histórico castillo. La historia cuenta que fue construido sobre un fuerte romano en el año 994, época en que los húngaros entraron en Europa.

En el 1998, veinte siglos después, con una copa del vino blanco que llevaba el nombre del pueblo, mi nuevo amor y yo, disfrutábamos sentados en la terraza de un bar, del magnífico paisaje, donde naturaleza, historia y tradiciones caminaban tomados de la mano por mi adorada Italia, más bella que la más hermosa diosa.

— ¿A dónde quieres ir después?

Me preguntó Nicola sirviéndome otro poco de vino. Bebí un sorbo sin dejar de mirar sus ojos verdes, como las uvas que habían parido aquella delicia fresca que bajaba por mi garganta.

— ¿Qué me dices si dejamos que sea la moto quien decida por nosotros?

El viejo reloj de la torre aprobó la sugerencia de Nicola con el redoble de sus campanas.

Por dos semanas estuvimos dando vueltas por distintos lugares del norte de Italia: El lago de Garda, Verona, el Monte Blanco hasta terminar los últimos tres días en la playa de Iesolo de Venecia.

Llegamos a mi apartamento el lunes en la noche. El martes en la mañana comenzaba de nuevo en la pizzería.

— ¿Marce, todavía estás despierto?

Le dije mientras lo abrazaba. Desde que trabajaba en la fàbrica era extraño encontrarlo despierto después de las nueve de la noche. Se levantaba todos los días a las seis de la mañana.

— Sí. Mañana no voy a la fàbrica.

— ¿Y eso?

— Tengo que contarte.

Después de saludarme le extendió la mano a Nicola.

— Ciao Nicola ¿cómo estás?

— Bien, gracias. Bueno me voy, nos vemos mañana por la mañana en el trabajo.

— Está bien, amore, ¡Hasta mañana!

Lo acompañé hasta la puerta de casa.

— Te voy a extrañar –le pasé la mano por la cabeza despeinándolo. Era algo que no le gustaba y que a mí me divertía hacerle como una broma y lo besé–. Ciao amore mio.

Por toda respuesta recibí solo su sonrisa. Me gustaba decirle "Te quiero" aun sabiendo que no me diría ninguna palabra similar. ¡Era el único hombre en mi vida que nunca me había hablado jamás de amor, sin embargo nunca antes me sentí tan amada!

— Dime, Marce. ¿Cómo es eso que no vas a trabajar? No me digas que te "licenciaron".

Dije mientras soltaba la bolsa del viaje por el piso. Me senté frente a él en el sofá de la sala.

— Me voy para España este fin de semana. Mi amigo Guillermo me resolvió para revalidar mi título de médico.

Menos mal que ya estaba sentada mientras escuchaba el titular de la nueva odisea de la familia. De lo contrario me estuvieran doliendo todavía las nalgas.

— Repite, Marce, porque me parece que no copié bien.

— ¿Te acuerdas de Guillermo, el muchacho de Corralillo que estudió medicina conmigo el primer año en Santa Clara? –asentí–. Bueno, él vive en Madrid. Trabaja como médico. Casualmente la semana pasada me llamó Chiqui que se lo había encontrado en el aeropuerto de La Habana. Cuando le contó que yo estaba aquí en Italia aterrillado en una fábrica me mandó su número para que me comunicara con él.

La historia seguía con que en España se reconocía el título de los médicos cubanos. Este doctor Guillermo ya lo había conseguido desde hacía unos años. Encontró un nuevo contrato en un hospital de Madrid y pensaba dejar la clínica donde trabajaba. Entonces propuso a mi hermano para que ocupara su puesto.

Los trámites para la legalización llevarían algunas semanas por eso era necesario que llegara a España cuanto antes.

— Tú no te preocupes, Ana, yo te voy a seguir mandando el dinero para que puedas pagar el apartamento.

— Y cómo vas a poder hacerlo. ¡Quién sabe cuánto tiempo tendrá que pasar para que puedas presentar los documentos y trabajar como médico! Yo no creo que eso sea así tan fácil en dos semanas.

— Mientras no trabaje como médico busco otra cosa que hacer. Camarero, portero, lo que se presente.

La mezcla de emociones que Marcelo sentía era evidente para mí. Por una parte, dado la urgencia de su viaje, tenía la preocupación de marcharse sin darme tiempo a prepararme económicamente. Y por otra, tener de nuevo la posibilidad de trabajar como médico lo excitaba y lo estimulaba. Esta nueva ocasión había devuelto la luz a sus ojos.

Yo sabía ¡cuánto amaba su profesión! ¡Cuántas horas de estudio y sacrificios entregó para llegar a ello! No era justo que diez años de carrera siguieran encerrados entre los muros de una fábrica. Yo deseaba aquel sueño tanto como él. Solo que de pronto me sentía como si me arrebataran una de las muletas que sostenían mi vida de emigrada. Pero primero estaba él.

— Tranquilo, Marce. No es el fin del mundo.

— ¡No! Es el inicio.

Reímos abrazándonos.

— Sí. ¡Es solo el inicio hermanito!

Las novedades de mi familia son como los terremotos. Llegan sin avisar. Echan por tierra lo construido obligándote a edificar de nuevo. Esperaba tan solo que la próxima casa que construiría pudiera mantenerse por largo tiempo en pie… ¡Hasta el próximo temblor!

Cuando sentí al vecino de casa abrir las ventanas de su cuarto supe que eran las seis y media de la mañana sin mirar el reloj. Cada día me despertaba aquel sonido fastidioso. Después de más de tres años de vivir allí no me acostumbraba a ese desagradable despertador. Seguía prefiriendo los gallos de mi barrio en La Habana.

Aquel día no fueron sus ventanas las que me despertaron pues en toda la noche no había pegado un ojo. Nicola dormía a mi lado tranquilamente. Lo que pasaba por mi cabeza era un torbellino que me arrebataba el sueño. Mi vida hasta este momento y la que se avecinaba, giraba sobre un único punto: Mi familia.

Desde hacía tres meses la comunicación entre Italia, Alemania, España y Colombia era de al menos, una llamada telefónica al día. Llamadas realizadas no por los grandes líderes de estos países sino por algunos de sus hijos postizos, para ser más exactos, de la familia Pérez en cada uno de estos puntos geográficos de nuestro planeta.

Los Pérez de Colombia habían llegado a la conclusión de que no podían seguir viviendo más en aquel país. Los secuestros, la violencia en sus calles y el futuro incierto para ver crecer un niño eran cosas de las que querían escapar. Mi familia seguía reproduciéndose, Sara, la mujer de mi hermano Mario, estaba encinta de seis meses. Había que hacerlo todo antes que la criatura viniera al mundo, que no podía ser para nada, aquel mundo de crímenes y violencia. Cuando llegaron a la conclusión que lo mejor era irse de allí, me llamaron enseguida a Italia.

— Yo tengo un cubano que le interesa el restaurante. Le pedí veinte mil dólares. Con ese dinero se pueden pagar los pasajes y nos queda algo para llevarnos. Se lo estoy regalando porque lo que queremos es salir de aquí lo antes posible.

Era Mario quien dirigía el negocio. Aunque todo el resto de la familia trabajaba allí, el negocio estaba a su nombre. Fue él quien tuvo la idea de crear el restaurante. De este negocio habían vivido por cinco años. Este les proporcionaba un techo. Podían vestir decentemente y comer, pero nada más. No veían ningún otro futuro en aquel país. Ahora que esperaba un hijo encontró la motivación que le faltaba para tomar la decisión de emigrar de nuevo.

— Bueno, Mario. Ahora así de pronto no sabría cómo hacer. El problema es que ustedes son muchos.

— Sí, yo sé que no es fácil mi hermana por eso queremos llegar con algún dinerito. Nosotros en tanto habíamos pensado pedir visas de turismo en las embajadas de los tres países en que están ustedes y vamos a ver qué pasa.

Las cosas que sucedían en mi familia eran verdaderamente "de películas", no parecían reales. En menos de una semana de pedir las visas de turismo en cuanta embajada europea se encontraron delante, fue Alemania quien abrió sus puertas. Aquella noticia dio la vuelta al mundo hasta llegar a cada una de las casas de los Pérez Gómez.

— ¡Pero estos hermanos nuestros sí que son dichosos! –me decía Rey al teléfono después que Mario le había comunicado la gran novedad desde Colombia. Jamás imaginé que pudieran lograrlo. Ahora el problema está en ¿dónde meto yo a tanta gente?

— Bueno Rey, tú te estás rompiendo la cabeza pensando donde los metes por unos días. ¿Y qué me dices a mí que no tengo todavía ni la más puta idea de dónde meterlos a vivir a todos definitivamente? Yo estaba loca por reunir a la familia pero poquito a poquito, ¡no once de un tirón!

Reímos los dos pues no nos quedaba más que eso, reír de nuestras históricas locuras que no tenían fin. Casi todos los cubanos que dejaban la Isla querían reunir a su familia. Es una de las tantas cosas que necesitamos hacer para darle al nuevo lugar a donde hemos llegado el verdadero sabor de hogar.

Esta fue mi primera meta, mi sueño perenne durante aquellos seis años que ya llevaba viviendo en Italia. Ahora que la vida me daba ese regalo no sabía qué hacer con él . El problema era ese, aquel maravilloso regalo era más grande que el papel que tenía para envolverlo. No se trataba solo de mis hermanos, sino también de sus mujeres, más el hermano de una de ella, más mi sobrino Pablito y su novia. Literalmente, un batallón.

¿Dónde los meto a todos? era la pregunta que seguía repitiéndome desde que terminé de hablar con Rey.

Después de algunos meses de la partida de Marcelo a España, Nicola y yo nos habíamos ido a vivir juntos. Hacía ya más de tres años. Alquilamos un apartamento, con dos habitaciones en el centro de Bassano a unos pocos metros del restaurante donde trabajábamos con su padre.

¡Como hubiera querido en aquellos momentos que las cosas fueran tan fáciles como en Cuba! Muchos años atrás vivíamos doce en un apartamento que era la mitad de este que tenía ahora. Cada uno, con su canapé a cuesta encontraba un rincón donde acomodarse. Ahora si intentaba hacer algo así, lo más probable era que terminara debajo del puente de Bassano junto con todos mis hermanos.

¡Dos semanas! Tenía sólo dos semanas para acampar a mi familión.

El fin de semana siguiente fui al culto de la iglesia cristiana. No asistía asiduamente como me hubiera gustado, por mis horarios de trabajo, pero aquellos domingos en que lograba hacerlo salía de allí serena. Los miembros de la comunidad se habían convertido en los últimos años en una parte importante de mi vida. Entre sus muros hablábamos no solo de la biblia sino de nuestros problemas, de nuestros logros, y de las batallas cotidianas que teníamos que enfrentar.

Hacía tiempo yo había dejado de rezarle a la virgencita de la Caridad. Cada una de mis peticiones iba dirigida a Dios y solo a Dios. A veces me venía la duda si aquella virgen que desde niña veló por mí, no se sentiría abandonada y relegada en uno de los rincones del cielo. Si esto fuera así, seguro ella, como una buena madre, me habría perdonado.

— Ana tiene una buena noticia que compartir con nosotros hoy.

Las palabras de Daniela, una de las hermanas de la iglesia me sacó de mis contradictorios pensamientos. Me puse de pie delante de todos. Ya había hablado en otras ocasiones de mi familia regada por diversos países. Les expliqué brevemente cómo habían obtenido los permisos para venir a Europa.

— Ellos llegan a Alemania y estarán unos días con mi hermano Rey que vive allá, después vienen para Italia, queremos reunirnos todos aquí. Llegan sin documentos hasta que yo no les haga la unión familiar. Si alguno de ustedes conociera de alguien que alquile un cuarto, una taberna donde se puedan montar algunas camas. En fin, necesito acomodarlos en tanto ellos no puedan alquilar un apartamento o…

— … ¿Un cuarto para cuantas personas? –preguntó Mira una de las más ancianas de la comunidad.

— … ¡Uh… Para once…!

Respondí tímidamente. Algunos no pudieron evitar reír por el discreto número. Otros repetían "¿Once? ¿Once personas?" . Yo necesitaba un gran milagro, pero de aquellos buenos que nos hablaba la Biblia de los tiempos de Jesús, tan grande, como convertir el agua en vino.

Al final del culto todos rezaron por mí, por el buen viaje de mi familia y quedaron en avisarme si encontraban alguna solución que podría ayudarme.

En el restaurante trabajaba con la cabeza por las nubes. Cada vez que tenía un minuto libre revisaba una revista local con anuncios de alquileres de casa. Me habían escrito los nombres de algunas personas que buscaban con quien compartir su apartamento, pero no era esto lo que yo buscaba.

— ¿Ana tomaste la orden de aquella mesa?

Me preguntó Nicola con un tono algo molesto al ver que esperaban por mí unos clientes desde hacía algunos minutos.

— Disculpa mi amor –dije guardando rápidamente la revista en una gaveta. Tomé el blog de notas y me dirigí a la mesa que esperaba para ordenar su comida. Sentí su mirada a mis espaldas. Estaba segura que sospechaba que algo no andaba bien. En cuanto terminamos el turno de aquel día decidí explicarle todo.

Después que lo puse al tanto de la nueva aventura de mi familia, para mi sorpresa, no me tiró por el balcón, todo lo contrario.

— Podemos hablar con mi padre. El apartamento de arriba del restaurante está lleno de cosas regadas. Si se organiza bien, algunos de ellos pueden dormir allí.

¡Dios es grande! Aquellas palabras eran un bálsamo fresco sobre mi cabeza tan caliente como aquel horno donde cocinaba sus pizzas.

— Esta noche hablamos con él, no creo que diga que no, tratándose de tus parientes. Después de todo es solo por unos meses.

¿Por unos meses? ¡Quién sabe qué tiempo me llevará poner en fila este ejército!

Era precisamente a su familia las últimas personas a quienes pensé yo llevarles mi problema. Por pena, por no querer crear un conflicto en mí trabajo ni en mi relación con Nicola. Ellos en su mentalidad, en sus costumbres de vida estaban muy distantes a las nuestras pero, en asuntos del corazón, no había tanta distancia.

Fue exactamente como dijo él. Tanto Hugo, su padre, como su madre Roberta se mostraron dispuestos a ayudarme. Me dieron carta blanca para organizar el apartamento y ponerlo a disposición de mis hermanos el tiempo que fuese necesario.

El techo estaba resuelto, que era lo más dificil. Algunos miembros de la iglesia vinieron a ayudarme en mis horas libres para acomodarlo. Hicimos una gran recogida. Los documentos y algunos de los muebles personales de mis suegros los guardamos en una sola habitación. En los dos cuartos restantes y en la amplia sala pusimos camitas para ocho personas que me fueron prestando o regalando. Mi hermana Elsy con su hijo Pablito y su novia vendrían para nuestra casa.

El apartamento tenía una pequeña cocina con los muebles necesarios para que pudieran cocinar sin tener que bajar al restaurante, un baño y un pequeño balcón que daba al río Brenta. Las condiciones estaban creadas, gracias a Dios y... Bueno, creo que también la virgencita de la Caridad puso su mano hablando con Jesús. Después de todo, nos conocía desde que éramos niños.

Una hora después de que mi vecino abriera sus ventanas decidí levantarme para comenzar a preparar para el gran evento. Por suerte llegaban el lunes, el día que cerraba el restaurante.

Salieron de madrugada de Alemania, por el cálculo que había hecho Rey llegarían al mediodía en el pequeño autobús que alquilaron.

— ¿Qué hora es?

Preguntó Nicola cuando me sintió caminar por el cuarto.

— Todavía es temprano mi amor, duerme.

Salí cerrando la puerta detrás de mí. Durante toda la mañana probé llamar varias veces al celular de Rey y ninguna señal. Eso quería decir que ya estaban en Italia y su número alemán no tenía señal aquí. ¿Pero por dónde andaban? ¿Estarían todos bien? A las diez de la mañana ya estaba lista para ir para el restaurante.

— Todavía es temprano. ¿Qué quieres que hagamos allí dos horas antes?

— Nada, pero quiero estar allá. Si tú quieres ve más tarde.

Quería estar segura que todo estaba bien dispuesto. Tres días antes de la llegada de ellos lo teníamos todo listo pero deseaba ver el apartamentico preparado para mis negros, para mis "muchos". ¡Que espectáculo era ver todas aquellas pequeñas camitas arregladas, como la casa de los siete enanitos! Porque esta, mi historia era así, como los cuentos de hadas. Una fábula, ¡la maravillosa fabula de mi vida!

No podía creer que me estaba preparando para recibirlos después de seis largos años. No me parecía verdad que una vez más viviríamos juntos, como antes, como desde hacía una vida. Faltaban solo mis padres. Aquel era el segundo paso, solo que ahora sería más fácil si estábamos la mayor parte de la familia unida para luchar por ello.

El momento de la llegada de mis hermanos al restaurante fue algo que me catapultó completamente fuera de este mundo. Nada de aquello que estaba sucediendo parecía real.

El pequeño autobús a un costado de la vieja calle… Ellos que bajaban trayendo en mano sus instrumentos musicales, guitarras, bongó, tumbadoras y güiro… Sus rostros iluminados por aquellas sonrisas que desde hacía tiempo encontraba solo en la imagen de una fotografía… Nuestros abrazos. Nuestras lágrimas de alegría con sabor a victoria y nuestra inigualable algarabía cubana.

Nos sentimos volar hasta Buenavista, pero los adoquines de Bassano nos obligaron a volver a poner los pies en la tierra

— ¡Mi hermana que linda tu estásssssssss…!

— ¡Julito, que gordo!… Albert, ven acá mi hermanito lindo…

— ¿Tú debes ser Nicolás?

— Nicola, Nicola, sin S... ¡Elsy mi gordita bella!
Yo los saludaba por una parte, Nicola por la otra.
— Mucho gusto compadre, yo soy Martín.
— ¡Qué lugar tan tocao asere...!
Después de las presentaciones y saludos preparáramos una pasta para el almuerzo. Unimos las mesas al centro de la sala restaurante para que cupiéramos todos.
— La verdad que lo de estos Italianos es la pasta. Con ellos no hay ná' que hacer, ¡son los mejores! –dijo Manuel, el hermano de Sara mi cuñada.
— Caballero tenemos que brindar por este momento –Elsy alzó su copa de vino, todo el resto la imitamos.
— ¡Por Italia!
— ¡Por Italia! –repetimos a coro.
Mientras almorzábamos nos contaban, interrumpiéndose unos a otros, sobre los distintos momentos de aquella experiencia desde que salieron de Cali y la semana en Alemania. Allí Rey les había conseguido dos conciertos para tocar en un festival latinoamericano que se celebró en su ciudad.
Nicola sentado a mi lado escuchaba en silencio todas las historias que narraban. No sabía si lograba seguir el hilo de todo lo que decían, entendía bastante el español pero mi familia hablaba cubano, una lengua que a veces a mí misma me costaba trabajo entender.
Cuando estábamos bebiendo el café llegaron Hugo y Roberta. Todos se alzaron para las presentaciones. Tomamos otras dos sillas para hacerlos acomodar en nuestra larga mesa. Después de algunas preguntas y respuestas donde me tocó el papel de traductora, Hugo hizo una petición que aquellos hermanos míos no veían la hora de que llegara.
— Dice que si pueden cantarles alguna canción cubana de...
No me dejaron terminar la frase. Se levantaron como si el fondo de sus sillas tuviera un resorte. Comenzaron a sacar los instrumentos musicales de sus fundas y en menos de cinco segundos la orquesta quedó armada.

El cuarto de tula, le cogió candela
Se quedó dormida y no apagó la vela...

Los que como yo, no tocábamos un instrumento marcábamos el contagioso ritmo golpeando en la mesa o en los vasos con los cubiertos. Mis suegros seguían la música dando palmadas. Aquella escena minuto a minuto me parecía más irreal.

Via Angarano no reconocía aquellas voces. Por largos años los himnos de los Alpinos fueron quienes quebraron sus silencios:

Com'è buona l'acqua fresca
Quando sgorga dalla sorgente.
Questo silenzio è una carezza
Che rimane dentro al cuore…

Aquel día cada tabla del Ponte Vecchio crujía ante mi contagiosa

Guantanamera. Guajira guantanamera.
Guantanameeeeeeeera. Guajiara Guantanamera…

Los párpados me pesaban por el cansancio de tantas horas insomne, pero yo seguía luchando con todas mis fuerzas para mantenerme despierta. Tenía miedo de dormir y después descubrir que todo había sido un sueño… Sus rostros sonrientes me llevaron de nuevo a mi lejana Sagua. En ellos seguía viendo a los niños que un día correteaban por una calle de tierra… Y yo que los defendía. Que me fajaba a los piñazos con el mundo por ellos ¡Por mi familia!

LA GALLINITA CIEGA

La oficina que atendía los casos de emigración se encontraba en la ciudad de Vicenza. Era un edificio color marrón de cuatro plantas construido en los años 60. El oficial sentado delante de mí, de la otra parte del buró, estudiaba detenidamente los documentos que le había llevado. Mi inscripción de nacimiento, la de mis hermanos, contrato de alquiler de la casa donde los hospedaba y mi contrato de trabajo.

Cada página que terminaba de ver la colocaba de último hasta llegar a revisarlas todas. Era un hombre de unos cuarenta años. Trigueño de piel, con un fuerte acento meridional. Todavía no lograba identificar el lugar exacto de donde venía un italiano cuando los escuchaba hablar pero aquellos del sur se reconocían sin dificultad. Hablaban con la misma cadencia de los filmes que había visto en Cuba.

— ¿Cuándo ellos llegaron a Italia?

Le expliqué que estaban allí hacía solo una semana. Habían venido desde Alemania a visitarme. Necesitaba informarme si era posible legalizarlos por ser familia de un ciudadano italiano o por medio de un contrato de trabajo. Justifiqué que estaban aquí porque teníamos la idea de hacer un restaurante cubano en Italia y necesitábamos saber cómo actuar.

— No se puede. Tienen que regresar a Cuba, después allá piden la unificación familiar.

Estaba consciente que esto de legalizar a mi familia, no sería una cosa fácil. Pero oírlo así, a rajatablas, fue como una ducha fría. Solo en las series de televisión se ven los policías amables, gentiles y sonrientes. En la vida real era otro el cuento. Aquel rostro que tenía delante era inmutable. Me extendió todas las cartas.

— … Pero, no hay otro modo que…

— … Señora, el único modo es este que le he dicho. Tienen que volver a Cuba.

Respiré profundo. Tomé los documentos metiéndolos de nuevo dentro de la carpeta verde que había preparado para ellos. Verdes como la esperanza. Esperanza que aquella máscara en uniforme no le daba ni la más mínima posibilidad de existir.

Elsy, Martín y Alberto esperaban afuera. Me rodearon en cuanto llegué junto a ellos.

— Por el momento no hay nada que podamos hacer. Pero el policía que me atendió, muy amablemente, me dijo que volviera más adelante a ver si sacan alguna nueva ley.

Esto último me salió espontáneamente al ver los rostros de mis hermanos que eran igual a la de aquellos niños que esperan ver que hay dentro de una caja de regalos.

— ¿Más adelante qué quiere decir?

— ¡Elsy, más adelante quiere decir, más adelante!

La tomé del brazo y comencé a caminar buscando la salida del edificio.

— Mientras tanto ustedes tienen tres meses de permiso de turismo. Dentro de dos o tres semanas volvemos y vemos qué hay de nuevo.

— Y si no hay nada nuevo qué hacemos. ¿Nos quedamos ilegales? . Eso es tremenda candela ¿no? –preguntó Alberto.

— ¿Candela? Si se pasa el tiempo y no nos dan el permiso no podremos ni asomarnos a la esquina del puente. Dicen que aquí cada vez que ven a un negrito suelto enseguida le piden los papeles. Tú verás que al prieto de la familia es al primero que van a mandar pa'l tanque.

Reímos de las ocurrencias de Martín. De los ocho hermanos, fue él quien más sacó los genes de nuestros antepasados africanos. Y en lo que decía en broma, había parte de razón. La policía revisaba a menudo los documentos de aquellos que les parecía no fueran, ni turistas, ni italianos.

— Bueno tú estás jodío por ese la'o pero nosotros que somos trigueñitos podemos decir que somos sicilianos. ¡Los sobrinos de Corleone! –Alberto le pasó el brazo por los hombros a Martín.

— ¡No te preocupes asere, te llevamos la jabita a la cárcel!

Menos mal que lo habían tomado así pues la situación no era

para nada fácil. Si le hubieran visto la cara a aquel oficial no creo que les quedarían muchas ganas de bromear. Teníamos todavía hasta octubre para reírnos. Esperaba solo que noviembre, aparte del frío, no nos trajera también las primeras desilusiones.

Y pasó el primer mes de "Los muchos" en Bassano. Todos se habían acostumbrado sin dificultad a compartir el apartamento. Para un cubano de nuestros tiempos esto no era un inconveniente. Desde que nacemos vivimos compartiendo la casa con el resto de la familia. El problema era otro. El dinero de la venta del restaurante en Colombia alcanzó a duras penas para sufragar todos los gastos del viaje. Los bolsillos de todos estaban secos y por el momento sin posibilidad de trabajar.

— ¿Ana aquí no hay revistas con anuncios de trabajos?

Me preguntó Julito mientras se sentaba en la pequeña mesa delante de un plato de sopa cocinada por Elsy. Él era el más preocupado de todos. En Cuba había dejado a su esposa con dos hijos. Durante el tiempo que vivió en Colombia les mandaba dinero cada mes. No veía la hora de trabajar y poderlos ayudar de nuevo.

— Sí, hay revistas con anuncios, hay agencias de trabajo. El problema es lo que ya les he explicado. Hasta que no logremos tener los permisos de residencia es muy difícil que alguien los ponga a trabajar porque se puede buscar un problema.

— ¿Ni siquiera planchando o limpiando o una casa? –intervino Graciela que lavaba los platos– No creo que dentro de una casa vayan a vigilar quien está trabajando.

— ¿Qué no? Si la presidenta del comité de via Angarano se entera que trabajas ilegal mete el chivatazo.

Martín con una cerveza en la mano se acercó a su esposa Graciela pasándole la mano por la cintura.

— Mi negra, no te me desesperes que dice el policía amigo de Ana que eso de los papeles se resuelve.

— Martín, ya vas por la quinta cerveza. No son todavía las tres de la tarde y...

— ¡Caballero llegó el pesca'o!

Alberto entró con cinco pescados colgados de la boca de una cuerda de nylon.

— ¿Albert, que cosa es eso? –pregunté extrañada.
— ¡Truchas! Como las de Cuba.
— ¿Y de dónde salió eso? –no podía creer lo que estaba viendo.
— De donde salen los peces, Ani. Del río.
— ¿Del Brenta?
— Bueno, no sé si se llama Brenta. De este que está aquí atrás. Allá todavía esta Manuel con Martín pescando…
— … ¡Ay, Dios mío muchacho!, ¿pero a quién se le ocurrió esa idea?!¡Ahí no se puede pescarrrrrrrrrr…!

Casi les grité corriendo en dirección a las escaleras. Todos se quedaron mirándome sin entender qué ocurría.

Un minuto después llegué al Puente Viejo. Busqué con la mirada por ambos lados. Varios turistas se hacían fotos recostados a la baranda con el majestuoso Monte Grappa de fondo. Algunas personas caminaban con sus bicicletas en mano, otras pasaban sus perros y entre todo aquel cuadro recreativo, mi sobrino Pablito, mi hermano Mario y su cuñado Manuel con unas varas improvisadas con cañas de Bambú pescaban divertidos como si estuvieran en el muro del malecón habanero. No me vieron llegar.

— ¿Ustedes se han vuelto locos? ¡Recojan inmediatamente todo eso y perdámonos de aquí!
— ¿Qué pasa tía, cuál es el problema?
— Que aquí para pescar bisogna chiedere licenza.

Esto último se los dije en italiano sin darme cuenta. Les aclaré enseguida para hacerme entender.

— ¡Pedir permiso! Tener un carnet de pescador. ¡Y no pescan aquí arriba del puente!
— ¿Hay que meterse en esa agua fría como ellos?

Manuel me señaló un grupo de pescadores que estaban metidos dentro de las aguas del río, a unos cien metros de distancia de donde nos encontrábamos. Vestidos con botas impermeables altas hasta la ingle, chalecos y gorras. Lanzaban con sus cañas la carnada a una cierta distancia y esperaban paciente que picara algún pez, quizás, el mismo que mis hermanos se adelantaban a pescarle desde las barandas del puente.

— Denle, vámonos de aquí antes que llegue algún policía.
— ¡Coñó, asere, primera vez que oigo que para pescar hay que sacar licencia como para manejar!

Recogieron las cosas rezongando y nos fuimos al apartamento. Cuando entramos al restaurante, Nicola, algo impaciente me esperaba para irnos a casa. Le pedí solo unos minutos para subir a despedirme de ellos. Una vez en el apartamento les hice prometer que no se atrevieran a hacer ninguna de sus locuras sin preguntarme antes.

— Aquí las cosas son muy diferentes a como ustedes están acostumbrados.

— Esto es como el comunismo caballero, ¡pero con más comida! –concluyó Martín. Al sentir su lengua enredada imaginé que ya iba por la décima cerveza.

Finalmente mi hermano Julito logró hacer algunas horas de trabajo en la gasolinera de Bruno, un señor que habíamos conocido en el restaurante. Era un cliente al que le gustaba mucho Cuba y los cubanos, tanto que iba cuatro o cinco veces al año. Desde que nos conoció venía a menudo a comer pizza.

Julito aprovechó la primera ocasión que tuvo para contarle de su necesidad de trabajar para ayudar a su esposa y sus hijos en Cuba. Bruno se ofreció en ayudarlo dándole algunos trabajitos en la gasolinera.

Graciela y Elsy por su parte ayudaban a lavar los platos en el restaurante. Mi suegro, en lugar de llamar a otra persona les daba aquel trabajo, que no era expuesto al público.

Alberto había contactado con un músico cubano que vivía en Treviso, a unos cincuenta kilómetros de Bassano. Este consiguió algunos lugares para ir a tocar con el grupo. La familia comenzaba a contar con algunas liras para sus gastos personales y para mandar a Cuba.

Después de unas cuatro semanas de la primera entrevista en las oficinas de emigración de Vicenza, volví. En esta oportunidad, solo me acompañada Elsy y no nos atendieron en una oficina. Nos indicaron unas ventanillas donde en cada una de ellas se encontraba un oficial atendiendo a las personas.

Los mismos papeles de la primera vez. Idéntica historia... "Queremos abrir un restaurante cubano y..." En lo que el policía leía los documentos Elsy a mi lado movía los labios discretamente. Estaba rezando...

— Debe volver un jueves en la tarde que se atienden a los ciudadanos italianos. –Me devolvió todos los papeles.

— Pero... ¿Hay posibilidad de hacer una reunificación familiar?

— No sé señora. Tiene que venir el jueves en la tarde.

Terminó la frase y continuó mirándome con una expresión que no decía nada. Era como si le hubieran apagado el botón de la información y detrás de aquellos ojos había solo una cinta en blanco.

— Bien, gracias. Buenos días.

Tomé a Elsy de la mano que no paraba de rezar bajito y salimos del edificio.

Me quedaba menos de un mes para resolver el problema de la legalización de mi sobrino Pablito y mis hermanos, en el caso de poderlo hacer por familia, como me dijo el policía.

Quedarían todavía ilegales, la novia de Pablito, mis cuñadas Graciela, Alina y su hermano Manuel. Esta última ya estaba al parir. El milagro de convertir el agua en vino se había cumplido con la llegada de ellos. Regularizarlos sería, como aquel de Jesús caminando sobre las aguas.

Antes de volver al restaurante decidí pasar con Elsy por Romano d' Ezzelino a saludar a Fabio. Había regresado hacía poco de Miami. No sabía nada del rumbo que había tomado mi vida en los últimos tiempos. Cuando le conté por teléfono no podía creerlo.

— ¿Esta es la famosa Elsy? Mucho gusto, Fabio –la abrazó–. Es como si te conociera, Ana me ha hablado mucho de ti.

— Óyeme pero tú estás muy bien. Te ves mejor que en las fotos de la boda–. Elsy se separó mirándolo de arriba a abajo.

— Elsy, no pierdas tiempo. No eres su tipo.

Reímos. Fabio nos hizo acomodar en la salita pequeña que seguían usándola de manera privada. Nos sentamos en la esquina de una mesa larga que estaba al fondo del salón. De la otra parte, un sofá con dos butacas frente a un televisor.

— ¿Quieren tomar algo?

— No, gracias –respondimos las dos

— ¡Bueno cuéntame todo desde el principio!

Comencé la historia desde la llamada de Mario. Elsy contó

toda la parte de ellos en Colombia. Las visitas a las embajadas, los apuros para vender el restaurante hasta la vestimenta que tuvieron que crearle a Alina para que no se notara que estaba embarazada de tantos meses.

— ¿Y todos están viviendo en un solo apartamento?

— No todos. Yo estoy con mi hijo y su novia en casa de Ani.

— ¡Ana pero la verdad es que a ese hombre tuyo hay que darle una medalla! ¡¿Qué le has hecho para tenerlo así?! ¡Ustedes las cubanas son la ruina de estos italianos! ¡Ni tú te salvas!

— ¡No digas eso chico! ¿Qué iba a hacer, dejarlos en la calle?

No parábamos de reír recontando todas las anécdotas familiares. Cuando llegamos a la parte del problema de la legalización la historia era menos simpática.

— A tu familia puede ser que por tu ciudadanía italiana les den la residencia. Los otros cinco que te quedan, la única cosa que pudiera salvarlos sería que salga una ley sanatoria como pasó con Marcelo. ¿Te acuerdas que yo le hice un contrato de trabajo?

— Claro que me acuerdo. Solo que Marcelo era uno. ¿Dónde consigo yo cinco personas que se hagan cargo de ellos?

— ¡O una sola! Yo estoy vendiendo aquí. Lo compras tú y le das trabajo a todos.

— ¡Ay, sí qué gracioso!

— ¡No! estoy hablando en serio. Quiero irme a vivir a Miami.

— ¿Y tu familia?

— Mi mamá ya está viejita. Quiere estar tranquila en su casa y Giorgio dice que si yo me voy, se va también él.

— Mi hermana, esto sí que sería la solución.

Elsy se volvió a mi emocionada como si hubiéramos verdaderamente encontrado la solución de todos nuestros problemas.

— Elsy, te has dado cuenta que bien habla Fabio el español. Está vendiendo. ¡Vendiendo! No regalando.

— ¿Y tú suegro no te puede prestar dinero?

Suspiré por la desesperación. Mis hermanos hablaban siempre de prestar dinero como si aquello fuera la cosa más natural del mundo. O no tenían la más mínima idea de lo que significaba meterse en una deuda o simplemente, la palabra “dinero” para ellos no tenía valor alguno.

— No tienes que pedirle dinero a nadie Ana. Me lo puedes pagar en dos o tres años.

— Pero Fabio, ¿tú sabes lo que me estás proponiendo?

— ¡Claro! Habla con Nicola de esta idea, puede ser que a él le guste. ¿Tú te imaginas lo que sería un restaurante cubano de verdad, donde todos los que trabajen sean cubanos? ¡Aquí no hay eso! ¿Tú no te la pasabas diciéndome que tu sueño era ver a tu familia aquí dentro trabajando? Bueno pues, ¡métele mano!

No salía de mi estupor. ¿Fabio podía estar consciente de lo que me estaba proponiendo? Sabía bien claro que yo no tenìa ninguna posibilidad económica para hacer algo así. Aun cuando aquello fuera la cosa que más deseaba en la vida, tristemente, no estaba en mis manos.

— No puedo Fabio. No puedo prometerte que te voy a pagar en tres años tu negocio. ¿Y si después no puedo hacerlo? Lo perderías todo.

— No perdería nada. Porque tú y tu familia lo pueden hacer. Estoy tan seguro de eso que me juagaría mi virginidad!

— ¿Tu virginidad? –preguntó Elsy.

— ¡Con una mujer!

Le di un manotazo por la espalda. Los dos reían. Yo los miraba sin entender. Sin saber qué pensar, qué decir… Aquella tentadora oferta suya era un juego con solo dos cartas. ¿Cuál me podría jugar? Una indicaba el final de mi incertidumbre ¿La otra? ¡El inicio de mis problemas!

Decidí no hablar nada con Nicola hasta que no tuviera claro conmigo misma que era lo que quería hacer. La propuesta de Fabio seguía clavada en mi mente como aquellas fotografías familiares que ponemos en un cuadro en la pared de la casa, la suya la tenía pegada delante de la cama. Era en lo que primero pensaba al despertar y lo último que pensaba cuando me acostaba. Dios mío guíame. Indícame el camino. Muéstrame la puerta.

En tanto Dios no respondía a mi súplica ni yo encontraba respuesta alguna, volví a la comisaría de policía de Vicenza un jueves en la tarde cuando atendían a los ciudadanos italianos. Me acompañó Mario. Entregué las inscripciones de nacimiento mía, de mi sobrino Pablito y la de todos mis hermanos, fotos de cada uno de ellos y las fotocopias de sus pasaportes.

El oficial estuvo mirando por algunos minutos todos los documentos. Mario y yo, de la otra parte de la ventanilla esperábamos ansiosos una respuesta.

— Vuelvan el jueves próximo.

— ¿Se puede hacer la reunificación?

— Vamos a analizarlo todo. El jueves le diremos si se puede o no hacer.

Metió nuestros documentos en una carpeta dando por terminado el tiempo que nos había asignado. No pregunté más. No hacía falta. Su respuesta ya era una esperanza, por primera vez no era un NO rotundo. Mario y yo salimos de allí que no nos cabía un alpiste. Nos sentíamos en el séptimo cielo. Llamamos enseguida a Elsy a su celular.

— ¡Ay mi'jita no te lo puedo creer! ¡Gloria a Dios!, ¡Gloria a Dios!

Elsy se ocupó de informar a todo el resto de la tropa. Cuando llegamos a Bassano fuimos directo al apartamento donde esperaban todos.

— Bruno me dijo que en cuanto tenga los papeles me hace un contrato de trabajo en la gasolinera.

— ¡Qué bueno Julito, eso sería maravilloso! ¡Un trabajo seguro mi hermano!

— ¿Con los papeles esos ya puedo ir a Cuba? –preguntó Martín que de cuatro palabras que decía la quinta era Cuba, Todo era "Mejor o peor que Cuba", "Así se hace o, así no se hace en Cuba". "Cuando yo vaya a Cuba". "Cuando me fui de Cuba". "Con aquella cantaleta me entraban ganas de mandarlo de vuelta "a Cuba".

— ¡Si nos dan los papeles puedes aceptar la propuesta de Fabio!

Todos pensaban en las distintas cosas que harían una vez que estuvieran legales en el país, menos mi hermana. La idea del restaurante de Fabio seguía siendo una idea fija para ella. A mí me pasaba igual aunque no lo comentaba con ellos. Más que un proyecto era un sueño y más que un sueño, una locura. Por más vueltas que le daba al asunto no sabía cómo hacerlo realidad.

Lo más razonable era discutirlo con Nicola. Sin él sería imposible hacer nada, no solo por una cuestión económica sino porque para meterse en algo tan grande como dirigir un hotel con su restaurante, solo él tenía la experiencia para hacerlo. Desde pequeño, su vida transcurrió dentro de ese mundo, mientras que a mí me había caído del cielo. En los últimos años había aprendido mucho en este giro, pero una cosa era organizar el trabajo del salón restaurante y otra llevar toda la responsabilidad económica de un negocio.

— Amore, ¿tú sabes quién está vendiendo el negocio?, Fabio.

Le comenté sin darle mucha importancia al asunto. Estábamos tomando el sol a la orilla del lago Cardonazo. Desde que había llegado mi familia, era la primera vez que salíamos solos. Cada lunes de descanso lo dedicaba a llevarlos a conocer alguno de nuestros pueblos. El tema que quería hablar con él requería una cierta privacidad.

Ese día habíamos salido temprano de casa con nuestra bolsa térmica cargada de frutas, salame y una botella de vino blanco.

— ¿Y eso? ¿Por qué quiere vender?

— Dice que quiere irse a vivir a Miami. Su hotel está en un buen lugar ¿verdad?

— Es un poco fuera del pueblo. Puede ser que no le esté yendo muy bien.

— ¿No te gustaría que compráramos una cosa así? Se lo solté sin más rodeos.

— ¿Nosotros? ¡No! Una cosa así requiere demasiada responsabilidad. Además que no tenemos dinero para eso.

— Quizás el banco nos puede prestar una parte del dinero, la otra podemos pagársela una vez al mes, no sé, se puede tratar. Si quieres puedo preguntarle cuánto quiere por el negocio. Ahora que mi familia está aquí se podría hacer un restaurante cubano. ¿No te gustaría?

— ¿En ese lugar? Estás loca, la gente de estos pueblos son cerradas a las cosas que vienen de fuera, sobre todo a otra cocina que no sea la Italiana. Además, Ana, nosotros estamos bien en el puente, ganamos un buen salario. Meterse en una cosa así es algo demasiado riesgoso.

No quise insistir, había puesto la piedrecita en el camino. Era un primer tanteo del que estaba segura recibiría su primer NO.

Mis conclusiones fueron dos. Dudas, por la gran responsabilidad de la empresa. Conformismo, por la comodidad de nuestra situación laboral. Dos cosas en las que tenía que trabajar si quería convencerlo. En tanto era necesario ver qué rumbo tomaba la legalización de la familia y lo otro, tenía que saber cuánto quería Fabio por su negocio, pregunta que no le hice la tarde que hablamos pues no había tomado en cuenta su propuesta.

El lago se animó de turistas, la mayor parte alemanes. Algunos paseaban por la orilla con sus perros, otros se bañaban en las frías aguas verdes del lago, tomaban el sol acostados sobre grandes toallones o paseaban en pedaló, una lanchita de pedales con la que daban la vuelta al lago.

Al mediodía nos retiramos bajo la sombra de un árbol. Extendimos el mantel sobre la tierra arenosa y sacamos de la bolsa térmica nuestro almuerzo. Comimos serenos hablando de cosas intrascendentes… Que teníamos que ir un día a visitar a su tío a Verona… Que queríamos tener un perro en casa, o mejor un gato que daba menos trabajo… Que iba siendo hora de cambiar mi viejo Fiat por una máquina más moderna… Del verano tan bueno que está haciendo aquel año… De todo, menos del hotel de Fabio. Yo lo seguía, teniendo el tema Fabio en la punta de la lengua, pero después de tres años al lado de mi hombre, sabía que cuando quería algo de él no podía pedirlo todo de un golpe. Tenía que dejar pasar unos días para tirar la otra piedrecita.

El jueves de la siguiente semana nos fuimos en dos máquinas para la comisaría de Vicenza. La mia y la de Rey, mi hermano cubanoalemán. Después de regresar a Alemania para devolver el pequeño autobús que alquilaron para venir a Italia, a los pocos días, Rey se apareció de nuevo en Bassano para unirse a toda la familia. Todos nos preguntábamos cómo podía ser posible una decisión tan repentina después de tantos años viviendo en Alemania con una esposa y una hija adolescente.

— Son demasiados años lejos de la familia. Después que encuentre un trabajo y alquile un apartamento las traigo para acá.

Mientras tanto, se agregó una camita más dónde ya había ocho, que sumando los tres que tenía en casa la tropa ya iba por doce. Los Pérez se extendían por Italia más rápido que una mancha de aceite en un mantel.

Estábamos sentados en el salón de la comisaría de Vicenza junto a un pequeño grupo de extranjeros de diversas nacionalidades que esperábamos ser llamados de alguna de las tres ventanillas. Después de una hora oímos finalmente mi nombre invitándome a acercarme a la número tres. Junto conmigo; Julito, Alberto, Mario, Martín, Elsy y Pablito. Rey, como ciudadano alemán no tenía necesidad de aquellos trámites, quedó algo distante esperando por nosotros.

— ¿Están los seis aquí? Preguntó el oficial con nuestros documentos en mano, mientras pasaba revista con la mirada a cada uno de mis hermanos que como el coro nacional de Cuba estaban colocados a mis espaldas. Respondieron al unísono:

— ¡Si, tutti, tutti!

Los miré de reojo. Los tengo afiladitos con el italiano.

— Bueno sí, es posible darles a todos el permiso de residencia por familia… Pero… –paró en seco nuestra eufórica reacción ante la noticia–. Para entregárselos, es necesaria al menos otra residencia, aparte de su casa. Seis personas no pueden vivir en un apartamento con solo dos cuartos, dónde ya existen otros dos residentes.

Se refería a Nicola y a mí.

— Si usted puede garantizar otra vivienda donde alojarlos, basta que traiga el contrato, no hay problemas, es lo único que les falta.

Salimos de allí tan contentos como si nos hubieran entregado los permisos en la mano. Lo de conseguir un contrato de una casa no era una empresa fácil pero era cosa de nada en comparación a todo por lo que ya se había pasado.

— Ani, ¿Tú estás segura que Hugo no puede alquilar ese apartamento?

— No, Elsy, eso es parte del restaurante, de eso olvídate.

— ¿Y cómo podríamos hacer, caballero? –preguntó Alberto.

Nos habíamos sentados alrededor de una pequeña mesa en un bar a un costado de la comisaría a beber el café mientras discutíamos el asunto de los permisos.

— Hay que alquilar un apartamento con otros dos cuartos.

— Bueno, tú como ciudadano alemán puedes alquilar un apartamento. Nosotros no, pero tú sí –propuso Martín.

— No es ese el problema, sino que aquí se necesita dejar pagado tres mensualidades, más el alquiler del mes, más la parte a la inmobiliaria que te busca la casa, que sería más o menos lo que cuesta el alquiler de un mes.

— Vaya que son como mínimo cinco meses de alquiler adelantado, ¡candela!

— ¿Qué tú pensabas Martín que eso era así tan fácil? Ya yo averigüé todo eso para alquilar algo chiquito y traer a Dana para acá. Hacen falta por lo menos unos dos o tres millones de liras.

— ¿Qué tú crees de eso tía? Te has quedado callada.

Los oía hablar y pensaba en cuáles podrían ser las soluciones a mano, pero no me venía nada a la mente.

— Pabli, sinceramente, ahora mismo no sabría decirte... Tendrían que ponerse de acuerdo entre ustedes y reunir entre todos una parte de lo que están ganando por aquí y por allá, y con el dinero en mano comenzar a buscar.

— Yo estoy embarca'o, La niña está al nacer y lo poco que gano con los toquecitos lo estamos guardando para eso –dijo Mario.

— Yo con lo que me paga Bruno mando una parte para Cuba, puedo poner algo, pero solo no puedo.

Trabajo, lo que se dice trabajo, todos tenían algo, pero al final eran solo pequeñas entradas y grandes problemas. Mi Dios nos había ayudado poniéndonos delante de la puerta justa, lo que no encontrábamos era la llave para poder abrirla.

Pasaban los días y seguía en el aire el asunto del alquiler del segundo apartamento. Una tarde fui con Elsy, Pablito, Mario y Alberto al hotel de Fabio. Lo había llamado para saber si podía pasar para hablar de la propuesta que me había hecho de la venta y así de paso le enseñaba a mis hermanos su negocio.

Esa tarde, después que terminé el servicio del mediodía nos fuimos hasta Romano. Giorgio y Fabio estaban descargando de la máquina las verduras, bebidas y otros productos que recién habían comprado para el restaurante. Mis hermanos se ofrecieron a ayudar a descargar. Mientras tanto Elsy y yo recorríamos el salón restaurante fantaseando en dónde pondríamos el bar, de que parte la pequeña tarima para la orquesta y de qué color pintar las paredes.

— ¡Listo! Vengan para acá para que beban algo.

Fabio sirvió café, agua y refresco. Después nos invitó a hacer el recorrido por todo el hotel. En la planta baja, los dos salones restaurantes. En uno, propuso que podíamos hacer un Disco Bar, en el otro el restaurante cubano. La salita pequeña podría ser reservada para pequeñas compañías o grupos que quisieran estar más independientes.

Del hotel podrían alquilarse ocho habitaciones y dejar una para el miembro de la familia que se quedara allí al cuidado del hotel. Tendríamos que traer a nuestra madre de Cuba para que se ocupara de la cocina junto con Elsy y Graciela. También a mi padre para que integrara la orquesta con mis hermanos. Nicola, que todavía no sabía nada de esta película, haría las pizzas y yo en la sala a cargo del restaurante. En fin, como un director de orquesta asignó el tono a las distintas líneas melódicas de una sinfonía y los instrumentos para interpretarlas.

— Fabio, ve despacio, a estos negros no me les puede estar dando mucha cuerda sino después me vuelven loca. La idea está muy buena y muy bonita pero todavía los tengo a todos ilegales y a mí sí que no me van a llevar presa por tener un bando de gente trabajando sin papeles.

— ¿Y lo de la reunificación familiar?

— Tengo que empezar por conseguirles otro apartamento. Con el mío solo no basta para garantizar el alojamiento.

— Pero niña, yo tengo alquilada la casa de al lado, son como seis cuartos. Tuve la idea de alquilar los cuartos pero eso es un lío para los permisos. Si vienen para acá, alquilas la casa para tu familia y mataste dos pájaros de un tiro.

No, no, no. Yo no lo podía creer. Todo lo que estaba pasando era algo así como que "Todos los caminos conducen a Roma", o mejor dicho, a Romano d' Ezzelino.

Me había dado la cifra de cuánto quería por el negocio y no era una cifra exagerada, con la posibilidad de pagárselo en tres años y para colmo una casa grande donde meterlos a todos. Si aquella no era la llave que estaba buscando para abrir la puerta, entonces era la soga para mi "pescuezo".

— Ana, yo te digo que esto es lo más que puedo hacer para ayudarlos. Ya escribí un anuncio en la revista para la venta. Si aparece alguien interesado tengo que ir alante porque tengo bastante encaminado lo que voy a hacer en Miami.

— ¿Vas a hacer un restaurante Italiano allá? –preguntó Pablito.

— No, me quiero meter en el negocio de ventas de máquinas de lujo.

Siguieron hablando entre ellos de los proyectos de Fabio por allá, de las cosas que mi familia podía hacer por aquí y yo no dejaba de pensar en Nicola, en cómo tomaría esto. Sin su aprobación, sin su ayuda, estaba convencida que no podría hacerlo. Si se negaba, todo terminaría allí, en las tantísimas ideas y en las muchísimas palabras que tomadas de la mano giraban por mi lado como el juego de la "Rueda, rueda".

Y yo, en medio de todos ellos, los dejaba viajar en su río de ilusiones, en una lucha entre la razón y el corazón para mantenerme con los pies anclados en la tierra y no dejarme arrastrar por aquella corriente que por más que trataba de alargar la mirada no lograba alcanzar ver a cual caudal me llevaría.

EN EL ANDÉN EQUIVOCADO

Habían pasado seis años de aquel octubre del 1994, cuando salí de Cuba. ¡Cuántos eventos importantes llegaron y salieron de mi vida en cada uno de sus días! Esta era la gran obra del teatro de mi vida en mucho más de tres actos y en cada uno de ellos grandes conflictos y no siempre un feliz desenlace.

El nuevo siglo inició cargadito de emociones; Los Pérez casi completos en Europa y en el horizonte la posibilidad de convertirme en toda una empresaria.

Todos los caminos que desde niña recorrí indicaban una única dirección; Ser una actriz. La Habana fue el sueño hecho realidad. Cuando estaba casi segura de haberme embarcado en el tren justo de la vida un carril torció mi destino.

Mi amada isla era un punto lejano, dulce y amargo. En ocasiones tan punzante como una gota de limón sobre una llaga. Distante de mi tierra madre comencé a reconstruir mi familia y también lejos de ella, un nuevo diseño de vida se abría sobre mi mesa...

— No sé Ana, no sé. No me convence un local cubano a los pies del Monte Grappa. Es un verdadero riesgo

Hacía más de dos horas que hablábamos encerrados en nuestro cuarto, único lugar del mundo solo para nosotros, desde que había llegado mi familia a Italia. La sala y la cocina de nuestro apartamento la compartíamos con mi hermana, mi sobrino y su novia. En el restaurante ¡ni hablar! Entre su familia y la mía parecía aquello una colmena.

Nicola estaba a mi lado. Los dos recostados a la cabecera de la cama, vestiditos, listos para dormir, pero de sueño nada. Le expliqué todas las razones por las que creía que era una buena idea comprarle el negocio a Fabio.

— Es que hemos hablado tanto de tener algo nuestro... Yo sé que siempre hemos pensado en una cosa pequeña que podamos dirigir sin dificultad pero esto puede ser una buena oportunidad de hacer algo más importante. En mi familia hay todo lo que necesitamos para hacerlo funcionar, cocineros, camareros, músicos. Tenemos muchísimas ideas. Mis hermanos se encargarán de transformar todo el local en un ambiente tipico cubano.

— ¿Con qué dinero? Cuando paguemos los tres meses de adelanto por el alquiler del hotel, el papeleo para crear la sociedad, la comida, la bebida, la...

— ... Sí, sí, ya sé. ¡No nos queda más nada! Pero mira, entre los dos tenemos treinta millones de liras. Hagamos una lista de las prioridades. Fabio estaría allí hasta el 31 de diciembre, en dos semanas trabajaremos día y noche para organizarlo todo y abrir en quince días. Con el dinero que comencemos a ganar seguimos pagando las demás cosas. A él le daremos un primer cheque enseguida y los demás a partir de marzo.

— ¿Tú tienes idea qué quiere decir abrir un negocio de cero contando tan solo con lo que pueda entrar una vez que inauguremos? ¿Qué tú crees? Que la gente va a estar allí delante de la puerta esperando solo que abramos para llenarnos el restaurante. Un nuevo negocio Ana es como un juego al azar, no tienes jamás la seguridad si apuntaste a la ficha justa.

Sabía esto, ¡Dios sabe cuánto lo había pensado! y también a mí me aterraba la idea. Era como dar un salto al vacío sin saber que te esperaba en el fondo.

Nosotros en mi familia nos habíamos pasado la vida saltando de un lado para otro sin darnos golpes al precipitarnos en un supuesto abismo. Cuando vendimos nuestra casa en Sagua sin tener en la mano todavía aquella de La Habana... Cuando se fue Marcelo a Suecia, mis hermanos a Colombia y yo al encuentro de un Fabio que había visto dos veces en mi vida... Nos las habíamos visto negra pero siempre salimos a flote, ¿por qué no lo iba a ser también esta vez?, sobre todo, ahora que estábamos de nuevo unidos.

— Confía en mi Nicola. Yo veo ese local, lo veo repleto de gente, lo veo lleno del calor cubano, ese que la gente le fascina cuando va a visitarnos...

Le hablaba tratando de trasmitirle todo mi optimismo, como si las palabras cupieran en un cubo de agua que le echaba desde la cabeza empapando todo su cuerpo.

— Nuestra familia puede darle ese sello único. Es verdad que la responsabilidad está sobre nuestras espaldas pero con ellos podemos contar en todo. Les pagaremos el alquiler de la casa con todos sus servicios y la comida. Ellos están conscientes que todo el dinero que entre en los primeros meses será solo para pagar todos estos gastos iniciales y crearnos un fondo en el banco para pagar la deuda con regularidad. No cobrarán ningún salario hasta que el negocio no empiece a caminar por sí solo. De eso están convencidos.

No dijo nada como si aquel río de optimismo resbalara por la orilla de sus dudas sin tocarlo. Siguió con la mirada fija en la pared delante de nuestra cama como si en ella estuviera escrita la respuesta exacta de qué hacer ante este dilema.

En toda su vida nunca antes atravesó por momentos de decisiones importantes, ni de incertidumbres. Su familia con el negocio del restaurante había gozado de una vida cómoda, sin grandes riquezas pero con lo suficiente como para vivir tranquilos.

— Si tú no estás convencido, no tienes que hacerlo. Yo... ¡Yo quiero probar! Sin ti sé que será dificilísimo pero si no estás, lo voy a hacer igual.

La blanca pared siguió sin darle respuestas. Abrió su mano que reposaba sobre las sábanas, yo le vine al encuentro estrechándola fuerte. Cerró su puño en torno a la mía y la sentencia fue dictada.

Fuimos todos a visitar la casa de seis cuartos que tenía alquilada Fabio a pocos metros de su hotel. En cada una de sus habitaciones tres camas pequeñas. Era evidente que estaba preparado para alquilar a varias personas. Esa fue la idea inicial de Fabio pensando en el gran número de amantes del parapente que venían de toda Europa para volar en nuestras montañas. No obtuvo nunca la autorización para alquilarlo del mismo modo que hacía con las habitaciones del hotel. Por esta razón tenía intenciones de cerrar el contrato.

No tenía cocina pero la habitación preparada para esta contaba con todas las instalaciones de gas y agua en norma para hacerla funcionar. Bastaba comprar el fogón e instalarlo.

Era una construcción de los años 70. La pintura externa, todavía era la original, de un beige claro como casi todas las demás viviendas del entorno. Adentro Fabio había pintado recientemente.

— La sala por el momento podría quedarse de cuarto. Si preparan bien la cocina con una mesa grande esa podría ser la zona común para todos. Les quedarían siete cuartos. Es tres veces más grande que donde están ahora –dijo Fabio.

— Muchacho, esto es una mansión. ¡Buenísima! Además nosotros estaremos más en el hotel que aquí. Aquí vendremos solo a dormir, ¿verdad Ani?

Mi hermana hablaba con la seguridad absoluta que tanto el negocio como la casa ya eran nuestra. Evité responderle.

— ¿Y por dónde anda el resto de la tropa? –pregunté mientras salía de la habitación para oír los comentarios del resto del familión.

— Esto está vola'o mi hermana –Julito se dirigió a mi emocionado–. Si me dan a mí este cuarto de atrás que es el más grande lo puedo preparar para cuando traiga a Susana y los niños.

— El hotelito va a parecer este y no el de al lado como sigamos agregando huéspedes –respondí a Julito que ya comenzaba a correr con su imaginación. No veía la hora de traer de Cuba a la mujer y sus dos hijos.

— Caballero todo está muy bien pero no pongamos la carreta delante de los bueyes. Si nos gusta…

— … ¡Claro que nos gusta, Ani! ¡¿Tú no estás viendo esto?! –me interrumpió Martín.

— Bueno sí, nos gusta, está grande, está buena, ¡Perfecto! Primero hay que ver si el dueño nos lo quiere alquilar a nosotros, porque Fabio es una cosa, es su vecino de toda una vida y confía en él. A mí no me conoce…

— No te preocupes Ana, si yo te presento diciéndole que eras mi esposa no creo que ponga problemas.

— Está bien, ojalá tú tengas razón. Esperemos que nos la deje en el mismo precio y que ponga la cocina porque eso sería también otro gasto.

— Sí, se le podría pedir que lo haga, eso se habla.

— ¿Ves Ani?, todo se resuelve hablando. Fabio ¿y todas estas camas que están adentro son tuyas o del dueño de la casa? –preguntó Elsy.

— Bueno son del hotel, eso estaría entre las cosas de la venta.

Dijo esto último mirándome con una sonrisa, mis demás hermanos también me miraban. Me sentía el centro de la atención, como si la vida de todos ellos dependiera de mí. Fabio, loco por vender y volar a la Florida, mis hermanos por apoderarse de aquella casa y con el nuevo negocio iniciar una nueva vida.

El dueño de la casa aceptó que alquilara la casa para mi familia pero la cocina sería un asunto nuestro. El hombre tenía fama en el barrio de que se había hecho rico precisamente por lo tacaño que era. Se lavó las manos con ese punto y desde aquel momento el tema fue dónde comprar una cocina barata.

Al otro día de firmar el contrato de la casa, nos fuimos a la comisaría de Vicenza con los documentos de la segunda vivienda, como nos habían pedido. Nos dijeron de volver el siguiente lunes a las ocho de la mañana y así hicimos.

Aquel mismo día les estregaron los permisos de residencia a todos mis hermanos y a mi sobrino Pablito como familiares de un ciudadano italiano. Salimos del viejo edificio con una algarabía tal que parecía que estuviéramos celebrando un matrimonio. Mis hermanos enarbolaban los permisos en la mano como una bandera de libertad.

— ¡Legales! ¡Estamos legales!

— ¡Gracias, Italia!

Hicimos unas fotos con el fondo de la muralla vieja de Vicenza mostrando el bendito documento y los dos dedos en forma de V. Las sonrisas de oreja a oreja. Nos fuimos al bar que se encontraba a pocos metros de la comisaría a brindar por el gran acontecimiento. En la retaguardia me quedaban otros por legalizar pero las vías para resolverle también a estos, estaban trazadas.

No habían pasado diez minutos de haber llegado al bar cuando recibí la llamada de mi suegro para decirme que se estaban llevando a mi cuñada Sara al hospital de Bassano, porque se le había roto la fuente.

Todo parecía indicar que aquel sería un día histórico para

nuestra familia en este país. Sus permisos oficiales para residir en él y la primera Pérez italiana, porque le tocó.

Aquella semana de noviembre tuvo más de siete días. La pequeña Aurora nació con casi cuatro kilos, como diría mi abuela... "Nació criá". En el puente viejo se montó de nuevo la orquesta y... "El cuarto de Tula cogió candela". Aprovechamos que era el día de la semana que cerraba el restaurante por descanso y con la autorización de mi suegro formamos el fetecún.

Faltaban mis padres, la gente del barrio y el portal de Buenavista, pero por el resto, estaba todo. El lechón asado, el arroz congrí, la yuca con mojo y los plátanos fritos.

— ¿Cuándo vamos a hablar con mi papá lo del hotel? Él tiene que tener tiempo para organizarse en el trabajo.

— Vamos a esperar a puntualizar bien las cosas con Fabio y después hablas con él.

— ¿Hablas? ¡No! Tú no me dejas solo en esto. Hablamos los dos.

La música y la comelata seguían en la sala. Nicola y yo estábamos dentro del bar bebiendo café. Miré a mi suegro que sin saber bailar bailaba con mis hermanos sin importarle como movía los pies, divirtiéndose y basta.

Dije por decir eso de que hablara él con su padre. Estaba segura que Nicola no tenía argumentos ni fuerzas de enfrentarlo por sí solo. Yo no podía negarme bajo ninguna razón a apoyarlo, a estar junto a él, solo que yo tampoco sabía cómo comunicarle a su padre nuestra decisión, mirándole a los ojos.

Aquel hombre maravilloso me había asegurado un trabajo, me había acogido con cariño presentándome a todos con orgullo como la novia de su hijo. Pero sobre todas las cosas había acogido a mi familia, se había arriesgado por ellos poniéndolos a trabajar en su negocio cuando solo tenían permisos de turismo sin autorización a trabajar. ¿Cómo decirle: "Gracias por todo. Nosotros nos vamos a otro lugar"? Quizá encontraría las palabras más dulces para decírselo, pero al final, a él llegaría tan solo ese significado.

— ¡Lo haremos juntos amor! –lo abracé apoyando mi cabeza en su pecho.

Esa noche la rumba duró hasta tarde.

Después de visitar en el Hospital a la pequeña Aurora y a su madre, Sara, nos fuimos a la oficina del económico de Fabio. Nos esperaban a las cuatro de la tarde para discutir todos los detalles de la venta del Cadorna.

Dejamos el auto en el parqueo del correo central de Bassano. Fuimos caminando unos cincuenta metros hasta llegar a la dirección que nos habían indicado. En la puerta entre tantos nombres encontramos el del doctor Biasion Gianluca. Tocamos el botón del timbre, pasaron solo unos segundos cuando una voz de mujer habló a través del citófono.

— ¿Quién es?

— Somos Ana y Nicola Parolin. Nos espera el doctor Biasion.

Por respuesta el rumor del llavín de la puerta del edificio al abrirse. En el interior varias placas de metal en la pared con los nombres de las diversas oficinas indicando el piso en las que se encontraban.

El estudio de nuestro doctor era el primero. A la izquierda un pequeño ascensor, al frente una escalera. Decidimos subir por ella.

La secretaria, una joven con espejuelos estilo año 50, nos recibió con una sonrisa de cortesía y nos acompañó hasta la pequeña sala donde nos esperaba Fabio junto al señor Biasion.

Un hombre sobre los cincuenta años. Delgado, alto casi de dos metros de estatura, vestía con elegancia un traje gris, con camisa blanca y una corbata roja bordó. Se alzó de su asiento detrás de un buró extendiéndonos la mano para saludarnos.

— ¡Buona sera! Piacere Nicola.

— ¡Piacere Ana!

Después de la presentación, saludamos a Fabio y pasamos directo al nudo de la cuestión. Su hotel terminaba el contrato del lugar el 31 de diciembre del 2000, después de dieciocho años. El propietario del inmueble se comprometía en hacernos también a nosotros un contrato de alquiler por nueve años prorrogables a otros nueve, como le había hecho a él. Esto nos garantizaba recuperar el dinero invertido para comprarle el negocio del hotel restaurante que se desarrollaba dentro. Por este Fabio pedía doscientos cincuenta millones de liras.

Solo de sentir la cifra, el estómago se me retorció. Miré de reojo a Nicola que seguía con la mirada fija en lo que estaba leyendo el económico. Fabio a su lado jugaba con un lapicero que hacía girar entre sus dedos.

— El método para pagarlo será de un primer cheque de diez millones de liras y el resto otros cuarenta y dos cheques a cobrar cada mes por tres años y medio. Los cheques...

Siguió explicando las diversas condiciones que días antes habíamos discutido con Fabio pero que ahora se hacía de manera oficial. En fin, se puntualizó cada detalle y concluyó que su cliente, Fabio, quedaba en espera de nuestra respuesta definitiva para proceder con los trámites necesarios para el proceso de venta del negocio.

No volvimos a casa. Decidimos entrar en el bar que se encontraba en los bajos del edifico. Eran solo las cinco de la tarde pero ya estaba oscuro a esa hora y la brisa fresca de noviembre mostraba sus garras. Pedimos dos tés calientes en la barra y fuimos a acomodarnos en una de sus mesas.

— Esta misma noche tenemos que hablar con mi padre, no solo para decirle nuestra decisión sino para oír su consejo.

Nos quedamos allí sentados por una hora, haciendo cuentas, planificando como distribuir las pocas liras con las que contábamos. A modo de hipótesis hablábamos de cómo organizar el trabajo, que cosa haría cada uno, y qué podíamos vender de valor para aumentar nuestros fondos. Pero nosotros lo único de valor que teníamos era nuestra decisión de embarcarnos en aquella empresa.

En fin hicimos un trabajo de mesa cuidadoso intentando darle un sentido y un lugar a cada cosa. Por último decidimos cómo le íbamos a presentar el problema a su padre. Hablaríamos solo con él. Después él se ocuparía de hablar con la señora Roberta.

Hugo nos esperaba sentado en el mismo lugar donde acostumbrábamos a comer todos una vez terminado el servicio. Era un poco pasada las doce de la noche y la sala restaurante estaba vacía. Las luces apagadas, menos las de la última hilera sobre la mesa donde se encontraba él escribiendo en el libro de cuentas.

Nos miramos un momento entre los dos dándonos fuerzas antes de ir a sentarnos frente a su padre. Hugo alzó la mirada cuando nos sintió separar las sillas.

— Termino en un segundo.

Esperamos que terminara de sumar las cifras. Por mí podía estarse toda una vida haciendo sus cuentas, no tenía ningún deseo de iniciar el delicado tema que habíamos venido a enfrentar y al mismo tiempo no veía la hora de haberlo terminado. Si fuera una película que estaba viendo, saltaría esa escena yendo directamente al final.

— Díganme todo –dijo cerrando el libro.

Nicola y yo no miramos de nuevo, mis ojos decían: "Empieza tú". Los suyos aterrados me respondían: "Empieza tú primero".

Y Hugo allí, esperando que le dijéramos cuál era el tema de aquello que le habíamos anunciado unas horas antes al decirle que teníamos que hablar con él. Por su cara de fiesta seguro estaba imaginando un: "Nos casamos pronto"... "Te haremos abuelo"... "Nos sacamos la lotería..."

— Hemos decidido comprar el hotel de Fabio. El primero de enero entramos allí con toda mi familia.

Si le hubiera anunciado que los marcianos habían tomado Venecia su cara hubiera sido más feliz.

FELIZ NAVIDAD

Llegamos al consulado cubano de Milano cuando era casi la hora de almuerzo. Mi hermano Alberto, chofer oficial de la familia, me había acompañado.

Era viernes, solo cuatro días después que mis hermanos obtuvieron sus permisos oficiales de residencia y también a los cuatro días de vida de la piccola Aurora. A tres días, que Biasion, el económico de Fabio puso las cartas "sobre la mesa" con los acuerdos para comprar el negocio. A dos días, de haber tirado la bomba de nuestra partida "sobre la mesa" del señor Hugo y a solo un día, de haber firmado el primer cheque de diez millones de liras apoyados "sobre la mesa" del hotel Cadorna.

De todas aquellas "mesas", la más dura a la cual me senté fue sin dudas, la del Ponte Vecchio delante de Hugo.

A Nicola parecía que le habían comido la lengua los ratones. Después que le di el titular de la noticia de un tirón al señor Hugo, no me quedó más remedio que seguir yo. Continué sin muchos rodeos, diciendo el texto ya preparado y repetido mil veces dentro de mi cabeza.

Primer punto, los agradecimientos:

— ... Tú y Roberta han sido muy buenos y muy pacientes con todos nosotros pero esta es una situación que hay que resolver. Se nos ha presentado la oportunidad de solucionar el problema de la vivienda y el trabajo de todos...

A diferencia de como pensaba antes sí lo miré a los ojos porque no le estaba diciendo ninguna mentira, ni siquiera una sola de las blancas de mi repertorio. Seguí contándole como fue casual la conversación con Fabio y su propuesta de vendernos el negocio. De cómo se lo pagaríamos poco a poco por tres años. Le describí la casa grande que alquilaríamos para la familia. Que a más tardar en una semana volvería a tener todo el apartamento de arriba libre y nueve cubanos menos dando vueltas día y noche por su restaurante.

Traté de hacer alguna broma para aligerar la atmósfera, pero tanto él como Nicola permanecían serios escuchando mi eterno monólogo, que terminó con las siguientes frases:

— Sinceramente, no es este el momento en que hubiéramos deseado comprar un negocio, aunque esta, sí es una idea que hace tiempo le damos vuelta. Esto nos cayó del cielo y me parece... Y nos parece, que es una buena ocasión para todos que no debemos dejar escapar

Tanto uno como el otro miraban un punto en la mesa sin alzar ni una sola vez la vista para mirarme. Si no fuera porque los tenía delante parecería que estaba ensayando aquel discurso sola en mi cuarto. Concluí:

— Necesitamos de tu consejo en todo lo que hagamos. Para nosotros es muy importante tu apoyo moral en estos momentos.

Terminé no solo sin aplausos sino también sin palabras. Decidí no agregar nada más hasta que no se decidieran uno de los dos a decir algo. Fue mi suegro quien rompió el silencio.

— ¿Mi consejo? ¿De verdad quieren mi consejo? –dijo esto último mirándome solo a mí– ¿Ustedes tienen dinero suficiente para comprar ese negocio?

— No. No tenemos dinero suficiente. Es un riesgo, lo sabemos, pero a veces la vida te pone en una encrucijada, este es el único modo de poder lograr lo que sueñas.

Muy poético pero esta defensa mía en lugar de lágrimas en los ojos lo que le produjo fue una leve sonrisa.

— Los sueños también tienen su precio.

En cuanto activaron los servicios de agua y luz, iniciamos la mudada a la nueva casa de familia. La asignación de los cuartos se resolvió así; Julito, el más pequeño de mis hermanos le tocó el cuarto más grande del fondo, como había pedido pensando en un futuro traer a su esposa e hijos. En tanto estos no vinieran de Cuba lo compartiría con Alberto. El siguiente fue asignado a Mario, Sara y la pequeña Aurora. Al lado, uno más pequeño para mi hermana Elsy. En la sala que siguió haciendo la función de dormitorio se instalaron Pablito y su novia Sofía. Rey y Manuel compartieron el que se encontraba al lado de la cocina, el del otro lado quedó para Martín y Graciela y el ultimo, con vista para las montañas del monte Grappa fue destinado a mis padres que esperábamos pudieran unirse a todos antes del fin de año.

Una parte de la familia siguió trabajando en el restaurante del Ponte Vecchio, Pablito y Sofía, como camareros de sala junto a mí. Elsy y Graciela ayudando en la cocina. Los demás tenían la tarea de ocuparse de organizar todo en la nueva casa e instalar la cocina usada que compramos en un mercado de mercancías de segunda mano.

La fiesta de inauguración de la casa la hicimos el día de mi cumpleaños. Mis suegros no participaron, la excusa fue que la haríamos muy tarde, después del horario de trabajo y al día siguiente tenían que levantarse temprano para hacer algunas compras para el restaurante. Aunque después de nuestra conversación quedó claro que no se opondrían a nuestra idea de independencia laboral no los convencía nuestra decisión y muchos menos se alegraban.

Entre la mudada a la casa nueva, los papeleos de la venta del local y la preparación de las personas que nos sustituirían en el Ponte Vecchio, se nos fue todo noviembre y más de la mitad de diciembre.

Se acercaba la Navidad con el mejor de sus regalos; Les habían otorgado la visa de turismo a mis padres. La llegada a mi amada Italia sería el 23 de diciembre en un vuelo directo Habana-Milano. En toda la familia se respiraba aire de fiesta, de alegría total. No recuerdo jamás un período de nuestras vidas donde hubiéramos estados más unidos y felices.

Una representación de los Pérez Gómez en Italia partió a las seis de la mañana de Romano de' Ezzelino en dos máquinas para recibir a nuestros padres. Yo fui de aquellos que nos quedamos para esperarlos. Teníamos que trabajar esa mañana. Después del turno del mediodía salimos directo a casa, Nicola, Pablito, Sofía y yo, sin detenernos a almorzar en el restaurante. Allí nos reunimos con Mario, Manuel, Sara y la piccola Aurora a esperar todos juntos la gran llegada.

Adornamos la cocina, única zona común a todos, con cadenetas, globos y un gran cartel que decía "Bienvenidos a Italia".

Recuerdo la llegada de mis hermanos a Bassano como un día cargado de emociones pero la de mis viejos lo superó con creces. Habían pasado seis larguísimos años sin verlos. ¡Una eternidad!

Nos turnábamos en la ventana del cuarto destinado a ellos, que era junto con el de Pablito los únicos que daban a la calle principal. Vigilábamos todos los carros que pasaban esperando el de ellos.

— ¡Llegaron los abuelos!

El grito de Pablito entrando a la cocina nos hizo saltar a todos de nuestras sillas, corrimos a la calle. Parquearon delante del hotel de Fabio a unos pasos de la casa. Mi madre venía en la máquina de Nicola, se la había prestado a Alberto pues era más grande y más nueva que mi pequeño Fiat. Mi padre llegó en la de Rey.

Mis padres pasaban de los brazos de un hijo al otro. Lágrimas de felicidad, besos, de nuevo abrazos. Fabio y Giorgio se unieron al grupo.

— Mira Mami, este es Fabio –los presentó Elsy.

— Ay, Fabio. Finalmente te conozco, mi hijo. ¡Qué alegría!

Nicola se encargaba de las fotos. Le pedí inmortalizar ese momento también a través de las imágenes. Después de abrazar no sé cuántas veces a uno y a otro me acerqué a él tomándolo de la mano para presentarles a mis padres.

— Este es mi amor. Nicola.

Mis padres lo abrazaron como si lo conocieran de siempre.

— Mucho gusto, Jesús Pérez, para servirte, pero todo el mundo me dice Chucho.

— Óyeme, Ana, pero tú no eres boba, mira que pepillo tan lindo te has buscado.

— ¡Ay, mami!

— Caballero, vamos a entrar que si no, se nos congelan estos viejos aquí afuera –propuso Rey.

Les habían llevado al aereopuerto dos abrigos forrados de plumas con sus respectivas bufandas pero los cinco grados de aquella tarde era una temperatura que ninguno había probado en toda su vida.

— Ven, Fabio, acompáñanos.

Lo invité a unirse a la comitiva de bienvenida. Nos prometió pasar más tarde tenía que irse con Giorgio a hacer las compras para el restaurante. Nicola y yo los saludamos uniéndonos al grupo que ya estaban entrando a la casa.

Las navidades del 2000 fueron las primeras verdaderas navidades de los Pérez Gómez en toda su vida. La más intensa. La que más respetaba el verdadero sentimiento de esta simbólica fiesta. El nacimiento de un niño que traía la esperanza y la salvación al mundo. ¡Cuántas familias podían gozar de aquel río de bendiciones que nos sumergía! ¡Cuántos cubanos regados por el mundo podían ver realizado aquel legítimo y humano deseo de reunir a su familia! La mía fue una de aquellas que el dedo de Dios señaló en su eterna misericordia.

El doctor Marcelo, nuestro hermano, llegó de Madrid el 24 de diciembre y con su llegada se ocupó el último puesto vacío. Después de más de quince años todos los hijos de Chucho y Caruca se sentaron de nuevo juntos en una larga mesa, como cuando éramos niños, disfrutando de la sazón inconfundible de su madre y recontándose cosas de la vida.

¡De nuevo juntos como antes! Cantando... Riendo... Coloreando ilusiones. ¡Levantando esperanzas!

AÑO NUEVO, VIDA NUEVA

El 31 de diciembre "botamos la casa por la ventana", como decía mi abuela María. Preparamos una cena por todo lo alto. Se desmontó la cama del cuarto de Pablito y en donde era realmente la sala de la casa montamos el salón para la fiesta. En una esquina pusimos el arbolito de Navidad de casi dos metros de alto con sus luces coloradas, bolas doradas y un sinfín de regalos en su base.

A las once de la noche comenzamos la fiesta con una ceremonia que acostumbrábamos hacer cuando vivíamos en Cuba: "El intercambio de regalos".

Unos días antes habíamos escrito el nombre de todos en un pequeño pedazo de papel que después doblamos con cuidado. Los metimos todos dentro de un pomo de boca ancha. Cada miembro de la familia extrajo un nombre del frasco y solo este sabía a quién le haría un regalo. Esto hacía que la sorpresa fuera doble, primero porque no sabías de quién vendría el regalo y segundo, el descubrir que había dentro de él.

Yo hice de maestra de ceremonia y conductora del pequeño show del intercambio. Alberto con su guitarra, Mario en el tres, Martín con las tumbadoras y Pablito con los bongós ponían el fondo musical y los efectos especiales en el momento que le tocaba a cada uno abrir su regalo. Nosotros de una parte, junto al arbolito, de frente a todos los demás como un gran público esperando su momento.

— ¡Llamamos adelante a la compañerita: Elsy!

Aplausos de todos. Elsy se separó del grupo colocándose a mi lado que con micrófono en mano improvisé una entrevista.

— Buenas noches compañera. ¡O mejor dicho! ¡Sra. Elsy!

Risas de todos.

— ¡Secretaria general del partido de los Pérez! –gritó una voz del grupo.

— Nuestra presidenta del comité. ¡Un aplauso, caballero!

Seguían las bromas, la risa.

— Señores por favor dejen el relajo que no estamos en Buena vista. Este es un barrio más fino –Fingí seriedad para poner orden.

— Gorda, yo espero que me regales a mí porque dicen que te lanzaste con ese regalo…

— Martín por favor, déjame hablar que yo soy la maestra de ceremonia. Graciela ¡contrólalo mi'ja! ¡Quítale la cerveza esa!

Seguía la algarabía. Nicola sentado en el fondo del salón tiraba algunas fotos. Si bien es cierto que esta era mi primera Navidad con mi familia después de tantos años, esta era la primera que él pasaba lejos de los suyos. Su nombre también estaba en un papelito como un miembro más en aquella sala pero en ocasiones lo veía algo triste mientras todos reíamos.

Alcé la voz ayudada por el micrófono.

— Bueno, Elsy, ahora nos dirá para quién es este paquetón que tiene en sus manos.

Efectos de tambores y bongós

— A Elsy Pérez le toca regalarle a…

Le pasé el micrófono.

— ¡A mami!

Un gran aplauso, palabras y música acompañaron la marcha de mi madre hasta llegar junto a mi hermana que le entregó un paquete grande envuelto en un papel rojo brillante.

— ¡Qué lo abra!… ¡Qué lo abra! … ¡Que lo abra! –gritábamos a coro.

— ¡Gorda, tu cambiaste tu papel para que te tocara Mami, descarada! –le gritó Julito en broma, todos queríamos que nos tocara Mami para hacerle el regalo.

El show del intercambio se interrumpió a las doce de la noche para los abrazos, el brindis y los buenos augurios para un nuevo año. Una parte del grupo se puso los abrigos y salieron a la calle para encender los fuegos artificiales que habían comprado para la ocasión. Por más de media hora parecía que estuviéramos en una ciudad en guerra. Pero esta Navidad, estaba bombardeada de gozo, de luz y de un júbilo incontrolable.

Nos fuimos de la casa de mis padres pasadas las cuatro de la madrugada. Volvimos a nuestro apartamento, de nuevo solo para nosotros.

Después de quitarme el abrigo, la bufanda y las altas botas me tiré sobre la cama abriendo los brazos. Nicola comenzó a desvestirse dejando sus ropas sobre el butacón cerca de la ventana.

— ¿Qué estás haciendo, no piensas cambiarte?

— No... Tengo sueño...

— ¿Y vas a dormir así?

— Ayúdame tú...

— Estás borracha –dijo riendo, se acercó sentándose en la cama a mi lado.

— Sí... solo un poquito, amore.

— Yo creo que un poquito bastante...

Me volvió con delicadeza de un lado abriendo el zíper de mi vestido.

— Sono felice amore mio muy felices... Feliz... Feliz...

Continué repitiéndolo virándome de nuevo boca arriba. Me desvistió con paciencia, primero el vestido, el refajo, las medias largas. Alzó la sobrecama acomodándome debajo de las sábanas

— Amore mio... Amore... –seguía repitiendo.

Su sonrisa me bañaba de ternura. Su rostro seguía siempre ahí cada vez que abría los ojos después de largos pestañazos. Ebria de vino, ebria de abrazos, ebria de un amor transparente y profundo como aquellos ojos verdes que desaparecieron detrás de mis párpados.

Dormimos hasta las once de la mañana. Bebimos solo el café y nos preparamos lo más rápido que pudimos. Nos esperaban sus padres para almorzar.

Vivían en un chalet en las afueras de Bassano. Después de media hora atravesamos la alta reja de hierro que se abrió automáticamente cuando Nicola tocó el botón de la telecomando que llevaba siempre en la máquina. Seguimos por el camino de losas de piedra que conducía a la casa. Esta se encontraba después de casi cien metros de la entrada principal.

Reconstruida con refinado gusto respetaba la arquitectura de ladrillos de la vieja construcción. Un portal ancho de cincuenta metros más o menos bordeaba toda la fachada. Delante, un jardín cuidado hasta en el más mínimo detalle, pasión de Roberta, ostentaba un pequeño lago atravesado por un puente de madera. Poco distante, una gigantesca jaula de pájaros, pasión de Hugo, como aquellas que solo había visto igual en el zoológico de La Habana. Adentro, aves de diversos tipos volaban de una rama a otra sin poder sobrepasar la tela metálica que los presidiaba.

Cuando entramos ya estaban presentes los demás invitados. Habían venido Patricia y Antonio, la cuñada y el hermano de Roberta, también Luca, el hermano mayor de Nicola con la esposa y sus dos hijos.

En un salón tan largo como el portal, se encontraba la lujosa mesa de cristal con sillas para diez comensales. Arriba de esta, una lámpara de cristal de murano le regalaba al ambiente un estilo señorial y moderno a la vez.

La mesa estaba preparada con brillantes cubiertos y platos de porcelana. Las servilletas eran rojas así como la vela encendida en el centro. Sus padres se sentaron en cada uno de los extremos.

El menú era a base de platos típicos de Verona, la ciudad natal de mis suegros. Pearà, una sopa a base de caldo de carne, pan rallado, abundante pimienta y queso. Seguimos con el Bollito misto, Gallina, carne de ternero, lengua y cotechino, una especie de salame a base de carne de cerdo y por ultimo las tradicionales lentejas, plato que no podía faltar el primer día del año como indicaba la tradición. Para el postre el clásico panettone. Y tanto en el antipasto, primer plato, segundo, contornos, dulces y etc, etc, los maravillosos vinos Veroneses.

Si la noche anterior los oídos me zumbaban por la algarabía, hoy se lamentaban por el silencio. Se conversaba en voz baja y la única música que se sentía era la de los cubiertos cuando chocaban con la porcelana. Hoy era Nicola quien se sentía en su medio y yo como un pez fuera del agua. No porque no supiera moverme en aquel ambiente. Mi madrina, Alicia, desde pequeña me enseñó cómo comportarme en una mesa. Después que entré a la escuela de arte, el comedor escuela al que asistíamos una vez al mes durante mis estudios de actuación en la ENA, hicieron el resto.

Aún recuerdo como nos burlábamos de aquellas clases que nos

enseñaba Gilberto, quien un día fue uno de los camareros del restaurante del antiguo Country Club de La Habana. Cuando fue nacionalizada por la revolución y pasó a ser Escuela Nacional de Arte, quedó como profesor encargado de enseñarnos los diversos cubiertos, copas y platos utilizados en una cena elegante, así como el "ritual" que estas requerían. ¡Quién me hubiera dicho entonces que un día aquellas prácticas delante de las fuentes con arroz sin nada y chícharos aguados, hoy me serían tan útiles delante de los platos exquisitos de la mejor tradición italiana!

El sonido estridente de mi celular me hizo saltar en la silla. Todos los ojos apuntaron hacia mí.

— ¡Scusatemi un minuto!

Puse inmediatamente en silencio el celular. Me levanté mirando el nombre en el display "Elsy". Le hice señas a Nicola que volvía enseguida. Salí del salón adentrándome en la cocina.

— Dime, Elsy, ¿qué pasa?

— A qué hora tú vas a venir mi'jita? ¡Son casi las dos y media!

— Mi hija, ¡¿no te dije que hoy tenía que almorzar con mis suegros?!

— Sí, pero ¿todavía ustedes están comiendo? Habíamos quedado con Fabio en que íbamos por la tarde para la entrega de las llaves. Los muchachos están locos por entrar para allá y meterle mano a los cambios desde hoy.

— Elsy no me estés apurando. Termino aquí y después vamos para allá. ¿Ok?

— Está bien, flaca, pero no te demores mucho.

Colgué el teléfono y volví a mi asiento.

— ¿Todo bien?

Me preguntó Nicola en voz baja.

— Sí, sí. Mi hermana llamó para que les diera felicidades a todos –alcé mi copa–. ¡Buon anno!

— ¡Buon anno! –repitieron a coro contestando el saludo.

Llegamos al Hotel a las cinco de la tarde, entramos directamente sin pasar antes por la casa de mi familia. El traspaso de las cosas del hotel preferí hacerlas sola con Nicola, sin desconcentrarnos, en los últimos trámites del cambio de propiedad del negocio.

Fabio nos esperaba con la lista de todas las pertenencias del interior del negocio. Habíamos hecho la relación de todos los objetos presentes dentro un mes antes, después que le dimos el primer cheque y nuestra confirmación de compra.

La operación nos llevó apenas media hora. Comenzamos por las habitaciones del hotel contando los cuadros que quedaban colgados de la pared, los efectos electrodomésticos y todo el ajuar de camas. Seguimos por las tres salas restaurante y por último la cocina con sus platos, cubiertos, cazuelas, bandejas y equipos para la elaboración de los alimentos.

Una vez terminado el recorrido Fabio nos invitó a beber algo.

— Yo solo un café, gracias, hemos almorzado opíparamente. Desde esta noche me pongo a dieta.

Dije tocándome la barriga. Desde que habían comenzado las fiestas natalicias, entre un almuerzo por aquí y comidas por allá, había engordado unos dos kilos.

— Yo bebo un digestivo.

— ¿Limoncello está bien? –preguntó Fabio.

— Sí, sí, perfecto –aceptó Nicola.

Giorgio nos había acompañado silencioso durante todo el recorrido. Se sentó a la mesa del restaurante con nosotros, mientras Fabio en el bar nos preparaba de beber.

— ¿Hasta qué hora estuvieron despiertos tus hermanos? Yo creo que no durmieron.

— No sé. Nosotros nos fuimos casi a las tres.

— A las cuatro –aclaró Nicola–. Ella de anoche, no creo que se acuerde muy bien de todo.

— ¡Qué exagerado!

— Yo salí a las siete de la mañana a darle una vuelta al perro y sentí todavía la música –dijo Fabio desde el bar.

— Ah, no me extraña y también puedo estar segura quiénes eran sin verlos: Manuel, Martín, Pablito y Alberto. Pero la pasamos muy bien, ¿verdad amore?

Nicola asintió sin hablar, solo una sonrisa. Después bebió del licor de limón que le había traído Fabio.

— Bueno, ¿cuándo tienen idea de abrir?

— ¡Por parte nuestra, esta misma noche si fuera posible! –reí–. Fuera de broma, ahora voy a llamarlos para organizar el trabajo. A partir de mañana empezamos a cambiar el bar, a montar la tarima, a pintar… En fin, toda una revolución. Esperamos que esto no nos lleve más de dos semanas.

— ¿Tan pronto? –preguntó Giorgio sorprendido.

— Giorgio este será un local cubano, pensado a lo cubano, hecho por cubanos y con el tiempo de los cubanos "Matando y salando".

— ¿Y este Italiano qué pinta dentro de esa gran comunidad?– dijo Fabio en broma poniendo una mano sobre el hombro de Nicola.

— Este italiano es el bozal de los bueyes de mi carreta.

Dije poniéndole la mano sobre el otro hombro. Nicola miró a Fabio primero, después a mí y con su pálida sonrisa abrió los ojos que para un público cubano querría decir: Por Dios ¡en dónde he caído!

CUBAMÍA

Fueron dos semanas sin días y sin horas. Nicola y yo la pasábamos de un lado a otro, firmando papeles, abriendo la cuenta del negocio en el banco, visitando las impresoras para decidir los diseños de la publicidad, de las camisas de los camareros, el color de los distintos menú y del cartel de afuera con el nuevo nombre del hotel: Cubamía. Preparando las invitaciones para la inauguración el próximo 18 de enero y comprando los productos para crear un almacén de comida y bebidas para la primera semana.

Entre estos trámites, mas nuestro trabajo en el restaurante de su padre que seguíamos realizando junto a los candidatos que día a día probábamos para nuestra sustitución, se nos escurría el tiempo, exprimiéndole al máximo cada uno de sus minutos.

Mi familia no se quedaba atrás. Un grupo se encargó del color de las paredes. Otros le daban el barniz a las mesas y sillas. Manuel que era todo un carpintero estaba a cargo junto con Mario de convertir el bar del restaurante en una barra típica cubana. Recrearon en ella un bohío campesino con el fondo de bambú y el techo de guano. Mi padre se hizo cargo de toda la parte externa del local, cortando las hierbas y las ramas de la enredadera del muro, del parqueo colindante con la casa que habíamos alquilado.

Rey y Alberto fueron los electricistas que tuvieron la responsabilidad de poner las luces de colores en ambas salas, la más pequeña decidimos dejarla para uso personal de "Los muchos". También hicieron la instalación del sonido de la tarima que se preparó para que tocara la orquesta.

Las mujeres trabajaban donde hiciera más falta, menos mi madre, que como siempre, tenía la misión de alimentar a su "Brigada millonaria". El elenco era prácticamente el mismo que participó en la reconstrucción de la casa de la calle 80, en Buenavista.

Marcelo estuvo trabajando hasta el día 7 que regresó a Madrid. No podía quedarse hasta el día que abriéramos. Su trabajo como médico en uno de los hospitales madrileños no se lo permitía. Nos prometió volver en las vacaciones de verano.

Como temíamos, no estuvo todo listo el día 18, pero abriríamos de igual modo. Al salón de baile, le faltaba ponerles las cortinas en todas las ventanas y la instalación para la cerveza de caña. Decidimos abrir solo la sala restaurante, donde se preparó una pequeña tarima para la orquesta y concentrar la fiesta de apertura en un solo lugar.

Fue un jueves. Las invitaciones decían que comenzaba a las seis de la tarde pero siendo un día de trabajo la gente comenzó a llegar después de las ocho de la noche.

La tropa estaba organizada así: En la cocina Mami, Elsy y Graciela. En la pizzería Nicola y Manuel. Como camareros Sofía, Rey y yo. Los demás hermanos, Julito, Alberto, Mario y Martín formaban parte de la orquesta junto a Pablito y mi padre. Este último vestido con un traje gris oscuro, camisa gris clara, corbata de rayas gris, roja y negra. Para rematar su personaje cubanísimo, su sombrero de paño blanco.

Mirándolo rebosante de orgullo no creí que existiera sobre la faz de la tierra un hombre más bello y elegante que mi padre. ¡El gran Chucho!

— ¿Cómo estoy mi hija? –me preguntó ajustándose la corbata.

— ¡Eres un sol radiante mi viejo! –le dije apretándolo fuerte en un abrazo.

Los demás Pérez no nos quedábamos atrás, Aparte de los uniformes de nuestras cocineras y los pizzaiolos, los demás estábamos lo más elegantes que nuestros bolsillos nos podían permitir.

Contratamos a un fotógrafo para que inmortalizara los distintos momentos de aquella histórica noche para nuestra familia.

Nos habían dicho que no nos guiáramos por la cantidad de gente que viniera ese día pues a muchos les gustaba ir a las inauguraciones porque les regalan muchas cosas de comer. Si fuera en Cuba no me extrañaría… ¡Pero aquí…!

A las nueve y media de la noche la sala se llenó de curiosos.

En el centro del restaurante pusimos la larga mesa surtida con diferentes platos; Alas de pollos fritas, croquetas, papas rellenas, ensalada de pasta fría, mixtos de salame, aceitunas y algunas pizzas cortadas a la usanza. En un extremo una vasija con sangría y botellas de vinos dentro de un recipiente profundo con hielo.

En tanto no llegaban órdenes para la cocina, nuestras tres cocineras con sus uniformes blancos participaban de la fiesta. Mi padre invitó a bailar a mi madre. Se movían al ritmo de nuestro son bajo los aplausos y las frases de bromas de mis hermanos.

— ¡Vaya viejo, tremendo pollo que levantaste!

— ¡Sofócala abuelo, sofócala!

— ¡Se acabó el dinero con mis viejos, caballero!

Sofía y Rey se encargaron de llenar los vasos de sangría y servir el vino en las copas de los invitados. Nicola y yo desde el bar mirábamos el panorama aquél, sonrientes y felices como todos ellos, aunque no bailáramos.

La sala nos había quedado preciosa. Las paredes rojo bordó intercaladas con otras partes blancas llenas de fotos de los Pérez Gomez en Cuba, Colombia y durante el proceso de reconstrucción de los últimos días, le conferían al local una atmósfera alegre y familiar.

Nuestra bandera servía de telón de fondo a nuestra orquesta que en aquel entonces se llamó "Baila mí son" No recuerdo en la historia, un grupo musical que cambiara más de nombre que el conjunto musical de mis hermanos.

En un momento de la noche Sofía y Pablito hicieron una demostración de baile con infinidad de vueltas improvisadas, pasos de salsa y movimientos de cintura que robó la atención de todos los presentes. Yo era la primera en admirar la gracia y la sensualidad con que bailaron. El momento culminante fue cuando mi viejo Chucho salió entre la gente micrófono en mano cantando:

... Dos gardenias para ti,
Con ellas quiero decir, te quiero,
Te adoro, mi vida...

Mi vocecita de directora artística me decía que aquellos eran los elementos con los que podía contar para darle vida a nuestras noches latinas. Tal parecía que le hubiéramos arrancado un pedacito a nuestra isla para pegarlo en el Cubamía, como si hubiéramos traído un rinconcito de nuestra Cuba a Italia.

La noche de trabajo terminó a las dos de la mañana, la hora en que finalizaba nuestro permiso de tener abierto el local. Después que se fueron los últimos clientes hicimos nuestro primer cierre de caja. El resultado fue como lo previmos, mucha gente y poca entrada.

— Es normal, Ana. Hoy es un día particular. Es lógico que si regalas de beber pocos van al bar a comprarse las cosas. Como inauguración fue buena. ¡Mañana es que comenzamos en serio!

Las palabras de Nicola me dieron un poco de tranquilidad pues no dejaba de pensar en todo lo que tendría que ingresar en la caja ese primer mes para pagar los gastos fundamentales.

Los tres días que siguieron para terminar la primera semana fueron de igual modo con una ganancia exigua. Menos, mucho menos que los cálculos más bajos de los que nos habíamos fijado. Siguió igual por las siguientes dos semanas y yo comencé a preocuparme. Evitaba tocar el tema con Nicola.

— Caballero, hay que hacer algo para mover el negocio si no nos va a tocar cerrar antes del mes.

Les dije una vez que nos quedamos solos en la mesa. Nicola se había levantado con Manuel para preparar las masas para hacer las pizzas.

— La semana que viene es el "Día de los Enamorados". Vamos a inventar algo –propuso Mario.

— Ana hagan un menú para ese día, prepara la publicidad en tu computadora y las repartimos por ahí –sugirió Alberto.

— Ok, lo preparo pero también hay que seguir repartiendo las que hicimos para la inauguración. Tenemos que dividirnos y salir todos los días por los negocios de Bassano y todos los pueblecitos de los alrededores.

Elsy se incorporó trayendo una bandeja con café para todos. Empezamos a escribir en una lista todas las cosas que necesitábamos hacer y los lugares que había que visitar llevando las propagandas.

— Yo en Colombia tenìa un tipo con un pañuelo blanco en la mano haciéndole señas a la gente para que entraran en el restaurante. Le pagaba un peso por cada uno que me traía adentro, ¡tú sabes cómo la luchaba! ¿Aquí no se puede hacer eso?

— Bueno Mario, exactamente así no, pero están los que le llaman "PR" que ganan comisiones por traer clientes a los locales.

— Pues si me pagas a mí yo te hago de PNR con mi pañuelito rojo de Changó. Paro a to' el que va pa'l Monte Grappa y te lleno esto. ¿Cuánto me das por cada persona que te meta aquí dentro?

— Deja la bobería Martín. ¿Tú no ves que tus hermanos están hablando en serio?

Dijo mi padre desde el sillón donde miraba la televisión con un oído en la pantalla y el otro en nuestra pequeña reunión.

— Yo estoy hablando en serio, viejuco.

— Martín, tú te vas mañana por la mañana con Alberto al parqueo del centro comercial de Bassano y pegan la publicidad en el parabrisas de cada máquina.

— ¿Quéeeee? ¡Tú estás loca! ¿Y si después alguien me ve y cree que el negro lo que quiere es robarle la máquina?

— ¡Ay, Martín!

— ¿Qué tú estás diciendo compadre?, si eso aquí yo he visto que lo hacen. Si tú quieres yo voy con Alberto –se propuso Mario.

— Está bien, entonces tú Martín, te vas a la plaza Libertad con Rey mañana jueves que hay mercado por la calles y se los das a la gente en la mano.

— ¿En la mano? ¡Qué pena!

— ¡¿Coño, Martín tu no quieres hacer nada, asere?! –le preguntó Alberto fingiendo estar bravo.

— ¿Ani, no hay na' por ahí que no sea delante de la gente, tú sabes que yo soy tímido?

— Métete media botella de ron –habló Alberto.

Lo miré de reojo.

— ¿Tímido? ¡Descarado! Pues entonces te vas conmigo a hacer las compras y después te encargas de organizar el almacén. ¿Está bien?

— Bueno, ya eso está mejor.

— Bueno pues para luego es tarde, me pongo a preparar la publicidad y mañana por la mañana no puede quedar un alma en toda la provincia de Vicenza que no sepa que esta loma está llena de cubanos.

Me levanté y fui directo a la pequeña oficina que me había preparado en el fondo de nuestra salita privada en donde guardaba ordenadamente los papeles y libros de contabilidad junto a la computadora.

Durante dos semanas salimos día a día ininterrumpidamente, haciendo la propaganda de nuestro local cubano. Al siguiente fin de semana comenzaron a llegar las primeras reservaciones telefónicas para comer.

¡Pero el primer día que nuestro restaurante se llenó y no quedó una silla libre fue el 14 de febrero del 2001!

Alberto abría la puerta cada vez que veía a un cliente llegar. Adentro, Julito sujetaba la cesta de mimbre llena de rosas rojas de donde mi padre extraía y regalaba una a cada mujer que entraba. Habíamos ensayado en la tarde toda la escena y le hice repetir varia veces la presentación.

— "Buona sera e tanti auguri".

Quise agregarle "In il giorno di San Valentino". Pero ya era demasiado para mi pobre padre que estaba tan nervioso como si tuviera que decir el monólogo de Hamlet.

Para sentirse seguro le incorporó un movimiento todo suyo que consistía en besar la mano de la muchacha, o señora, después de regalarle la flor. Si era una "Bella ragazza" el Chucho le retenía la mano más tiempo de lo debido. Los codazos discretos de Julito le requerían soltarla antes que su acompañante se pusiera tan verde como las hojas de su rosa.

Cuando la sala estuvo llena y todos comían oyendo la música romántica de nuestros discos, bajamos las luces dejando que las velas encendidas en cada mesa se convirtieran en la iluminación principal. Salieron guitarras en mano, Alberto, Martín y el maestro Jesús Pérez, alias Chucho,

En el tronco del árbol una niña,
Grabó su nombre henchida de placer
Y el árbol conmovido allá en su seno,
A la niña una flor dejo caer…

Aplausos. Admiración. Respeto para aquel elegantísimo señor con sombrero traje y corbata, escapado de un retrato de la Cuba de los años 50, aterrizando sin parapente en la base del Monte Grappa, trayendo en su voz el calor y el amor de su Isla lejana y vecina como nunca antes.

Bésame, bésame mucho
Como si fuera esta noche
La última vez...
Bésame, bésame mucho
Que tengo miedo tenerte
Y perderte otra vez.

Y aquel día dedicado al amor, fue el verdadero momento en que nuestro Cubamía despuntó finalmente el vuelo, apuntando a la cima más alta. Directo a las nubes o a aquel cielo lleno de estrellas donde brillaba imponente aquella buena que nos había tocado.

UNA PIEDRA EN EL ZAPATO

El tibio sol de abril nos invitó a quitarle el forro a nuestra moto. Finalmente, después de más de cinco meses podíamos volver a circular sobre sus ruedas.

Aquella mañana decidimos salir a recorrer el camino del Monte Grappa para después descender por la parte opuesta en dirección a Belluno. Nos detuvimos antes de llegar a la cima en un bar para desayunar.

La camarera se acercó a nuestra mesa trayendo en una bandeja dos brioches, recién salidas del horno, acompañadas de sendos capuchinos calientes y cremosos. Preferimos quedarnos en la sala interior con altas ventanas de cristales que mostraban, como un cuadro viviente, el verde tierno de la llanura de Bassano del Grappa.

Antes de ponernos de nuevo en marcha Nicola me pidió que llamara a mi cuñada Graciela al Cubamía para saber cómo andaba todo.

— Está bien, la llamo ahora y después nos desconectamos del hotel. Dijimos que hoy nos tomábamos el día para nosotros sin pensar en el trabajo, ¿ok? Tenemos el celular así que si hay algún problema nos llamarán.

Para su tranquilidad todo estaba bien como una hora antes cuando llamamos desde nuestro apartamento. Después del primer mes de la inauguración les propusimos a mi hermano Martín y a su esposa Graciela que fueran a vivir en una de las habitaciones del hotel. Al inicio habíamos dejado las nueve para alquilarlas pensando que era suficiente tener a mis hermanos a un paso del hotel, en el caso que hiciera falta abrirle la puerta a algún cliente durante la noche.

Normalmente nosotros nos íbamos de allí después de las doce

de la noche y a las siete mi hermano Rey abría el bar y se hacía cargo de prepararle el desayuno a los huéspedes.

Cuando el trabajo aumentó decidimos que era mejor que el local quedara también al cuidado de alguien durante las horas de la noche. Con la mudada de Graciela y Martín al hotel se desocupó un nuevo cuarto de la casa de nuestra familia que pasó a ocupar Alberto.

Estábamos entrando en el cuarto mes de vida del Cubamía y con el favor de Dios las cosas estaban siendo mucho mejor de lo que previmos. Comenzaba a dormir de nuevo tranquila. En los primeros meses había deshojado más de tres talonarios enteros de los cheques que me dio el banco pagando diversas cosas para el negocio.

A todos les había puesto fechas esperando siempre que mi buen Dios me ayudara a tener el dinero en el momento que sus propietarios fueran a cobrarlos. Un cheque sin fondo era un buen problema por el que no quería tener que pasar. Por no hablar de los más de treinta que tenía Fabio debajo de su colchón.

Nicola que era de aquellos que se inclinaba más a ver la copa "medio vacía", también comenzó a confiar en nuestra empresa. Nuestra fórmula cubana despertaba curiosidad e interés en las personas.

— ¿Qué dices, nos bajamos aquí un rato?

Habíamos llegado a la cima donde se encontraba el sagrario militar. Maciza construcción inaugurada en septiembre del 1935 donde reposaban los restos de más de doce mil soldados italianos y austrohúngaros caídos en la Primera Guerra Mundial.

— Sí, me parece bien. Hagamos una caminata para estirar las piernas. –dije quitándome el casco.

Dejamos la moto parqueada junto a otras a un lado del camino donde empezaba la larga escalinata de casi cien metros que conducía al Santuario de la Manonina de Grappa.

No solo nosotros habíamos tenido la idea de aprovechar aquel fantástico día primaveral. Un gran número de visitantes habían llegado también allí en motos, máquinas y autobuses de turismo.

No era la primera vez que la visitábamos pero aquella cima guardaba con amor una parte importante de la triste historia de la guerra unida al encanto de sus montañas.

Caminamos tomados de la mano por casi una hora alrededor de la construcción piramidal que guardaba la hilera de tumbas. Por momentos Nicola se alejaba para buscar un buen ángulo para una foto del paisaje. Yo lo esperaba descansando de cara al tibio sol robándole todo el calor que me debía después de tan duro invierno.

— Estaba pensando que podíamos ir a almorzar a Pedavena. No creo que este a más de una hora de aquí. ¿Te va?

— ¡Me va! ¡Hoy todo me va!

Y no solo todo me iba bien aquel día. En los últimos tiempos me parecía que el universo giraba en la misma dirección de mis anhelos. Mi quimera se materializó en los rostros de mis padres y del resto de mis Pérez en su vaivén diario en nuestro Cubamía.

Habían pasado siete años desde que llegué a la base de estas montañas que ahora recorría apoyada a la espalda de mi mitad y en tan corto tiempo la larga lista de mis ambiciones se habían convertido en milagros.

Como calculó llegamos una hora después a la fàbrica de cerveza de Pedavena. Famosa por ser una de las más antiguas con grandes condecoraciones que ostentaba desde el 1897 fecha en que fue creada.

Considerada monumento nacional, sus puertas estaban abiertas al público como un castillo animado invitando a degustar su renombrada cerveza, tanto en el bar como en el restaurante del viejo edificio.

Tuvimos que esperar algunos minutos antes de podernos acomodar en una de sus mesas. Decidimos beber una jarra de una de sus cervezas claras en tanto nos llamaran. Su fama estaba más que justificada saboreando su delicada espuma.

Nos acomodaron en una pequeña mesa para dos personas cerca a la puerta que conducía a la cocina. Era pasada un poco la una de la tarde y no había un solo puesto vacío en todo el restaurante. Los camareros corrían de un lado a otro como hormigas locas llevando y trayendo platos. No nos trajeron ningún menú. El camarero a viva voz nos explicó sus especialidades y nos aconsejó los platos típicos que ofrecía la casa. Dejé a Nicola decidir, después como siempre cada uno probaría del plato del otro.

— ¿Viste? Tienes que enseñar a tus hermanos a tomar las órdenes así. A la gente hay que ayudarla a elegir cuando no conocen los platos que tienen delante.

Tenía razón. Casi todos mis hermanos trabajaban los fines de semana en el restaurante, sobre todo las primeras horas cuando estaba todo lleno. Llevaban el menú a las mesas y dejaban al cliente perdido entre el "arroz congri", el "pollo a la barbacoa" y el "picadillo a la Habanera" sin motivación alguna.

Cuando un cliente se ponía hacer muchas preguntas me llamaban enseguida a mí para que les explicara. Todavía no hablaban bien el italiano pero aparte de esta limitante, se inhibían a la hora de hablar con los comensales.

Lo de ellos era la música. Cuando los sacabas de ese contexto se sentían más perdidos que un ciego sin su bastón. Solo Sofía se movía en la sala con desenvoltura haciendo alarde de su sex appeal latino que llamaba la atención de los hombres. Era por esto que cuando había una mesa con maridos y padres de familia prefería hacerles yo la orden. Me había percatado en más de una ocasión de alguna mujer mirar de reojo a su acompañante que prestaba más atención al escote de Sofía que al menú delante de sus ojos.

— Dales tiempo amore. Tienen que soltarse un poco. Es bonito eso de que primero le sirvan la mesa y después canten para ellos.

— Sí, es bonito pero tienen que saber hacer bien lo mismo una cosa como la otra.

Nicola era muy severo con el trabajo, tenía la misma escuela de su padre. Quería que las cosas se hicieran por un manual. Mi familia no estaba todavía acostumbrada a aquel ritmo. Ellos tomaban el trabajo con menos rigurosidad. Se divertían haciéndolo y aquello, lejos de un problema para mí, servía para crear un ambiente diferente a los demás restaurantes de la zona. Un lugar donde las personas se sintieran cómodas, como cuando vas a visitar a un amigo. Es cierto que les faltaba mucho por aprender, como esto de ser capaces de explicar nuestra cocina, de sacar tres platos al mismo tiempo con la comida y repetir mil veces gracias, cuando los clientes se iban. Pero habían pasado solo cuatro meses, teníamos por delante toda una vida para enseñarles.

En el fondo del salón una pantalla grande dejaba ver el interior de la fábrica de cerveza así como las diferentes actividades que se realizaban en el restaurante. No pude dejar de recordar las nuestras en el Cubamía.

Pasado el inolvidable 14 de febrero hicimos dos semanas después la fiesta del carnaval.

Una cubana que habíamos conocido hacía poco en nuestro restaurante y que fue una bailarina de uno de los cabarets de La Habana se encargó de preparar el espectáculo. Contactó a otras cubanas que vivían en la zona para que hicieran pareja con los hombres de mi familia en la comparsa que habíamos preparado para aquella noche.

Uno de los cheques más caros que había pagado ese mes fue precisamente el de los preparativos del "Carnaval cubano en Italia". Pagué las telas y la modista que cosió los trajes. Las de las mujeres con casi nada delante y por detrás con una vaporosa cola de rumbera que se arrastraba por el piso. Mis hermanos con una camisa blanca anudada a mitad de pecho con las mangas llenas de vuelos colorados haciendo juego con las colas de las rumberas.

Apretaditas, apretaditas pusimos sillas para cien comensales. Después que terminó la cena y pasaron al café se abrieron las puertas del restaurante e irrumpieron las bailarinas moviendo la cintura hacia todos los puntos cardinales del planeta seguido de Los Pérez con tumbadoras, trompetas y farolas.

Déjate de cuento y de jarana
¡Yo sí tengo el uno!
¡Oye! yo sí tengo el uno.

Las seis cubanas giraban por toda la sala invitando a las personas a seguirlas en la conga arrolladora de nuestro carnaval.

Nunca antes hubo un invierno más caliente que aquel de febrero en Romano d' Ezzelino.

Antes de volver a nuestro apartamento decidimos pasar por el hotel para tener noticias de cómo habían pasado el día. Encontramos a Graciela sola en la sala pequeña mirando la televisión.

— ¿Cómo la pasaron?

— Ay, de lo más bien fuimos a un lugar muy lindo en la provincia de Belluno, tienes que ir un día con Martín, a propósito ¿por dónde anda la tropa?

— Martín allá arriba viendo su canal de deporte. Los demás por ahí.

— Voy a la cocina a mirar si la masa de la pizza va bien así.

— Te espero aquí y de paso aprovecho para ver si hay algo nuevo.

Me dirigí al buró de la entrada donde estaba el libro donde se anotaban las reservaciones del hotel y del restaurante.

— No. no ha llamado nadie hoy. Ven acá, Ana.

Graciela me tomó discretamente de la mano llevándome consigo a nuestra salita privada. Miró antes hacia la cocina asegurándose que Nicola estuviera todavía dentro.

— ¿Qué pasa mujer?

— Niña, tengo que hablar una cosa importante contigo pero Nicola no puede oírlo.

Habló en voz baja vigilando una vez más que Nicola no estuviera llegando.

— ¿Qué pasó? –pregunté con cierta preocupación.

— Es que es una cosa delicada.

— Menos mal, va bien esa temperatura del frío. Para mañana está perfecta esa masa. ¿Nos vamos?

— Sí, espérame un segundito en la máquina, voy enseguida –en cuanto lo sentí salir me volví de nuevo a Graciela.

— ¿Hay algún problema?

— Bueno. Yo tengo que decirte esto... pero... es mejor mañana cuando ustedes vengan a trabajar. Con tiempo.

— ¿Mañana? ¡Y me dejas así con esta incertidumbre! Adelántame algo.

— No, no, no puedo porque es un poquito delicado. Cuando vengas por la mañana hablamos mejor.

No quiso decirme nada más. Salí cerrando la puerta. Afuera una nube densa oscurecía al sol y el calor que reinó por todo el día desapareció, desplazado por la corriente fría que soplaba desde las altas colinas.

Me desperté varias veces en la noche pensando en la breve escena con mi cuñada. Me rompía la cabeza pensando cuál podría ser el problema. Todo andaba perfectamente bien, mejor de lo que habíamos podido imaginar. Con el negocio logré regularizar la posición de todos. No quedaba uno solo ilegal. Julito era el que estaba más preocupado por su familia en Cuba, pero por suerte lo que le pagaban en la gasolinera le quedaba limpio sin tener que pagarse donde vivir ni de comer. Estaba segura que en pocos meses conseguiría también traerlos.

¿Sería que alguno tendría algún problema de salud? ¿Pero por qué Nicola no podía saberlo? ¿O sería precisamente Nicola el problema?...¿Le habrá dicho algo a alguno de ellos en un modo que no le hubiera gustado? Traté de no probar a adivinar más. Me esforcé en dormir. A las pocas horas me despertaba con la misma cantaleta. Por fin amaneció.

Llegamos al hotel a las nueve de la mañana. Mandé a Martín de compras con Nicola para tener la ocasión de hablar con Graciela.

Mi hermana y mi madre llegaron y fueron directo a la cocina a prepararse para el turno del mediodía. Mi padre desde temprano, escoba y recogedor en mano repasaba toda la parte externa del hotel recogiendo cada basura y cada cabo de cigarros en los alrededores. Rey era el único de mis hermanos que estaba allí, en la sala grande ocupándose del bar.

— Dime, porque no me has dejado dormir en toda la noche pensando en el asuntico ese.

Nos fuimos a sentar a mi pequeña oficina.

— ¿Qué es lo que pasa?

— Bueno, Ana, no tomes a mal lo que te voy a decir. Para mí no es fácil pero nadie en la familia se decide a hablar contigo de eso y bueno... Es una cosa delicada. Yo les dije que era mejor si hablaban ellos directamente contigo, en fin de cuentas entre familia...

— Graciela, por favor, dime de una vez, ¿qué es lo que pasa?

— Tus hermanos querían pedirte que si no era mejor para ti pagarles un sueldo y ellos con su dinero se pagaban todos sus gastos. Vaya que, no tienes que preocuparte más por pagar el alquiler de la casa ni la comida. ¿No es mejor para ti?

No respondí. Probé articular algo pero las palabras murieron antes de nacer. Graciela me miraba sin atreverse a agregar nada más esperando mi respuesta. Después de algunos segundos pregunté.

— ¿De quién nació esta idea? –logré encontrar las primeras palabras que se habían escondido por alguno de los rincones del salón.

— Eh... –dudó en responder

— Dime de quién nació esta absurdísima idea.

— No sé, Ana, creo que casi todos piensan así.

— ¿Todos? ¿Tú también? Mi mamá, mi hermana?... ¿Todos? Ni siquiera uno ha tenido una migaja de materia gris para decirles a los demás que cómo pretenden que después de solo cuatro meses de haber abierto este negocio, sacándonos hasta la última lira a del bolsillo a Nicola y a mí y endeudándonos hasta los tuétanos, podamos ya tener la posibilidad de garantizarle un salario a todos. No fue esto lo que me prometieron en un inicio.

Me levanté de la silla dando pasos por la sala sin una dirección precisa, solo por mover las piernas y descargar toda la rabia que me subía del fondo del alma directamente al centro del corazón rompiéndolo en mil pedazos.

— No hace ni un año que están aquí en Italia y qué les ha faltado...

— ¡No te pongas así Ana!

— ¿Cómo quieres que me ponga Graciela? Ustedes ven esto todos los fines de semana lleno de gente y el dinero entrando en la caja pero ese dinero, desgraciadamente todavía no puede ir a mi bolsillo, ni al de ustedes. Ese dinero es para tapar todos los huecos que he tenido que abrir para poder salvarles el culo a todos.

— ¿Qué pasa hija por qué estás tan alterada?

Mi madre entró seguida de mi hermana, sintieron mi voz desde la cocina y dejaron lo que estaban haciendo para saber ¿por qué más que hablar, gritaba?

— ¡Ustedes saben qué pasa! ¡Tienen que saberlo! En nuestra casa jamás se toma una decisión sin que la Federación de Mujeres Cubanas no lo sepa. ¿Ustedes también están de acuerdo con eso de que empiece a pagarles? Díganmelo ahora mismo porque mando todo al carajo y se quedan ustedes dirigiendo este paquete. ¿Vamos a ver si son más justas, más inteligentes y más honestas que yo?

El portazo de las puertas de una máquina en la entrada del

hotel les hizo volverse en dirección a la ventana. Afuera Nicola abrió el maletero del carro. Junto a Martín comenzaron a sacar las bolsas con las compras.

— Ana por lo que más tú quieras. No le digas nada a Nicola ahora –suplicó mi hermana.

— Sí, mi hija, por Dios, cálmate primero y después…

— Respóndanme solo una cosa, ¿ustedes dos sabían algo de esto?

Se miraron esperando a ver cuál de las dos se atrevía a decir algo. Se quedaron calladas. Yo no.

— ¡Maldigo la hora en que acepté meterme en este rollo de mierda con todos ustedes!

Le inventé una justificación a Nicola que debía hacer unas comisiones urgentes. Salí de hotel dejando a todos atrás. Sin un rumbo preciso, permitiéndole a mi máquina que me llevara a donde quisiera ir… Y no paró hasta llegar al río Brenta.

El mismo sendero donde años atrás solía correr haciendo ejercicios. Los mismos árboles que fueron testigos de mis locuras de amor con Luisi… Desde aquella parte, la ciudad de Bassano te regalaba su lado mejor, el más pintoresco, el espacio justo para hacerse fotografiar como una mujer coqueta. Seguí caminando hasta alejarme de la zona más turística refugiándome en sus paisajes más íntimos.

¿Qué es lo que está pasando Dios mío? No entiendo nada. ¿Por qué? ¡Todo estaba tan bien, tan perfecto! ¿Qué les está pasando?… ¿Qué ha sido de mi familia unida y guerrera? Estuve conversando con Dios por casi dos horas, pero más que una conversación, fue un monólogo. No encontré respuestas en él y mucho menos en mí. O simplemente, ¡no existían respuestas…!

Seguí el consejo de Elsy. No hablé nada con Nicola hasta que no tuviera la situación bien clara. Los cité a todos para vernos al día siguiente después del almuerzo. Sola con ellos. A Nicola no quería involucrarlo en lo más mínimo en estos problemas familiares. Apenas salió para nuestro apartamento a dormir un rato la siesta, nos sentamos en la sala restaurante.

— Bueno, imagino que todos estén al tanto de que Graciela habló conmigo y me informó de la genial idea que quieren proponerme. Ahora yo quiero oír a cada uno decírmelo en mi cara, de frente y explicándome el motivo de este cambio de ruta.

Ninguno se decidió a hablar. Fue Graciela que ya había abordado este tema quien se sentía con más valor para argumentar sus razones.

— A ellos les daba pena decírtelo precisamente para que tú no pensaras que somos malagradecidos. Todos estamos más que requeteconscientes de todo lo que tú has hecho por nosotros.

— A mí no tienen que agradecerme nada. En todo caso a Nicola y a su familia que no tenían ninguna obligación con ustedes.

— Sí, claro, también a ellos. Si tú analizas bien, el dinero que ustedes están pagando por el alquiler de la casa, la corriente, el gas, la comida de todos... Bueno, ese mismo dinero lo distribuyes y cada uno se arregla por su cuenta.

— Mira mi'jita –tomó la palabra mi hermana– si tú quieres a mí y a mami no nos des nada. Es más que todo sea para los muchachos, ellos tienen sus necesidades...

Después de mi hermana habló de nuevo Graciela. Solo las voces de ellas dos, como abogadas defensoras de todos y la mía de contraparte, fueron las únicas que se sintieron. Tanto mi padre, como Nicola estaban durmiendo la siesta, ajenos a todo. Mi madre sentada en una de las mesas con la barbilla apoyada sobre la palma de la mano, oía tanto a unos como a otros sin opinar.

— Está bien. Yo podría pensar en hacer eso. Puedo distribuirles ese dinero por igual pero todos no trabajan las mismas horas, ni tienen las mismas tareas. ¿O ustedes todavía tienen la mentalidad comunista de... "De cada cual según su trabajo a cada cual según su necesidad". Esto desgraciadamente no es el comunismo, la más grande utopía de la humanidad.

Hice una breve pausa para ver la reacción a mis palabras. ¡Nada! Estaba hablando en un museo de cera.

— Tengo que pagar las tasas de impuestos de algunos de ustedes a los que les hice contrato de trabajo para tener sus papeles. Yo no estaba preparada para tan rápido comenzar a pensar en sueldos, responsabilidades, horarios que cumplir etc, etc. No es que tengan que estar aquí las veinticuatro horas. Ese permiso de "sogiorno" que tienen en el bolsillo les permite buscarse algo extra en sus horas libres y así les queda un dinero limpio, como a Julito. Solo quiero decirles que podían haber esperado, al menos hasta que yo pagara una parte de las deudas y todos comenzaran a tener un salario decente.

Otra pausa. Esperé por unos segundos con la esperanza de que alguno dijera algo. Se mantuvieron cabizbajos. Era evidente que no escucharía ninguna de sus voces en aquella sala, a menos que tuvieran que cantar con la orquesta.

— Ok, denme unos días y les diré cómo vamos a seguir de ahora en adelante.

Me tomé unos días para reorganizar todo de nuevo. Sin compartir con nadie mis sentimientos y explotando todos mis recursos de actriz al máximo para mostrar la cara de... "Qué bien está todo" delante de los clientes, y en familia cuando Nicola estaba presente.

En mi agenda personal escribí el nombre de todos, reorganizando el trabajo que harían y dividiendo lo mejor que podía el dinero que tenía destinado para pagar sus gastos. Cuando tuve las ideas, más o menos claras, decidí hablar con todos. Pero primero tenía que hablar con Nicola.

El contexto que escogí fue el de nuestro apartamento. Aproveché que habíamos terminado una noche de trabajo donde todo estuvo lleno y la suma de las ganancias del día te preparaba el butacón de la tranquilidad invitándote a acomodarte en él.

Salí del baño después de ducharme. Él estaba en la cocina preparando dos manzanillas calientes. Me senté en una de las sillas de la mesa mientras me frotaba los cabellos húmedos. Encontré delante del espejo del baño la sonrisa y el tono de voz justo para hablarle.

— Estaba pensando amore que es mejor comenzar a asignarles a cada uno de mi familia una responsabilidad fija y pagarle por esta. Así nos desentendemos del problema de la casa con todos sus gastos. No tendrán que estar yendo al restaurante a comer en un horario como en un comedor escolar. En definitiva en la casa tienen la cocina que funciona, le prestamos algunas cazuelas y platos y nada... Se organizan entre ellos–. Mi mentira más negra de los últimos tiempos.

— ¿Y de dónde sacamos el dinero para pagarles a todos? No es nada lo que hemos pagado aún, en comparación a lo que viene de ahora en adelante entre impuestos, los recibos de los servicios de agua, luz, no solo los nuestros, sino también los de la casa de ellos. Por suerte estamos trabajando y pagando. Bastaría una semana con pocos clientes para que empiecen los problemas. Tú misma me has dicho que tienes casi todos los cheques afuera.

— Sí pero… Ya yo he hecho todas mis cuentas y todos los cheques de este mes están cubiertos y un poco más para los del mes que viene–. Segunda mentira negra y poco piadosa.

Su confianza en mí era tal, que me dejaba sola arreglarme con el dinero que ganábamos sin preguntar siquiera en qué modo lo administraba. Él se ocupaba de las cuestiones prácticas del funcionamiento del hotel, el restaurante y el salón de baile. Lo que entraba y salía de nuestra caja era asunto mío.

Por mi fe en Dios y pidiéndole perdón por aquellas mentiras, tomé la decisión de seguir el rumbo que me trazaba mi familia. Por su fe en mí, su respuesta fue:

— Haz como mejor creas, Ana. Estate solo atenta a dos cosas. No podemos gastar nunca más de lo que ganamos y no te pases jamás del fondo que nos ha dado el banco.

¡Ojalá que tu boca sea santa…!

Me reuní de nuevo con Los muchos. Ni cuando militaba en la Unión de Jóvenes Comunista recuerdo haber hecho tantas reuniones en una semana.

— Ok. Haremos así. El grupo musical viene a tocar viernes, sábado y domingo. Le doy a Martín 300 000 liras por noche y ustedes se las reparten entre los cincos como mejor decidan. Elsy se queda a cargo de la cocina y mami viene los fines de semana.

— ¡A mí no me tienes que pagar nada, hija!, ¡¿qué tú estás diciendo?!

Saltó mi madre un poco molesta por mis palabras.

— No, mamá, tú también vas a tener tu salario, si se los quieres dar a ellos es asunto tuyo. Rey y Sofía se quedan como camareros fijos. Manuel en la pizzería con Nicola y Graciela al cuidado del hotel.

Seguí explicándoles lo que les pagaría a cada uno por su trabajo. A partir de ese momento se harían cargo de sus gastos personales. Si trabajaban días extras serían pagados. En tanto no lograra crear un fondo que me permitiera llevar adelante con seguridad el negocio, era esto todo lo que podía hacer para garantizarles el salario que me pedían. Los que tocaban en la orquesta les quedaban días libres para conseguir un segundo trabajo con la esperanza que un día el negocio creciera y todos pudiéramos vivir de él.

Todos estuvieron de acuerdo. Informé a Nicola de cómo había organizado el trabajo y él como siempre ni me preguntó cuánto le pagaría a cada uno.

Este fue uno de los tantos saltos que dimos al vacío, gracias a Dios, cayendo en la orilla justa.

Terminó mi convulso 2001. Ese año no hubo tiempo para fiestas en familia. El Cubamía había preparado su cena del 31 de diciembre con lo mejor de nuestra cocina y música cubana. Los italianos amantes de nuestras tradiciones y los latinoamericanos de nuestra zona, no perdieron la ocasión de despedir el viejo año envueltos en el clima tropical de nuestro restaurante. Esperamos el sol del día primero de enero destapando botellas de vino.

El 2002 comenzó con un gran cambio para Italia. La introducción del euro, moneda oficial de la comunidad económica europea en sustitución de la lira. Estuvimos dos meses trabajando con ambas monedas para acostumbrarnos a pensar en cifras diferentes.

En el cambio de nuestra vieja moneda 1 euro correspondía a 1 936. 27 liras.

Entre tantas modificaciones a realizar una era el de confeccionar un nuevo menú con sus precios. Un plato que vendíamos en veinticinco mil liras teníamos que ponerlo, para ser exactos, en doce 12. 91 centavos. Como no queríamos estar poniendo importes donde tuviéramos que estar manejando menudo, redondeamos todos los precios. Y al redondear, el precio se inclinaba hacia la cifra entera más alta.

Como nosotros, millones de italianos hicieron otro tanto con los precios de sus productos. Con el decursar del tiempo, la vida se fue encareciendo cada vez más y el valor del euro poco a poco iba aumentando en comparación con el de nuestra arcaica lira.

Los precios de todos los bienes prácticamente se doblaron y los italianos comenzaron a vivir cada vez más pendientes del dinero que salía de sus bolsillos. Este fenómeno por suerte a nosotros en particular, no nos afectó.

Durante el segundo año nuestro negocio trabajó al máximo de su capacidad. Los dos salones, el del restaurante y el de baile, se mantuvieron llenos todos los fines de semanas. Lo mismo sucedió en el 2003. Ni siquiera la introducción de la ley que vetaba fumar dentro de los locales nos afectó. En ocasiones fueron tantas las reservaciones, que nos vimos precisados a preparar también la salita pequeña que teníamos reservada para nuestro uso privado.

Estaban lejos los días que comencé a pagarles a todos quedándome sin ningún fondo para cubrir las deudas. La familia se mantenía trabajando unida. Algunos a tiempo completo, otros solo los fines de semana e intercalaban su trabajo en el restaurante con otros empleos que les ayudaba a abrirse un camino en este país.

Tanto mi vida como la de Nicola cambiaron, como también la de mi familia.

En la casa grande, donde comenzaron a vivir todos los primeros tiempos, quedaron allí solo mis padres con mi hermana Elsy. Dos de sus habitaciones se convirtieron en cuartos para recibir huéspedes, otro para los aparatos de hacer ejercicios. Se rompió una de las paredes de la cocina que daba a la sala que una vez ocupaban Pablito y Sofía creando un único salón.

Esa zona de la casa quedó para las fiestas de la familia y cumpleaños que celebrábamos todos los meses. No solo los de mis hermanos sino también las de los nuevos hijos que donamos a una Italia estéril, donde sus mujeres nativas parían cada vez menos. Las extranjeras continuaban haciéndolo con la misma naturalidad como crecen las flores silvestres.

Julito logró traer a su esposa y sus dos hijos. Se fueron a vivir a un apartamento cerca de la gasolinera donde trabajaba. Sus hijos iban los dos a la escuela y su esposa trabajaba en uno de los hogares de ancianos de nuestro pueblo como enfermera.

Alberto conoció una noche en nuestro local a una venezolana que vino a cenar con un grupo de amigas. La conquistó dedicándole canciones. En menos de seis meses ya esperaban un hijo. Decidieron casarse en el verano del 2002.

Mario y Sara fueron los primeros en irse de la casa grande con su hija Aurora. Consiguió trabajo en una fábrica de muebles antiguos en donde más tarde también encontró plaza su esposa. La pequeña Aurora no se quedó por mucho tiempo sola. Cuando festejamos su primer año de vida ya Sara llevaba en su vientre su segundo hijo.

— Explíquenme algo, ¿ustedes quieren fundar la dinastía de Los Pérez aquí en Bassano?

Dijo Fabio una vez que vino a celebrar en nuestra casa grande el cumpleaños del gran Chucho que festejaba su cumpleaños 79.

— Ya que no pudimos hacerlo en Sagua, lo hacemos aquí en nuestra segunda patria.

Fue Elsy quien le respondió. Le ofreció una copa de vino blanco y siguió repartiendo a los demás presentes.

Mi padre cantaba acompañado de sus dos guitarristas de siempre, Martín y Alberto.

Fabio estaba de vacaciones en Italia. No dejaba de pasar a saludarnos cada vez que volvía a visitar a su familia. No abrió el negocio de venta de máquinas como quería hacer en un inicio, cambio de rumbo comprando dos casas que puso en alquiler y vivía de las rentas. Para seguir la misma línea de sus amoríos tenía un novio cubano que vivía desde niño en la Florida y todo parecía indicar que era "la vuelta buena", según él, en dos años que estaban juntos todo andaba a las mil maravillas.

Me alegré por él. Si había alguien en este mundo a quien le deseara que la vida lo premiara por sus buenas acciones, ese era Fabio. Mi ex marido, mí siempre amigo. El mejor jugador de azar jamás conocido que apuntó un número por mí en la ruleta de la vida y fue el número justo.

Alemania también contribuyó a hacer crecer nuestra familia. Dana, la esposa de Rey se vino a vivir también a Italia. Su hija no quiso seguirlos. Los alemanes ratificaron su fama de familia independiente y Erika, mi sobrina cubanoalemana, se quedó viviendo con su novio en un pueblecito en las afueras de Frankfort. Rey y Dana se habían comprado una pequeña casita en una colina a pocos kilómetros de nuestro hotel.

Rey siguió siendo junto a Sofía, nuestros camareros oficiales.

— Caballero, todos a la mesa que vamos a cantarle las felicidades a papi.

Mi hermana, como siempre, era perfecta en su personaje de

anfitriona general. Me hizo venir temprano en la mañana para que la ayudara a montar los adornos de la sala con cadenetas y globos.

El viejo Chucho, como un niño bueno delante de su cake de cumpleaños esperaba que terminara el coro de toda su gran familia para apagar las dos velitas, la del siete seguida del nueve.

— ¡Pide un deseo viejo! –Marcelo alzó la voz por encima de todos. Había organizado su semana de vacaciones para que coincidiera con la fiesta de cumpleaños del patriarca.

Se quedó pensando pocos segundos y después sopló. Aplausos generales.

— ¡Di tu discurso viejo!–gritó Martín.

— ¡Sí, dinos algo, Chucho!

— ¡Lánzate, abuelo!

Todos comenzaron a estimularlo a hablar. Era una costumbre que se repetía en cada uno de sus cumpleaños. Hizo señas con las dos manos pidiendo silencio.

— Shsssss... Shsssss... Caballero cállense que el Chucho nos quiere decir unas palabras –Alberto calmó a todos hasta que se hizo silencio– ¡Habla viejo!

— Primero que todo quisiera darle las gracias a todos los presentes por estar presentes un día como hoy –algarabía, murmullo, aplausos.

— Todos los "presentes" estamos "presentes" Chucho no te preocupes –dijo Sofía alzando su copa a él.

— Hoy cumplo setenta y nueve años... –siguió sin perder el hilo.

— ¡Todavía estas hecho un pollo, viejo! – le dijo Julito pasándole su vaso de ron–. ¡Tócate para que te calientes!

Mi padre tomó el vaso bajando de un tirón el trago. Tenía la cara roja como le sucedía siempre después de la primera copa.

— ¡Quiero darle gracias a la virgen de la Caridad!

La que no pudo traer de Cuba en yeso pero sí en un cuadro que junto al de mi abuela María tenía en una de las paredes de su cuarto.

— Quiero darle las gracias, a mi mujer. ¡Ven acá, vieja!

— ¡Ay, deja la borrachera Chucho! –dijo mi madre desde el butacón donde cargaba en brazos a uno de sus nietos.

— Mario coge tú el niño. Ven acá, vieja –repitió con la lengua algo enredada.

El grupo empezó a estimular a mi madre para que se pusiera junto a mi padre en el discurso. Ella trató de resistirse. Mario cargó al niño y entre Rey y Marcelo la tomaron del brazo llevándola junto a mi padre.

Yo estaba sentada en una silla sobre una de las piernas de Nicola que no dejaba de reírse, sobre todo de mi papá por el que sentía una gran simpatía. Cuando estuvo a su lado mi padre tomó una de sus manos y la alzó delante de ellos para hacer evidente aquella unión.

— Y gracias también a esta mujer por haberme dado a todos estos hijos... ¡Formidables!... ¡Maravillosos! Y a mis nietos...

— ¿Cuantos son ya viejo? ¿Vamos a ver si todavía estas claro? –preguntó Rey.

— ¡Hasta ahora siete! –respondió orgulloso–. ¡Y los que faltan!

— Así mismo Chucho, el próximo es el de Marcelo –dijo Julito alzándole el brazo a Marcelo.

— ¡Niño deja la gracia! –dijo Marce bajo las risas del grupo.

— ¡Gracias a mi madre que vela siempre por mí! Gracias por mis nueras, por mis yernos...

— Gracias a Fidel, abuelo. ¡Te faltó el caballo!

— Ah, sí verdad, gracias Pablito. ¡Gracias a Fidel...!

— ¡¡¡Nooooo!!!...

— ¡No le den más trago, caballero!...

— ¡Ya está bien así, viejo!

— Felicidades Chucho...

La fiesta y la parranda siguieron hasta tarde. El grupo musical acompañó a mi padre, después cantaron ellos solos y pasada las diez de la noche cantábamos todos...

Despierta en mi cama repetía en mi mente las escenas de aquél fantástico día. Cuando saliera el nuevo sol se cumplirían nueve años de mi llegado a Italia. ¿Qué más podía pedir? Nuestra familia era la expresión máxima de la felicidad. Del cielo continuaban cayendo bendiciones como los frutos maduros de los árboles. Nuestras canastas de vida rebozaban llenas de ellas.

— ¿Desea beber algo? –pregunté invitándolo a sentar.

— No, no gracias. Estoy bien así.

— Entonces ¿estamos de acuerdo? –asentí.

— En tres semanas terminamos el trabajo pero por seguridad, vamos a escribir cuatro. Como la mayor parte de la obra es en el exterior, vamos a darle unos días más por si acaso llueve y perdemos algunas horas de trabajo.

— Ok, perfecto. Para la reapertura me organizo para dentro de cuarenta días a partir del lunes que comienzan con el trabajo, así tengo dos semanas como margen.

— Bueno, si estamos de acuerdo en todo, pasemos a las cartas. Les preparamos el pago por veintiocho meses, con plazos de dos mil euros los días 15 de cada mes, como acordamos. Aquí tengo las fotocopias de sus documentos, faltan solo las firmas.

Me extendió el contrato con todas las hojas por firmar para la nueva inversión del Cubamía.

Me faltaba solo un año para terminar de liquidarle a Fabio la venta del negocio. Después de tres años de trabajo los vagones de nuestra locomotora seguían alineados corriendo a toda velocidad. En la próxima estación quería agregar una carga mayor, aquella que nos permitiría llegar seguro a nuestro destino. La construcción de una sala única el doble de grande de la existente.

Nuestra idea fue dejar el salón restaurante como un bar abierto al público desde el desayuno en la mañana por todo el resto del día, hasta la media noche.

Delante del salón de baile existía una amplia terraza. Después de varios meses esperando la autorización de poder cerrarla y crear un único salón, llegó la respuesta afirmativa.

Consultamos diversas empresas constructoras valorando cada

uno de sus diseños y costos de realización hasta que decidimos con cuál de ellas hacerlo.

Cuando terminé de firmar cada una de las páginas del contrato las ordené bien una detrás de la otra y se las devolví al señor Zanella, jefe de la empresa que se encargaría de los trabajos. El banco con el que trabajaba había aprobado el préstamo para pagar la obra. Mi negocio desde el 2001 que abrió sus puertas se mantuvo siempre al día en cada uno de sus pagos al banco. Este elemento fue la garantía de poder obtener el financiamiento de cincuenta mil euros para nuestro proyecto.

La cifra no me espantaba como años atrás. Esta inversión nos permitiría hacer trabajar a todos a tiempo completo en el restaurante y en el hotel. Nuestra intención era que la nueva sala pudiera ponerse en función, no solo de nuestras noches latinoamericanas sino para celebrar matrimonios, bautizos y otros eventos.

— ¿Ya se fue?

Nicola entró directo al bar. Abrió el refrigerador de donde tomó una botella pequeña de agua. La destapó y comenzó a beber de ella. Vestido con sus ropas deportivas había regresado de su caminata de hora y media que acostumbraba a hacer en las mañanas.

— Sí. Comienzan el lunes. ¿Te quedas aquí abajo ahora? Quiero ir a ver a mi mamá para contarle.

— ¿Y dónde está Rey?

— Está en la habitación seis con Alberto tratando de arreglar el problema del llavín.

— Dame diez minutos, me doy una ducha y enseguida bajo.

— Elsy, ¡ven que te cuento! –alcé la voz para que pudiera oírme desde la cocina. Entró vestida de blanco, el gorro abombado de cocinera que le cubría toda la cabeza y un delantal rojo que traía escrito Havana club. No era parte de su uniforme pero mi hermana se volvía loca con el color rojo y lo agregó a su uniforme de chef.

— Aprobado todo hermanita. El lunes empiezan con los trabajos.

— Qué bueno, flaca, ahora sí que vamos a acabar con todo el mundo con el nuevo cabaret del Cubamía. Nos abrazamos.

Cuando Nicola volvió al restaurante corrí a casa de mi madre.

No estaba sola. Hacía una semana que mis chinitas Ofelita y Rosario estaban de visita en nuestro país por tres meses. Traerlas a conocer mi nuevo mundo fue otro de los momentos por los que valía la pena vivir. Habían pasado más de cuarenta años que me acogieron entre sus brazos una mañana de noviembre pero para ellas era siempre su pequeña Ani. Mi madrina Alicia que era la mayor de ellas, prefirió esperar a que yo fuera a Sagua a verla. Les conté a las tres de mi pequeña reunión con el señor Zanella.

— Si no hay atrasos van a poder estar aquí el día que hagamos la inauguración de la nueva sala.

— Ay, mi niña Dios quiera y la virgen –me dijo Ofelita, dejando sobre la mesa la taza de café que acababa de colar mi padre para venir a abrazarme.

— Bueno, ¿a dónde es que se van mañana las mujeres de esta familia a celebrar?

— ¡A Venezia! –respondió Ofelita aplaudiendo como una niña emocionada.

— Ve tú sola con ellas, Ani, tú sabes cuantas veces yo he ido a Venecia. ¡Y como hay que caminar!

— ¡Venezia no te aburre nunca, mamá! Además tomaremos una góndola con un gondolero que cante solo para nosotras. ¿Quieres venir, viejo?

— Bueno, yo te estoy oyendo que eso es una salida de mujeres pero si la cosa es de góndola y todo no, me hecho pa' atrás.

Al viejo Chucho no había que estarle dando demasiada cuerda cuando se trataba de coger calle.

— Diles a ellas ¿qué es lo único que no te gusta de Venecia Chucho? –dijo mi madre dándole un codazo afectuoso.

— Que las casas no tienen portales como en Sagua para poder sacar un sillón y sentarse.

Respondió con esa inocencia y candidez que ninguna arruga de sus años pudo borrar.

No era exactamente un cabaret, pero era a esto a lo que más quise hacerlo parecer. La reapertura del local con una sala recién restaurada la hicimos el 8 de marzo, "Día de la Mujer".

Tenía capacidad para doscientos comensales, una pista de baile seguida de un escenario para la orquesta. En un lateral la barra larga de ocho metros. La pared de fondo cubierta toda de cristales reflejaban las infinitas tonalidades de las luces de colores que se reflejaban en él.

La colocación de las mesas, los manteles, las cortinas de los ventanales, los cuadros con temas de nuestra isla, el lugar de los músicos en el escenario, la entrada triunfal de mi padre cantando entre las mesas. Cada detalle dentro del salón fue estudiado como el mejor trabajo de mesa que hice en las obras que trabajé en Teatro Estudio. El resultado fue el éxito total.

La mesa mejor ubicada esa noche fue aquella que dejamos para mis suegros, y mi cuñado con su esposa, Rosario y Ofelita.

Bésame. Bésame mucho
Como si fuera esta noche la última vez.
Bésame. Bésame mucho que tengo miedo tenerte
y perderte después...

¡A el viejo Chucho no se le escaba una mujer de las redes de su encanto! Tomó gentilmente la mano de Roberta mientras cantaba. Terminado el estribillo, besó su dorso y como todo un caballero alzó su sombrero en señal de saludo. Hugo fue el primero en aplaudir cautivado por la emoción de aquella espléndida noche. Lo que un día creyó una azarosa aventura navegaba en buenas aguas. Estaba orgulloso de su nuera cubana, lo decía su boca, lo ratificaban sus actos.

Nuestra Cuba vivía cada día más cerca; En nuestro trabajo, en la tradición culinaria de nuestra familia. En la música que hacíamos escuchar a nuestros clientes. En el ambiente familiar que se respiraba una vez atravesada la puerta principal. Enseñamos a nuestros niños a comer nuestros platos, a hablar nuestra lengua, a identificar nuestra Sagua la grande en el mapa dibujado en una de las paredes de nuestro local.

Y siguieron lloviendo bendiciones hasta el día que un ángel negro se atravesó en el mismo centro de nuestro camino.

Sus rostros eran esquivos. Sus conversaciones escuetas. Sus miradas huidizas. Nuestro tren no estaba andando por los carriles justos.

Los veía cuchichear entre ellos. Estaban hablando y callaban cuando me veían llegar. Salían en sus máquinas sin decir a donde.

— ¿Qué está pasando, vieja? ¿Hay algo que no va?

— ¿Qué cosa, hija?

Me respondió sin voltearse. Siguió delante del fogón concentrada en lo que preparaba dentro de una cazuela.

— Dime la verdad, gorda. Los muchachos tienen algo entre manos. No tengo la más mínima idea qué pueda ser, pero algo está pasando. ¿De verdad tú no sabes nada?

— Yo no quiero meterme en las cosas de ustedes, Anita.

— ¿En qué cosa de nosotros? Dime algo. ¡Alúmbrame!

Siguió revolviendo con la cuchara de madera con tanta presión como si estuviera abriendo un hueco en el fondo. Un hueco por donde tenía intenciones de escapar si yo seguía haciéndole preguntas.

No quise insistir, volví al restaurante con la intención de hablar con mi hermana. Llevaba toda la mañana junto a Nicola preparando las carnes para asar al horno y los distintos dulces del menú. Por esto no había podido hablarle antes. Cuando llegué a la cocina los encontré en el mismo lugar de antes.

— ¿Elsy, te falta mucho?

— Un poco… ¿Qué tú quieres?

Estaba junto a Nicola preparando el caramelo para los moldes donde cocinarían el flan de leche.

— No, nada, nada, después te veo.

Algo había cambiado, no podía alcanzar a imaginar qué, más la atmósfera era diferente. Un presentimiento negativo se me clavó en medio del pecho tan lacerante como una afilada lanza.

Fui al bar donde estaba Rey conversando con mi padre. En medio de los dos el carrito de los cubiertos. Tomaban de adentro de una vasija los tenedores y cuchillos lavados, con unos paños blancos le sacaban brillo poniéndolos en orden dentro del carro.

— Viejo, ¿puedes seguir tu solo? Rey, me hace falta hablar contigo.

Mi hermano no sabía qué sucedía exactamente pero tenía una sospecha. La compartió conmigo aclarándome que eran solo cabos sueltos de conversaciones que había oído por aquí y por allá pero a él en particular no le habían dicho nada. En los últimos tiempos, de todos mis hermanos era este el que estaba más cerca de mí, algo así como mi brazo derecho.

No tuve que esperar mucho. Fue Pablito en persona quien me puso al tanto de todo.

— … No tienes que verlo como un problema, tía, por el contrario. Es otro negocio de la familia.

¿Otro negocio de la familia? ¿A qué familia se refería? Después de seis meses que reabrimos la nueva sala, todos trabajábamos unidos, satisfechos de nuestros resultados, seguros en nuestras economías, ¡él aceptaba la propuesta de un rico italiano de crear otro local cubano a pocos kilómetros de nuestro pueblo dividiéndonos a todos!

— Mi abuela se quedará trabajando contigo. Nicola sabe cocinar todos nuestros platos como ellas. Mi mamá me hace falta que venga a tirarme un cabo.

Estábamos sentados en los jardines de un bar cerca del hotel. Él hablaba alto, con un tono de voz agitado, buscando desesperadamente las palabras justas para convencerme, o para convencerse a sí mismo, que el proyecto que habían puesto en sus manos en una bandeja de plata era la mejor oportunidad que podía sucederle a toda nuestra familia.

¡Familia! Una vasija sagrada que su ambición y avidez acabarían por destruir. En sus ojos era evidente el brillo por escalar aún más alto de donde ya estábamos. Su juventud lo hacía sentir intocable.

— ¿Qué experiencia tienes tú para poder dirigir algo así tan grande? Tú tienes idea de cuán difícil nos ha sido a nosotros llevar nuestro negocio de la nada a donde ahora estamos?

— Porque ustedes no tenían el fondo necesario. Pero este tipo lo pone todo. Tía, ¿tú sabes lo que quiere decir que nuestra familia puede tener los dos locales latinos más importantes de la zona?

— Pablito, hijo, hemos llegado todos más lejos de lo que podíamos imaginar, no destruyamos esto...

¿Qué palabras puedes decir a quien se niega a oír...?

Mi triste presentimiento no era infundado, el tronco y las ramas de mi familia se habían vuelto más fuerte que sus raíces. ¿Mi terror? La certeza que aquellos fundamentos no podrían resistir.

La epidemia del euro siguió hiriendo las vidas de los italianos y Los Pérez, en su debilidad, no fueron más inmunes.

En un inicio todo fue una gran confusión. Las personas pensaban que el Cubamía había cerrado para reabrir en otra ciudad más grande con otro nombre.

Unos días antes de la inauguración hicieron la publicidad por los pueblos aledaños con mi padre y sus hijos transitando dentro de una máquina descapotable, similares a los clásicos viejos autos que identificaban a nuestra Cuba. Invitaban a todos a la inauguración del nuevo restaurante cubano. La música de fondo de Compay Segundo por los altoparlantes del auto atraía la atención de los transeúntes.

El italiano con el que hicieron sociedad publicó en la portada de las principales revistas de la zona las fotos de la orquesta encabezada por el viejo Chucho con el nombre del nuevo restaurante, "Corazón latino". Publicidad que también a través de cartulinas fueron repartidas por casi toda la provincia de Vicenza.

Mis hermanos se justificaban con aquello de que el conjunto musical no podía separarse. Pablito era el cantante y su director, qué podían hacer ellos, tenían que seguirlo.

Nicola indignado no quiso que ellos tuvieran nada más que ver con nuestro negocio.

— ¡No quiero verles la cara a ninguno! ¡Ni quiero que tú tampoco lo hagas! ¡No quiero que pongan nunca más un pie aquí!

— Amor mío –le dije tomando una de sus manos entre las

mías–. No puedo negarte que lo hagas. Tienes toda la razón del mundo para no quererlos ver, pero no me pidas a mí que no los vea. Yo no puedo hacerlo.

— ¿Con todo lo que nos han hecho?

— Así y todo. Son mi familia.

Todo el dolor del mundo se había concentrado en un solo punto del universo, mi corazón.

Dos años después que Pablito abrió su nuevo local, se me hizo más dificil cargar con la cadena de deudas que arrastraba. El número de consumidores de nuestro restaurante había bajado considerablemente. Lográbamos sobrevivir a duras penas con el alquiler de las habitaciones del hotel. Los dos locales cubanos dividieron la clientela. Contraté a otros músicos de la zona que en ocasiones acompañaron a mi padre pero ya nada fue igual. El Cubamía perdió la sal que avivaba su gusto. La familia.

Rey fue el único de mis hermanos que estuvo a nuestro lado por los primeros años. Dana, su esposa alemana perdió el trabajo que tenía en una fábrica. Con lo poco que yo lograba pagarle a él no pudieron sostener los plazos de la casa que compraron años atrás. Vendieron todo y regresaron a Alemania, que era de la zona euro, uno de los países menos afectados por la crisis.

Pensé cambiar el nombre del hotel y probar hacer un restaurante italiano como tantos otros de nuestra zona, pero nuevos cambios significaban nuevas deudas. Mi espíritu de guerrera no estaba dispuesto a bajar las armas. Era la viva estampa de Don Quijote delante de los molinos de viento. Solo que mis enemigos no eran imaginarios y terminaron por doblar mis rodillas.

— Cuando vaya el dueño del local a buscar las llaves, no quiero que tú estés allí. Quiero hacerlo sola –le pedí a Nicola antes de partir de casa.

Salí de mi apartamento en dirección a Romano. Nunca antes aquel trayecto mil veces recorrido me pareció tan largo y tortuoso. Era invierno. Una lluvia insistente continuaba cayendo desde hacía días. No eran todavía las cinco de la tarde y ya era oscuro. A través de nuestro comercial se le envió una carta al propietario anunciándole la intención de cancelar nuestro contrato. Todos los muebles y otros valores dentro de este pasarían a él para pagar las deudas de los alquileres atrasados.

— Espera un poco, Anita. Quién sabe si las cosas mejoran…

Me había suplicado mi madre días antes cuando le comuniqué mi decisión. Durante todo aquel tiempo de vida de los dos restaurantes se la había pasado en el camino entre los dos locales, ayudando a mi hermana de una parte y haciendo lo que podía en el mío.

Ya la vieja Caruca no podía coger en mano su cinto de cuero para poner en fila a sus hijos como cuando éramos pequeños. A sus brazos cansados solo le quedaban fuerzas para abrazar.

El viejo Chucho siguió siendo el de siempre, el símbolo de un rey sin jerarquías y el patriarca de un poder sin armas.

Para mi suerte aquella entrega de llaves y documentos no duró más de un cuarto de hora. Dejé al propietario dentro inventariando sus bienes y salí después de saludarlo.

Fuera del hotel, me detuve a un costado de la calle a mirar las oscuras montañas. Parecía que hacía un siglo que había llegado aquí… Y parecía ayer.

Alcé mi rostro al cielo, dejé que la lluvia fría me bañara la piel y calmara el fuego que ardía en mi frente. La luz de los faros de un auto encandiló mis ojos. Sentí la puerta abrirse con el motor todavía encendido. Una silueta que conocía más que a mí misma se interpuso ante la luz. Se acercó a mí extendiéndome su mano.

— Ven conmigo, Ana.

Lo miré con los ojos bañados en lágrimas, lluvia y vergüenza.

— E la fine amore… E la fine.

Su mano seguía firme delante de mí. Dudé alcanzarla pero él no tenía la más mínima intención de bajarla sin tomar la mía. Una fuerza que no supe de dónde venía me llevó a estrecharla.

— ¿Puedo darte un aventón?… No vine en moto…

Quise sonreír pero cuando la idea llegó a mi boca se convirtió en una extraña mueca. Apreté los labios pero no sirvió de nada, mis lágrimas eran más fuertes que toda aquella lluvia… Más fría que toda la nieve de nuestras montañas.

EPÍLOGO

A través de los grandes cristales del noveno piso del moderno edificio se veía el amplio parqueo repleto de máquinas. Un sol tímido jugaba con las nubes a los escondidos y su poca fuerza empujaba a los árboles a deshacerse de sus débiles hojas. Mis ojos recorrían de un extremo a otro la ciudad que remolona parecía aún dormir, aunque hacía poco habían pasado las ocho de la mañana.

Imaginé a Nicola corriendo como un loco de un extremo a otro en el Ciak Bar. Tantos clientes me preguntaban curioso el porqué de aquel nombre: "Ciak es la claqueta que en el cine se utiliza para escribir el número de la escena que se va a filmar. El Ciak es el inicio..."

Aquel era su significado en el mundo del cine pero en mi mundo era algo más profundo.

— Vístete y ven conmigo. Quiero que conozcas un lugar.

Me dijo Nicola unas semanas después de cerrar el Cubamía. Pensé que era una de las tantas invitaciones inútiles que me hacía para ayudarme a salir de aquel letargo de depresión en el que había caído. No salía de casa ni siquiera para visitar a mis padres. Evitaba cualquier contacto con el mundo, aquel mundo que me había virado la espalda.

— Ponte esto mismo y vamos.

Dijo de nuevo tirándome un suéter de lana que atrapé al vuelo. Me vestí sin ganas y lo seguí. Diez minutos después estábamos delante del restaurante de su padre pero no entró allí. Lo seguí unos metros más adelante donde nos esperaba un señor con una pequeña valija de piel en la mano. Se volvió a la puerta que tenía a sus espaldas y la abrió.

— Las deudas se pagan trabajando, Ana. Haremos aquí nuestro bar. Piensa tú en el nombre...

Dos meses después en aquel lugar, a solo dos pasos del Ponte Vecchio, Nicola y yo abrimos nuestro "Ciak Bar" Y aquel fue nuestro nuevo inicio…

— Ya puede entrar señora Ana.

La enfermera salió dejando la puerta de la pequeña habitación abierta.

— Buenos días, viejo.

Solo estaba su cama en aquel cuarto donde vivía desde hacía más de tres meses. En la cabecera un monitor marcaba los latidos de su corazón. Me acerqué a la cabecera y le di un beso en la frente. De un lado un asta de hierro sostenía el suero con el que se venía alimentado. Acerqué la silla a la cama tomando una de sus manos.

— ¿Cómo está hoy el amor mío?

Su mirada inerte miraba un lugar fijo del techo.

— Nicola te manda un fuerte abrazo. Esta tarde cuando termine el turno en el bar viene a verte.

Comencé a acariciar sus cabellos blancos. Mi viejo contra todo pronóstico seguía resistiendo después que una isquemia cerebral lo atacó, dejándolo parapléjico. "Tiene el corazón duro como un roble". Nos había dicho el médico. Seguía allí batallando por la vida como un guerrero que no sabe por qué lucha pero que no se quiere rendir.

Su vieja Caruca no tuvo su fuerza. En agosto del 2010 nuestra hermana Elsy dejó este mundo sorprendiéndonos a todos. En primer lugar a ella misma. Nos miró con desconcierto segundos antes cuando entendió que aquella era su hora. Solo dijo:

— "No respiro… No respiro"… Y todo acabó.

El grito de dolor de mi madre hizo estremecer toda la tierra y nunca más su rostro probó de nuevo el sabor de la sonrisa. Ni sus hijos que la cuidaban como la más preciosa perla, ni el amor por sus tantos nietos pudieron más que la gravedad de su herida. Cuatro meses después su corazón tomó la decisión irrevocable de dejar de latir.

— Jesús, vamos a tomarle un momento la temperatura. ¡Con su permiso, abuelito!

Me levanté para dejar que la enfermera hiciera su trabajo.

— Estás contento porque tienes aquí a la hija ¿eh? –la pistola de láser disparó una luz roja directamente a la frente de mi padre.

— ¡Trente seis y medio! Perfecto. Paso más tarde con el médico –dijo saliendo y dejándonos de nuevo solos con nuestros fantasmas.

— Julito llama todos los días para saber de ti. Le dieron la cartera para manejar el camión. ¡Está contentísimo!

Después que mi castillo de sueños del Cubamía se derrumbó, le siguió meses después el local de mi sobrino. El último salto mortal de la familia Pérez no tuvo una red en el fondo para salvarnos. Todos caímos como las paredes de un edificio de una ciudad bombardeada.

La mano fuerte y segura de Nicola me salvó del abismo pero yo no pude ir más al encuentro de Los Pérez para salvarlos a ellos.

Volvimos a perdernos por los rincones del mundo. Alberto se divorció de su venezolana y se fue a trabajar a Islas Canarias como cantante en uno de sus hoteles.

Julito inventó un viaje turístico a México con su familia y atravesaron la frontera con los Estados Unidos donde pidieron asilo político acogiéndose a la Ley de Ajuste como cubanos.

Años después, Martín y Graciela pidieron su repatriación en Cuba. Durante los años que vivieron en Romano d' Ezzelino, Martín vivió más con la cabeza en nuestra casa de La Habana que en Italia. Cada vez que iba de vacaciones, volvía a Italia con una depresión tal que volvía loco a todos con su cantaleta. Al final, logró convencer a Graciela de volver definitivamente.

Los demás seguíamos viviendo en Italia. La muerte de mi madre y de mi hermana nos había vuelto a acercar. Era yo quien los visitaba a ellos. Aunque les insistía que podían venir a visitarnos a nuestra casa o al bar no encontraron jamás el valor de enfrentar a Nicola.

Mi padre vivió en los últimos años con Mario y Sara rodeados de otros dos nietos que les nacieron.

— Te recuerdas que día es hoy ¿verdad? –le besé la mano.

— ¡Feliz cumpleaños, mi viejo! –acompañé con mi mano la suya y la pasé por mis mejillas recibiendo su caricia.

— Hoy hace veintidós años que salí de Cuba.

Apoyé de nuevo su mano sobre su pecho. Abrí la cartera que colgaba del espaldar de la silla y saqué unos papeles.

— Te tengo un regalo, viejo. Espero que te guste, lo hice para ti… ¡Para nuestra familia!

Lo miré antes de comenzar a leer. Sus ojos miraban al infinito a través del techo blanco de la estancia.

"… La calle donde nací era de tierra, fango, hierba y algunas pocetas de aguas donde las vacas y los caballos que pasaban cada día dejaban sus huellas…"

Alcé los ojos por unos momentos para mirarlo de nuevo, vi que su mirada había cambiado de dirección. Apuntaban directo al cuadro de mi abuela María que le habíamos traído de casa para acompañarlo. Un nudo en la garganta se empeñaba en no dejarme seguir leyendo. Pero yo Ana María de todos los Pérez había aprendido a tragarme las lágrimas y a sonreír.

"… En la calle donde nací, todas las casas eran de madera y con el techo de tejas, todas uniditas como una boca llena de dientes…"

FIN

AGRADECIMIENTOS

Este libro ha sido posible gracias a Yin Pedraza Ginori que sembró la primera semilla. A mi gran amiga María Elena Soteras que cuidó de sus frutos y a mi editora Vivian Lechuga que seleccionó los mejores de ellos.

Gracias a mi familia, a los amores que un día caminaron conmigo y a todos mis amigos…

ÍNDICE

Made in the USA
Columbia, SC
24 August 2024

41116489R00233